NARRATORI DELLA FENICE

Titolo originale:
Other People's Clothes

In copertina: elaborazione grafica da fotografia
© Vasily Ryabov/Eye Em/Getty Images
Grafica: Emily Mahon
Progetto grafico: *the*World*of*DOT

Per essere informato sulle novità
del Gruppo editoriale Mauri Spagnol visita:
www.illibraio.it

ISBN 978-88-235-3085-0

Gruppo editoriale Mauri Spagnol
www.guanda.it

CALLA HENKEL

I VESTITI DEGLI ALTRI

Traduzione di Stefania De Franco

UGO GUANDA EDITORE

A mamma e papà
+
Max e Mia

1

«Comincia dall'inizio» ribadì lei, e se avessi potuto fumare mi sarei accesa una sigaretta. Non sono mai stata brava a raccontare, e questa storia mi era sempre sembrata appartenere a un'altra persona. *Ero giovane e stupida. Ero un'idealista. Avevo vent'anni.* Forse potevo cominciare dalla prima diapositiva del corso di storia dell'arte, una colonna di diorite nera. Il codice di Hammurabi: duecentottantadue leggi e punizioni assortite per la giustizia del diciottesimo secolo a.C., alcune all'apparenza logiche, occhio per occhio, la mano del chirurgo per un intervento andato male, la vita del costruttore per una casa crollata, altre più bizzarre – la colpa degli adulteri giudicata in base al fatto che annegassero o meno una volta buttati in acqua –, tutte incise su una stele alta poco più di due metri. Sulla fredda pietra nera, però, non c'era niente per me. Nessuna legge per celebrare un equo processo per gli eventi dell'anno passato. Non sapevo a chi tagliare la mano.

«Riproviamo. Quali sono state le sue prime parole? Cosa ti ha detto quando sei arrivata?»

Rimasi in silenzio, le braccia conserte strette strette, non capendo l'ostinato interesse di Frau Klein per l'inizio.

La Spa era per sole donne, tutte con disturbi diversi, e qualche malattia, di cui non sapevo quasi nulla. Loro, invece, sapevano perché ero lì. Ero famosa, e i sussurri impietosi di infermiere e pazienti mi seguivano ovunque nell'edificio di cemento. Eppure trovavo conforto nei loro tentativi di mascherare i commenti, sapendo fin troppo bene che fuori dalla

Spa non c'era ragione di sussurrare. Quando ormai a Berlino era piena estate, noi – Hailey Mader e io, Zoe Beech – eravamo sulla bocca di tutti.

Grande e vecchia, la Spa si trovava in una scuola elementare ristrutturata nel nord del Brandeburgo. I corridoi sapevano ancora di gesso come l'interno di un mattone e quasi tutte le stanze, le aule di un tempo, erano doppie o triple. Io invece ero da sola in quello che immaginavo fosse stato un generoso ripostiglio, con una finestra quadrata, sedia e scrivania verniciate di blu e un lavandino di porcellana decorato da un festone di muffa marroncina. Mi piaceva pensare che quell'anello fosse una città di minuscole spore, ben amministrata, piena di abitanti di muffa buoni e non violenti, magari anche di artisti di muffa e curatori di muffa che sniffavano coca in minuscoli locali di muffa.

Trascorrevo buona parte del tempo persa in queste vane fantasticherie, i gomiti premuti sul legno dolce della scrivania, lo sguardo fisso sull'insopportabile immobilità dei campi, e all'improvviso un flash interrompeva quello stato di apatia: un corpo fremente in un lago di sangue, lampeggianti, scariche di suoni come in un videoclip di Rihanna o nel trailer di un film horror. Spariva con la stessa velocità con cui era arrivato, e io tornavo di botto al campo spoglio, alla muffa del lavandino o alla costellazione di nei sul collo di Frau Klein.

Lei adorava la parola *pa-ra-no-ia*, che pronunciava lasciando scivolare le sillabe dalla bocca bagnata, una dopo l'altra, come palline da ping-pong. Avrà avuto poco più di quarant'anni ma si vestiva pensando già ai sessanta, aveva i capelli di un castano smorto da animale spiaccicato e gonne a forma di sacco di patate. Dopo tutte le ore passate insieme ero certa che vivesse indirettamente tramite me, riempiendo il vuoto della sua esistenza con le mie risposte e i miei traumi, cavandomi informazioni che prima o poi avrebbe venduto ai giornali o trasformato nella sua autobiografia.

«Zoe, cosa provavi quando facevi sesso?»

«Hai mai fantasticato su Hailey?»

La sua voce sembrava impostata come se stesse registrando una cassetta per un corso di lingua.

«Di quali droghe facevi uso?»

«Che cosa ti ha spinto a usarle?»

Fra lo schifato e l'indifferente, guardavo la saliva raccogliersi agli angoli delle sue labbra sottili, assetate di risposte.

«Mi facevo di quello che c'era.»

Lei annuiva. Altre domande. Ogni volta che nominavo Beatrice sbatteva le palpebre, impugnava la tozza penna blu e disegnava una forma sul quaderno senza parlare. Pur prendendo in considerazione le mie teorie, tornava puntualmente a chiedermi: «E perché sei così sicura che Beatrice ti spiasse?»

«Leggeva le mie email.»

«Come fai a saperlo?»

«Gliel'ho già detto...»

«Ma è possibile che te lo sia immaginato?»

«No.»

Frau Klein disegnava un'altra forma e poi guardava l'orologio. La lampada d'acciaio sulla scrivania le proiettava un cerchio arancione sulla guancia superidratata, la cui pelle cascante ricordava la maschera di Agamennone o una cucchiaiata d'impasto per biscotti ancora mezzo crudo.

«E adesso nella storia di chi credi di trovarti?»

«Nella sua» risposi indicando il quaderno.

Lei annuì con aria allusiva. «Ricominciamo dall'inizio. Quali sono state le sue prime parole quando sei arrivata?»

2

«*Guten Tag*, Cassonetto!» gridò Hailey dimenando il braccio lentigginoso dall'altra parte della Hauptbahnhof, con uno zaino ocra assicurato al corpo atletico. Sembrava pronta a levare le tende ogni giorno, il che mi terrorizzava. Mentre compravamo i biglietti mi spiegò tutta pimpante che l'Hostel Star era nella zona est della città, una notte costava ventidue euro e ogni camerata ospitava otto persone in quattro letti a castello. Io non capivo fino in fondo le complessità dell'Est o dell'Ovest, ma sapevo che qui avevano un significato ben preciso. Lo stordimento del farmaco antinausea che a un certo punto avevo preso sull'Atlantico cominciava ad attenuarsi e, con un senso d'impotenza, mi affidai ai suoi piani, seguendola come un cane muto mentre non faceva che parlare e indicare: il museo d'arte a sinistra, Alexanderplatz, la Torre della televisione.

Trascinai la valigia a rotelle di seconda mano sull'acciottolato del marciapiede con Hailey che mi precedeva a grandi falcate, finché si fermò di botto sotto una stella al neon che lampeggiava da una facciata di cemento sgretolato. All'interno ci investì un odore di marcio e di detersivo per pavimenti al limone.

«Mi piaceva il nome» disse con una punta d'imbarazzo guardandosi intorno nell'atrio decrepito. Poi, con le nuove chiavi in mano, entrammo nello stanzone al terzo piano, dove trovammo tre ragazzi della nostra età spalmati sul mobilio e il pavimento di linoleum blu scuro cosparso di sacche da viaggio e cartine. Ci salutarono con un rotondo accento australiano.

« Restiamo qui solo finché non troviamo una sistemazione più stabile » mi sussurrò Hailey dopo i convenevoli, sganciando le cinghie dello zaino in Gore-Tex e bevendo un po' d'acqua dalla borraccia. I tre australiani ci dissero i loro nomi, che suonavano più o meno come Aaron, Oron o Erin. Noi ci presentammo controvoglia. Vidi Hailey sbadigliare e ne fui sollevata. Era umana, in fondo. Ci stendemmo sui nostri letti e io crollai in un sonno profondo. Quando mi svegliai il cielo era già nero e il riflesso della stella al neon rimbalzava nella stanza come un tramonto con il singhiozzo. Gli Aaron ci invitarono ad andare in un locale. Noi due ci scambiammo un'occhiata che diceva: *col cazzo*. Loro alzarono le spalle e cominciarono a sniffare speed sul bordo del letto di sopra. In un ultimo tentativo di convincerci, il più alto gridò: « Ogni notte persa a Berlino è una notte persa a Berlino ». Quando la porta si chiuse scoppiammo a ridere.

Quella frase diventò il nostro mantra per tutte le situazioni di merda o da urlo. Ogni notte persa a Berlino è una notte persa a Berlino. Dal letto di sopra guardai Hailey segnarsela sul diario con la copertina morbida arancione. Scriveva di continuo, quando parlavamo s'interrompeva per recuperarlo e attaccava a scrivere, la coda di cavallo rossa un pennello saltellante.

« Tutti i grandi artisti tenevano un diario » mi aveva detto il secondo pomeriggio facendo svolazzare briciole di croissant dalla bocca a cuore. « Finché sono qui lo prenderò molto sul serio. » Annuii, chiedendomi cosa avrei preso sul serio io a Berlino. Neanche sapevo perché ero lì. La osservai da sopra la tazza di tè chai, con quella sua certezza così robusta, quella fiducia in ciò che voleva dai prossimi mesi, forse anche anni. Cominciai a comporre mentalmente un'email per Jesse, il mio ragazzo, in cui gli dicevo che sarei tornata a casa prima del previsto, che Berlino era stata un errore madornale e che non avevo idea di quel che stavo facendo.

Hailey l'avevo conosciuta al corso di storia dell'arte a New York, era del Rhode Island e per certi versi anche del Kentucky, del Nebraska e del Colorado, e il padre era proprietario di una catena di supermercati di successo che, inspiegabilmente, si chiamava Biggles. Era una rossa da copertina, non faceva che passarsi le dita fra i capelli neanche fosse circondata da telecamere. In classe le braccia lentigginose scattavano continuamente in aria per rispondere alle domande. *Perché Cimabue è stato importante?* PERCHÉ È STATO LA FIGURA PIÙ IMPORTANTE NELLA TRANSIZIONE DALLA PITTURA MEDIEVALE A QUELLA RINASCIMENTALE. In genere non sbagliava, e cambiava accento in maniera schizofrenica trasformandosi per adattarsi alle circostanze: pronuncia strascicata del Sud per chiedere in prestito una penna, parlata senza « r » della costa est per dispensare risposte.

Alla lezione delle nove si presentava sempre con rossetto brillante e pantaloni della tuta Victoria's Secret, linea PINK, o jeans attillati a vita bassa, e in mezzo niente. A volte indossava un berretto Von Dutch, un po' retrò per il 2008 e indiscutibilmente anomalo per un'accademia d'arte, dove l'uniforme studentesca media consisteva in pantaloni Carhartt macchiati di vernice, T-shirt dei concerti di qualche taglia più grande e Doc Martens. Come me, neanche lei era cresciuta a pane e avanguardia. Trovava di primaria importanza la cultura pop. Idolatrava Andy Warhol e non esitava a entrare da Kim's Video, la mecca dei cinefili in St. Mark's Place, per chiedere *Notting Hill* al commesso, che alzava con ostentazione gli occhi al cielo.

L'unica volta che c'ero stata avevo ceduto al gusto del commesso e noleggiato un film della nouvelle vague cecoslovacca, pagato il doppio perché avevo provato invano a guardarlo per quattro sere di fila.

Il venerdì, finito il gruppo di studio di storia dell'arte, spesso si andava in branco all'Asian Pub, una bettola nell'East Village con cocktail a buon mercato e una politica rilassata in fatto di età. Una sera, dopo qualche bicchiere, Hailey mi sorprese a fissarle il naso. Era troppo perfetto, una pista da sci per bambini. Si protese verso di me, sprigionando un effluvio di daiquiri alla fragola, e mi raccontò che alle superiori era stata colpita in faccia con una mazza da lacrosse e aveva convinto il padre a permetterle di rifarsi il naso. Bevve un sorso di cocktail rosa senza staccare gli occhi dai miei, segno che voleva continuare a parlarne.

« Avevo fatto il provino per tipo tre spot della Neutrogena, niente da fare e a quel punto... idea. »

« Ah » dissi, non sapendo cosa aggiungere.

« E così ci ho pensato io » continuò mimando una bastonata sul viso e scivolando nel tono stridulo dell'orgoglio adolescenziale.

« Stai dicendo che l'hai fatto apposta? » s'intromise un tizio seduto accanto a noi.

« Già » confermò lei compiaciuta.

Io mi scusai e mi diressi verso il bagno, ma ormai l'immagine di Hailey che si prepara all'impatto della mazza di alluminio sul suo bel visino da adolescente mi si era conficcata nel cervello. Qualche settimana dopo l'inizio del semestre, quando passai da lei per prendere le dispense sui mosaici bizantini, notai le foto da modella attaccate alla parete sopra il letto: da piccola in minigonna scozzese su un catalogo Delia's; mentre beve un succo Capri Sun in un campo di calcio; circondata da altre rosse e da un bull terrier in miniatura per la campagna pubblicitaria della catena Target.

« Visto? Il naso ha funzionato » disse frugando tra le carte della scrivania, e io annuii inorridita e incuriosita dalla sua grinta puberale.

Alla fine del secondo anno volevo disperatamente andarmene da New York. Stavo da schifo. Tristezza. Depressione. Qualunque cosa fosse, la tutor Carol Gaynor, una signora slanciata dalla pelle perfetta sposata con un noto dermatologo, mi avrebbe aiutato a pianificare la fuga. Carol lasciava che ti rifugiassi nel suo ufficio per poi lanciarsi nella descrizione delle irrilevanti attrattive di università lontane che aderivano al programma di scambio.

« Vicino all'accademia c'è un'*orangerie* con un caffè che fa degli *scones* strepitosi » e poi c'era un altro ateneo « con una sauna deliziosa, a un paio di chilometri, che si tuffa dritta nel mare ».

Volevo andare a Helsinki, quella con la sauna.

« Una bella sudata risolve ogni problema » sussurrò Carol al di sopra della tazza di caffè. Io mi persi in una fantasticheria montessoriana, con pavimenti in parquet e un fiume di luce rifratta finlandese che si riversava su un cerchio di educatissimi studenti d'arte che armeggiavano con lo spago. Ero convinta che gli europei fossero gente dotata di dignità, storia e raziocinio. Tutto l'opposto della mia scuola, che orbitava intorno agli scultori: in falegnameria realizzavano oggetti enormi con assi da 5x10 e in classe si sbronzavano con whisky travasato nelle bottiglie di Pepsi.

L'accademia era estremamente competitiva. Le critiche alle creazioni artistiche erano il sistema consolidato per attaccarci a vicenda. Nell'aula al secondo piano o, come la chiamavano quasi tutti gli studenti, il *ring*, si poteva dare libero sfogo a ogni accusa. Gli amici erano incitati a sbugiardarsi l'un l'altro con indiscrezioni personali – genitori repubblicani, mancata lettura di testi autorevoli, inclinazione per il porno – facendo leva sulle debolezze e spifferando aneddoti del tutto irrilevanti ai fini dell'opera in questione, esclusivamente per la corsa al potere. Di quale potere si trattasse lo ignoravo. In parte era nelle mani dei professori, che potevano introdurre i giovani artisti negli abissi nebulosi del mondo delle gallerie. Però gli scultori erano intoccabili, gridavano oscenità alle matricole, citavano Joseph Beuys a sproposito e si copiavano i lavori a vicenda, eppure tutti volevano scoparseli.

Il loro leader era David Chris. Più alto degli altri, il viso grande e largo, sembrava appena uscito da una grotta preistorica francese con le mani ancora sporche di pittura dopo aver appena finito di disegnare dei bisonti. Con il suo accento del Sud da due pacchetti di sigarette al giorno, mia zia Caroline diceva sempre: «Non fidarti mai di chi ha un nome al posto del cognome». E David Chris non faceva eccezione. Era il principale ideatore di un murale di matricole, tutte ragazze, realizzato con pennarello indelebile color sperma sul soffitto adiacente ai laboratori dei laureandi. Sotto ciascuna c'era il soprannome e, a volte, l'elenco di quelli con cui era andata a letto o informazioni importanti: *Muppy ha l'herpes* o *Ken-doll ce l'ha stretta.*

Il mio soprannome non aveva una matrice sessuale. A Halloween, vestita da zebra con una tuta American Apparel, avevo superato indenne otto piani di gradini a Chinatown per incespicare proprio sull'ultimo e atterrare sopra un accomodante mucchio d'immondizia. David Chris, vestito da Paul Bunyan, come del resto ogni giorno, mi aspettava in fondo alle scale con un ghigno. E ora il mio soprannome Cassonetto è scritto, a pennarello indelebile rosso consumato, sotto un disegno non del tutto disdicevole della sottoscritta che sbuca da un bidone dell'immondizia, l'espressione a metà tra una Venere del Botticelli pazza e un Muppet arrapato. Non è tra i peggiori. A Hailey era toccato Buco perché si era lasciata fare un ditalino sul tetto da un certo Moses.

Finalmente trovai il coraggio di portare nel *ring* uno dei miei *assemblage*. Un pesante pannello di compensato trovato in Bowery Street, macchiato di piscio e molto probabilmente infestato dalle cimici. Su quella tavola imbarcata avevo praticato centinaia di fori e, su un filo d'argento, avevo inserito con cura tutti gli oggettini raccattati per strada nell'arco di un mese: chiavi, carte di caramelle, orecchini, monete, fermacapelli, una scarpetta da neonato, volantini pubblicitari dei tarocchi, scontrini, cannucce, Lego. Era dicembre. L'avevo concepito come il calendario dell'avvento di New York. David Chris era sbronzo.

Nell'aula calò il silenzio mentre gli studenti giravano intorno alla mia scultura. Per ispezionarla, lui diede un colpetto con il dito al bordo scheggiato. Aspettai, la paura che scorreva assordante nelle vene. La mia era l'ultima opera in una lunga serata di esplorazioni faticose. Si era appena concluso un dibattito di due ore sull'*intrinseco sentimentalismo* di una ciambella ricoperta di gesso ancora umido.

Infine David ruppe il silenzio parlando e bevendo insieme, la voce leggermente distorta dall'eco del bicchiere di carta: «Zoe, te ne sarai resa conto che è decorativa».

«In che senso?» chiesi, più piano di quanto volessi.

«È... domestica... *carina*...»

«Perché sarebbe domestica?» chiesi, stavolta più decisa.

«Perché sì.»

«I fermacapelli» intervenne Jeff acido, la camicia di flanella logora uguale a quella di David.

«E il modo in cui hai fissato il filo, è delicato. Come un attaccamento a roba passata. Sembra un acchiappasogni, un cofanetto per gioielli o...»

«E poi dovrebbero esserci più oggetti» aggiunse David. Concluse con un sorso la sua partecipazione al dibattito, si girò verso una con un tatuaggio nuovo di pacca, un passerotto, sul collo ancora gonfio e le riempì il bicchiere. Altri intervennero dicendosi d'accordo con lui.

«Sembra poco sviluppato.»

«Più una proposta o un proposito.»

«Un Rauschenberg annacquato.»

Nel *ring* il modo più semplice per liquidare l'opera di una ragazza era definirla domestica. O decorativa.

La doppia D oppure, come David Chris intendeva la domesticità, *tutta-tette-e-culo*.

Il mercoledì nuvoloso in cui l'avevo trovato, il pannello di compensato malconcio era gonfio di liquidi della città e incastrato dietro una rastrelliera per bici, altro che la doppia D. Me lo trascinai a scuola e quando cominciai a esaminarlo l'eco del peso mi risuonava ancora nelle dita. Nonostante la bruttezza spoglia era liscio neanche fosse stato levigato dal mare, i bordi irregolari smussati dal moto fra i marosi di cemento. Ogni macchiolina di vernice e ogni tacca mi sembravano importanti, raccontavano una storia traumatica che riuscivo a sentire solo io. Mi fu chiaro all'istante che quella tavola avrebbe ospitato tutti gli altri pezzi, i tesori che avevo trovato durante il mese precedente nelle correnti quotidiane dei marciapiedi e delle trombe delle scale. Però non sapevo come spiegarlo agli altri. Mi lasciai travolgere dai commenti temendo che se avessi detto una qualunque di quelle cose, e loro l'avessero respinta lo stesso, non mi sarebbe rimasto nulla.

Invidiavo tutti gli studenti cresciuti nelle grandi città. Sembravano possedere gli strumenti giusti per vivere a New York. Avevano genitori interessanti: cartografi, romanzieri, costumisti, avvocati esperti di diritto ambientale e proiezionisti del MoMA. Mia madre lavorava per una mediocre agenzia immobiliare in Florida. Io cercavo ancora d'impersonare gli stereotipi newyorchesi: portavo una giacca di pelle nera, mi lavavo di rado i capelli castani, bevevo caffè anche se non mi piaceva, avevo una carta d'identità falsa e mi sentivo del tutto a mio agio quando dicevo *fanculo*. Eppure i getti d'aria calda e aliena sputati dalle grate della metropolitana mi terrorizzavano. Il peso psicologico della folla in attesa al semaforo della Quattordicesima strada riusciva a paralizzarmi le gambe. Trovavo spaventoso fare la spesa da Trader Joe's, sconvolgente andare all'ufficio postale. Ricordavo a me stessa che per certi versi ero più equipaggiata di tanti compagni, molti dei quali non si erano mai fatti il bucato da soli. Avevo spiegato ad almeno tre studenti in pigiama come versare il detersivo nelle grandi lavatrici bianche del seminterrato. Avevo una borsa di studio che copriva quasi tutto, ero capace di prepararmi un'omelette e sapevo di voler diventare un'artista. Mi sembrava abbastanza.

Quand'ero più piccola l'unica cosa che mi rendeva anche solo vagamente popolare era il mio talento per il disegno. Con i pastelli a cera eseguivo principesse e delfini che saltavano in mezzo alle fiamme, qualunque cosa mi chiedessero i compagni. Era come stampare valuta. L'ultimo anno delle elementari vinsi la gara per la copertina del calendario del 2001 con un disegno a tratteggio incrociato dell'area giochi. Alle medie mi dedicai al collage coprendo cartelline, armadietti e pareti prepuberali di ritagli delle Destiny's Child, di Leo, Christina e Britney. E l'ultimo anno delle medie la mia migliore amica Ivy Noble, che era ballerina, decise di andare a New York per danzare alla Juilliard School. Sempre competitiva, e sempre disposta a seguirla, decisi che ci sarei andata anch'io nella capitale dei borseggiatori, grande e spaventosa, per l'arte. E fu così che mi buttai a capofitto nello studio: lei aveva le prove e le lezioni, io la biblioteca. Scoprii Man Ray, Basquiat e i collage ultraterreni di Hannah Höch, che mi spinsero a distorcere Leo e Britney in drammatiche astrazioni adolescenziali.

Almeno non piangevo in classe. Dopo una critica mi ero rifugiata in bagno per riprendere fiato, ma non avevo mai pianto. Spesso mi vedevo con Ivy, che malgrado la bassissima percentuale d'ammissione era riuscita a entrare alla Juilliard senza stress. Avevo addirittura degli amici e un ragazzo, Nate Kai. Di un anno più grande di me, era un cinico cazzone fanatico dell'informatica con un intenso sguardo fisso: quando si lanciava in una conversazione gli occhi verde tartaruga zoomavano scurendosi in cerca delle parole, come una mano che affonda senza far rumore nel sacchetto dello Scarabeo per scovare una vocale. Campione di dibattiti del suo collegio in Massachusetts, Nate manteneva viva la tradizione di scegliere un argomento al giorno: *Vendere il proprio lavoro in una galleria è una pratica moralmente corrotta? Un quadro generato al computer è pur sempre un quadro? In quest'epoca di produzione in serie dei materiali, l'arte è tutta un ready made?*

Anche se la nostra relazione mi spaventava, ero convinta che le relazioni tra artisti dovessero essere così: imprevedibili, tormentate e intense. E siccome lui veniva dalla costa est, era l'esatto contrario degli scioperati abbronzati tra cui ero cresciuta. Avevo addirittura conosciuto i suoi al Four Seasons prima di un evento di beneficenza dell'UNICEF. Erano stati glaciali, ma assolutamente regali. Il padre Ken Kai, nato in Giappone, era un banchiere che aveva studiato alla Wharton School e la madre Barbra Kai, dai capelli color meringa al limone, era l'ereditiera di un piccolo impero chimico.

Nate aveva l'abitudine di chinarsi sul mio blocco da disegno masticando rumorosamente una Orbit per criticarmi: «Zoe, mi sa tanto che qui c'è – *ciac ciac* – un po' troppa roba, non aver paura – *ciac ciac* – di sprecare i fogli».

Io avevo paura di sprecare qualsiasi cosa, visto che mi mantenevo con la borsa di studio. Nate era un amante degli sprechi. Aveva la carta di credito dei suoi e quando litigava con il padre, cosa che capitava spesso, andavamo in taxi al Carlyle Hotel e ordinavamo due filetti di sogliola che venivano spinati accanto al tavolo sul vassoio d'argento. Ci teneva tantissimo che io avessi un feticcio. Non ce l'avevo. Lui sì. E mi avrebbe detto qual era solo se gli avessi rivelato il mio. Googlai *feticcio*.

Eccitazione da insetti.

Eccitazione da pietre e ghiaia.

Eccitazione da amputati.

Non sapevo cosa scegliere. Stavo con Nate perché mi faceva sentire parte di un altro mondo, non perché volevo camminargli sulla faccia con i tacchi a spillo. Però avevo paura di perdere lui, i suoi biglietti per l'opera e i suoi aneddoti del collegio. Un pomeriggio, dopo la lezione di teoria dei colori, passammo davanti a una drogheria. Io gli dissi che poteva scoparmi con una zucchina. Gli ortaggi sarebbero stati il mio feticcio, ecco. Con gli occhi che gli brillavano per l'eccitazione, lui si passò le mani fra i capelli di un nero iridescente e ispezionò tutte le zucchine, le misurò con pollice e indice, le tastò e infine ne scelse una appena ricurva. A casa sua, nel bel mezzo dell'atto, all'improvviso la guardò spaventato, convinto che volessi umiliare il suo normalissimo uccello con la notevole circonferenza dell'ortaggio, scoppiò a piangere e mi cacciò. Tornai allo studentato mortificata. Googlai di nuovo *feticcio*, decisa: *gioco di ruolo, tentacoli, piedi, carta igienica, gomma, attrezzature mediche, orsacchiotti.*

Qualche giorno dopo le acque si erano calmate, la zucchina non fu più nominata e noi stavamo guardando tranquillamente un film di Kenneth Anger, che lui aveva già visto ma voleva mostrarmi. Quando corse a prendere altra birra, il telefono rimasto sul ripiano in pietra si mise a strepitare, una iena ronzante. Provai a ignorarlo e mi concentrai sui biker nazisti che sprofondano nell'autostrada blu, ma quello riprese il suo ululato elettrico. E poi ancora. Infine lo afferrai per silenziarlo e vidi spuntare dei messaggi. Erano di una certa *Sam Cassady*, che fissava l'ora dell'incontro e gli diceva cosa indossare. *Pantaloni di pelle e camicia bianca.* Quando Nate tornò e mi vide con il suo telefono in mano, sbiancò. Sgranò gli occhi, zoomata verde, rimase un istante senza parole e poi mi mollò.

*

Seguendo le istruzioni che Carol mi aveva mandato via email, preparai la documentazione per la domanda di studio all'estero, spingendo le diapositive dei miei lavori nei piccoli riquadri di plastica mentre recitavo una preghiera muta che ben presto si trasformò in una sequela muta di fanculo.

FANCULODAVIDCHRISENATEETUTTIQUEGLI-STRONZIDEGLISCULTORI.

A ripetizione. Sarei fuggita da Manhattan, l'isola dell'uomo corrotto.

Qualche mese dopo, con gioiosa esuberanza, Carol Gaynor mi convocò nel suo ufficio, leggiadro come lei, per informarmi che ero stata accettata a Helsinki per un anno. Sarei andata a piedi alla sauna sul mare e avrei proseguito gli studi in compagnia di studenti dignitosi. Carol fece un balletto imbarazzante con gli indici, che si era portata sulla testa. Euforica per l'imminente partenza, mi regalai sushi e bubble tea e chiamai mia madre mentre succhiavo le sferette di tapioca.

Nate era seduto sui gradini dell'accademia. E siccome ero felice lo salutai. Lui approfittò del mio sorriso, del mio piccolo gesto di disponibilità dopo tre mesi di gelo, per raccontarmi di sé e della sua vita, una roboante cascata di banalità. Godendomi la sensazione delle sferette di tapioca che si allargavano nello stomaco, gli fissai il viso scialbo soddisfatta della mia capacità d'ignorarlo. E poi, come se mi avesse scagliato un mattone sul piede, Nate annunciò di aver appena saputo che era stato accettato a Helsinki. Senza fiatare, girai sui tacchi e tornai nell'ufficio di Carol con il cervello che martellava. Lui sapeva che volevo andare lì. Gli avevo persino mostrato il campus su Google Maps, ingrandendo la sauna che si tuffa dritta nel mare. Stronzo manipolatore. Carol m'informò che era rimasto un posto libero all'accademia d'arte di Berlino.

*

La conoscevo solo superficialmente, mai avrei immaginato di passare un anno in un paese straniero con Hailey Mader. Sapevo che usava Coco Mademoiselle, l'onnipresente profumo di vaniglia e pulito apprezzato da igieniste dentali, assistenti galleriste e altre donne molto vicine al potere innocuo. Sapevo che possedeva l'inquietante coraggio di rompersi il naso da sola, masticava gomme Dentyne Ice e decorava la sua stanza con i poster dei liquori italiani anni Trenta, però non avevo idea di quale fosse il suo ramo artistico. Non l'avevo mai vista nel *ring*. Una volta, con aria serissima, mi disse che il suo lavoro era *concettuale*, come se quella parola spiegasse tutto. Per me era un personaggio appena abbozzato di una serie tv in cui tutti recitano male.

A quanto pareva Hailey parlava il tedesco, informazione che Carol mi riferì con entusiasmo mentre mi consegnava una paccata di depliant. Fu un sollievo sapere di non essere sola. Di poter contare sul fatto che qualcun altro avesse un piano. Avevo ancora il suo numero dai tempi di un gruppo di studio, così la chiamai, e mi sembrò sinceramente esaltata mentre parlava a macchinetta: aveva già comprato i biglietti, trovato l'ostello e, appena arrivata, si sarebbe procurata una nuova sim card. Verso la fine della telefonata, però, percepii una punta di esitazione nella sua voce, un impercettibile cambio di tono, quasi si stesse rendendo conto che non sarebbe più stata sola. Immaginai che magari a Berlino volesse reinventarsi. Forse aveva visto troppe volte *Cabaret* con Liza Minnelli. Oppure meditava di farsi la frangia corta corta e produrre techno o magari odiava anche lei quei cazzoni degli scultori. Quale che fosse il motivo, quando ci salutammo sapeva che ci saremmo andate insieme.

*

Il nostro primo pasto decente a Berlino fu in un ristorante specializzato in fondute vicino all'ostello, un antro buio degno degli hobbit con sedie di legno nodoso, spessi menù e candele tremolanti. Il cameriere era carino, una bellezza da palpiti adolescenziali, e non faceva che avvicinarsi con fare teatrale per controllare che fossimo *okay* per poi ritirarsi con una strizzatina d'occhio. Chiesi a Hailey perché fosse così gentile.

«Siamo due ventenni sexy. E straniere.» Immerse un cubetto di pane nel formaggio denso e spumeggiante e fissò il cameriere con un sorriso che diceva: *scopami* e lui ricambiò con un cenno della testa, quasi stesse per andare nel retro a farsi una sega.

«Su, racconta, cos'è successo a Ivy?»

Io farfugliai. Non avevo idea che sapesse di lei. Per andare al funerale mi ero persa gli esami, quindi immaginavo che i miei compagni di corso lo sapessero, ma a Berlino speravo di tenermela tutta per me. Poco prima di partire mi era capitato spesso di dimenticare quello che era successo, pensavo alle cose da raccontare a Ivy, prendevo in mano il telefono e mi ricordavo che lei non c'era più solo dopo aver cominciato a scrivere.

«È stata uccisa» risposi senza mezzi termini, facendomi paura da sola.

«Lo so» disse Hailey puntandosi il coltello al collo. «Sai chi è stato? Hai qualche idea?»

«Credono che sia stata una casualità.» Ridussi in poltiglia ciò che mi restava nel piatto. Non ero pronta a fidarmi di lei.

Hailey resse il mio sguardo, voleva sapere di più, infilzò un pezzo di pane: «Niente è casuale».

Io mi concentrai sul ronzio del frigo, pieno di torte al cioccolato ricoperte con quello che sembrava calcestruzzo montato.

«Ti sei tinta i capelli per somigliare a lei?»

«Come fai a sapere che era bionda?» le chiesi allarmata.

« L'ho cercata su Facebook. » Si fermò, poi aggiunse: « Le ragazze morte vanno fortissimo ».

Io per poco non mi strozzai, lei continuò. « E comunque ora puoi essere la mia migliore amica. Non ne ho mai avuta una, ci trasferivamo di continuo. »

Con mio grande sollievo il cameriere interruppe il silenzio e Hailey cominciò a parlare in tedesco con un entusiasmo eccessivo. Quella lingua mi spaventava, ogni frase sembrava un'auto compressa in un cubo. Flirtare sembrava impossibile, eppure il cameriere rideva e lei si passava il dito sulla clavicola con fare civettuolo. La situazione m'imbarazzava. Fissai oltre la vetrata colorata a rombi finché lui non se ne andò. Contammo i soldi nuovi come folletti terrorizzati. Hailey mi sussurrò che non occorreva lasciare una grossa mancia, in Germania funzionava diversamente, ma siccome per noi era troppo strano ci comportammo da americane, per poi pentircene tornando in ostello.

Due giorni dopo ci risposero da Craigslist per un potenziale appartamento disponibile in subaffitto dall'autunno alla primavera. Gli australiani si erano fatti più aggressivi, uno mi saltava sul letto puzzolente di sigarette e urina. Hailey aveva scritto spiegando che eravamo studentesse, pulite, rispettabili eccetera eccetera. La sublocatrice, che non aveva postato foto, era « una connazionale » e ci chiese un incontro per la sera stessa. Arrivammo a Schöneberg, all'altro capo della città, con la metropolitana color senape. Il palazzo si trovava in fondo a Bülowstrasse, un nastro di binari soprelevati gli correva davanti e, sul marciapiede di fronte, era accoccolata una chiesa di mattoni un po' tarchiata circondata da un bel parco alberato. Proprio l'Europa che avevo immaginato.

« Le vedi quelle? » mi chiese Hailey strappandomi alla mia fantasticheria e indicando un gruppetto di corpi in collant fluo e corsetti stretti sui giubbotti imbottiti. « Sono prostitute. Qui è legale. Pagano addirittura le tasse. »

Annuii, non sapendo se fosse un punto a favore o a sfavore del quartiere. Lei era una miniera di informazioni, cosa di cui le ero grata. Io non sapevo niente. La mattina mi aveva spiegato con calma che in Germania la maggior parte dei water ha una sorta di ripiano, invece del buco con l'acqua sul fondo, perché ai tedeschi piace ispezionare la loro merda.

«Trovo che sia lo sfondo perfetto per il nostro anno all'estero» annunciò indicando la strada e la facciata in pietra di fronte a noi. Annuii di nuovo. Al portone battemmo gli anfibi a terra e salimmo al secondo piano. Quando la porta si aprì fummo inondate da un profumo di fiori, penetrante e definitivo come quello dei funerali. Una signora dai capelli nerissimi ci tese la mano con cinque unghie rosso carminio e si presentò come Beatrice Becks, facendo schioccare le B.

Con un sorriso circospetto, mi rigirai quel nome nella mente come fosse una moneta.

Alta e raffinata, con una camicia Oxford svolazzante, Beatrice ci invitò a entrare nell'ingresso e quando indicò l'attaccapanni con il braccio l'effluvio floreale si fece più intenso. Malgrado le innumerevoli ore passate al banco del reparto profumeria del centro commerciale, non riuscivo a riconoscerlo: forse Diorissimo, ma era troppo morbido, questo era pungente, persino pepato. Ci sfilammo i giubbotti sotto il suo sguardo attento.

Mentre eravamo inginocchiate per slacciarci gli anfibi, Hailey avvicinò la testa alla mia: «Sembra Uma Thurman in *Pulp Fiction*, no?»

Io trattenni una risata. Pur non avendo visto il film, ricordavo il poster da Kim's Video: taglio di capelli identico e rossetto rosso. Sbirciai mentre, a braccia conserte, Beatrice si controllò allo specchio, sistemando la frangia, rilassando la mandibola e piegando la testa di lato. Evidentemente consapevole del suo profilo migliore.

Hailey si rialzò e io la seguii, intravedendo sulla destra la cucina con il pavimento verde. Beatrice girò a sinistra, noi le andammo dietro ed entrammo nel salotto, illuminato dalla luce calda di un lampadario con le lampadine a forma di candela. Hailey restò senza fiato per la bellezza della stanza. Il soffitto era alto almeno tre volte me, con un fregio che sembrava burro freddo inciso con un cucchiaio. Su Craigslist avevo visto talmente tante foto di case da sapere che quella non era normale.

Trasalimmo. In salotto c'era un'altra signora con una camicia molto simile e lo stesso caschetto con la frangia, il suo di un grigio spento. Hailey s'inchinò nervosa e lei ricambiò il saluto con un cenno del capo. Era seduta su un sofà di un rosso vivace, a forma di labbra carnose atteggiate in un broncio surrealista. Beatrice, che alla porta mi era sembrata altissima, prese posto accanto a lei e rimpicciolì. L'altra ci fu presentata come Janet, la madre. Io rimasi paralizzata dalla strana espressione del sofà, che aveva un angolo rivolto all'insù quasi fosse stato immortalato in una risata fasulla.

Madre e figlia ci studiarono con gli occhi fissi dei dipinti rinascimentali. Io tremavo e notai che le finestre erano aperte, ma le due perfette statue di cera sembravano non accorgersi del freddo.

Beatrice ruppe il silenzio: « Sono una scrittrice ». Lo disse come se lo sapessimo già. « E lascio la mia casa per sfuggire all'inverno berlinese e rifugiarmi nel clima più mite di Vienna. »

Io non reagii. Hailey ridacchiò, era una battuta, così la imitai in una risata forzata. Beatrice riguadagnò la scena: « Veniamo dalla *California* ».

Pronunciò la parola *Calii-four-nia* con un'eleganza da vecchio mondo che evocava auto costose lungo viali di pietra e viti cariche di uva matura. Doveva aver superato i quaranta da poco.

« Sarò presissima dal lavoro allo Schloss degli scrittori

della Cancelleria federale austriaca, uno scioglilingua, lo so, ma un posto magnifico per concentrarsi.» Guardò la madre in cerca di qualcosa. Quando Janet abbassò il mento appuntito in segno di approvazione, lei sembrò rilassarsi e si portò l'indice sulla linea rossa delle labbra. Mi accorsi che, malgrado i capelli grigi, Janet non era molto più vecchia e i tratti erano gli stessi: naso grande e occhi quasi neri, ma su di lei tutto più marcato, quasi spigoloso.

Parlammo di New York, parlammo di arte. *Sì*, studiavamo entrambe lì. Hailey elencò le sue origini, dal Rhode Island al Kentucky. *Sì*, Berlino era una novità. *Sì*, tutto per noi era una novità. Quando si distrassero lei mi rivolse un'occhiata sognante, voleva quella casa. Entrando in modalità cantastorie del Sud, le intrattenne con gli orrori dell'Hostel Star e degli Aaron australiani: *Ogni notte persa a Berlino è una notte persa a Berlino*. Madre e figlia scoppiarono in risate identiche, voltando il collo per guardarsi e poi girandosi di nuovo verso di noi. Si stavano sciogliendo. Beatrice cominciava a immedesimarsi, le giovani connazionali piene di stupore. Le sue domande divennero rapide, neanche stessimo correndo contro il cronometro al gioco dei mimi.

«Perché Berlino?»

«Che genere di arte vi piace?»

Hailey parlò di Warhol.

«Eravate mai state all'estero?»

Hailey mi diede una gomitata e io raccontai il mio viaggio delle superiori a Città del Messico, ventidue femmine e un maschio.

«Cosa fanno i vostri genitori?»

Hailey si lanciò nella lunga spiegazione di come Biggles, la catena di supermercati di famiglia, stesse cambiando il volto dei consumi americani.

«Siete impegnate?» chiese Beatrice ignorando il suo monologo sui prodotti deperibili. Ci mettemmo un po' a capire cosa volesse dire. Hailey parlò allegramente del suo ragazzo Zander, il *genio*, disse che erano una coppia aperta e che lui era appena stato candidato a un premio per il suo lavoro nell'ambito della robotica. Beatrice cominciò a ispezionarsi le unghie. Janet sbadigliò e la guardò. Spaventata, lei schioccò la lingua: « Zoe sta con l'ex della sua migliore amica morta ammazzata ».

Arrossii. Come faceva a saperlo? Le avevo solo detto che frequentavo un certo Jesse. Doveva aver fatto due più due guardando Facebook. Beatrice, alla quale s'illuminarono gli occhi, mi guardò con un sorriso tirato e Janet sembrò finalmente animarsi.

« Oh, mi dispiace tanto. Com'è successo? » chiese.

« Accoltellata » rispose Hailey con il tono di chi spiega quale cottura preferisce per la bistecca. Madre e figlia inarcarono le sopracciglia, evidentemente incuriosite.

« Dove? »

« Collo e torace, quattordici volte » rispose Hailey.

« Mi riferivo al luogo. »

« In Florida. Era una ballerina. » Hailey mi guardò per incitarmi a continuare. Io abbassai gli occhi a terra e la stanza piombò in un lungo silenzio. Non le avevo raccontato niente di tutto ciò. Perché si comportava così? Avrei voluto gridare. Beatrice piegò la testa di lato, vagamente compiaciuta. Mi fissavano tutte. Passò un treno che proiettò un bagliore giallastro nella stanza. Era così vicino che si riuscivano a vedere le sagome dei passeggeri con lo sguardo perso nella notte. Chissà se potevano vederci, se anche loro sapevano che l'intera stanza aspettava il mio racconto.

« Come mai vivi a Berlino? » chiese Hailey occupando lo spazio lasciato libero dalla fragorosa uscita di scena del treno.

Beatrice si raddrizzò e, assorta, girò la testa, ma prima che potesse rispondere intervenne Janet: « È un posto magnifico per scrivere, qui si può ancora riflettere sul male, però la nostra abitazione principale è in *Calii-four-nia* e la mia preferita è un cottage frisone sulla costa di Sylt».

Hailey sorrise come se quella spiegazione avesse senso.

«Cos'è un cottage frisone?» mormorai tentando di rimediare al mio precedente silenzio. Hailey m'incenerì neanche fossi un'idiota.

«È una specie di fattoria con il tetto di paglia molto diffusa a Sylt, un'isola a nord» rispose Janet.

«Li adoro» aggiunse Hailey.

«Sono molto graziosi, ma richiedono una manutenzione costante.»

«Bene» tagliò corto Beatrice, evidentemente seccata dalle chiacchiere della madre. Sollevò il corpo ossuto dal sofà e fece cenno di seguirla, dimenando le unghie rosso carminio mentre ci mostrava la lavatrice nuova di zecca, il bagno senza finestra, la bella nicchia per leggere. Le pareti della cucina erano rivestite con carta da parati sbiadita anni Settanta a motivi floreali e scaffali di libri da terra al soffitto. Io mi trattenni alla finestra accanto al lavello per sbirciare nella corte deserta.

«E qui c'è la mia libreria» disse nell'ingresso indicando l'arcobaleno a dodici ripiani alle sue spalle. Io uscii dalla cucina proprio mentre sembrava in posa per una foto, i capelli neri che riflettevano la luce del lampadario.

Quando corse a rispondere al telefono restammo sole.

«Lo sapevo, cazzo. È famosa, i suoi libri si trovano negli aeroporti» sussurrò Hailey entusiasta. Il suo amore per il pop si estendeva anche alla narrativa, specie ai mattoni dalla copertina goffrata e dai caratteri grondanti sangue che si portava in giro. Era fuori di sé.

Beatrice tornò. «Come avrete notato la camera è una, ma in salotto c'è un magnifico divano-letto.»

«Fantastico» commentò Hailey con un sorrisetto compiaciuto.

La sua vuota esuberanza mi riempì di rabbia. Aveva sbattuto Ivy sul tavolo come fosse un gettone da poker. Non aveva filtri. Né freni.

«Date pure un'occhiata» concluse Beatrice, e indicò la camera da letto con la testa facendo svolazzare la frangia.

L'ex salone, ora due stanze enormi, era stato diviso mediante una porta a due battenti intagliati e dipinti di bianco con le maniglie dorate di epoca prebellica o, come aveva detto Beatrice, *Altbau*. I pavimenti di parquet, con motivi a diamante e strisce sottili di ciliegio scuro che correvano tutt'intorno al perimetro, erano coperti da tappeti sparsi. La stanza più grande, la camera, aveva un bovindo affacciato sul parco, un letto in ferro battuto e un lucente pianoforte verticale Blüthner. La stanza appena più piccola, cioè il salotto in cui Janet sedeva rigida sul sofà a forma di labbra, vantava un grande tavolo di quercia e una serie di librerie. Entrambe avevano, in un angolo, un ingombrante rettangolo rivestito di piastrelle.

«Ah, già, il proverbiale elefante nella stanza. È l'unica pecca, ragazze, riscaldamento a carbone. Però funziona benissimo, basta farci la mano» precisò Beatrice notando l'espressione scettica di Hailey.

Infine tornammo nell'ingresso per recuperare i giubbotti e lei ci abbracciò impacciata, avvolgendoci nel suo profumo floreale mutante. «Sarebbe magnifico avervi qui, *care connazionali*» disse sottovoce. Janet la raggiunse sulla soglia e, illuminati da dietro, i caschetti identici si stagliavano in controluce.

«Quindi possiamo averla?» chiese agitata Hailey.

«Certo, non vedo perché no» rispose Janet allungando il collo.

Beatrice la guardò in cagnesco. «Vi mando tutti i dettagli.»

«E spero che la nostra biblioteca vi piaccia» aggiunse sua madre prima che la porta si chiudesse.

Nell'uscire in strada Hailey canticchiò euforica e sganciò

un: «Sì, cazzo». Io non riuscivo a festeggiare. Mentre la casa veniva inghiottita dalle tenebre, l'aver sentito menzionare «l'ex dell'amica morta ammazzata» mi soffocò di rabbia. L'attaccai: «Hailey, non dovevi...»

Non mi fece nemmeno finire. «E dai. È Beatrice Becks, per accaparrarci l'appartamento serviva una buona storia. Ce l'abbiamo fatta, è pazzesco, la casa più bella di Berlino. Cos'è, hai un'idea migliore?»

Non ce l'avevo. La bilancia pendeva dalla sua. Era lei che parlava in tedesco, che decifrava la cartina della città, che non aveva paura di chiedere informazioni ai passanti e di mandare email per cercare casa. In treno sospirai e lasciai dissolvere il suo commento.

Più tardi, ricevuta da Beatrice la conferma con i dettagli, eravamo al settimo cielo e accettammo di fumare erba alla finestra con gli Aaron, che ci parlarono di un locale chiamato Berghain.

«Provateci. Non c'è verso di entrare, noi siamo stati rimbalzati due volte di fila.»

«È un terno al lotto, il locale più cazzuto del mondo.»

«È un santuario del sound, cazzo.»

«Ci proveremo ed entreremo» disse Hailey sfidandoli mentre mi passava la canna.

Dieci minuti dopo gli australiani s'infilarono i giubbotti e si calcarono i berretti per tentare la sorte.

Avevano appena aperto la porta quando Hailey li chiamò. «Se vi va ho dell'ecstasy, di quella buona.»

Loro guairono. Lei frugò nella trousse e tirò fuori tre pasticche azzurre.

«Grazie, piccola, sei la meglio» disse il più alto nascondendole nel palmo e dandole un bacetto.

La porta si chiuse e Hailey si asciugò la guancia.

«Hai l'ecstasy?»

«Sonniferi. Ho grattato via il logo.»

Il tempo di una sonora risata e mi venne l'ansia per gli imminenti esami tossicologici post mortem.

« La vendetta va servita con uno sbadiglio » rise lei.

Ci addormentammo stordite, con i pomelli di Beatrice che ci danzavano in testa come prugne caramellate.

Al trasloco mancava una settimana. Bevemmo qualche birra al bar dell'ostello, che sapeva di limone e consisteva in un minifrigo, un murale malriuscito della mappa dei pub di Berlino e una cassettina per i soldi a forma di Torre della televisione, incatenata alla finestra. « Sai cosa ci farebbe bene? » chiese Hailey. Scossi la testa. « Uscire. È l'ultimo fine settimana prima delle lezioni, dopo probabilmente saremo troppo impegnate. »

« Dove vuoi andare? » domandai torcendo il collo verso l'alto per indicare, con sarcasmo, i disegnini dei boccali di birra.

« Al Berghain. »

L'idea che mi ero fatta dei locali europei proveniva soprattutto dagli episodi di *Alias*, in cui Jennifer Garner sfoggia parrucche corte nere e parla in russo con buttafuori corpulenti e donne sinuose, perciò mi tornava che gli australiani fossero stati rimbalzati: erano fuori posto.

« Dai, possiamo dimostrargli che sono degli sfigati. »

« Okay, andiamoci » dissi.

Lei scelse pantaloni viola a vita bassa e una camicetta color crema iridescente, io collant argento American Apparel sotto jeans strappati, giacca di pelle e cerchi alle orecchie. Il locale non era lontano dall'ostello. Comprammo una bottiglietta di vodka da bere lungo il tragitto, su cui lei lasciò il segno del rossetto Dior color rubino.

L'edificio industriale sorgeva in un campo disseminato di reti metalliche e bici allucchettate e, malgrado la mezzanotte fosse passata da un bel po', la coda per entrare contava almeno un centinaio di persone.

«Sono tutti brutti» commentò Hailey a voce troppo alta, «entriamo di sicuro.» Ci eravamo scolate la vodka. Pur avendo le gambe molli, i miei nervi erano tesi come corde di violino nell'attesa di scoprire quale sorte ci sarebbe toccata alla porta.

«Entriamo, ne sono certa» ripeté lei. S'infilò in bocca un'altra manciata di Dentyne Ice d'importazione e cominciò a masticare rumorosamente. Sempre più vicine, vedevamo i gruppetti fermati e quelli ammessi.

«Lascia parlare me, odieranno i turisti.» Io annuii mentre mi strappavo le pellicine. «E tieni, mettiti il rossetto.»

Obbedii, immersi la bacchetta di plastica nel buco rosso vivo e me la passai sulle labbra. «Oddio, sono tutti vestiti di nero» commentò Hailey indicando il serpentone, una cinquantina di persone, in attesa nel recinto per il bestiame fra noi e la porta. «Abbiamo sbagliato i colori.» All'improvviso comparve un tizio con il cappuccio che cercò di venderci cocaina. Lei scrollò le spalle e scambiò due banconote da venti con una bustina di plastica bianca.

«Dobbiamo finirla prima di entrare, ho sentito che perquisiscono» disse accarezzando la bustina con il panico che riverberava nella voce. Altri quattro furono respinti. Uno allampanato con il bomber entrò. Nascoste dietro i corpi ingombranti dei tre tizi davanti, sniffammo i mucchietti umidicci dal suo portafoglio di plastica. Capii subito che non era coca. Forse speed. Una roba forte. Andammo parecchio su di giri. «M'infilo il resto nelle mutande» proposi, e Hailey annuì, il viso anestetizzato. Infine i tre spilungoni riuscirono a entrare. Il buttafuori dal collo massiccio e dallo sguardo cattivo ci squadrò in fretta da capo a piedi e disse: «*Heute leider nicht*».

Non mi occorreva sapere il tedesco per capire. Mi allontanai di corsa, gli occhi incollati a terra e un nodo in gola. Mi bruciavano le narici. Dov'era finita Hailey? Mi voltai e la vidi discutere con il buttafuori. Il nodo s'ingrossò. «Vieni via» gridai desiderando che quella situazione svanisse nel nulla. Desiderando essere ovunque tranne che in fila, con tutti quegli occhi che soppesavano il perché del rifiuto. Infine lei si girò e mi raggiunse.

«Quello stronzo dice che non ci fa entrare perché non gli piacciono le mie scarpe.»

Abbassai lo sguardo sugli anfibi Marc Jacobs da gladiatore. Erano orrendi.

«Ma secondo me è perché non siamo vestite di nero. E forse perché siamo troppo sexy. A quanto pare per entrare devi sembrare un sacco dell'immondizia. Fanculo.» Aveva l'espressione dura, le pupille enormi. «Andiamo da un'altra parte. Tanto la techno mi fa schifo...»

Feci di sì con la testa. Lei comprò un'altra bottiglietta di vodka e ci avviammo alla metro. Era sul piede di guerra. Io ero troppo stonata per parlare. Dal naso cominciò a colarle sangue sul giubbotto blu sintetico, che diventò color ametista. Se lo pulì con una manciata di tovagliolini presi in un chiosco della stazione assicurandomi che succedeva spesso, un effetto collaterale dell'intervento al naso.

«Ho sentito di un locale frequentato da artisti in Skalitzer Strasse, andiamo lì» disse premendosi sul viso il mucchietto di carta ormai rossa. Fra un sorso di vodka e l'altro, la seguii obbediente per quelle che mi sembrarono ore finché ci ritrovammo in un parcheggio con la musica che martellava da una costruzione di mattoni subito oltre. In fila saranno stati in dieci, anche lì tutti in nero. Al pensiero di un secondo rifiuto avvampai. «Possiamo sempre tornare a bere in ostello, io sono fatta» suggerii.

«No» disse lei stizzita. La droga la incattiviva. Una decina di estenuanti minuti dopo il buttafuori spettinato in giubbotto di jeans ci fece entrare con un sorriso. Dentro esplodemmo.

« Evvai! » strillò Hailey sgomitando per raggiungere il bar.

Il menù era scritto con il pennarello su una lavagna glitterata e i quattro baristi a torso nudo, tutti uomini, erano quasi glabri. A lei si era addolcito lo sguardo. La pista da ballo era piena zeppa di corpi, braccia lucide che ondeggiavano, e ogni fessura sotto le sedie e sui davanzali traboccava di maglioni e giubbotti. Spingemmo i nostri sotto una panca. Hailey ordinò due vodka tonic e pagò. Saltellammo fino alla pista. La musica era più disco che techno e, dopo non molto, ci ritrovammo fra quattro connazionali il cui evidente affiatamento veniva dall'aver passato insieme centinaia di nottate così: con le mani che si moltiplicavano come quelle delle divinità indù, scivolandosi addosso e intorno, si scambiavano bicchieri, sorrisetti, commenti e sniffate.

« Ciao, di dove siete? » chiese a Hailey il più alto, con i ricci castani e un paio di pretenziosi occhiali firmati.

« New York » rispose lei fermandosi i capelli dietro l'orecchio.

« Io sono Christopher, Connecticut » lo sentii dire prima che la facesse piroettare con ironia, neanche fossimo in un film musicale degli anni Quaranta. *Christopher, Connecticut* suonava un po' come un marchio di asciugamani eleganti. Osservai i capelli rossi di Hailey sfuggire all'orecchio e ondeggiare avanti e indietro, il collo flessuoso sincronizzato con quello di lui. Era bella. Questo lo sapevo. Capivo cosa voleva dire, ma vederla sulla pista da ballo rendeva la cosa più reale. Come una valuta che si può cambiare in aeroporto. Attirava le persone. Quando mi strizzò l'occhio provai un moto d'orgoglio, eravamo complici. Ballai accanto al nuovo gruppetto, nervosa, sudata. Ancora strafatta. Partì un pezzo di Donna Summer, uno dei preferiti di Ivy, che lo ascoltava in loop a tutto volume nella sua Bravada color rame, i finestrini abbassati: *I feeeel love.*

Mi aggrappai ai suoi nastri intrecciati dentro di me. La

sentivo vicina. La musica s'intensificò. Chiusi gli occhi e riuscii a vederla, abbronzata e concentrata, mentre muoveva le spalle a un ritmo scientifico. Sentii il suo calore fondersi al mio e quando mi ritrovai sulla pista, sbattendo più volte le palpebre, Ivy era lì, uno dei tanti corpi saltellanti. Mi fermai e lei mi fissò, i suoi occhi avevano sempre avuto l'effetto di una mitragliatrice giocattolo, inchiodavano con delicatezza chiunque puntassero, e io allungai il braccio, sconcertata. Era solida, di carne, ossa, sangue pulsante. Euforica, le strinsi il polso per tirarla a me. Ci muovemmo all'unisono, avrei voluto farle mille domande. *Cos'è successo? Chi ti ha uccisa? Dove sei? Ce l'hai con me?* Mi avvicinai, le labbra all'improvviso bollenti. Ivy alzò l'indice per fermare la mia bocca che la cercava e indietreggiò piano. Cominciò a sfuggirmi, a dissolversi. Provai a riafferrarle il polso in preda al panico, ma stavolta trovai quello di Hailey, che sorrise per poi voltarsi di nuovo verso Christopher, Connecticut.

Donna Summer svanì, ma la fusione tra Hailey e Ivy sembrava permanente e diluì il veleno spiazzante che mi scorreva nelle vene dal giorno del funerale. Continuai a ballare fissando Hailey, i capelli che sbatacchiavano di qua e di là, le tette che saltavano su dal push-up insieme a lei, e ogni volta che i suoi occhi incontravano i miei mi si allargava il cuore. Solo allora mi accorsi che desideravo la sua amicizia con tutta me stessa.

Una mezz'oretta dopo avvicinò il viso al mio: « Vogliono andarsene. Lui mi piace, è un regista, forse anche famoso. Sono fichi, per me dovremmo andare con loro, hanno chiamato il taxi... »

L'avrei seguita ovunque. Recuperammo i giubbotti, che nel frattempo si erano bagnati di alcol, e salimmo su una vettura giallo chiaro. Quando lo sportello si chiuse le lingue di Hailey e Christopher cominciarono a sprigionare un rumore acquatico, un verso di balena. La ragazza seduta accanto a me, con addosso vari strati elastici di nero che le conferivano il profilo di un pipistrello, mi tese la mano con espressione annoiata senza neppure dirmi il suo nome.

« Dove stiamo andando? » le chiesi.

« Al Berghain » rispose con nonchalance, per poi voltarsi verso il finestrino e lasciarmi a fissare il suo taglio di capelli squadrato.

Panico. Hailey mi guardò atterrita, la lingua ancora nella bocca di Christopher. Il taxi proseguiva.

Dopo qualche minuto lui si staccò, sporco di rossetto. « Facciamoci qualche pista » disse.

La ragazza-pipistrello estrasse prontamente un portasigarette d'argento e ne preparò alcune con maestria, il polso giroscopico mentre le ruote turbinavano sull'asfalto. Io tirai indietro i capelli e accettai terrorizzata. Il silenzio fu interrotto da Christopher e Hailey, che ripresero a scambiarsi la saliva.

« Di cosa ti occupi? » chiesi alla ragazza-pipistrello.

Lei alzò gli occhi al cielo. « Sono una trend forecaster. »

Annuii fingendo di aver capito.

« Non te l'hanno ancora detto che a Berlino questa domanda non si fa? » Il taxi rallentò. Eravamo tornate al punto di partenza.

Sbucando dalle fauci dello sportello scorrevole, Hailey sussurrò: « Scambiamoci i vestiti, non se lo ricorderanno. Non possiamo dirgli che ci hanno rimbalzato, è troppo umiliante ».

« Non gli hai chiesto dove andavano? » Ci mancò poco che urlassi.

Lei scosse in fretta la testa sperando di placare la mia ira.

La fila era triplicata. Prendemmo posto sul marciapiede a quasi un isolato dal locale. Quando il nostro gruppo ci sembrò distratto, ci scambiammo il giubbotto. Io mi sciolsi i capelli, lei si raccolse i suoi. Dopo quaranta minuti voleva che ci scambiassimo le scarpe.

« No, hai detto che non gli piacciono i tuoi anfibi » mi lagnai.

«Addosso a me.»

La nottata sembrava una cascata incontrollabile. Con il corpo sospeso in movimento, sospinto verso lo strapiombo non ancora in vista, sospirai e infilai i piedi negli anfibi di due numeri più grandi.

«Meglio dividerci» disse Christopher separandomi da Hailey. Quando fummo sufficientemente vicini da riuscire a vedere che il buttafuori era cambiato, sospirai di sollievo.

La ragazza-pipistrello tolse la droga dal portasigarette e se la mise nel calzino. Gli spagnoli davanti a noi furono rimbalzati. Toccava a Hailey e Christopher. Proprio in quel momento tornò il buttafuori dal collo taurino. Scoppiò a ridere. Lei si girò verso di me, con un rivoletto di sangue che le colava dal naso.

«Ve l'ho già detto, *oggi no*. Potete anche scambiarvi i vestiti, ma quegli anfibi.» Li indicò. «Tornatevene a casa» e rivolto agli altri, sbalorditi, aggiunse: «lo stesso vale per voi».

La ragazza-pipistrello era mortificata. Christopher era rimasto a bocca aperta. «Guarda che noi veniamo spesso...»

«D'accordo, ma stasera le avevo già mandate via.»

Gli occhi di Hailey si riempirono di lacrime e dal naso rifatto schizzava un geyser rosso. Non volendo fare una scenata alla porta, Christopher si girò con calma. Quando fu a una decina di passi, però, le urlò contro. «Perché non ci hai detto che eravate state rimbalzate? Sei pazza? Col cavolo che uno di noi potrà rimetterci piede.» Guardò la ragazza-pipistrello scuotendo la testa.

«Sei stato tu a volerle portare, Chris, è colpa tua» sbottò lei avviandosi verso i taxi e rivolgendoci la chioma asimmetrica, «ecco come va a finire quando raccatti la prima che capita.»

Hailey, che sembrava spaccata in due da un'ascia, cominciò a correre sprigionando una pioggerella di sangue. La seguii. Era veloce. Cinque capannoni dopo si fermò e io le arrancai dietro, le dita dei piedi che sbattevano contro il cuoio dei suoi anfibi. In lacrime, faceva pipì accovacciata accanto a un cespuglio. Ripresi fiato, mi sbottonai i pantaloni e mi unii a lei, mentre i due rivoli scivolavano lenti sul marciapiede freddo, placidi e ignari della nostra tragedia.

«Non parliamone mai più» disse lei asciugandosi il naso sporco di muco misto a sangue.

Io annuii e sussurrai: «Ogni notte persa a Berlino è una notte persa a Berlino» e mi riabbottonai i pantaloni.

La scuola era piuttosto assente. Non c'era Carol Gaynor né nessun altro a coccolarci e ad aiutarci. Solo una sfilza di porte di metallo pesanti, coperte da spessi strati di lacca, che non si aprivano o si chiudevano con violenza un istante prima che potessimo fermarle. Quando finalmente riuscii a ritirare il tesserino universitario, la signora con la treccia nera stretta stretta che vegliava su un classificatore rosso si limitò a sfilare un foglio di quaderno e a chiedermi di firmarlo in fondo battendoci su con la penna. Le sue parole di commiato furono un teutonico *buona fortuna*.

Entrando nella struttura dalla facciata alla Hogwarts trattenni il fiato aspettandomi torce ardenti e sedie superimbottite, mentre invece trovai un dedalo di corridoi non riscaldati, disseminati di detriti e puzzolenti di trementina. La mia aula si trovava nell'*Hof* più lontano, che significava, a quanto pare, «edificio sul retro». Era grande quanto un piccolo hangar, il pavimento era un mosaico di rimasugli di legname grezzo e sulle finestre salivano rampicanti marroni. Le opere d'arte, sparse su tavoli vecchissimi, avevano tutte le stesse tonalità terrose: ammassi di muschio, filo spinato rivestito di terra cruda, uccelli impagliati con la testa attaccata al contrario, barili color indaco, acqua marcia in barattoli di vetro etichettati. Sembrava un po' un museo di storia naturale sperimentale. In mezzo alla stanza, tentai di ricordare com'ero finita lì: dopo aver escluso Helsinki, una voluttuosa dark mi aveva sentito parlare dell'accademia di Berlino in ascensore e, girato il collo tatuato verso di me, mi aveva informata che l'insegnante più bravo era Klaus Simons. Io mi ero appuntata il nome sulla mano, grata per quel brandello d'informazione, e avevo fatto domanda per seguire il suo corso. Non l'avevo nemmeno googlato.

Un ragazzo-cigno mi si avvicinò e, in un inglese stentato, disse che Klaus veniva solo una volta ogni tre settimane e, *sì*, faceva lezione in tedesco. In base a un calcolo approssimativo avrei seguito in tutto nove lezioni. A New York ne avevo quattro al giorno. Il cigno si offrì di mostrarmi la mensa, mangiammo entrambi patate, lui a purè, io fritte. Sorridemmo molto e annuimmo.

Quattro giorni prima dell'inizio dei corsi ci trasferimmo a casa di Beatrice. «Quale stanza vuoi?» mi chiese Hailey togliendosi lo zaino dalle spalle. Scrollai le spalle sapendo che sarebbe stato uno di quei giochi passivo-aggressivi. Ovviamente importava sia a me sia a lei. Dopo essersi liberata i capelli dalle cinghie andò nella camera appena più grande, quella con il bovindo e il letto vero, e con un sospiro disse: «Se per te va bene prendo questa».

Nessun gioco. Alzando gli occhi al cielo spinsi la valigia nella stanza con il sofà a forma di labbra e il divano-letto, che comunque era di gran lunga la più bella in cui avessi mai abitato.

Sapevamo entrambe di non essere le ragazze pulite e rispettabili per cui ci eravamo doverosamente spacciate, ma artiste con inchiostro di china, colla e valigette di colori: il tappeto bianco a pelo lungo a forma di trapezio non sarebbe durato una settimana, così lo arrotolammo e lo spingemmo sotto il letto di Hailey insieme al tappeto persiano della mia stanza. In quelle prime ore ci sentimmo due regine, che incedevano negli ambienti spaziosi a braccia distese, assaporando la botta di fortuna, ma il senso di opulenza cominciò a scemare non appena tentammo di accendere il fuoco. Le stufe di piastrelle bianche erano sormontate da una serie di rilievi smaltati che ritraevano boccioli e rami sinuosi e, in basso, avevano uno sportellino di metallo che si apriva cigolando sullo spazio in cui andavano accesi i presunti «fuochi». Nel seminterrato Beatrice aveva lasciato una tonnellata di carbone, una retina arancione piena di bastoncini lunghi, due blocchi di un accendifuoco gommoso che puzzava di cherosene e una pila di *New York Times*. In ginocchio appallottolammo i giornali e, dopo vari tentativi andati in fumo, avevamo i nostri fuochi scoppiettanti.

Aggiungemmo le mattonelle nere e unte di carbone e, tempo qualche ora, brillavano come lingotti d'oro, segno che era arrivato il momento di aggiungerne altre, e così via fino al sopraggiungere della morte o dell'estate.

Sul frigo trovammo un elenco di istruzioni dettagliate su come fare la raccolta differenziata, smaltire la cenere del carbone, accendere lo scaldabagno e, in fondo, l'indirizzo di Sylt a cui spedire la posta da recapitare a Janet, che evidentemente si occupava di tutte le inezie della vita della figlia mentre lei si concentrava sulla scrittura. Al nostro arrivo radunammo le varie buste bianche. Prima di spedirle, però, Hailey voleva aprirle.

«Si possono reincollare.»

«Sono abbastanza sicura che sia un reato.»

«Possiamo sempre dire che è stato un errore» replicò lei infilando l'indice e staccando il risvolto.

«Che palle, è la bolletta della luce.» Ne prese un'altra e l'aprì.

Le s'illuminarono gli occhi. «È dell'editor di New York, *Mabel Henderson*, a quanto pare la signora Becks ha rinviato il prossimo libro...» s'interruppe scorrendo il resto della lettera «per ben due volte!»

Andando nell'altra stanza mi ripromisi di non lasciare mai la mia posta in balia di Hailey.

Il terzo giorno rientrò con una busta di Schlecker piena di scatoline di cartone. «Tingiamo tutto di nero» annunciò riempiendo la vasca di acqua bollente. Versò la polvere e cominciò a radunare mucchi di indumenti: magliette, collant bianchi, un vestito celeste, una felpa grigia e i pantaloni viola. «Tanto qui i colori non hanno letteralmente nessun senso» spiegò punzecchiando l'ammasso informe a mollo nella vasca ormai nera. Io aggiunsi una canotta a righe, collant gialli e una maglietta rosa che mi aveva regalato mia madre.

«Dovresti tingere anche le magliette da danza» suggerì Hailey senza guardarmi.

«Sono di Ivy» dissi a disagio.

«L'avevo capito. Non trovi strano mettertele?»

Io arrossii e mi voltai, lasciandola sola a spingere il monticello di stoffa con un manico di scopa. Non mi andava di spiegarle che mi sentivo me stessa solo nei vestiti di Ivy.

Malgrado le premure riservate alle preziose stufe a carbone, nell'aria aleggiava l'inverno imminente. E, come me, anche Hailey aveva poche lezioni, per cui stavamo sempre in casa. Prendemmo l'abitudine di trattenerci in cucina scaldandoci con lo sportello del forno a gas aperto e di travasare caraffe di vin brulé in un tegame di metallo sottile, stando attente a non far evaporare l'alcol. Il vino sapeva di Natale e noi lo mandavamo giù nel tepore azzurrato del forno ronzante. Trasportare il carbone era un incubo. Bisognava recuperarlo nel seminterrato che puzzava di Seconda guerra mondiale, con messaggi raccapriccianti scritti sul soffitto basso con il fumo di candele gocciolanti e moniti sui ratti in caratteri gotici. Il coraggio di scendere laggiù ci veniva solo quando eravamo strafatte e poi, sghignazzando, trascinavamo le confezioni da cinquanta mattonelle un gradino alla volta.

Sulla nostra isola riscaldata a carbone avevamo creato un'amicizia, per quanto fragile e ancora nuova. Io mi ero dimenticata di comprare le uova, lei mi aveva finito il muesli, io avevo contato troppo su di lei per il tedesco, lei aveva lasciato un tampone sporco in bagno, io mi ero chiusa fuori casa e lei era tornata per farmi entrare, ma in un modo o nell'altro eravamo sempre pari. Decisi che anche se Berlino era tutta lì, soltanto noi due a bere e parlare, mi piaceva, ed era comunque meglio di New York dove tutto mi ricordava Ivy, che non viveva più a una corsa in metro da me. Una sera tardi, dopo aver acceso le stufe, Hailey si sdraiò sul pavimento della mia camera mentre io ero raggomitolata a letto. Ci eravamo scolate due bottiglie di vino, avevamo praticamente esaurito qualsiasi argomento di conversazione e ci stavamo appisolando con Kanye West che piagnucolava dalle casse di merda di Beatrice.

«Mi annoio» disse lei alla fine del pezzo. «Parlami di Ivy.»

Scossi la testa e tornai allo schermo del computer. Non ero ancora pronta e non volevo che Ivy diventasse un passatempo per la sua noia.

Amy Winehouse cominciò a ululare, la sua voce rimbalzò da una parte all'altra della stanza. Senza parlare, ci bevemmo un altro bicchiere a testa.

«Sei felice?» mi chiese Hailey. «Intendo qui.»

Aspettai la prima pausa del riff di chitarra. «Diciamo che è sempre meglio di New York. E tu?»

«Mio fratello ha studiato francese, quindi era destinato a Parigi. E io ho studiato tedesco, perciò ho sempre saputo di essere destinata a Berlino. Avevo la sensazione che...» Inclinò la testa e il treno che sfrecciò in quel momento le illuminò il viso a forma di cuore. «Ho sempre avuto la sensazione che la mia *storia* si sarebbe svolta qui. Solo che non sta ancora andando come l'avevo immaginata.»

Il modo in cui pronunciò la parola *storia* m'innervosì. Quasi che io e l'intera città fossimo semplici comparse nella sua fantasticheria adolescenziale. Riusciva a dare l'impressione che tutto accadesse per un disegno più grande. Non tanto divino, quanto piuttosto autoreferenziale.

A furia di bere mi si sciolse la lingua. « Hai guardato molte volte *Cabaret*? » le chiesi, con più sarcasmo di quanto volessi mostrare. Ne avevo visto giusto qualche spezzone: Liza Minnelli che fa volteggiare la sua carne traslucida intorno a una sedia in un locale fumoso o che biascica in tedesco in una vestaglia ornata di piume, uno spettro di Berlino decisamente irritante.

« Ovvio, Zoe. »

Il mio sarcasmo aveva azionato un interruttore nascosto.

« Lo trovi divertente » bevve un sorso e si girò tutta verso di me, « ti credi *alternativa*, fuori dagli schemi. Noleggiavi i film interessanti. Andavi ai concerti noise a Bushwick. E come tutti gli studenti dell'accademia pensavi che i bravi artisti devono essere sporchi e strani. Però non è così. »

« Io non mi credo *alternativa* » dissi incredula.

Era una belva. « So che alle superiori eri quella creativa, bizzarra e lunatica. Ma a New York non eri affatto strana. Neanche per sogno. Eri l'ennesima di una lunghissima fila. E forse è proprio questo che ti faceva sentire peggiore di Nate Kai o di qualunque cosa credevi non ti piacesse della città. » La bottiglia di vino si manifestava nella rotondità delle sue parole. Io rimasi zitta, indecisa se reagire. Lei continuò. « Essere artisti significa vendere storie e vendere storie è commercio. Non c'è niente di alternativo in questo. »

Si tirò su da terra e guadagnò il vano della porta.

« Io non mi credo... »

« Invece sì » disse, per poi voltarsi e andare in camera sua.

Rimasi muta, addolorata al pensiero che qualunque cosa ci fosse tra noi, e chiunque fossi per lei, non era abbastanza.

3

Maggio piombò su New York con un'entusiastica corrente calda, facendo spuntare in massa spalline di reggiseni e gambe nude. Non credevo che sarei finita a studiare a Berlino, e non perché preferissi andare a Helsinki, ma perché Ivy era stata uccisa e io mi ero innamorata. In treno il gel per le mani mi esplose nella borsa, e quando il telefono squillò lo trovai coperto di alcol profumato alla mela verde. Lo asciugai sulla gonna, ma quando me lo appoggiai alla guancia mi venne lo stesso la nausea. Era James, uno dei miei più cari amici delle superiori. Era stato la star dei musical scolastici e aveva appena coronato il sogno di trasferirsi a Orlando per esibirsi in un locale gay. A scuola gliene avevano combinate di tutti i colori, peggio che a me, eppure ce l'aveva fatta. Era stranamente taciturno.

«Che c'è?» chiesi di nuovo. Non aveva mai problemi a trovare le parole. Era successo qualcosa.

«Ivy.»

Aveva ricevuto quattordici coltellate mentre tornava a casa dal Fish, un locale in stile marinaro nella zona sud di Sebastian che vendeva due birre al prezzo di una. Non sapevano chi fosse stato né perché. A me sembrò che una mano mi spuntasse dalle viscere e spingesse le dita fuori dalla bocca, tanto che cominciai a tossire. Una signora corpulenta con un completo in poliestere di un bianco immacolato prese una manciata di fazzolettini dalla borsa. Il treno arrancò sull'East River. Ivy era la mia migliore amica, la ballerina che aveva attraversato l'adolescenza piroettando. In quel momento doveva trovarsi a Manhattan a fare stretching in calzamaglia lilla, a bere acqua da una borraccia turchese e a prepararsi per il prossimo salto, avvitamento, balzo, triplo axel o quel che era.

L'avevo vista la settimana prima. Era stressata per gli esami e non sapeva se prendersi il fine settimana e tornare a casa per l'ottantesimo compleanno della nonna Jane. *Se non ci vai lo rimpiangerai per il resto della tua vita*: da allora non avevo fatto che ripensare a quella sequenza di parole, un inquieto rosario. Lei sospirò, d'accordo con me, e come faceva sempre quando era indecisa, cominciò a far dondolare furiosamente una gamba su e giù.

Volevamo entrambe molto bene a sua nonna, un'*energica ragazza matura*, come lei stessa si definiva, che indossava solo colori pastello e imprecava per acronimi. *Merda* era *Meglio Essere Ricolma D'Amore*. Quando Ivy e io eravamo alle medie, il venerdì ci comprava lo yogurt gelato e, fra i vari insegnamenti, ci spiegò che in genere le espressioni educate sono le più scortesi in assoluto: la sua preferita era *pregherò per te*.

Consegnai a Ivy una busta di carta oleata rosa. Qualche ora prima, mentre girellavo nei mercati delle pulci del Lower East Side in cerca di materiali artistici, avevo trovato un braccialetto d'oro con il nome *Jane* in corsivo.

«Zoe, le piacerà da matti, fa tanto Carrie Bradshaw.»

«Come lei.»

Se lo infilò al polso per ammirarlo nel riflesso del vetro. «Quasi quasi me lo tengo.»

«Portalo fino al suo compleanno.»

«Mi sa tanto che non posso andarci, gli esami sono una follia.»

«E come farà a ricevere il regalo?» la sgridai.

Lei inspirò. «È vero, hai ragione.»

Quando a dieci anni era arrivata nella mia scuola le invidiavo da matti i capelli. Le servivano ben due elastici per raccoglierli in una coda di cavallo grossa quanto una bottiglietta di Coca Cola, che scintillava come un tesoro subacqueo. Diventò subito la beniamina di tutti. Brava a divertire le compagne sedute sotto il gazebo in pausa pranzo, brava in geografia, a teatro, a fare la cheerleader e addirittura bravissima in spagnolo. Certi giorni la mia invidia era talmente palpabile da far male. Possibile che, appena arrivata, avesse fatto amicizia con chiunque? A casa mi fissavo allo specchio. Mi esercitavo ad arricciare il naso quando ridevo, come lei. Quando si presentò a scuola con un orologio impermeabile Roxy, di plastica rosa, per poco non svenni dall'invidia e supplicai mia madre di comprarmene uno identico. Infine la mamma cedette, Ivy lo notò allacciato con orgoglio al mio giovane polso e io mentii, dissi che lo avevo da mesi, da ben prima di lei. Quando cominciò a usare una fascia per capelli costrinsi la mamma a portarmi da Eckerd per comprarmene un pacco multicolore. Continuai così finché non diventammo simili in maniera inquietante, praticamente gemelle. Io imitavo ogni sua decisione.

E finalmente in prima media, grazie a un'inaspettata disposizione dei posti a sedere, l'oggetto della mia ossessione si trasformò nella mia migliore amica. Verso la fine dell'anno arrivammo seconde alla gara di scienze con il test di salinità dell'Indian River Lagoon. Per festeggiare, sua madre Ana ci portò alla piscina del Disney Hotel per due piña colada analcoliche. I cocktail venivano serviti in bicchieri a forma di bong con le orecchie di Topolino e quando lo sciroppo bianco finì m'infilai nella borsa del mare l'esotica cannuccia, che terminava a cucchiaino, perché continuasse a vivere sul davanzale come simbolo della nostra unione. Da allora in poi Ivy e io passammo insieme tutti i fine settimana.

A New York eravamo molto impegnate, ma ci scrivevamo messaggi ogni giorno. Lei trovava snob i miei compagni di corso e io antipatiche quasi tutte le sue compagne ballerine, che sembravano vivere di sola zuppa di miso. Però non importava, proseguimmo la tradizione di nonna Jane trovandoci ogni venerdì in Union Square per mangiare yogurt gelato tutte fiere, scambiarci racconti, delusioni e dettagli banali delle nostre nuove vite. Volevamo andare ad abitare insieme, io propendevo per Williamsburg, lei per Yorkville. In estate avremmo cercato casa.

L'aereo per Orlando era freddo e silenzioso. Volevo delle arachidi, qualcosa di salato. Le chiesi tremando all'assistente di volo, che rispose: « Il tempo delle arachidi è finito ». Quella frase suonò come un epitaffio. Erano passati appena due anni dall'ultima estate prima dell'università. Eravamo mulini a vento invincibili, avevamo ballato e sudato a concerti punk e preso in prestito le auto delle nostre mamme per passare il fine settimana nella casa al mare vuota dell'amica di turno.

Ripercorsi mentalmente quell'estate. Avevo bevuto birra a tutto spiano sul Wabasso Bridge e lasciato cadere la bottiglia per sentirla infrangersi sugli scogli. Avevo incontrato Molly, Ashleigh e Alexa, avevamo camminato nell'acqua per raggiungere la striscia di spiaggia dove bivaccavamo dopo la scuola e ci eravamo passate una bottiglia di Bacardi al lampone sporca di sabbia, piene di rimpianti: se solo una di noi fosse stata con lei per prestarle dieci dollari per un'ultima bevuta, per accompagnarla a casa o per chiamarle un taxi. Ashleigh era convinta che fosse colpa sua perché quella sera aveva dato buca a Ivy per studiare per gli esami della scuola infermieri. Riusciva a parlare solo se era sbronza e poi non riusciva a frenare i singulti. ÈTUTTA COLPAMIAÈTUTTACOLPAMIAÈTUTTACOLPAMIA, singhiozzava tirando su col naso. Alexa voleva vendetta, e almeno la vendetta era un obiettivo. Io mi sentivo passiva e inutile. Lei, Ashleigh e gli altri furono interrogati e risposero alle domande indelicate della polizia. *Rimorchiava gli uomini nei bar? La definiresti una festaiola? Portava sempre gonne così corte? Aveva nemici?*

Ogni volta che tornavo a casa andavo a trovare sua madre tutti i giorni. In passato Ana, sempre abbronzata e forte, con tre collanine sottili d'argento, ci prendeva in giro in spagnolo mentre ci preparava i panini in bikini. La ritrovai bianca come un cencio, le dita simili a gessetti, gli occhi due pietre scure. Mia madre voleva cucinarle qualcosa a tutti i costi. Le portavo il tupperware, imbarazzata e arrabbiata, quasi che un cubo di plastica pieno d'insalata con le uova sode potesse alleviare il suo dolore. Però Ana mi permetteva di passare un po' di tempo in camera di Ivy, purché non spostassi nulla, e il pensiero di poter visitare in eterno quella tomba refrigerata mi era di conforto. Stravaccata sulla poltrona sacco a forma di scarpetta da punta che aveva ricevuto per il tredicesimo compleanno, i manici di nastro rosa sporcati dai vari pigiama party, sfogliavo i nostri annuari e leggevo quello che avevano scritto Katie Newman e Beau Alter: *Non cambiare mai.* Frugai tra i suoi vestiti e m'infilai in borsa qualche maglietta e due paia di jeans. Ero stordita. Come ci si deve sentire quando si perde l'amica più cara? Avevo lottato tanto per lei, per noi. Per la nostra amicizia. Mi spruzzai il suo profumo. Clinique Happy Heart. Che nome orribile.

Alle superiori lavoravo ogni fine settimana al reparto profumeria dell'Indian River Mall. Ivy veniva a trovarmi spesso, si appoggiava al ripiano di vetro sorbendo un succo Jamba Juice e scommettevamo su cosa avrebbero scelto le clienti. CK One era facile. Tommy Girl, portato da quelle vestite Abercrombie da capo a piedi, lo riconoscevi in mezzo alla folla. Le più mature sceglievano Shalimar o Chanel e, a giudicare dalla velocità con cui lo finivano, Red Door di Elizabeth Arden se lo bevevano. Spesso però sbagliavamo, spiazzate dal gusto sofisticato della ragazzina con la bandana sgargiante indossata come top. A Ivy piacevano i profumi più dozzinali. Clinique Happy Heart, cetriolo e arancia, Miss Dior Chérie, praticamente una torta di fragole e panna che faceva venire in mente una festicciola di adolescenti in mutandine bianche di cotone. Io li provavo tutti, Alien di Mugler, Stella, Escada, Flowerbomb e Versace Bright Crystal, ma non ne scelsi mai nessuno. Mi ricordavano sempre qualcun'altra. Una con il lucidalabbra e una borsa Dillard's al polso.

L'intera città cercava di dare un senso all'omicidio senza indiziati, senza movente, senza furto, senza portafoglio mancante, senza stupro. Avendo guardato innumerevoli episodi di *CSI*, sapevo che la polizia di Sebastian brancolava nel buio. Ana rispondeva alle telefonate degli agenti, annuiva e riattaccava. Possibile che non avessero niente in mano? Possibile che non conoscessero il tipo di coltello? Non potevano versarle resina o gesso nelle ferite e ricavare la forma della lama e, magari, le impronte digitali?

Prima di lei non avevo mai perso una persona che amavo. Non sapevo come comportarmi. Né la mamma né io eravamo religiose. Per chi ce lo chiedeva, eravamo Unitariane Universaliste. L'omicidio di Ivy mi fece sentire sospesa, incapace di relazionarmi agli altri. Non riuscivo a piangere e detestavo gli abbracci. Al funerale James cantò insieme a un'accozzaglia di teatranti e musicisti sfegatati, in un abito attillato alla Stevie Nicks e con tanti foulard. Era quello che Ivy avrebbe voluto. La parrucca bionda gli ricadeva sulle spalle, e quando James afferrò il microfono una bretellina scivolò giù. Dal piano si sprigionarono incerte le note d'apertura di *Landslide dei Fleetwood Mac.* La sua voce, pastosa e tonante, riscaldò quel frigo di chiesa. Il disagio dei cristiani conservatori era palpabile, sussurravano che non solo era sconveniente per la casa di Dio, ma che *un nero non può essere Stevie Nicks*. Era il pezzo per il quale James e Ivy avevano creato una coreografia durante quell'ultima estate, provando ogni pomeriggio nel garage di Ana. Lo *studiò*, si divertiva a chiamarlo Ivy con un accento francese caricaturale. Mentre loro provavano io li fotografavo, incorniciando i corpi atletici che si spostavano leggiadri nell'aria estiva, i pollici agganciati e le dita sfarfallanti.

Cause I've built my life around you.

Il funerale fu una rimpatriata prematura delle superiori, gli stravizi delle matricole a stento visibili sui nostri corpi, i genitori in piedi sul fondo, come ciuffi di canne. Ana, in abito verde scuro con un bottone d'argento e la foto di una giovane Ivy nell'uniforme da cheerleader, rimase in piedi, stoica. Eric, il padre che aveva un'impresa di pulitura tappeti, non riusciva a guardare nessuno negli occhi e quando lo abbracciavano emetteva un gemito.

Appena mi vide, nonna Jane si alzò, i capelli bianchi una nuvola cotonata alla perfezione, gli occhi lucidi.

« Mi dispiace tanto » dissi abbracciando il suo corpo esile.

« A me dispiace per il mondo intero. »

« Ti ha dato il braccialetto? »

« Che braccialetto? » mi chiese scuotendo la testa, sembrando all'improvviso vecchia e confusa.

« Ivy avrebbe dovuto... non importa, mi dispiace tantissimo. »

L'abbracciai di nuovo e la lasciai sedere. Me n'ero dimenticata. Ivy era stata uccisa il giorno prima del compleanno della nonna. Non aveva potuto darle il braccialetto. Prima di andarsene, mia madre mi strinse il braccio e sussurrò: « Non so cosa farei se ti succedesse qualcosa ». Io ricambiai la stretta senza sapere cosa rispondere, senza sapere come comportarmi neppure con lei.

Ad Ana avevo detto che non ce la facevo a parlare, che le parole mi sembravano insignificanti, e anche se lei disse di capire mi sentii un'inetta, quasi stessi dando un dispiacere a

Ivy. Che cosa potevo dire? *Il tempo delle arachidi è finito.* Al mio funerale lei avrebbe fatto un discorso magnifico. Scommetto che l'aveva già preparato, quantomeno un abbozzo o un elenco puntato. Io non avevo niente, però sapevo che senza di lei non sarei neppure esistita. Non sarei mai andata a New York né avrei avuto il coraggio di presentarmi alle letture portfolio o di far domanda per una borsa di studio. Le sue foto andavano in loop. La cerimonia del diploma. Lo *studiò* con gli specchi traballanti dell'Ikea appoggiati sulle cassette. Ivy con lo chignon spruzzato di lacca alla première del *Lago dei cigni.* Ivy con un mazzo di fiori in un parcheggio, gli occhi socchiusi. Il suo primo saggio di danza. Ivy che abbraccia nonna Jane sulla spiaggia.

Innamorarsi a un funerale è sbagliato, eppure accadde. Jesse era seduto alla mia destra. Lo sentii innamorarsi di me. E lo anticipai di una manciata di secondi, come un razzo che si gira a controllare se è stato lanciato anche il successivo. Non faceva che guardarmi, dritto negli occhi, le palpebre gonfie di lacrime.

Tornata a casa per la festa del Ringraziamento, poco prima delle vacanze, avevo incontrato Jesse Waylon nel parcheggio di un supermercato Publix. Con un paio di abbaglianti occhiali da sole a fascia, stava prendendo una torta al lime. Quando mi sentii chiamare da quattro file di auto più in là sorrisi, riconoscendo la voce senza neanche vederlo. Lui si avvicinò e abbracciò me e mia madre. Dopo i convenevoli gli dissi che Ivy non era tornata, *no*, aveva le prove, ma mi avrebbe fatto *senz'altro* piacere vederlo.

La sera seguente ci incontrammo in un baretto sulla spiaggia, con la sabbia sotto i piedi, lui in camicia e tutto sudato. Mi parlò animatamente delle sue ultime gare di BMX e del tremendo sistema piramidale, per la vendita di una polvere proteica, in cui si era ritrovato coinvolto il fratello. Jesse aveva i denti di un bianco inquietante che contrastavano con la pelle abbronzatissima. Pur essendo un provinciale come tutti i concittadini – amava la pesca d'altura e la caccia all'anatra – il BMX lo rendeva diverso, gli dava un certo non so che, oltre a un branco di banalissimi vandali con cui andarsene in giro tra simili.

Gli raccontai dell'università, di New York e di Ivy che, ammisi, mi sarebbe piaciuto vedere di più: lei era impegnata, io ero impegnata. Ogni volta che la nominavo stava più attento, si protendeva. Provai una fitta di gelosia. Invece di parlargli del suo nuovo ragazzo ballerino cambiai argomento, accecata dal suo sorriso. Era fichissimo e dalla camicia che portava aperta sul petto sbucava il tatuaggio di E.T. in bici verso la luna. Dopo il terzo giro dissi che dovevo andare, la mattina dopo sarei ripartita. Lui mi diede un passaggio e mi chiese quando sarei tornata, ma ancora non lo sapevo. Davanti a casa di mia madre si avvicinò – il cuore mi salì in gola – mi aprì lo sportello e disse che sperava ci sarebbe stato presto un motivo.

Finite le preghiere, le canzoni e gli interminabili abbracci, insegnanti, genitori, sacerdoti e adolescenti poco vestiti uscirono e ci ritrovammo tutti all'Hurricane Harbor, un ristorante color pastello che serviva granchi sull'Indian River, a pochi chilometri dal Fish, dove Ivy era stata accoltellata. Barry, il proprietario del Fish, si era offerto di ospitare l'evento, ma a nessuno era sembrato il caso e a me non andava di essere circondata dagli oggetti muti che avevano assistito ai suoi ultimi istanti di vita: i tovaglioli piegati a forma di capesante, le brocche di plastica rossa con l'acqua ghiacciata, l'angolo del bancone dove aveva appoggiato l'ultimo drink.

L'Hurricane Harbor era una bettola scalcinata per turisti con murali scrostati di uccelli tropicali e le cover di Jimmy Buffett in chiave calipso in sottofondo. Anche se era pieno, nessuno sapeva cosa dire. Accenni di pettegolezzi sulla polizia che brancolava nel buio, dati statistici su omicidi, drogati, spacciatori e sui responsabili preferiti, *il turista* o *il forestiero*, perché in fondo nessuno voleva credere che qualcuno di Sebastian fosse capace di tanto.

Al capo opposto del bancone, nell'abito che gli cadeva male, Jesse aveva l'aria inquieta. Indicò il barista e ordinò una birra per me con un grande sorriso triste. *Margaritaville* partì con l'attacco metallico dello steel drum. L'aria era afosa nonostante il martellio delle pale da soffitto. Eravamo tutti fradici. Guardare Jesse mi fece sentire più vicina a Ivy. Lui affondò nei miei occhi neanche fossero sorbetti liquefatti. Lo sentii consumarmi. Era stato con Ivy durante le superiori, il suo grande amore, per tutte le tappe importanti: ballo di fine anno, perdita della verginità a casa dei genitori di lui, rotture, riappacificazioni. L'estate dopo il primo anno di università, fresca di patente, lei passava a prendere prima me, poi lui e, tramite la statale A1A, il mio ragazzo Brian Delters. Insieme sfrecciavamo fino al gelo del centro commerciale per fare un giro oppure ci impiastravamo di olio di cocco in spiaggia mentre Ivy e io ci passavamo lucidalabbra all'anguria.

I sentimenti che provavo per Jesse erano finiti nei contorti abissi delle amicizie scolastiche per affiorare una sola volta, durante una breve rottura con Ivy, in terza. Mi accompagnò a casa da una festa pallosissima. Al semaforo rosso mi baciò, o fui io a baciarlo, non ricordo. Quel tradimento mi si conficcò nello stomaco come una bomba di profondità. Il mattino dopo lo chiamai in lacrime e gli feci giurare di non dirglielo mai, e lui accettò. Al bancone dell'Hurricane Harbor ebbi l'impressione che fosse successo in un'altra vita, ad altri con problemi stupidi, a due ragazzini.

Con gli occhi gonfi Jesse mi portò la birra, mi strinse la mano, se la rigirò nella sua e mi tirò lentamente fra i gruppetti di amici che, firmato il registro degli ospiti, si premevano i pennarelli a punta morbida nella carne per scrivere il nome di Ivy. Le braccia e le gambe coperte dalle lettere sinuose sembravano palle da baseball dopo una stagione della Little League. L'odore mi ricordò l'alcol profumato alla mela verde del gel per le mani, l'inizio del viaggio da cui tutti saremmo tornati per riprendere le rispettive faccende, mentre Ivy no. Con la birra stretta in mano mi sentii male. Volevo andarmene. La sala girava. Non riuscivo a trovare le scarpe ma non ricordavo di essermele tolte. Uscii a piedi nudi.

Jesse voleva guidare.

«Chiamiamo un taxi?» lo supplicai.

«Me la cavo meglio da sbronzo, Zoe. Giuro.» Alzò le mani sopra la testa e camminò in linea retta a scopo dimostrativo.

La sua insistenza a voler guidare da sbronzo era un residuo del periodo ribelle delle superiori. Però aveva seppellito il gatto di Ivy, aiutato Ana a montare le persiane antitempesta e si ricordava sempre tutti i compleanni. Lei lo diceva spesso, è *un bravo ragazzo*.

Scrollai le spalle e salii in macchina. Viveva dalla parte opposta della città con un manipolo di fanatici dello skateboard che, seduti scomposti nella cucina di formica, bevevano birre in lattina. Annuirono tutti quanti. Immagino approvassero l'idea di rimediare una scopata a un funerale.

Nella sua camera color sabbia ogni cosa era infilata in scatoloni da trasloco e le pareti erano costellate di segni lasciati dallo scotch dei poster staccati. Ci baciammo con affondi sdolcinati, le sue labbra carnose premute sulle mie. Aveva un odore caldo, un misto di cedro e lozione abbronzante. E il pisello più grosso che avessi mai visto, Ivy non esagerava. Mi prese il mento nella mano e mi entrò dentro. Era come una droga, non dormimmo, restammo a letto a giocherellare con le dita, che di tanto in tanto usavo come tergicristalli sulle sue guance. Guardargli gli occhi che si gonfiavano di lacrime mi piaceva da matti. Le ciglia bagnate, folte e nere come quelle di Betty Boop. Quando gli uccellini cominciarono a cinguettare veloci i loro melodrammi mattutini, Jesse indicò gli scatoloni con un profondo sospiro, quasi dovesse confessare un enorme segreto e io li vedessi solo in quel momento impilati nell'angolo della sua stanzetta.

Si trasferiva in Wyoming a lavorare nella ditta di pavimentazioni del patrigno, per imparare a livellare i vialetti e l'asfalto a caldo. Era la sua ultima notte in città. Aveva già rinviato la partenza di una settimana per il funerale di Ivy e doveva essere lì per il primo di giugno. Disse che mi amava. Disse frasi che sembravano battute di film. *Ho sempre saputo di amare te.*

Il condizionatore ronzante aveva gelato la camera, così m'infilai la sua felpa Thrasher. Lui s'incupì, ricadde nell'umore del funerale, riprese a piangere. Altre battute di film: *Abbiamo già perso troppo, non perdiamo anche questo. Per Ivy. Nessuno l'ha amata quanto noi.* S'inumidì le labbra e mi chiese di seguirlo in Wyoming. Nascosi il viso, non sapevo cosa rispondere. Era un sollievo stare con uno che mi capiva davvero ed era capace di elaborare il dolore. Mi strinse fra le braccia e mi sfilò la felpa, ero di nuovo nuda, si mise su di me.

Quando la fame prese il sopravvento lasciammo il letto e mangiammo waffle nella cucina lercia, e poi lo aiutai a trasportare gli scatoloni nella sua Malibu. Seduta nel vialetto sulla rampa da skateboard rotta, lo guardai riempire il bagagliaio pensando che se non fossi andata a Berlino avrei avuto l'anno tutto per me. In fondo non volevo *davvero* andarci. Gli dissi *sì*, lui mi sollevò e mi posò sul cofano. Felice di avere almeno un obiettivo.

Quando tornai a casa la mamma era in piedi nel patio, le braccia conserte. «Potevi almeno chiamare.»

Sbuffai, di nuovo adolescente. «Ti ho scritto.»

«Volevo sentire la tua voce.»

Sapevo che erano tutti preoccupati. Ancora storditi dalla

morte di Ivy. Avrei dovuto scusarmi. E invece lasciai sbattere la zanzariera dietro di me costringendo la mamma a seguirmi in cucina, dove m'issai sul ripiano come facevo sempre dopo la scuola. Giocherellai con una scatola di cracker Goldfish.

« Che hai? »

Eravamo sempre state noi due sole e, fin da subito, avevamo stabilito che non occorreva dirci tutto, ma lei mi ascoltava sempre quando c'era qualcosa di importante e sapeva che era una di quelle volte.

Ancora nell'abito nero del funerale, le dissi che non sarei andata a Berlino. Le dissi che mi sembrava troppo lontano, non mi sentivo abbastanza forte, tutte cose a cui una madre non può opporsi. E poi le dissi di Jesse. La vidi irrigidirsi, inspirare e allontanarsi, appena appena.

« Il ragazzo di Ivy? »

Mi arrivò forte e chiaro. Però lei lo aveva mollato qualche mese prima di trasferirci a New York, erano passati quasi due anni. Sembravano secoli. Di nuovo a braccia conserte, la mamma stava analizzando la faccenda come una slot-machine, tutte le combinazioni, gli esiti probabili. L'idea che andassi a studiare a Berlino non le era mai piaciuta, ma il pensiero che mi trasferissi in Wyoming a fare la mogliettina di Jesse le piaceva ancora meno. Sospirò a lungo, con aria sconfitta. Io saltai giù.

« Ma dopo tornerai a New York. »

Annuii.

« Voi due insieme » s'interruppe, « pessima idea. »

« Non... »

Sparii in fondo al corridoio senza finire la risposta che volevo darle.

In bagno mi guardai allo specchio. Ero sempre stata la mora e Ivy quella biondo miele. Veronica e Betty. Tutte e due stavamo da dio in bikini, ma io avevo le tette più grosse, lei il culo più bello. Io mi scottavo, lei si abbronzava. Io usavo il rasoio, lei la ceretta. Avevamo imparato a conoscerci e ad accettarci insieme. Seguivo il suo esempio provando sistematicamente mascara waterproof, usando solo shampoo Herbal Essences, bottiglietta rosa per me, gialla per lei. Allo specchio mi accorsi che ero sempre esistita in relazione a Ivy e ora nel mio riflesso c'eravamo entrambe. Era dentro di me e lo sapeva anche Jesse. Stare con lui era come stare con lei, quasi fosse un segreto che conoscevamo soltanto noi due.

Avevo voglia di un bagno. Nuda, rovistai tra i resti dei miei vecchi cosmetici: mezza confezione di dischetti Clearasil, crema per le mani alla ciliegia, un sacchetto di batuffoli d'ovatta, acetone, aloe verde fluo e una confezione di tinta per capelli bionda. Senza pensarci l'aprii e sistemai il contenuto sul bordo della vasca. Infilai l'alluce nell'acqua bollente e mi immersi con calma, chiedendomi cos'avrebbe pensato Ivy di noi due, io e Jesse, mentre la pelle diventava scarlatta. Non le avevo riferito del nostro drink di qualche mese prima, non mi era sembrato importante. Adesso sì. Se gliel'avessi detto ora forse avrebbe voluto conoscere tutti i dettagli per poi andare da Barnes & Noble a comprare una pila di riviste di nozze e cercare ristoranti sulla spiaggia con il suo MacBook di plastica blu. Mi bagnai i capelli e spremetti nella ciotolina la tinta, che puzzava di ammoniaca.

Dopo una dormita senza sogni uscii nell'aria umida del patio sul retro. Era già sera. Guardai la sedia accanto a me, l'intreccio di fasce rosa infossato verso il cemento. Lo stridio delle cavallette mi perforava i pensieri. Non riuscivo a comprendere l'omicidio. A chi mi faceva domande non sapevo cosa rispondere. Come potevo parlare della mostruosità che era trapelata: un coltello conficcato quattordici volte nel suo corpo? Come si erano messi in fila gli ingredienti? Come avevano fatto a trovarla quel mattino Allen Sternbuckle, un ragioniere in pensione, e il suo boxer Trixie? E perché Allen aveva raccontato al quotidiano tutti quei dettagli? Non riuscivo a dare un senso a niente: le dune, il sangue, il disegno sul petto, il tempo impiegato dalla polizia per arrivare. Capivo solo le piccole morti: la sedia vuota o il fatto che non si sarebbe mai più fatta la doccia dopo il mare. Non avrebbe dimenticato l'asciugamano. Rubato il vino aromatizzato di mia madre o chiamato per dirmi che era in macchina davanti a casa. Avrei tanto voluto riuscire a piangere.

Il mattino dopo ricevetti la notizia che Chelsea Benedict, un insetto con le tette, aveva saputo da uno dei fanatici dello skateboard che dopo il funerale di Ivy ero andata a casa di Jesse. Chelsea mi odiava. Fra i vari motivi di risentimento il fatto che, per colpa mia, Ivy aveva mollato le cheerleader l'anno in cui avevano perso il campionato nazionale. La sua nuova missione era distruggermi e, l'estate prima che andassi all'università, era arrivata addirittura a boicottare la mia prima mostra. Craig, il proprietario della gelateria in cui lavoravo all'epoca, si era offerto di lasciarmi esporre alle pareti quello che volevo nel mese di agosto, così avevo dedicato giugno e luglio, e il grosso degli stipendi, a incorniciare. Fotografai Ivy nella scuola di danza, le braccia e le gambe snelle allungate in pose diverse. Realizzai otto collage ritagliando le foto e mescolandole a scene di catastrofi ambientali prese dai numeri del *National Geographic*. Due gambe abbronzate sulle punte sbucavano da sotto un airone incrostato di greggio, la Exxon Valdez usciva dal torace di Ivy. Avevo persino scritto un comunicato stampa sull'« impatto umano sul mondo naturale » che mandai al quotidiano locale.

Chelsea scoprì della mostra e mise in giro la voce che la mia pratica di ritagliare foto di corpi era satanica e, ciliegina sulla torta, che ero gay e amavo Ivy. Sebastian è una città piccola e molto cristiana e la notizia si diffuse in un batter d'occhio. Furono inaugurate una bacheca, una petizione e una protesta con qualche cheerleader e qualche megafono. Craig si spaventò. Disse che la gelateria si atteneva alla *po-*

litica della neutralità. La sera prima dell'inaugurazione mi fece staccare i collage incorniciati. Non sapeva se era peggio che io fossi gay o che adorassi il diavolo. Quella sera Ivy mi trovò in spiaggia, con una sbronza da cabernet scadente che avevo convinto mia madre a comprare perché alle *vere* inaugurazioni si offre vino. Si sedette sulla sabbia accanto a me e bevve un sorso dalla bottiglia.

« Perché ti lasci condizionare dalle sue cazzate? »

« Craig ha annullato la mostra. Ha vinto lei. »

« Craig è un imbecille, è solo una gelateria, ti assicuro che dopo un anno a New York l'avresti cancellata dal curriculum. » Mi guardò tutta seria. « E se fossi gay non sarebbe un problema. »

« Perché tutti mi credono gay? »

« Io perché frequenti i ragazzi solo per ripicca, gli altri perché te ne vai in giro con i bermuda cargo e quell'orrenda borsa da postino. »

« E dai Ivy... »

« Andiamo a casa » disse dandomi uno schiaffetto sul ginocchio e lanciando la bottiglia nel cestino dell'immondizia sulla passerella.

La rabbia mi rimase addosso finché non mi vendicai. Dopo una gita con la classe di spagnolo mi scopai il ragazzo di Chelsea, Brock Hansen, uno che giocava a baseball, sul sedile posteriore della sua Chevy Impala immacolata e lasciai il mio tanga in regalo nel vano portabicchiere lato passeggero.

E adesso, a quasi metà percorso universitario, mi facevo ancora mettere i piedi in testa dalle stesse cheerleader, che ora avevano gli innari anziché i pon pon ed esultavano per Gesù Cristo con la stessa aria di superiorità ipocrita e insensata un tempo riservata ai Sebastian Sharks. Al funerale arrivai quasi a compatire quel capannello superabbronzato dalle sopracciglia spennate, costretto in una cittadina calda e noiosa con niente da fare se non predicare cazzate. Dopo aver letto i non velatissimi post di Chelsea su Facebook sull'arte del lutto, però, la mia compassione si dissolse.

1 Tessalonicesi 4:14

Poiché, se crediamo che Gesù è morto, ed è risuscitato, Iddio ancora addurrà con lui quelli che dormono in Gesù.

****Giusto per ricordare a chi ha bisogno di una lezione di etichetta sul lutto che la Bibbia non parlava di dormire CON lui, l'ex della migliore amica morta, LA NOTTE DEL SUO FUNERALE.

****La classe non è acqua, Sebastian X Chelsea

La ignorai. Stavo per ripartire e presto le iene avrebbero trovato un'altra vittima o sarebbero rimaste incinte. Non era colpa mia se non piangevo e se non mi andava di abbracciare ogni borioso ex compagno di scuola. Nessuno la conosceva come la conoscevo io. Nessuno le voleva bene come gliene volevo io.

Il viaggio fino al Wyoming durò a lungo, trentuno ore sulla I-75 in direzione nord, e Jesse aveva un solo CD, *Californication* dei Red Hot Chili Peppers. Al confine con la Georgia gli interminabili riff di batteria mi stavano facendo impazzire. Proposi di comprare un altro CD alla sosta successiva a Valdosta, ma lui rifiutò. Disse che preferiva un'unica colonna sonora per ogni esperienza importante della sua vita, perché significava poterci tornare ogni volta che lo desiderava, che aveva ascoltato *Is This It* degli Strokes per tre mesi di fila prima della grande gara di BMX e ora, quando sentiva il pezzo, riusciva ancora a provare « la scarica di adrenalina ».

Abbassai il finestrino e sentii le bici fissate dietro la macchina sobbalzare nel vento. Sporsi la testa e guardai svolazzare i miei capelli biondi. Jesse allungò la mano per rassicurarmi e mi strinse una ciocca mentre accendeva l'aria condizionata, così tirai su il vetro. Gli chiesi se le somigliavo. Lui annuì senza staccare gli occhi dalla strada. Sapevo che la rivedeva in me. Me la sentivo avvolta alle ossa come un rotolo di nastro rosa. Indossavo i suoi jeans Hollister strappati e la sua maglietta lilla con la scritta curva, in lettere bianche e cicciotte, sopra due scarpette da punta: *NEVER GIVE UP*. Poco prima di entrare in Kansas ci ritrovammo bloccati nel traffico in un concerto di clacson. Allungando il collo sul cruscotto riuscii a vedere solo un tir grigio ribaltato sull'asfalto. Dopo un'ora a passo di lumaca su un'unica corsia vedemmo cos'aveva riversato il rettangolo inclinato: migliaia di carcasse di pollo pallide e brufolose. Alla vista di quei pezzi di carne sudati nel caldo del pomeriggio gridai.

Jesse accennò un sorriso. «Vedi, adesso ogni volta che sentirò questa canzone penserò a tutti quei polli sulla strada e al tuo bel visino.» Alzò il volume su *Otherside* e si mise a cantare.

Slit my throat it's all I ever...

Il Wyoming era un paesaggio marziano: un oceano di rocce, erba e alberi frementi che mi fece sentire piccola e al sicuro. Disfacemmo i bagagli in un bilocale in affitto. Passavo il tempo assorta nei libri della biblioteca pubblica di Casper in attesa che Jesse finisse di pavimentare un centro commerciale vicino all'autostrada. Leggevo di sacrificio e di morte, copiavo antiche maschere greche con il carboncino e studiavo testi che parlavano dell'usanza cinese di bruciare banconote false e modellini di carta di oggetti desiderabili per l'aldilà: Chevrolet Corvette, cellulari e megaville incollate con cura, complete di armadi straripanti di scarpe Balenciaga.

La casetta con la moquette color melanzana si trovava dietro una grande casa per adulti mentalmente instabili. Io mi sentivo mentalmente instabile ma non adulta. Provai a fare la pasta senza usare la macchina. Jesse assecondava i miei tentativi di essere una brava casalinga. A un mercatino dell'usato trovai un grosso libro di cucina con ricette così lunghe che non avevo mai la pazienza di completare, però mi specializzai nella torta di pesche, la preferita di Ivy. Ogni mio gesto era per lei. Non avendo molti soldi restavamo spesso a casa a bere birra e a fare sesso, tanto. Scopavamo prima che lui andasse al lavoro e, al ritorno, sotto la doccia, dove l'aiutavo a rimuovere il bitume nero dalle caviglie. Fingevo tutti gli orgasmi, ma ero sicura di amarlo.

In un afoso giorno di luglio andammo alla Central Wyoming Fair. Le grosse pance e le spalle spellate del posto scandagliavano pigramente gli stand colorati, uno dopo l'altro. Io vinsi una collana di plastica rosa catapultando rane di peluche su foglie di ninfea mobili. Jesse vinse un pesce in una boccia di vetro da un tale con una maglietta oversize che consigliava *Go Big or Go Home*. Mentre faticavo a liberare i molari da una mela caramellata vidi due ragazze sui quattordici anni, forse tredici ma avanti con lo sviluppo. Sembravano proprio come noi, Ivy e io. Shorts troppo corti, top a fascia scomodi, zatteroni di gomma. Mi si fermò il cuore. Ridevano e si becchettavano, in spalla zainetti carichi di vestiti da infilare sulle minuscole mise quando le mamme sarebbero venute a prenderle. Jesse guardò loro, poi me. Lei era ovunque. Scoppiò a piangere. Singhiozzi violenti e convulsi. Si resse al palo di una tenda. Lo abbracciai ringraziando i suoi occhi, che sentivo come un prolungamento dei miei, capaci di fare ciò che ai miei non riusciva. Con il passare delle settimane Jesse sembrava sempre più oppresso dalla tristezza. Spesso mi svegliavo e lo trovavo in posizione fetale, in lacrime. Lo stringevo sussurrandogli che capivo, che l'amavamo entrambi, e gli giuravo che il nostro amore la teneva viva.

Chiamammo Picchiatore il pesce rosso e lo sistemammo sul finto caminetto. A volte, dopo il lavoro, Jesse veniva a prendermi con l'auto sporca di fango e andavamo su qualche gigantesca montagna lucente. Oppure sguazzavamo in un ruscello talmente bello e limpido che, mentre aprivamo le lattine di birra argentate contro il cielo blu elettrico, ci sembrava di essere in uno spot dell'Anheuser-Busch. E ogni giorno, con qualunque clima, prima di rientrare dal lavoro lui si fermava a raccogliere un mazzetto di fiori di campo e mi chiamava dall'auto mentre svoltava nel vialetto.

«Dov'è il mio ranuncolo?»

«Dov'è il mio papavero?»

«Dov'è il mio trifoglio?»

E io correvo con una latta di salsa o una bottiglia di birra pulite da aggiungere alla collezione sul davanzale. Quasi tutti i giorni pedalavamo fino allo skatepark, dove i ragazzini solcavano le onde di cemento. Adoravano Jesse e la sua bici coperta di adesivi. Era stato più volte sul punto di diventare un professionista, a ostacolarlo sempre un'ernia del disco, una gamba rotta, la morte di un cane. Eppure su quelle riverite curve di cemento, fra impennate sibilanti e stridio di ruote, era un dio. Io dondolavo le gambe come Narciso, attratta dal laghetto per innamorarmi di nuovo del mio amore.

All'inizio di settembre le giornate si allungarono. Mi sentivo inutile. Realizzai dei collage per Ivy, sacrifici di oggetti che credevo avrebbe voluto per l'aldilà: Kate Bush e Janis Joplin a bordo piscina, una scuola di danza piena di fiori che avevo ritagliato da una rivista di giardinaggio. Presi l'abitudine di bruciare quelle offerte nel giardino della casetta, con il fumo che si arricciava nell'immenso cielo azzurro del Wyoming finché, durante un falò, uno della casa grande con il berretto con Titti mi aggredì, mi afferrò dalle spalle e m'informò con diecimila megawatt di paura: «CISONOGIÀTROPPIINCEN DIPERCHÉTUSIACOSÌSTUPIDA».

Per bruciare i miei sacrifici mi trasferii in bagno, dove la fuliggine nera si spegneva nella tazza.

Dopo una lunga giornata passata a correre di qua e di là

sulla moquette melanzana, in assoluto silenzio, provai a immaginare cos'avrebbe detto Ivy se avesse varcato la soglia di casa, incurvando la sua postura perfetta per salutarmi.

« Che brutta fine hai fatto, Zoe. » Mi avrebbe dato un calcio con la scarpa da ginnastica allacciata stretta e la gamba abbronzata. « Tutte le decisioni importanti che hai preso negli ultimi mesi avevano a che fare con i ragazzi o con me. » Avrebbe assaporato la parola « me », si era sempre beata della mia devozione. « A Berlino i corsi cominciano a ottobre, hai ancora tempo. Sei un'artista, dimostralo. » E poi, stanca di essere gentile, sarebbe andata a prendersi una birra dal frigo e avrebbe detto qualcosa di brutale: « Stai con lui solo per starmi vicino. So che è difficile rinunciare a un uccello così bello, ma questo posto fa schifo ». Aveva ragione. Era come se fosse lì con me, come se fossimo insieme, sospese in una delle nostre pigre giornate estive, a metterci lo smalto ai piedi e a dire scemenze.

Tre giorni dopo non riuscivo ancora ad allontanarla. Preparai una torta e dissi a Jesse che sarei andata a Berlino. Lui pianse e le ciglia da Betty Boop brillarono. Gli assicurai che avrebbe funzionato lo stesso, e ci credevo davvero. Skype tutti i giorni. Email. Lui mi chiese di sposarlo. A me si strinse lo stomaco. Quando gli dissi che non ero pronta s'incupì, prese la teglia ancora calda della torta e la scaraventò contro il finto caminetto. Io rimasi seduta immobile mentre le lumache lucenti di pesca avanzavano lente verso la moquette.

4

Vivere a Berlino era come vivere in un freezer, di rado c'era luce e faceva sempre freddo. Per usare il wi-fi, nelle prime settimane in Bülowstrasse, Hailey e io dovevamo andare al jazz club all'angolo, uno sfondo grottesco per le mie fragili conversazioni con Jesse. Lui prendeva come un affronto personale ogni videochiamata a singhiozzo, e si arrabbiava neanche avessi pagato il quartetto per lanciarsi in una versione stridula di *Fly Me to the Moon* mentre lui parlava del tumore benigno del compagno di sua madre. Scoprii che Hailey sapeva davvero il tedesco quando sbraitò alla compagnia telefonica con la baldanza dei newyorchesi nel traffico dell'ora di punta. E qualche giorno dopo, quando riuscì a farci ottenere il certificato di residenza, *Anmeldung*, dall'anagrafe. Fu esaltante e, per certi versi, svelò finalmente il suo vero volto. Mi piaceva guardarle le labbra rosse che producevano quei suoni aspri. Hailey aveva sempre avuto un non so che di puritano, di folle, sembrava appena sbarcata dalla *Mayflower*, ma l'aggiunta del tedesco rabbioso era la ciliegina sulla torta.

Non avendo quasi mai lezione mi chiesi se non fosse il caso di tornare in Wyoming. Immaginai l'arrivo di Jesse a Berlino. Avrebbe suonato lo spaventoso citofono che ricordava lo sfrigolio della sedia elettrica. E me lo sarei ritrovato lì, sui gradini di Bülowstrasse con le Vans strappate, che mi chiedeva di tornare nella casetta con la moquette color melanzana. E forse era quello il mio posto. Con lui, più vicino a Ivy.

Il freddo era sfiancante, ci chiedevamo come lo sopportassero i condomini, ma non avevamo mai visto nessun vicino. Di notte giuravamo di sentire delle voci, le pareti scricchiolavano e gemevano. Una sera, ben oltre la mezzanotte, eravamo sicure di aver sentito dei passi e Hailey corse nell'ingresso buio pesto e trovò... niente. Al risveglio scrisse a Beatrice per chiedere notizie dei vicini. Una settimana dopo ricevemmo la risposta di Janet, che ci intimava in tono severo di non disturbare la figlia mentre lavorava e ci informava che non avevamo vicini, il palazzo stava per essere venduto. Lì per lì festeggiammo – potevamo ascoltare la musica a tutto volume, ballare, gridare – poi però ci rendemmo conto che riscaldare l'appartamento era impossibile quanto sciogliere un solo cubetto in uno stampo per il ghiaccio.

Uscivamo ogni volta che potevamo. Andammo ad alcune inaugurazioni di gallerie che Hailey trovò online, ma eravamo miseri relitti che galleggiavano invisibili ai margini di quei cubi tutti bianchi. Il vino rosso scadente si materializzava solo per chi aveva l'ardire di avventurarsi nelle salette sul retro, cosa che noi non facevamo mai. Tutte le insicurezze che avevo a New York si erano ingigantite. E Hailey, che quando eravamo sole sembrava fin troppo sicura di sé, si riduceva a un esserino muto.

Dopo una sera passata a faticare per entrare in una serie di gallerie superilluminate, pulendosi le scarpe sullo zerbino Hailey sbottò: «Odio le inaugurazioni. Almeno a New York non ti fanno sentire esclusa da una qualche società segreta».

«In effetti sembrano sempre le stesse trenta persone» commentai.

«Già, fanculo. Tanto sono tutti babbioni» concluse lei entrando in cucina per aprire lo sportello del forno e accendere la fiammella con cui scaldarsi le mani.

Io andai in camera mia. Nella stufa il fuoco si era dissolto in un mucchietto di cenere arancione.

*

Lo scaldabagno rettangolare sospeso sulla vasca produceva il rumore di una palla da bowling che rimbalza sui gradini di una scala a chiocciola. Siccome impiegava un'ora buona per riscaldare l'acqua sufficiente per un bagno, ci rassegnammo a lasciarlo sempre acceso. L'attesa ci sembrava una pratica d'altri tempi. Ogni sera restavamo un po' a mollo a turno, per poi infilarci le pantofole e sederci davanti alla stufa a tracannare altro vin brulé. Arrivammo a berne diverse bottiglie al giorno senza accorgercene. L'alcol rendeva il freddo più sopportabile. Io imparai a cucinare un po' da Hailey, che sapeva cos'erano i porri, come arrostire la verdura e come preparare i maccheroni al formaggio. Sua madre aveva frequentato una nota scuola di cucina dal nome francese e faceva addirittura delle dimostrazioni nei corridoi del primo supermercato Biggles.

Dal momento del trasloco avevo provato un senso di nausea costante. Un fischietto per cani, di appena qualche ottava oltre il disagio latente. Un martedì sera, con troppo vino e troppe lasagne di Hailey in corpo, vomitai. Il riflesso faringeo era il pulsante che metteva in pausa il disprezzo per me stessa, una parvenza di autocontrollo. Molly Webster, una compagna delle superiori, aveva sofferto di bulimia-anoressia, cosa che mi aveva sempre infastidito: un disturbo del ceto medio che ci precludeva qualsiasi cibo piccante. Eppure ecco che capitava anche a me, una bulimica mediocre, tutt'altro che ortodossa e spesso fin troppo pigra per vomitare, però brava a nasconderlo. L'appartamento diventò un pezzo di me: il bagno aveva altri significati, le dita nuove funzioni. Imparai a mangiare ogni cosa due volte. Un buco nuovo di zecca. L'anoressia richiede troppo lavoro anticipato, io preferivo la facoltà di rimediare agli errori, tipo la confessione. Ecco gli orsetti gommosi e i falafel: ho espiato.

Non mi andava di dirlo a Hailey, era il mio segreto, una delle poche cose che non dovevo condividere con lei. Una sera, sbronza dopo essermi conficcata la mano in gola, pensai di scrivere a Molly, che studiava veterinaria a Gainesville. Come affrontare l'argomento? Cosa si può scrivere in un'e-mail a una vecchia amica per farle sapere che anche tu rimetti regolarmente? La immaginai stringere il bisturi e incidere la milza di un gatto con le sue unghie perfette, per poi correre in bagno, disinfettarsi energicamente le mani e infilarsi due dita in gola. A lei piaceva parlarne. Vomitava nella doccia perché detestava guardare dentro la tazza, ma siccome le era venuta la paranoia di otturarla e farsi scoprire dal padre cominciò a farlo nei sacchetti per alimenti che buttava nel cassonetto dietro la scuola. Le scrissi.

> Ciao Mol,
> spero che la scuola per animali sia una bomba. La bulimia è uno spasso proprio come dicevi tu. Hai mica qualche nuova dritta per una sbattigola alle prime armi? Lol.

Chiusi l'email senza finirla. Non era divertente. Non lo sarebbe mai stato.

Il sistema universitario tedesco poggiava sulla vecchia filosofia dell'apprendistato, in base al quale gli studenti seguono uno stesso insegnante per l'intera durata del percorso formativo. *Vengono dal corso di...* era il modo diffuso di riferirsi agli artisti, quasi che *il corso di...* fosse una piccola località di grande prestigio. Dalle poche conversazioni avute all'accademia sembrava che l'intera storia dell'arte tedesca si potesse ricostruire tramite la genealogia dei corsi e che i docenti sfornassero, più che studenti, piccoli tamburini dell'ideologia. Eppure tutti i professori erano costretti ad andare in pensione a sessantacinque anni. Verrebbe da pensare che quarant'anni d'insegnamento siano più che sufficienti, ma non per Klaus Simons.

Lui non faceva che ripetere: « Guardatevi intorno, io non vedo che domande! È evidente che il mio lavoro qui non è finito ». L'ansia e il martirio burocratico sembravano riempire buona parte del suo tempo lasciandone ben poco agli studenti, men che meno a una appena arrivata. Alla prima lezione si presentò con un maglione di lana grossa e prese atto della mia presenza puntandomi contro una copia sciupata del *Faust* di Goethe e dicendo in inglese: « Tu, nuova studentessa, naturalmente puoi seguire il corso, ma sappi che è un anno di guerra ». Indicò un banco e io annuii da bravo soldatino. Mi trattenni un'oretta chiedendomi chi si fosse seduto lì prima di me, magari un giapponese con la passione per il legno o una brasiliana infelice. Klaus incontrava gli studenti nel suo ufficio, la sua voce tuonava brevemente e poi ognuno tornava di corsa al proprio banco-universo a divinare.

Siccome volevo che il primo giorno fosse memorabile, e la lezione era stata inutile, decisi di andare alla casa di Hannah Höch, convertita in un museo e aperta ai visitatori. Si trovava alla periferia di Berlino e quando l'autobus mi scaricò sul marciapiede era già buio. Tirai fuori la ridicola cartina che avevo disegnato sul retro di uno scontrino e la girai varie volte, neanche potesse trasformarsi in una bussola e indicarmi la strada. Svoltai a sinistra e mi persi all'istante, circondata da alberi. Non mi arresi e andai a destra. Il primo anno di università avevo scelto di scrivere la tesina su Hannah Höch. Di lei sapevo tutto. La madre era una pittrice dilettante. Il padre era un agente assicurativo. Lei aveva vissuto entrambe le guerre, era gay, era nata il primo novembre 1889 ed era una delle poche donne dadaiste, ma tutti quei fatti non contavano.

A contare erano i collage, intensi, alienanti, fermenti di

violenza: occhi sospesi, facce mozzate, ali di libellula che spuntano da ingranaggi meccanici. Hannah prese la fotografia e tutta la sua «realtà» ripugnante e la sminuzzò in un oblio celestiale. *Oggi vorrei mostrare il mondo come lo vedono le formiche, domani come lo vede la luna.* Non sapevo a chi l'avesse detto, ma l'avevo scritto in grassetto in cima alla tesina. Alla fine trovai una targa che indicava casa sua. Il bel giardino che avevo visto sul sito era puntuto e bruciacchiato. Raggiunsi il cancello di legno e tirai, niente. Controllai l'orario accanto al campanello. Aveva chiuso da dieci minuti. Come avevo fatto a non accorgermene? Mi odiai. Dalla finestra del cottage ricoperto di rampicanti notai una tenue luce arancione. Avrei voluto gridare. Supplicare il bagliore di farmi entrare, di darmi un segno che quel giorno significava qualcosa, che a Berlino non ero un pesce fuor d'acqua, non ero del tutto smarrita. E invece ripercorsi il tragitto fino alla fermata dell'autobus: ero una formica, e non c'era la luna.

Nell'ingresso di casa inciampai sull'ennesimo pacco. Zander, il ragazzo di Hailey, si rifiutava di usare Skype. Lei non ne parlava molto, ma credo che l'estrema devozione di lui le desse un senso di sicurezza. Le mandava quasi un pacco al giorno, ciascuno più elaborato del precedente. Si stavano accumulando. Io l'avevo visto solo all'officina meccanica dell'accademia. Era un tipo taciturno, che vestiva tutto di jeans mentre armeggiava con le sue complicate sculture cinetiche. Era stato accettato da ogni università a cui aveva fatto domanda: sette accademie d'arte, quattro università dell'Ivy League e una manciata di facoltà d'ingegneria. Aveva scelto la nostra scuola di New York perché la riteneva la più flessibile, un posto in cui poter realizzare sculture e studiare fisica. Hailey lo chiamava il *genio*, con evidente reverenza neanche fosse un generale in pensione o l'inventore di un elettrodomestico famoso a livello mondiale.

In cucina mi tagliai un pezzo di pane nero e qualche

scheggia di formaggio sudato, poi mi sedetti a controllare la pagina Facebook di Ivy. Erano passati cinque mesi dall'omicidio e il dolore era ancora lancinante. Il fatto che la gente postasse sulla sua bacheca mi disorientava. Che senso aveva se lei non poteva rispondere con il consueto braccialetto di asterischi, smiley e cuoricini? Chelsea Benedict la taggava nelle foto di quando erano cheerleader e Darren, il cugino, aveva condiviso una foto di lei con in mano un pesce serra ancora attaccato all'amo, che scintillava come una palla da discoteca. La nonna Jane continuava a postare lo stesso link alla e-card di una megattera con la scritta: *Mi manchi un sacco.* Il mio stato di trance fu interrotto dal rumore della chiave di Hailey nella serratura.

«Jörg Hefe è un vecchio imbecille incompetente. Tanto per cominciare a lezione siamo solo donne, ed è evidente che a lui piace così. Poi indossava pantaloni di lino e ci ha fatto fare uno 'stretch rituale', praticamente la posizione del cane a testa in giù per guardarci il culo e, soprattutto, abbiamo passato due ore a commentare tre dei suoi paesaggi astratti ancora freschi di vernice.»

La sua veemenza sembrava spostare tutte le molecole della stanza. Era la versione di Hailey che preferivo, furiosa e insolente.

«Neanche te l'immagini. Quell'uomo si crede una divinità new age» aggiunse strappandosi la sciarpa grigia dal collo, «mentre è l'ennesimo pittore tedesco patetico e insicuro, con il pisello piccolo e il senso di colpa per l'Olocausto. E sono io che pago. Perché dovrei commentare il suo lavoro? Perché il primo giorno di lezione dovrei usare il mio cervello giovane e intelligente per analizzare la sua arte insignificante e decrepita?»

Dalla borsa tirò fuori una bottiglia di vino. Era molto più buono di quello che avevo comprato io. Andò in cucina tutta impettita, sempre gridando. «E invece com'è comesichiama,

Jan, Karl?» Aspettai che tornasse e la guardai girare il cavatappi con ampi affondi che, non essendosi ancora tolta il piumino, mi parvero gesti medievali.

«Klaus, anche lui sostanzialmente inutile, un po' come studiare sospinti da un venticello fiacco. Ogni tot settimane soffia verso di noi e magari ci manda un brandello di testo o qualche parola, poi calma piatta.»

«Jörg è un pallone gonfiato» disse sprezzante mentre il tappo usciva con un plop. «Dopo le due ore morbose passate sui suoi tre quadri, noi, il docile harem, abbiamo avuto il permesso di mostrare una slide a testa, e senti qua: non potevamo presentarla, giusto dire il nostro nome, e lui la commentava. C'erano cinque imitazioni di paesaggi astratti, la foto di un cantiere e poi non ricordo. Quando è toccato a me ho detto che non mi andava di mostrare la slide e basta, perché il lavoro concettuale richiede sempre una spiegazione. E lui me l'ha impedito.»

Feci un gridolino sbigottito un po' troppo enfatico.

«Ha detto che se il mio lavoro non si spiega da solo, non si spiega affatto.» Un altro gridolino.

«Non volendo passare per una di quelle che gli sbavano addosso gli ho mostrato il dito medio e gli ho chiesto di commentare quello. Avresti dovuto vedere la sua faccia. Sai che ha detto? '*Ich bin kein Fan von billiger Theatralik im Klassenzimmer.*'»

Aspettai la traduzione.

«*Non sono un fan dei melodrammi da quattro soldi in classe.* E so cosa intendeva con *melodrammi da quattro soldi*, intendeva *femminismo.*»

Non l'avevo mai considerata una femminista, visti i jeans a vita bassa e le sopracciglia modellate alla perfezione, però sapevo anche che non tollerava bavagli di alcun tipo.

«Non sarò mai una *del corso di Jörg Hefe*, lo credevo famoso e invece non espone in una galleria da dodici anni. Voglio cambiare, ma non prima di averlo distrutto: se c'è una cosa che capisco molto bene è il potere dei *melodrammi da quattro soldi*. Paesaggista del cazzo.»

Feci di sì con la testa e mi rintanai dietro lo schermo del computer. Trovavo kitsch la sua sete di vendetta, un po' come il ceffone troppo sonoro di un'attricetta di soap opera: prima i sonniferi agli australiani, ora la punizione per il povero Jörg. Però almeno lei aveva suscitato una reazione. Alla lezione di Klaus io mi ero limitata a guardare in silenzio, come un pupazzetto idiota.

Dopo il terzo bicchiere lo scalpore causato dalla sua pagliacciata svanì e cominciai ad aggiornare il mio feed ogni tot minuti, molto annoiata e un po' brilla. La ragazza di New York con il tatuaggio del passerotto sul collo aveva postato le foto dell'ultimo dibattito nel *ring*. Quasi quasi mi mancavano gli scultori. Mi sembrava un'altra vita, magari persino bella. Hailey ruppe il silenzio con un colpo di tosse, richiamando la mia attenzione.

«Lindsay Lohan è stata ribeccata a guidare strafatta!» Inclinò lo schermo del suo MacBook bianco in modo tale che il viso rinsecchito color mandarino dell'attrice fosse rivolto verso di me. Hailey era ossessionata da *Perez Hilton*, il blog di gossip sulle star. «Ovviamente tornerà in clinica, la nuova doccia fredda.»

«Sembra triste» commentai, l'unica parola che mi venne in mente per descrivere lo sguardo perso nel vuoto di Lindsay Lohan in una centrale di polizia superilluminata della California.

«È una cretina patentata. Dicono che le assomiglio, ma solo perché pensano che tutte le rosse siano uguali. E poi è bulimica...» sbuffò, «e dai, un po' di autocontrollo, non c'è niente di più patetico. I bulimici andrebbero radunati e fucilati, cazzo. O mangi o non mangi.»

Sprofondai nella sedia, le guance in fiamme, immaginando una fossa comune piena di tutti i bulimici della storia, me compresa, e mi ripromisi di stare ancora più attenta a nascondere le mie tracce.

Lei bevve un sorso di vino, convinta che la mia indifferenza fosse rivolta a Lindsay Lohan. « È straordinario sapere tutto in tempo reale. T'immagini com'era vivere all'estero dieci anni fa e fare la fila per comprare il numero di *People* del mese prima? »

Me l'immaginavo eccome. Non sarebbe stato niente male sfuggire alle inutili stronzate della cultura americana. Io volevo l'Europa. Volevo dignità e raziocinio, che però da quando eravamo arrivate mi apparivano ogni giorno meno raggiungibili. Hailey invece viveva per quell'immondizia, la considerava una forma d'arte. Leggeva religiosamente i blog osceni del Lower East Side e seguiva i fotografi di vita notturna su Flickr, passando in rassegna un'infinità di primissimi piani di pelli giovani, specchi incrinati e rossetti bagnati. Una volta le chiesi se avesse partecipato a quelle feste, in fondo i locali erano a pochi isolati dallo studentato, e lei rispose con la fermezza di chi si aspettava la domanda. « A questo punto della vita non permetterei mai che la mia immagine venga usata per raccontare la storia di qualcun altro. »

Scorse in silenzio i giornali scandalistici britannici e poi disse: « È matta a fare la ruota mentre aspetta di essere interrogata. Chi fa una cosa simile? Dev'essere per forza colpevole ».

Amanda Knox era una delle portate principali nelle sue abbuffate di gossip.

Amanda era un anno avanti a noi – aveva scelto un programma di studi all'estero, comprato un dentifricio da viaggio, salutato i genitori e raggiunto Perugia – ma adesso lei era in carcere e la coinquilina Meredith era morta. Hailey non avrebbe parlato d'altro. Era troppo recente. Troppo reale. Le foto di Meredith, felice e ignara, troppo simili a quelle mostrate al funerale di Ivy. A me non andava di guardare il vecchio Myspace di Amanda, che raccontava di amare il vino e le montagne russe. Né mi andava di pensare al corpo in decomposizione di Meredith che, secondo Hailey, era stato trattenuto diversi giorni nell'aeroporto italiano per via di esami medici fatti male.

Cercavo di parlare con Jesse più che potevo, ma lui era una valanga di brutte notizie. Dopo una lite con il patrigno aveva lasciato il Wyoming, ma ovviamente *non era colpa sua*. A Sebastian era perseguitato da Chelsea Benedict e dalle altre cheerleader adulte, piene di buona collera cristiana perché si era messo con me subito dopo il funerale di Ivy, cosa che quando ero lì a tenergli la mano e a succhiargli l'uccello non l'aveva disturbato affatto. E come se non bastasse l'avevano fermato di ritorno dal Fish, sbronzo, e gli avevano sospeso la patente. Mi dispiaceva per lui, chiuso nel soggiorno del padre a fissare il computer e i messaggi senza risposta: *Dov'è il mio ranuncolo? Che fai? Mi manchi, piccola! Vorrei tanto portarti un mazzolino di fiori di campo!*

Secondo Hailey dovevo mollarlo.

«Potrebbe pure mandartelo, il mazzo di fiori, ci sono migliaia di aziende in grado di realizzare quel desiderio. Dacci un taglio» aveva commentato. «Non c'entra niente con la tua vera vita.»

«Qual è la mia vera vita?»

Stava facendo yoga per terra. «New York, Berlino, quello che ti pare, ma non in culandia o dove cazzo è il Wyoming. Ti sei innamorata a un funerale. Ti sei comportata da vampiro emotivo.» Al sentire quell'espressione mi accigliai.

«L'hai detto tu stessa, ti piaceva vederlo piangere, è una follia che ti abbia chiesto di sposarlo.»

Mi ero dimenticata di averle riferito dei pianti: da quando vomitavo regolarmente, a fine serata avevo spesso dei vuoti di memoria. Il treno passò accanto al palazzo e ripensai al piccolo tavolo del soggiorno di Casper e alla fettona di torta alla pesca che stavo fissando quando Jesse mi aveva chiesto di sposarlo. Le sue parole avevano risvegliato il roditore dormiente che avevo nello stomaco e il bisogno di andarmene il più in fretta possibile.

«Che cosa gli hai risposto?»

«Non lo so, che ne avremmo riparlato al mio ritorno.» La verità era che non riuscivo a immaginarmi né con lui né senza di lui, perché in entrambi i casi mi sembrava di tradire Ivy. Ero in trappola e Berlino era stata la mia via di fuga.

Hailey mi guardò, gli occhi verdi elettrici mentre assumeva la posizione del cobra, schiena curva, spalle aperte. «Pensi davvero che il vostro matrimonio sarebbe andato a genio a Ivy?»

Inspirai. «Non era meschina. Stava con un ballerino della sua scuola. Diceva che andare a letto con i ballerini è meglio, sono più flessuosi o consapevoli o...» M'interruppi perché il suo tono divertito da interrogatorio mi fece sentire in un episodio di *Law & Order*, la sua serie preferita.

«Direi che non c'è modo di saperlo» concluse in ginocchio, la schiena arcuata.

Obama vinse le elezioni. Comprammo champagne economico allo Spätkauf e a mezzanotte accogliemmo le dichiarazioni con un grido.

«Addio agli anni dei Bush, basta con i cespugli, è ora di raderci le passere» brindò Hailey.

«Forse non è il periodo peggiore per essere americani all'estero» aggiunsi io con ottimismo.

Lei sbuffò. «E forse quei canadesi del cazzo la smetteranno di appuntarsi la spilletta con la bandiera su ogni borsa, Dio non voglia che li scambino per noi. Se lo sognano, che succeda!»

Andai a letto fiduciosa, ma mi svegliai con le frasi tremende postate dai miei amici d'infanzia arruolati nell'esercito, ragazzi del Sud bruciati dal sole e sporchi di sabbia, carichi di fucili d'assalto M16A2 e lanciagranate.

Anche se a nessuna delle due andava di chiudersi in un pullman per il giro di tre ore e mezzo organizzato per gli studenti stranieri, non avevamo altro da fare. Lei indossò push-up e felpa nera fresca di tintura, io parka nero e jeans di Ivy.

«Magari conosciamo qualcuno» dissi con un guizzo di speranza. Si stava scrutando nel finestrino del treno e tirava con delicatezza lo scollo a V verso il basso. Sporse le labbra, gli occhi fissi sulla scollatura. «Già. In fondo non è solo per studenti d'arte, ma di qualunque materia. Fanatici di Hitler e matematici, sicuramente una palla.»

A qualche metro dal treno trovammo un capannello in espansione di gente della nostra età. Piovigginava e nessuno sembrava di buonumore.

«Non mi va di ritrovarmi sul pullman con...» disse Hailey ad alta voce indicandoli.

Io mi guardai i piedi per l'imbarazzo. Un tipo magrissimo con i baffi si allontanò da noi. Due svedesi con giacche di feltro identiche, senza dubbio studentesse di moda, parlottarono in fretta e risero. Una con la felpa dei Ramones e la treccia morbida ci venne incontro a lunghe falcate, con la borsa viola trapuntata che le arrivava sotto le ginocchia. «È il pullman per gli studenti stranieri?» chiese. Hailey annuì e io mi conficcai l'unghia dell'indice nella pellicina del pollice per l'ansia, in attesa della prossima cattiveria. Se a casa divoravo la sua crudeltà come un piatto di spaghetti, in pubblico la trovavo ostentata.

Tutti sembravano ignari quanto noi del perché o di cosa stessimo facendo. Il giro in pullman era stato l'unico ramoscello d'olivo offerto dall'università. Niente brindisi di benvenuto, niente chat di gruppo né pranzo collettivo nel campus enorme. Eravamo un gruppo sparso di perfetti sconosciuti che si aggiravano sull'acciottolato senza meta. Un tipo bassino dai capelli cortissimi parlava dei suoi esercizi di violino a una con lo zaino giallo squadrato: «A volte sei ore al giorno, a volte sette».

«Sarà tremendo» commentò la ragazza con la felpa dei Ramones guardando il cielo carico di pioggia.

Hailey rise. «Sì, molto probabile.»

L'altra tese la mano. «Constance, sono di Montreal.»

«Hailey» disse, poi m'indicò con la testa, «e lei è Zoe, siamo di New York. Cosa studi?»

«Fotografia» rispose lei mentre arrivava il pullman. Ci muovemmo.

Hailey avvicinò la testa alla mia e, facendo un cenno verso di lei, sussurrò: «Niente bandiera canadese».

Risi. Ero subito dietro Constance, avvolta nella nuvola del suo profumo. Plasticoso e chimico. Quando inspirai di nuovo mi tornò in mente la visita con il corso di scultura al laboratorio di restauro del MoMA, dove ci spiegarono la *sindrome della Barbie piangente*, quando la gomma si disintegra e trasuda plastificante che sa di auto nuova, magari era qualche Paris Hilton venuta male, *Heiress* o *Dazzle*, o uno spray alcolico per il corpo tipo Miso Pretty. Il pullman partì.

«Ehi, stop, cioè, *Halt*!» strillò Constance al conducente, che frenò sbatacchiandoci avanti e indietro mentre una ragazza castana con gli zigomi alti si sbracciava. Quando la porta si aprì il pullman si abbassò verso il marciapiede e lei, vestita come la protagonista di *Io e Annie* in crociera sul Nilo, con pantaloni cachi di buon taglio, camicia morbida e un trench Burberry legato in vita, entrò tutta altezzosa.

«*Danke*» disse al conducente e scivolò sul sedile libero accanto a Constance.

«Sono io la tua eroina, dovresti ringraziare me» disse lei con un cenno della testa fingendo di darsi delle arie.

«Ah, allora grazie. Sono Viola, sei americana?»

«Constance, canadese.»

Lei annuì, quasi la invitasse a continuare. «I miei sono originari dell'Iran, se *proprio* vuoi saperlo.»

Viola aveva l'aria imbarazzata. Il frastuono del pullman prese il sopravvento. Guardai Hailey fissare Viola, che trasudava ricchezza da tutti i pori, ogni dettaglio scelto con cura: borsa in pelle con il monogramma *VGG* e due diamanti ben saldi alle orecchie, ma qualsiasi profumo avesse era coperto da quello di Constance.

Si allungò oltre me per presentarsi a Viola: «Io sono Hailey e lei è Zoe, veniamo da New York».

«Dai, anch'io, Upper East Side. Voi?»

«Veramente non siamo proprio di New York, ci studiamo e basta» spiegò Hailey arrossendo.

«Ah, d'accordo» commentò Viola. Percepii le tracce di un amorfo accento britannico. «E cosa?»

«Fotografia» s'intromise Constance, «soprattutto autoritratti e nudi.»

Viola sorrise. «Studio anch'io fotografia, sono venuta nel paese dei grandi: i Becher, Gursky, Ruff...»

«Io sono un'artista concettuale» la interruppe Hailey.

La città ci sfrecciava accanto, gli alberi scheletrici piegati nel vento bagnato. Premetti la fronte sul vetro e, a un semaforo, vidi un chiosco con mucchi di noodle fumanti in scatole di carta rossa che mi fecero brontolare lo stomaco. Mi ero dimenticata di pranzare. Dieci minuti dopo ci fermammo.

«Allora gente, facciamo una sosta di un quarto d'ora al Memoriale per gli ebrei assassinati d'Europa» gridò al microfono la guida, un disgraziato che dopo la laurea saldava il debito studentesco lavorando.

Ci disperdemmo in quel paesaggio avvallato, nelle viuzze formate dagli enormi blocchi di pietra. Constance, Viola, Hailey e io – un'alleanza nascente – osservammo insieme il tetro panorama.

«Sembra un cimitero» commentò Constance accarezzando un blocco imponente con i polpastrelli.

«Lo scopo è disorientare» disse Viola, «e il grigio dei lastroni rappresenta la perdita dell'identità.»

Proseguimmo. Alla nostra destra, le svedesi si scattavano foto in posa contro le colonne.

«Loro non l'hanno affatto persa» fece Hailey mentre il flash della macchina fotografica folgorava pallini vaganti di pioggia. Constance e Viola ridacchiarono.

«Ho fame» dissi, e mi accorsi subito della meschinità del mio desiderio in quel paesaggio desolato.

La voce fastidiosa della guida risuonò sui blocchi di pietra: «Prossima fermata, il bunker di Hitler. Tutti a bordo».

Noi ci guardammo.

«Non è che non rispetti la tragedia dell'Olocausto, ma piove. Che dici, ce la filiamo?» propose Constance.

«Sì» rispose Hailey sollevata dando un'occhiata al pullman. «Dove andiamo?»

«Io abito in Wrangelstrasse, mi sono appena trasferita...»

Annuimmo tutte, grate per l'invito di Constance. Prima che potessimo cambiare idea, Viola era corsa in mezzo alla strada, aveva fermato un taxi e ci teneva aperto lo sportello con delicata maestria. Arrivate a destinazione, estrasse dalla borsa una busta bianca e intonsa. Hailey mi guardò. Adorava le citazioni di Andy Warhol e da non molto me ne aveva letta una sui ricchi che *non tengono i soldi nei portafogli, nei Gucci o nei Valentino. Li tengono in buste di carta.* Come volevasi dimostrare, Viola sollevò il lembo, sfilò una fragrante banconota da venti e la porse al tassista. Hailey la fissò ammirata, colpita da una studentessa d'arte più pignola e ricca di lei.

Un quarto d'ora dopo, a Kreuzberg, era seduta su un tappetino sfilacciato, Viola tirava con garbo il piumone a coprire una macchia di sangue che spuntava dal lenzuolo a strisce e io mi sistemai accanto a una valigia con un'esplosione di sagome morbide, felpe, calzini e T-shirt logore.

« Il tipo con cui andavo a letto è in tour e mi ha subaffittato casa sua. Il massimo, no? » gridò Constance dalla cucina con in mano una padella malconcia.

Noi annuimmo. Malgrado l'arredo da scapolo l'appartamento era luminoso e arioso, con ampie finestre e tante piante. Passammo il tempo raccontandoci storie. Viola snocciolava nomi di artisti, Constance parlava in termini assoluti: suo padre « l'uomo più noioso di tutta l'Alberta », Berlino « il posto migliore in cui vivere purché si sappia cosa si vuole », lei voleva « conoscere tutti quanti e stampare mille foto nella camera oscura della scuola ». Hailey e io restammo sorprese, non sembrava avere le nostre difficoltà, era brava a fare amicizia, brava a infilarsi dietro le quinte delle gallerie e rimediare i bicchieri di vino rosso riservati a pochi eletti. Ci preparò il pollo e ci spiegò l'importanza di vivere da sola per una giovane donna: « Esplorarsi è fondamentale ».

Hailey alzò gli occhi al cielo.

L'accensione quotidiana della stufa a carbone era un'ottima prosecuzione dei piccoli falò sacrificali che facevo in Wyoming. Al mercato delle pulci comprai degli album di fotografie, volumi grossi e rigidi che cadevano a pezzi, le foto friabili e delicate come foglie autunnali. Vecchie nonne e bambini che trascinavano ciocchi su campi bruniti. Dovevano essere tutti nazisti. O quantomeno parlare soltanto di nazisti. Provai a immaginare una cena nel 1951, di che altro si poteva parlare? Ritagliai le foto e le risistemai in maniera diversa, abbinandole a frammenti del *New York Times* che continuava ad arrivare con il nome di Beatrice stampato sull'etichetta bianca nell'angolo in alto a sinistra. Ogni sera prendevo una foto del collage del giorno e la bruciavo.

A Hailey piaceva guardare *Law & Order*. All'inizio mi dava la nausea. Anche se chiudevo la porta divisoria fra le camere, l'audio arrivava lo stesso. Sembrava che gli sbirri parlassero sempre di Ivy. E il sassofono era irritante. Poi, però, mi abituai, e le reazioni generiche ai cadaveri flaccidi trovati nei cassonetti mi cullavano dolcemente fino a farmi addormentare. Una domenica sera sul presto, annoiata, mi arresi. Una bionda con le labbra a canotto veniva stuprata da un noto scienziato ma, in un avvincente colpo di scena, si scopriva che lavorava in una banca del seme ed estorceva lo sperma con l'elettroshock a uomini geneticamente appetibili dopo averli sedati. Una vera assurdità. Nel bagliore protetto della finzione mi rilassai e trovai tutto quel sangue inaspettatamente catartico. Era una recita. La detective Olivia Benson era un empatico vettore di perseveranza e giustizia, gli assassini venivano sempre scovati, gli zii molestatori di bambini, gli accoltellatori di fidanzate e i preti colpevoli finivano in cella con un cenno della testa di Ice-T. Sistemato il mio computer sullo sgabello del pianoforte, ci raggomitolavamo nel mio letto.

«Come fanno a inventarsi queste stronzate?» domandai girandomi. Hailey scrollò le spalle e spazzò con la mano le briciole dal lenzuolo. «Secondo te quanti stupri abbiamo visto questa settimana?»

«Almeno una trentina.»

Ogni corpo femminile scoperto da uno che faceva jogging contribuiva a trasformare la morte di Ivy in un episodio di normalità. Era una cosa che succedeva alle ragazze, le loro vite venivano stroncate sulle note suadenti di un sassofono, era normale.

«Il fatto che Ice-T abbia sfruttato la carriera musicale

per recitare nel ruolo di uno sbirro è uno stupendo crossover di cultura pop» commentò Hailey che, le mani sui tasti, faceva partire con maestria la puntata successiva da un sito di streaming. «Però gli episodi migliori sono quelli con le ragazze morte: tutto il resto sembra un po' una forzatura.» Cantavamo a squarciagola l'intro neanche fosse il karaoke: *Nel sistema giudiziario statunitense i reati a sfondo sessuale sono considerati particolarmente esecrabili...* e discutevamo sulle note finali. Hailey sentiva *bum bum*. Io, e avevo ragione, *dun dun*.

Le vacanze si avvicinavano. Klaus Simons organizzò una cena trasformando l'aula in un salone per ricevimenti. Grandi tegami di patate lesse su scaldavivande e una tavolata lunga quanto la sala, con candele e rami di pino infilati in bottiglie di vino. L'atmosfera semplice, di germanica allegria e convivialità, era la stessa degli album di foto che ritagliavo. In mezzo alla tavola campeggiava un enorme foglio di carta marrone su cui tutti disegnavano soggetti botanici: felci, ghirlande sinuose e stelle di Natale, altro che gli affreschi spermatici degli scultori di New York. Provai un briciolo di speranza, ma il giorno dopo tutti partirono per Brema, Amburgo e la Renania Settentrionale-Vestfalia per andare a trovare genitori, cavalli, fratelli, sorelle ed ex e non sarebbero tornati prima di un mese.

Noi due uscivamo di rado. Come avrebbe detto Constance, *ci stavamo esplorando*. Non avendo lezione ci concentrammo sull'interno e, ossessionate da Beatrice, passammo al setaccio documenti, ricevute, album di fotografie e lettere. La mia iniziale esitazione ad aprire la sua posta era da tempo evaporata. Frugammo in ogni scatola e in ogni raccoglitore dell'unica libreria di *vera* quercia, chiusa da una vetrina, che spiccava in quell'erudito patchwork di scaffali. Scoprimmo, fra le altre cose, una cartellina multicolore con vecchie dichiarazioni dei redditi e informazioni relative al visto, una copia del passaporto, una pila di buste mai aperte dell'assicurazione sanitaria americana e una lettera recente di un certo Michael, che *aveva nostalgia delle loro chiacchierate notturne.*

« Povera Beatrice, questo Michael sembra una palla » rise Hailey.

Trovammo anche un primo piano di lei con Janet, a bordo piscina, in quella che immaginammo fosse Beverly Hills negli anni Settanta.

« Si somigliano tantissimo » commentò lei esaminandola con attenzione. Sbirciai. Janet avrà avuto la nostra età, forse nemmeno.

« L'ha avuta quand'era adolescente? » chiesi indicando lo sguardo truce.

Hailey fece spallucce, così le presi la foto dalle mani e continuai a fissare il duo madre-figlia vestite uguali, con shorts bianchi e maglietta celeste, le gambe immerse per metà nell'acqua. I caschetti erano identici persino allora, quello di Janet, che avevamo visto grigio, di un nero intensissimo. La foto era luminosa e allegra, Beatrice raggiante a cinque anni, ma la madre sembrava oppressa da un peso, quasi fosse l'ultimo posto al mondo in cui voleva trovarsi.

« Hai sentito? » chiese Hailey terrorizzata alzando gli occhi.

« No, cosa? »

« Uno strano urlo. »

« Adesso? »

Lei fece di sì con la testa.

« No, però stanotte giuro di aver sentito due litigare, sono persino andata nell'ingresso, ma niente. »

« Sarà questo vento di merda che soffia intorno al palazzo vuoto. »

Sbuffai concorde. Continuammo a frugare e trovammo diversi ritagli di una rivista femminile vintage firmati *J. Becks.*

« Non ci credo, Janet teneva una rubrica di consigli » strillai.

Se tuo marito è in guerra, quando gli scrivi non tediarlo con problemi di poco conto. Gli basta sapere che lo ami e che, al suo ritorno, troverà una casa elegante e accogliente. Non angustiarlo chiedendogli che tipo di lenzuola preferisce, descrivigli un ricordo affettuoso, il giorno delle nozze o un picnic speciale, un evento che sprigioni positività. E, per divertirti un po', inventa una lingua segreta, crea immagini che rappresentino i tuoi più intimi desideri o mandagli dei cruciverba. Stimolalo e aiutalo ad andare avanti.

«Il padre di Beatrice è stato in Vietnam?» chiesi mentre un treno sfrecciava.

«Sì, è morto il secondo anno di guerra, *Operation Silver City*. Bel nome, no?» Sollevò una foto di Beatrice adolescente in posa con un violoncello. «Una nascita tragica, non l'ha mai conosciuto.»

Tornò alla pila di lettere.

«Come fai a sapere tutte queste cose sul padre?»

«In rete ho trovato un articolo in cui lei lo racconta, credo fosse *Redbook*.»

Nel frattempo divorava la corrispondenza fra Beatrice e l'editor di New York, da cui si evinceva che la mancata consegna del libro entro la fine dell'inverno avrebbe comportato la perdita dell'anticipo.

«Ecco spiegato perché se ne sta rintanata a Vienna» disse Hailey nella sua migliore imitazione della detective Benson. «Lo sapevo, cazzo. È impossibile scrivere tre libri l'anno.»

C'era un solo cassetto chiuso a chiave. Provammo ad aprirlo con una spilla da balia, non che una delle due sapesse come fare.

«Cosa credi che ci sia?» domandò lei.

«Il certificato di nascita?»

«E perché metterlo sotto chiave?»

«Perché mettere sotto chiave qualsiasi cosa?»

«Chissà cosa nasconde la signorina Becks.» Hailey aveva trovato un tubo di crema e se la stava spalmando sulla clavicola. Mi colpì la fiducia che ispirava il suo viso, chiunque le avrebbe creduto. «Dai, lo sai anche tu che nasconde qualcosa...» Mi lanciò la crema e l'aprii. Sapeva di vecchio e di citronella.

Dalla sua pagina di Wikipedia appurammo che Beatrice non aveva figli e non era sposata, il che però era del tutto in linea con le informazioni reperite nell'appartamento. Una sola lampada da scrivania. Armadi pieni. Due piatti tristi, due set di posate d'argento e un solo coltello da cucina *buono*. Però aveva cinque calici di vino ottagonali, anzi quattro perché Hailey ne aveva rotto uno mentre lavava i piatti. Avevo sentito il rumore del vetro infranto e: «CAZZO», seguito dalla corsetta in camera mia con lo stelo spezzato in mano, a mo' di topo morto, e il grido: «BEATRICE CI UCCIDE». Io saltai su terrorizzata per poi scoppiare a ridere. Il calice rotto sembrava meno grave delle ore passate a rovistare nei suoi armadietti, ad aprire le sue lettere e a spalmarci la sua crema sulla pelle.

Diventata un tutt'uno con il sofà a forma di labbra, come un'afta, Hailey lesse metodicamente tutti i libri di Beatrice. «Sai che il primo l'ha scritto a vent'anni?» gridò da dietro la porta accostata di camera sua.

«Ora quanti ne ha?» domandai.

Lei sbuffò dal naso per farmi capire che era una domanda idiota. «Quarantatré.»

Stava leggendo *L'amore lo sa*, il dodicesimo, che a suo dire parlava di una bionda prosperosa che ha una tresca esplosiva con l'insegnante di fisica e, quando lui la molla, medita di ucciderli tutta la famiglia con il veleno per topi e d'incastrarlo, ma poi scopre, in un incestuoso colpo di scena, di essere la figlia scomparsa da tempo. Hailey alzò lo sguardo dal libro con la copertina rosa gomma da masticare: «Ho guardato un'intervista recente in cui promuoveva un vecchio romanzo per un gruppo di lettura e le hanno chiesto del prossimo, se per caso avesse il classico blocco dello scrittore. Incredibile lo sguardo da psicopatica che le è venuto».

«Fa' vedere» dissi avvicinandomi. Lei si posò il computer sulle gambe, mise in pausa Mariah Carey che cantava contorcendosi in un letto e ritrovò la scheda con Beatrice, seduta a disagio nello studio londinese di un programma mattutino. Mentre mandava avanti, il caschetto nero faceva su e giù alla velocità di uno scoiattolo. Hailey si fermò. Una mora tutta denti con le labbra di un fucsia intenso partì con le domande.

«Allora, Beatrice, tutti vogliono notizie del suo prossimo libro. Lo considera un proseguimento della serie *La morte in spiaggia*?»

«Non proprio, anche se scrivere è sempre un proseguimento, un flusso continuo. Ogni nostra azione deriva da quanto è avvenuto prima. Perciò ci saranno degli elementi in comune, ma è un libro a sé, una vera storia d'amore andata male.» Sembrava scossa, diversissima dalla statua di cera che avevamo conosciuto. «Uscirà il prossimo autunno, siamo molto emozionati.»

La conduttrice la mise all'angolo con l'entusiasmo di una vecchia nemica dei tempi del collegio. «Doveva uscire l'autunno scorso! Non dev'essere facile.»

Negli occhi di Beatrice balenò il terrore. «È stato rinviato, sì.»

«Crede di aver avuto il blocco dello scrittore?» Le rivolse un sorriso esagerato.

«No, questo modo di dire non ci trova d'accordo. Occorre tempo perché una trama si sviluppi.»

Hailey tornò indietro per rivedere gli occhi terrorizzati di Beatrice.

«Perché parla al plurale?»

Lei scrollò le spalle. Era arrivata a sette romanzi. A me leggere quei libri creava disagio. Già vivevamo nel suo appartamento, mangiavamo nei suoi piatti solitari, era troppo. Hailey, invece, adorava tutta la sua biblioteca cruenta. Il giorno prima, mentre io raschiavo il fondo del prezioso barattolo di burro di arachidi, aveva interrotto la lettura di uno dei tanti manuali di consultazione sugli omicidi, conservati nella scaffalatura a tutta parete della cucina, per informarmi che è possibile « predisporre la griglia dell'orinatoio in modo tale da folgorare un uomo con la sua stessa *pipì* ».

« Se va in tv perché ha bisogno di dare in affitto l'appartamento? » chiesi.

« Solo *Sulla vetta blu* è stato un vero successo. I libri più recenti non sono un granché. »

« Ma non avevi detto che si trovavano negli aeroporti? »

« Negli aeroporti di nicchia » rispose ridacchiando.

« Di che parla *Sulla vetta blu*? »

« Per certi versi è un caso a sé » rispose con un respiro girandosi verso la finestra, « meno contorto e più emotivo degli altri. Parla di una giovane donna del Sud che s'innamora del figlio di un re dell'acciaio. Il libro comincia con il corteggiamento in montagna. Poi si trasferiscono a New York e fanno la bella vita, suscitando polemiche con le megafeste che organizzano. E un giorno lei torna a casa e lo trova a letto con il migliore amico di lui. E quando cerca di uccidere l'amante uccide per sbaglio il marito e viene rinchiusa in manicomio. Il libro continua con lei che invecchia lì, è molto triste, bello e teatrale. » Sembrava stranamente compiaciuta della sua sinossi, quasi mi avesse appena svelato un grande segreto.

« Però! » commentai fingendo entusiasmo. « Forte. »

Hailey cominciò a catalogare tutti i libri della casa con l'impeto di una bibliotecaria esaltata, selezionando, impilando e riordinando le pile dei colori dell'arcobaleno, per poi battere al computer con la fronte aggrottata. Beatrice possedeva soprattutto testi sulla criminalità – enciclopedie di indagini scientifiche di epoca vittoriana, Tom Clancy, cataloghi di armi degli anni Novanta della National Rifle Association, Agatha Christie, James Cain, studi su sociopatici – ma anche classici, tragedie greche, biografie di presidenti e tre mensole dedicate al teatro. Il foglio elettronico, che continuava ad allungarsi, aveva il titolo in grassetto: *La biblioteca di Beatrice Becks a cura di Hailey Mader.*

« È un lavoro concettuale, un po' come un ritratto » mi spiegò con un entusiasmo che le invidiai, « un asso nella manica, in cui tutti i suoi libri diventano il mio libro. » Mi descrisse i vari modi in cui lo immaginava esposto: con rilegatura a spirale su un piedistallo o sotto lastre di vetro formato A4 sorrette da chiodini di metallo.

Sul tavolo c'erano due nuovi pacchi di Zander, non ancora aperti. I più recenti somigliavano a sculture di Noguchi ricoperte di francobolli e del nastro adesivo bianco e nero della dogana. Più erano complicati, più rischiavano di essere trattenuti allo *Zollamt*, costringendo Hailey a prendere il treno fino alla periferia per spiegare a un povero burocrate cosa contenessero quelle scatole così elaborate. La verità era che lei non lo sapeva e veniva puntualmente rimproverata. E ribatteva: « Lo scopo dei regali è sorprendere e deliziare », cosa che, a furia di andarci, succedeva sempre meno.

5

Per cena aspettavamo Viola, che avrebbe portato due amici. Eravamo agitate, erano i nostri primi ospiti. Comprammo i piatti di carta. Io tolsi piumone e cuscini dal divano-letto e misi delle candele sul tavolo. Hailey, che aveva cucinato quasi tutto scolandosi una bottiglia di vino, uscì con passo incerto a comprare mazzi di fiori che sistemò ovunque.

Viola arrivò puntuale.

«Care, lui è Jens di Stoccarda, un bravissimo grafico, e lui è Otto, un rinomato pianista austriaco.»

«E io sono Hailey, la più grande artista del mondo, americana» si presentò lei allungando la mano con un risolino.

Io biascicai il mio nome e portai le bottiglie in cucina. Jens, che aveva appena spannato gli occhiali, disse che studiava alla scuola d'arte visiva come noi, mentre Otto frequentava il conservatorio. Otto annuì nervosamente e si passò le dita fra i capelli neri. Hailey lo sorprese a guardare il Blüthner in camera sua, che lei usava come cesta della biancheria sporca.

«Sai suonare Rihanna?» gli chiese prendendolo in giro.

«È bravissimo, ha suonato al matrimonio di mia sorella» disse Jens con orgoglio. «Sa fare tutto.»

Otto arrossì e Jens gli assestò una spinta con il fianco.

«Conosco *Umbrella*.»

Hailey batté le mani.

A tavola Jens e Otto espressero curiosità su Beatrice e sull'appartamento. Raccontammo tutto quello che avevamo ricostruito e mostrammo alcuni romanzi, con il viso di lei seminascosto sotto la frangia nera che ci fissava dalle sovraccoperte.

« Fa un po' Weimar, no? » chiese Hailey indicando gli occhi gelidi di Beatrice.

« Sally Bowles » commentò Otto con timidezza.

Hailey s'illuminò. « Già! Oddio, per caso sai suonare *Cabaret?* »

Otto arrossì e annuì. Lei gli sorrise e mi guardò di traverso, immagino perché ripensò al mio commento di qualche tempo prima. Quando lo convinse a suonare vidi il ventenne bassino e nervoso trasformarsi in un flessuoso pianista sicuro di sé. Sommersa dai suoni, la casa sembrò addirittura più grande. Jens lo fissava sorridendo. Più tedesco di così non si poteva: biondo, occhi azzurri e mascella squadrata.

Viola si stava annoiando, voleva parlare di Amanda Knox. Io mi sedetti imbronciata. « Gli italiani sono tutti convinti che sia stata lei. »

Jens colse la palla al balzo. « Noi... » Si fermò rendendosi conto delle varie nazionalità presenti. « I tedeschi non credono nel sistema giudiziario italiano. In Italia chiunque è innocente perché non c'è modo di dimostrare il contrario. »

« Per me è molto strano che lei sia tornata a casa, abbia visto il sangue sul pavimento e si sia fatta la doccia MENTRE c'era ancora la merda nel water. A voi è mai capitato? Anche solo con la vostra? » chiese Hailey stappando un'altra bottiglia. Io feci una smorfia e lei m'indicò con il cavatappi. « Avrei urlato alla mia coinquilina di correre a tirare lo sciacquone. »

Jens era rosso come un peperone e guardava la finestra: un'americana sbronza che parlava di merda a tavola era più di quanto potesse sopportare. Otto tornò al suo posto. « Un attimo, non stavo seguendo. Chi è Amanda Knox? »

«Oddio» rise Hailey passando la zucca al forno ed evitando il mio sguardo. In quel momento sfrecciò un treno che riempì di luce gialla le finestre.

Viola intervenne. «Dunque, Meredith Kercher era una studentessa inglese che faceva l'Erasmus a Perugia. Studiava...» Non ricordava con precisione cosa studiasse, il che non le impedì di continuare. «Viveva in un appartamento con due italiane e un'americana. A-MAN-DA-KNOX.» Scandì il nome in maniera raccapricciante battendo quattro quarti.

«Per fartela breve, A-MAN-DA-KNOX torna dalla casa del suo ragazzo, Sauceolitto.»

«Raffaele Sollecito» la corresse Hailey.

Viola la ignorò. «Si frequentavano da appena una settimana. A-MAN-DA-KNOX vede del sangue sul pavimento dell'ingresso e si accorge delle feci nel water, ma si fa lo stesso la doccia.» Alla la parola *feci* Hailey sbuffò. «Poi nota altro sangue sul tappetino del bagno, si accorge che la porta della camera di Meredith è chiusa a chiave, bussa, non sente risposta e chiama il suo ragazzo. Lui, Sauceolitto, telefona alla sorella poliziotta, che lavora a Roma e gli consiglia di rivolgersi alla polizia del posto. Loro lo fanno e, dopo un'incomprensibile titubanza, gli agenti sfondano la porta e trovano Meredith sotto il piumone con la gola tagliata» concluse Viola riprendendo fiato.

Schifato dal comportamento della polizia italiana, Jens scuoteva la testa. Lei proseguì. «I pubblici ministeri accusano A-MAN-DA-KNOX perché è giovane, bella e americana.» Le parole uscirono quasi come una filastrocca.

Giovane, bella e americana

Giovane, bella e americana

«Siccome la settimana prima era stata vista mentre acquistava preservativi, dicono che l'omicidio rientra in un gioco erotico» proseguì Viola.

«Acquistare preservativi, che cosa tremenda» ridacchiò Hailey.

«Ovviamente non è stata lei, però c'è qualcosa...» aggiunse Viola.

Jens si lisciò i capelli. «Mi ricorda *Il crogiuolo.*»

Hailey batté la mano sul tavolo. «Sì! È *Il crogiuolo* in salsa splatter-mediatico-popolare. Di gran lunga la mia performance preferita di quest'anno. A parte gli incidenti stradali delle star, ovvio.» La guardammo tutti senza parole. «E dai, Lindsay Lohan è stata ribeccata a guidare strafatta. Nessuno ha più un addetto stampa.»

Si alzò e andò in cucina. Io grattai le ultime patate dal fondo della teglia di metallo e provai a cambiare discorso chiedendo a Jens del laboratorio di stampa dell'accademia, ma prima che lui potesse rispondermi Hailey rientrò con una ciotola argentata piena di panna.

«Il punto è che Amanda è una Giovanna d'Arco più sexy. Avete presente il quadro di Jules Bastien-Lepage.»

«Le-pah-ge» disse Viola con accento francese.

Otto scosse la testa e si tamponò la fronte con il tovagliolo.

Hailey sbuffò. «Quello in cui lei fissa il vuoto appoggiata a un albero, è al Met. Ha gli stessi occhi slavati di Amanda, un'antica sessualità spiritata che da sempre eccita gli uomini, che queste donne vogliono vederle bruciare.»

«Stai davvero paragonando Giovanna d'Arco ad Amanda Knox?» le chiesi, seccata che si tornasse sull'argomento.

«Sì, pensaci. Amanda, colpevole o meno, è entrata nel pantheon delle donne bruciate sul rogo per il nostro intrattenimento.»

«Quella che è morta *davvero* è Meredith» mormorai.

Viola piegò il tovagliolo e se lo sistemò in grembo, neanche stesse per rivolgersi a un'aula di tribunale. «Rudy Guede è stato dichiarato colpevole, sul cuscino c'era l'impronta insanguinata della sua mano. Il caso dovrebbe essere chiuso, ma... »

« Ma il sistema giudiziario italiano è pure razzista... » aggiunse solennemente Jens.

« Non sapeva come elaborare il lutto » lo interruppe Hailey, « non è difficile sembrare tristi, non è il caso di limonare con il proprio ragazzo sulla scena del crimine, perché così si passa da psicopatiche. » Mi rivolse una lunga occhiata. « Ma immagino che Zoe ne sappia di più. Ha fatto praticamente la stessa cosa. »

La fissai per capire se intendesse continuare, cosa volesse rivelare a questi nuovi conoscenti, era come se vedessi le parole formarsi sulle sue labbra.

« Piantala » sbottai. Silenzio. Lei si concentrò sulla panna da montare. Beyoncé s'intrufolò in quella pausa gravida.

Poi Hailey mi guardò quasi a chiedere il permesso. Io scossi la testa, i denti serrati.

« E dai, è una bella storia » m'incitò.

Mi scusai e andai in bagno. Volevo vomitare le budella. Vomitare tutta me stessa fino all'oblio. Che mostro. Presi il mattoncino Nokia e scorsi la rubrica vuota. Non avevo nessuno da chiamare, nessuno a cui scrivere. La scorsi di nuovo. Capii che cercavo il nome di Ivy. Respirai, mi lavai la faccia e tornai a tavola come se nulla fosse.

« È squisita » disse Jens spingendosi nel piatto una nuvoletta appiccicosa nel tentativo di aggirare la bomba che era stata appena sganciata.

Hailey e Viola si misero a parlare dei rispettivi programmi per il Natale, una avrebbe incontrato la famiglia a Parigi e l'altra sarebbe volata a Londra la vigilia per raggiungere la madre e la sorella, che avevano preso in affitto un appartamento di Kensington in cui, così pareva, aveva vissuto Julie Andrews. Non avendo nulla da aggiungere alla loro conversazione, visto che potevo a malapena permettermi di restare a Berlino, mi scolai quanto restava del vino per poi sprofondare nelle sabbie mobili di Ivy, con ancora vivo in testa il commento pungente di Hailey.

Per lei non c'era stato nessun circo mediatico, nessuna speculazione pubblica sulle coltellate, era scivolato tutto nel silenzio. Chissà se Ivy avrebbe preferito così. Legioni di persone, giovani e vecchie, a fare ipotesi sulla sua sessualità, sulla sua predilezione per lo spandex, sui ragazzi che aveva avuto, sulle foto scattate insieme a me e a Jesse, in posa con le cesoie da giardino nella casa al mare. Cosa ne avrebbe fatto di noi il sistema giudiziario italiano?

« Terra a Zoe. Tutto bene? » chiese Hailey dandomi un colpetto sulla spalla per soppesare la mia rabbia. La ignorai.

Viola diede un sonoro colpo di tosse che credo fosse uno sbadiglio, poi ci ringraziò con cortesia per la cena e in meno di un minuto si era infilata il giubbotto. Jens e Otto fecero altrettanto.

« Credi che stiano insieme? » chiese Hailey dalla cucina versando gli avanzi in una ciotola gialla che coprì con la pellicola.

Io mi rifiutai di rispondere e andai in camera mia.

Lei mi seguì fino alla porta cianciando. « E se fosse un ménage à trois? Oppure lei sta dietro a Otto? Non è facile capirla. Otto potrebbe essere gay, pensa a cosa suona. Però mi ha colpito l'abilità di Jens d'indossare camicia e dolcevita insieme, una bella cattiveria da infliggere a un collo. »

Finalmente si fermò e mi posò la mano sull'avambraccio. Mi voltai verso di lei: ricordava un dipinto di Norman Rockwell, con lo strofinaccio in spalla e i capelli rossi raccolti in un morbido chignon. Sembrava sul punto di dire una cosa profonda, così mi preparai a ricevere le sue scuse.

« Viola è irritante. La detesto. » E, dopo una pausa: « Contribuisce davvero pochissimo alla conversazione ».

« Ma che ti prende? » sbottai dandole le spalle.

Mi sembrò sorpresa, poi guardò il soffitto e fece scrocchiare il collo. « Ah, è per via di Ivy? »

Annuii.

« Cercavo solo d'intrattenere gli ospiti. »

« Cazzo, non è uno spettacolo teatrale che... »

Non sapendo come concludere la frase, strinsi la maniglia dorata e chiusi con violenza la porta.

6

Cucinare cominciò a pesarci. Compravamo tortillas salatissime nel reparto prodotti americani del Kaiser's e rubavamo cheddar irlandese per fare i nachos. Rubare al supermercato era facile, bastava pagare un prodotto e infilarne uno più costoso in fondo alla borsa. Hailey amava il brivido, io il risparmio. Dopo il rituale a base di nachos e vino rosso, riempivo la vasca e vomitavo nel water, godendomi la risalita delle schegge di mais nella gola. Ogni sera, a mollo nell'acqua, cancellavo metodicamente l'odore della bile dalle mani con il sapone alla lavanda.

Nessuna delle due aveva più menzionato la lite alla fine della cena con Viola, però Hailey era più gentile, si offriva di lavare i piatti e proponeva di guardare un film insieme, tentava insomma di appianare il conflitto senza affrontarlo. Tutto prevedibile. Era un pendolo che oscillava fino a raggiungere le tenebre per poi tornare più vivace e più dolce. Non si sarebbe mai scusata.

Un mercoledì, essendo lei a occuparsi della corrispondenza legata alla casa, ricevette un'email di Beatrice, che lesse ad alta voce neanche stesse proclamando un editto reale.

Care H + Z,
spero che ve la passiate bene nell'appartamento.
Se doveste ricevere posta dallo Schloss degli scrittori della Cancelleria federale austriaca vi prego di mandarla diretta-

mente a me. Non occorre spedirla a mia madre a Sylt perché è una faccenda urgente.
Vi ringrazio in anticipo,
B. Becks

« E se facessi anch'io domanda allo Schloss degli scrittori? » disse alzandosi dal sofà. « Scommetto che è superchic. Lo sai che *Schloss* significa castello, vero? »

Finsi di sì, ovvio che lo sapevo, e lo googlai.

Fui contenta di confermare che era effettivamente *chic*, e per giunta un castello, con tanto di affreschi di cherubini dalle gambe grassocce e pavimenti di marmo a disegni geometrici. Il sito vantava un lungo elenco di scrittori, ne conoscevo addirittura qualcuno, però non riuscii a trovare informazioni sugli ospiti attuali.

A due giorni dalla partenza, Hailey aveva quasi tutto pronto: mentre riorganizzava la trousse da viaggio, m'informò che, dopo il soggiorno a Parigi, i suoi sarebbero venuti a Berlino per un paio di giorni.

« Ci porteranno a cena fuori. »

Io le rivolsi un sorriso teso. Mi chiesi come immaginassero la nostra vita lì. Da come lo descriveva, il padre era uno di quelli che trovano sempre il modo d'infilare, in qualunque conversazione, che si era « fatto da sé » e che per avere successo « basta lavorare sodo ». Se avesse scoperto la nostra totale assenza d'istruzione forse avrebbe costretto la figlia a tornare a New York per iscriverla a economia.

Hailey aveva pensato con cura a tutti i capi per Parigi lasciando un bel po' di spazio per gli acquisti, operazione che osservai dal sofà annuendo quando mi mostrava gli abbinamenti di gonne e maglioni. Ero arrabbiata perché mi avrebbe mollata lì da sola. Tentai di nasconderlo fissando il computer mentre lei rispolverava il francese imparato alle superiori. L'idea che lasciasse la nostra bolla mi innervosiva, temevo che sarebbe tornata nel nostro mondo, nella nostra isola gelida, meno interessata e meno mia.

Non sapevo se ci saremmo scambiate i regali, e comunque non avevo idea di cosa comprarle. Per lei provavo sentimenti confusi, ancora venati di frustrazione. Invece il giorno prima che partisse, di ritorno a casa, m'imbattei in un mercato delle pulci. E decisi che dovevo trovare qualcosa. Magari un vecchio manifesto o un vecchio libro tedesco, qualcosa di pop e di grafico. Dopo qualche bancarella inutile, lo trovai: un diario vintage rilegato in pelle rossa, con la cucitura nera e la costola dorata con una treccia d'oro. Aprendolo, la carta vecchia e liscia crepitò sprigionando un odore stantio di vaniglia. Sembrava magico.

A casa lo posai sul tavolo, avvolto nella carta velina viola. Hailey esplose in una gioia infantile e si scagliò sul regalo, e io mi sorpresi a trattenere il fiato per l'emozione mentre lo scartava. La carta velina cadde a terra e lei gridò: « Sembra un libro di incantesimi. Lo adoro ».

Sorrisi godendomi la sua approvazione e il fatto che l'avesse istintivamente trovato *magico*. Era una ragazza complicata. La nostra amicizia era complicata. Però io la capivo, e questa era la prova. Mi abbracciò e si mise lo zaino in spalla. Uscendo piazzò sotto un magnete del frigo una busta color crema con su scarabocchiato in fretta e furia, nel suo corsivo spigoloso, *so che a volte sono melodrammatica xoxo*. Rimasta sola, la aprii: due biglietti, con la scritta in caratteri gotici, per uno spettacolo al teatro Volksbühne. Mi esercitai a pronunciarlo, Volks-büh-ne, e la mia voce rimbalzò nell'appartamento vuoto.

Cominciai ad apprezzare il silenzio. Potevo vomitare con la porta aperta e ascoltare *Heartbeats* dei Knife in loop. Dopo qualche ora senza Hailey, però, il palazzo deserto mi sembrò minaccioso. Il primo giorno non mi alzai dal letto se non per infilare ed espellere il cibo dalla bocca. Guardai i servizi sulla crisi finanziaria. Uomini che uscivano dai grattacieli con le scatole di cartone, le spillatrici che sferragliavano: *mutui subprime*, *cartolarizzazione*, *credit default swap*, *bailout delle banche*. Un'altra lingua straniera. A Berlino, dove il tempo si misurava ancora con le mattonelle di carbone, mi sentivo al sicuro. Tenevo acceso il computer sperando che qualcuno mi scrivesse. Una vecchia compagna di scuola. Chiunque. Bere da sola era triste.

Trovai un rettangolo verde, sbiadito dall'acqua, che aveva avvolto uno dei mazzi di fiori di Hailey e lo attaccai al muro, sfogliai il giornale ma le foto erano tutte banali, niente che meritasse di finire in un collage. In cucina, sotto un mucchietto di posta, c'era un volantino plastificato con le pubblicità di prodotti alimentari. Ritagliai frutti di bosco surgelati e barattoli di cetrioli sottaceto e li incollai abbinandoli in stile dadaista, a partire dal centro: salsicce che sbucavano da confezioni di biscotti, chicchi di caffè che fuoriuscivano da flaconi di detersivo per i piatti. Però non riuscivo a entrare nella consueta trance. Feci un passo indietro. Era orrendo, almeno i collage per Ivy avevano uno scopo, un pubblico desiderato.

Tornai al computer e provai a chiamare Jesse con Skype. Lo squillo subacqueo riecheggiava e la *S* celeste rimbalzò finché lui rispose – il ronzio della connessione – la sua voce – lontanissima – *Ranuncolo? Zoe, Zoe, Zoe?* – e poi il sibilo di fine chiamata. Ci riprovai.

«Ranuncolo!»

«Ciao.»

«Che fai?» mi chiese con il sole del pomeriggio che splendeva alle sue spalle.

«Lavoro» mentii, e poi mi mancò la voce. Non riuscivo a contenere la tristezza.

«Oh, amore, mi manchi. Vorrei tanto abbracciarti. Perché non torni a casa?»

Feci di sì con la testa. Sentii suo padre gridare in sottofondo.

«Piccola, devo scheggiare, però ti amo. Torna a casa, okay? Direi che a Berlino ci sei stata abbastanza.»

«Lo so» confermai con gli occhi che mi bruciavano, mentre lui salutava la telecamera con la mano.

Al termine della chiamata il silenzio in casa era insopportabile. Nell'attesa che la vasca si riempisse, gonfia d'odio per la mia vita, sentii la notifica del computer. Constance, rimasta come me a Berlino per le vacanze, mi mandava il link di una festa in un locale a Prenzlauer Berg. Anche se lei non ci andava perché aveva un appuntamento, pensava che sarebbe stata divertente. Chiusi il rubinetto e mi preparai, con la musica a tutto volume.

Indossai la maglietta dell'Adidas di Hailey, argento luccicante con tre spesse linee nere, e piegata la testa di lato mi controllai allo specchio. Con i suoi vestiti mi sentivo padrona della situazione. Scavai nel mucchio ai piedi del suo letto e m'infilai i pantaloni viola, un po' più scuri di un tempo, mi spruzzai una nuvola del suo Coco Mademoiselle e guardai le minuscole goccioline di profumo posarsi sul collo. Quando inspirai fui investita dal ricordo di tutte le donne sicure di sé, con ragazzi vestiti Tommy Hilfiger al seguito, che mi avevano chiesto la boccetta squadrata rosa al reparto profumeria. Mi unii al loro trenino di soft power femminile. Stasera ero una di loro.

Una volta raccolti i capelli nella tipica coda di cavallo alta di Hailey, la trasformazione fu completa. M'infilai il suo piumino e presi il treno per Bernauer Strasse. Il posto traboccava di gente. La pista da ballo era invasa da lingue straniere e dall'inglese parlato con accenti vari, francese, italiano e altri che non riconobbi, e tutti ballavano al ritmo della musica elettronica con movimenti esperti, rapidi e bruschi, vestiti di nero a strati.

Nel corridoio trovai un armadietto e ci spinsi dentro il piumino. Prima di tornare in sala inspirai a fondo. Il profumo di Hailey era il mio carburante. Quando il coraggio della seconda birra fece finalmente effetto mi sentii inarrestabile. Chiacchierai con un gruppetto che stava fondando una rivista, con una venezuelana che stava aprendo una galleria, con una ballerina croata che faceva videolezioni con gli artisti, con un tizio con capelli a punta e felpa nera che parlava di Marx. Mi appoggiai con la schiena al muro. Il locale mi ricordava il bar di *Guerre stellari*, con creature spaziali provenienti da pianeti di cui avevo sentito parlare che ballavano vicinissime e fumavano. Come si erano ritrovate lì? Dov'erano prima? Alla quinta o sesta birra ero stordita. Nello stomaco non avevo niente a parte birra e succhi gastrici. Volevo restare, ma mi reggevo a stento in piedi. Recuperai il piumino.

Il marxista era seduto su una panchina al binario. Alla luce, gli occhialetti tondi lo facevano sembrare il russo cattivo di un film di 007. Sul treno si animò e tirò fuori il portatile per mostrarmi un gigantesco alieno in 3D che faceva il segno della pace, a cui stava lavorando per la prossima mostra. Come quasi tutti i frequentatori del locale, era sia artista sia dj. Gli chiesi di che materiali era fatta la sua scultura e lui si lanciò in una lunga spiegazione lubrificata dalle anfetamine, che durò fino a quando mi alzai per scendere.

«Ehi, come hai detto che ti chiami?» mi chiese impaziente mentre le porte gialle si chiudevano.

«Hailey.»

Mangiai un kebab per strada, i pezzetti di carne cadevano come grandine. A casa le stufe erano spente e il carbone era finito. Come aveva potuto Hailey lasciarmi senza? Scesi terrorizzata nel seminterrato, aprii la porta di legno del ripostiglio e feci un salto: fui accolta da un serraglio di forme di cartone, Hailey aveva conservato le scatole di Zander. Ignorandole, trascinai su per le scale una pila di mattonelle canticchiando per non sentire i rumori del palazzo. In casa diedi fuoco a qualche giornale e ci spinsi sopra dei rametti secchi, soffiando a più riprese. Guardai il titolo arricciarsi e svanire: *La Fed minimizza la crisi dei subprime*. Accendere un fuoco da sbronza ha i suoi pregi. Aiuta a pensare, a cadere in uno specifico trance da falò. Fissando le fiamme stentate, Berlino mi sembrò più grande: un'immensa galassia nera con tante stelle luccicanti, tanti bar pieni di persone, e io non dovevo far altro che trovarle. Il fuoco prese. Aggiunsi quattro mattonelle di carbone con la premura sincera di un'ubriaca e sprofondai nel letto.

Il mattino dopo mi svegliai con i postumi della sbornia e andai al Kaiser's a rubare spremuta d'arancia e a comprare cereali. Mi fermai a controllare la posta: qualche bolletta e una lettera con i caratteri dorati dello Schloss degli scrittori. Infilai le buste nella tasca del giubbotto e trascinai il mio corpo disidratato su per le scale, fiutando il profumo floreale amarognolo e funebre ancor prima di aprire la porta. Entrai con calma. Beatrice era lì. La vidi sul sofà rosso, la luce del pomeriggio divorata dal nero dei suoi capelli. Era immobile, le spalle rigide.

«Ciao...» balbettai. «Scusami tanto, non sapevo che fossi...»

Lei rimase seduta a fissare la finestra, poi cominciò a parlare lentamente. «Avrei potuto scrivere. Ho suonato e bussato, ma siccome immaginavo che foste partite per le vacanze sono entrata.»

Volevo che si voltasse, che mi guardasse. «Sono uscita un attimo a prendere la spremuta d'arancia, posso offrirtene un bicchiere?» chiesi mostrandole la confezione in modo maldestro, all'improvviso consapevole di averla rubata.

«No, grazie. Cercavo solo una cosa» rispose radunando delle scartoffie che non riuscii a vedere e infilandole in borsa.

«Ah» dissi. Avevo le gambe in fiamme. «Se avessimo saputo che venivi avremmo riordinato» farfugliai, sopraffatta dall'imbarazzo per le montagne di vestiti e libri sparsi sul pavimento.

«Non importa» replicò Beatrice alzandosi dal sofà come se avesse la colonna vertebrale collegata a un cavo d'acciaio. Io mi raddrizzai, tentando di scrollarmi di dosso lo stordimento. Mi passò accanto in fretta e mi ritrovai a fissare il retro della sua testa a forma di ghianda.

«Ah, è arrivata questa dallo Schloss degli scrittori» dissi sfilando la busta e porgendogliela. Lei allungò la mano senza voltarsi e se la mise in borsa. Nell'uscire indicò la montagna del bucato sul pianoforte e disse: «Mi fa piacere che vi sentiate a vostro agio. Stasera torno a Vienna». Sulla soglia si fermò e, sempre senza voltarsi, aggiunse: «I disturbi alimentari sono un problema serio. Prenditi cura di te, e buon Natale». Lo disse in tono frivolo e gelido, neanche stesse augurando buone feste al portiere. La serratura scattò alle sue spalle.

Cazzo! Rimasi in corridoio, incredula. Dovevo chiamare Hailey. Le funzionava il telefono a Parigi? Come faceva Beatrice a sapere che vomitavo? Non lo sapeva nemmeno Hailey. Io stessa lo sapevo a stento. Corsi in bagno a controllare che non ci fossero prove. Forse mi ero rilassata perché vivevo da sola. Verificai. Niente. Sulla pulizia della tazza ero di una precisione certosina. Nel bidone c'erano troppe bottiglie di vino, ma erano le vacanze di Natale. Oltre alla carta del kebab, di cui mi ero sbarazzata, non c'erano tracce che potessero tradire il mio esperimento dei ditalini in gola. Mi pulsava la testa. Forse si capiva e basta. Che ci fossero delle telecamere?

Ispezionai ogni oggetto del bagno, guardai sotto il portasapone e tastai i bordi degli scaffali in cerca di cavi. Ero impazzita? L'avevo scritto da qualche parte? Già. Corsi in camera e diedi un'occhiata al computer. Era sul lato sbagliato del letto. L'afferrai e, tirato su lo schermo, vidi la cartella Bozze. Era aperta sull'ultima email, evidenziata in bianco, per Molly Webster, la bulimica delle superiori. La cancellai.

La casa puzzava del profumo di Beatrice. Di un pulito bianco chimico ma costoso, di fiori coltivati in laboratorio. Mi pizzicavano le narici e avrei tanto voluto sapere qual era. In quel modo sarei riuscita a classificarla e imbottigliarla, archiviando il senso di disagio. Sul sofà rosso bevvi l'intera confezione di spremuta. Che cosa ci faceva lì? Perché aveva letto le mie email? Ripensando a me e a Hailey che frugavamo nei suoi cassetti mi sentii avvampare le guance. Ci aveva spiato? Era la sua vendetta? Malgrado la rigidità e il riserbo, però, non mi era sembrata del tutto in sé. Non mi aveva mai guardato negli occhi. Riprovai a chiamare Hailey. Il telefono non squillava nemmeno.

Natale lo passai a casa da sola, davanti al forno in cui avevo messo ad arrostire una teglia di verdure arancioni. Carote, zucca, patate dolci, più sei episodi di *Law & Order*. L'appartamento mi faceva paura. Andai in bagno a svuotarmi lo stomaco. In piedi davanti al water ripensai a Beatrice e alle sue ultime parole, una farfalla velenosa: *i disturbi alimentari sono un problema serio*. Non riuscii a vomitare. Sputai e rimasi a guardare la saliva sprofondare nella tazza liscia.

Mi mancava Ivy, avrei tanto voluto essere a Sebastian per rannicchiarmi nella sua poltrona sacco a forma di scarpetta da punta. Chiamai la mamma con Skype. Parlammo del suo capo psicotico e di quello che lei definiva il mercato immobiliare «in sfacelo» della Florida. Mi raccontò di Brad e Marsha, una coppia di Syracuse che era stata costretta a intrattenere in attesa delle chiavi di una «spettacolare *hacienda* in stile spagnolo». Quando aveva detto di avere una figlia che studiava a Berlino, aveva scoperto che loro avevano due cari amici con figlie piccole che vivevano lì e cercavano una babysitter, i Breitbach.

«Sembrano *davvero* in gamba» disse la mamma, e io percepii il suo disperato bisogno che il lavoro andasse in porto. Sapevo che eravamo a corto di soldi. Scrissi ai Breitbach e fissai un appuntamento con loro due giorni dopo.

La sera seguente andai a cena con Constance in un ristorante in Torstrasse. Arrivai prima di lei e sbirciai dentro, troppo nervosa per entrare nella sala angusta piena di gente dall'aria molto cool.

«Si gela, perché aspetti fuori?» gridò lei dal marciapiede opposto.

Scoppiai a ridere. Attraversò in fretta tra le auto e mi abbracciò. Entrammo sottobraccio e ci sedemmo insieme a diverse persone che sembravano conoscerla. Senza giubbotto, lei fece il giro del tavolo accettando baci e scambiando chiacchiere. Quando infine tornò la guardai sbalordita.

«Come fai a conoscere tutti?» le chiesi sottovoce.

Lei avvicinò la testa: «Quello che mi scopavo, Adnan...» Non avevo idea di chi si scopasse.

Notando il mio smarrimento spiegò: «Il musicista in tour, quello della casa che ho subaffittato».

Annuii.

«Prima di partire organizzava di continuo cene a cui veniva chiunque. E Alexander, il direttore di questo ristorante, cucinava. Pia, la sua ragazza seduta in fondo con il maglione nero, mi ha offerto uno stage nella sua galleria. È solo un giorno alla settimana, ma c'è un mucchio di gente simpatica.»

Ordinammo e io le raccontai tutto d'un fiato l'incontro con Beatrice, tralasciando il commento finale sulla bulimia.

«È americana, no? Il subaffitto è regolato da una serie di norme, dubito che preveda la possibilità di entrare e accomodarsi sul sofà.»

«Lo so.»

«Da brividi.»

Parlammo dei ragazzi e delle ragazze che avevo conosciuto alla festa e Constance m'informò che il marxista faceva internet art e avrebbe allestito una grande mostra a Braunschweig, mentre la ballerina croata si diceva fosse incinta.

«Che roba è la internet art?» chiesi.

«Tipi anemici in video e... fiamme digitali?» rise.

Il dessert lo offriva *la casa*, pere al forno con gelato. Parlammo delle superiori. Anche lei aveva fatto un sacco di lavori. Le raccontai del reparto profumeria del centro commerciale. E Constance mi parlò del Jack Pot Casino, un posto polveroso senza finestre nel centro di Red Deer, in Alberta. A suo dire, a quindici anni poteva già spacciarsi per una ventunenne prosperosa, così si era fatta procurare un documento falso dal fratello di un'amica e aveva ottenuto il lavoro. «Potevo scegliere se imbustare la spesa al supermercato oppure se rimediare buone mance, mettere via i soldi e filarmela da quella città di merda. Ed eccomi qui» concluse schioccando le labbra e indicando tutt'intorno, ancora compiaciuta della creatività dimostrata in adolescenza.

L'appartamento dei Breitbach si trovava nell'affollato quartiere centrale di Mitte, non lontano dal ristorante in cui avevo cenato con Constance. La facciata di pietra bianca del palazzo di quattro piani sembrava una torta alla vaniglia con una spolverata di zucchero a velo. Il quartiere era chic. Più bello del nostro, con piccoli caffè e carrozzine ricoperte di tessuti lucidi. Davanti al citofono cercai di capire quale fosse casa loro, ma nel trapezio d'ottone c'era un solo pulsante. Aspettai indecisa sul da farsi, poi capii: possedevano l'intero palazzo. Una signora in maglione grigio e pantaloni coordinati aprì il pesante portoncino dorato e mi guardò neanche volessi consegnare una bomba. Per essere all'altezza di quell'eleganza inaspettata mi lisciai i capelli. L'interno, un incrocio fra un casino di caccia e una cava di marmo di Carrara, era disseminato di carte da regalo e giocattoli. La signora in grigio mi condusse in un ascensore di vetro e insieme approdammo al terzo piano. Quando le porte si aprirono mi venne incontro Claire, il nome che avevo scarabocchiato sopra l'indirizzo sul post-it, le onde bionde che rimbalzavano a tempo con i tacchi alti.

Indossava scarpe fucsia e un abito arancione elettrico cosparso di uccellini fucsia e coronato da una collana verde lime. La palette da casalinga tropicale non riusciva ad addolcire il grigio acciaio degli occhi, lo sguardo da campionessa di tennis all'ultimo set della vita. Mi strinse la mano quasi a soppesare il mio valore. Per un istante immaginai che non sarebbe servito altro, che il colloquio consistesse solo in quello, poi lei mi lasciò andare.

«Ciao Zoe» disse indicando con la testa la signora in grigio, che stava parlando a macchinetta in spagnolo. «Lei è Beata, si occupa della casa.»

Dopo aver stretto la mano di Beata, seguii Claire nella cucina di marmo bianco con peonie alle pareti. «Mi fa molto piacere avere un'altra americana, e per giunta della Florida. Io sono nata a Parigi, famiglia di diplomatici, ma sono di Miami, mezza cubana. Tu parli spagnolo?»

Annuii, terrorizzata al pensiero che mi mettesse alla prova. Lei percepì la mia esitazione.

«Tranquilla, Beata e io parliamo spagnolo solo con le bambine. Voglio che siano cosmopolite. Devo fare il possibile per evitare che diventino troppo tedesche, non so se mi spiego.» Risatina gelida. «Scusa, mio marito è tedesco, per la precisione svizzero e tedesco, quindi con loro parla la sua lingua. Però è abbastanza tedesco da avere una scopa nel culo.»

Altra risata. Nemmeno una ruga. Chissà quanti anni aveva e a quali interventi di chirurgia plastica si era sottoposta.

Due ragazzine dai capelli scuri entrarono in cucina saltellando, con un sorriso diabolico.

«Savannah, lei è Zoe.»

«Ciao Zoe» disse Savannah con una cortesia piena di sarcasmo.

«Serena, lei è Zoe.»

«Ciao Zoe» disse Serena imitando la sorella. Ridacchiarono.

«Savannah e Serena sono le grandi, otto anni. Laurel e Leia ne hanno sei. Sono gemelle anche loro, ma molto, molto più docili.»

Annuii sconcertata. Non sapevo fossero quattro. E in vita mia non avevo mai frequentato gemelli, men che meno due coppie.

«So cosa pensi, è una probabilità su diecimila. Avere due... coppie» disse Claire guardando le figlie che strappavano la carta assorbente e se la lanciavano. «Fra qualche anno dovrò mettere il lucchetto all'armadio» aggiunse con un ghigno scherzoso. Il pensiero evidentemente la divertiva. Osservai i cloni mentre facevano a pezzi i riquadri: due castori delinquenti, identici in modo inquietante, si scambiavano sguardi che potevano benissimo essere messaggi in codice. Provai nostalgia per Ivy e Hailey.

«Ciao Mel, sì, alle tre va benissimo, Serena si è esercitata e ha qualche problema con il Preludio di Chopin in Mi minore.» Claire distolse lo sguardo e fissò il soffitto, poi si toccò piano l'orecchio, di nuovo rivolta verso di me. «Scusa, ho il bluetooth.» Si girò e partì a razzo per il tour della casa, via via indicando. «Sala giochi, sala tv, sala da pranzo, camere delle bambine. Il primo e il secondo piano li usiamo poco, cerchiamo di mantenerli *figlie-free*. Dobbiamo finire di ristrutturarli, un'operazione lunga una vita, mio marito ha comprato il palazzo dopo la caduta del muro, a me non andava di abitare a Mitte, ma Tobi covava una fantasia da pioniere, con tanto di carovana e *Schnitzel*. Mi piace dire che *il quartiere è cresciuto insieme a noi*. Ora il cappuccino si può trovare ovunque.»

Raggiunse le scale e la seguii. «Al secondo piano ci sono gli uffici di Tobi. Lavora nel campo della *musica elettronica*» disse, lasciando sospese fra noi le ultime due parole con evidente disprezzo. «È di un'antica famiglia svizzera, due anni fa ha venduto le sue proprietà e ora... vabbe'. Io ero avvocata, penalista e civilista.» S'interruppe e mi scrutò con occhi da megera. «Per le bambine vogliamo il meglio, quindi non esitare a chiedermi qualunque cosa.»

«Bene» dissi rendendomi conto di non aver spiccicato parola.

«E così sei un'artista?» s'informò mentre tornavamo al primo piano.

«Già.»

«Ramo?»

«Collage.» Esitai. Nel mondo scintillante di Claire il collage mi sembrò infimo, così mentii. «E cinema.»

«Ottimo, noi ogni anno andiamo a Telluride. Credi di poter venire due giorni alla settimana?»

«Senz'altro» risposi, sorpresa dalla velocità a cui procedeva.

Claire alzò il dito dalla punta laccata per zittirmi. Avvilita mi chiesi dove avessi sbagliato, ma lei mi rivolse un sorriso rassicurante e indicò il bluetooth. «Sì, Brian. Di' a Calvin di mandare il calendario a Udo. Niente sorprese, le lezioni di nuoto sono sempre alle cinque. I capelli delle bambine li voglio asciutti, ceniamo da Borchardt.»

Non sapendo dove indirizzare l'attenzione mentre lei parlava al telefono, feci il giro dell'ampio ingresso, osservando foto incorniciate, quadri e teche con farfalle disposte ad arte. Stavo ammirando il lampadario, un tripudio di lampadine viola, quando un tale che mi fissava dalla scalinata curva del secondo piano mi spaventò. Aveva il viso in ombra eccetto gli occhiali Terry Richardson, che riflettevano il lampadario in due lune distorte. Gli rivolsi un sorriso docile, immaginando che fosse il marito. Claire interruppe la telefonata e guardò su. «Tobi, lei è Zoe. Starà con le bambine il martedì e il giovedì.» Lui si sporse rivelando un mucchietto di capelli color sabbia sulla testa perlopiù calva, una faccia gonfia come un bignè, pancia floscia e baffi vagamente hipster. Che delusione. Dopo aver visto Claire, la tennista con le sopracciglia firmate e gli zigomi scolpiti, mi aspettavo uno alla sua altezza.

«Splen-di-do» commentò lui appoggiandosi alla ringhiera, mentre i lacci della felpa rossa di cashmere dondolavano verso di me. Io lo salutai con un cenno del capo. Lo sguardo di Tobi indugiò più a lungo del dovuto prima di sparire sul lato opposto del ballatoio.

«Okay, Zoe, a martedì. Scusa la fretta, mi fido di Marsha e Brad, volevo solo accertarmi che non fossi una svitata.» Claire inclinò la testa e poi, in spagnolo, gridò che mi venisse portato il giubbotto. Mi rifilò un'altra energica stretta di mano e nel giro di trenta secondi il portoncino dorato si era richiuso, sigillando ermeticamente il loro mondo dietro di me. Sconcertata, mi trattenni sui gradini.

7

Hailey tornò due giorni dopo con un cuore d'argento Tiffany, ricevuto per Natale, che le vibrava all'altezza della gola mentre parlava. Mi sedetti in camera sua in estasi, profondamente sollevata all'idea di averla a casa, mentre mi descriveva scene fiabesche: *passeggiate lungo la Senna, vino rosso in piccoli caffè, vetrine di Chanel.* Il tono sdolcinato s'inacidì quando mi raccontò che i suoi erano partiti prima, cancellando la visita a Berlino e mollandola con il fratello maggiore. Confortata dal pensiero di non dover difendere il nostro stile di vita davanti ai genitori di Hailey, rimasi tuttavia delusa dal fatto che non saremmo andate a cena fuori.

«Ovvio che il lavoro viene prima di tutto, capisco perché sono partiti, però lasciarmi con Brett a Parigi no. Cristo. Non voleva nemmeno vedere il Louvre, solo andare a caccia di fica francese.»

Dovevano aver passato le vacanze a litigare e a mangiare.

«E in albergo ci hanno pure dato stanze orrende e minuscole. Così ho convinto il direttore che ero disabile e me ne hanno assegnata una migliore.»

La guardai negli occhi, era seria. Preferii ignorare quello che si era inventata pur di spuntarla. Volevo solo parlare di Beatrice.

«E così se ne stava seduta qui?»

«A fissare il vuoto, come in trance. Poi si è messa a frugare in un mucchio di scartoffie che si è infilata in borsa e mentre parlava non riusciva nemmeno a guardarmi.»

«Strano» disse Hailey senza voce. «Peccato che non c'ero. Avrei voluto chiederle perché in *Le fossette del diavolo* uccide Luke.»

«Mi sa che era arrabbiata perché ha trovato un gran disordine e il sofà rosso fuori posto...» parlavo a vanvera. Avevo omesso il commento sui disturbi alimentari. Ero troppo imbarazzata, ancora turbata dalle sue parole, che i bulimici *andrebbero radunati e fucilati.*

«Ho la sensazione che ci spii» dissi, «o qualcosa del genere.»

«Dai, non essere paranoica. Il fatto che noi rovistiamo tra le sue cose non significa che lei rovisti tra le nostre» replicò Hailey quasi ridendo, mentre io le versavo altro vino in uno dei calici ottagonali.

«La cosa più strana è che non portava il cappotto» aggiunsi.

«Che vai dicendo? Oddio, hai davvero paura di lei.» Adesso rideva di gusto.

Tentando di cambiare discorso le raccontai del locale in cui tutti erano artisti, dj o entrambe le cose.

«Non riesco a crederci, l'unico fine settimana che non ci sono tu esci, conosci tutti *e* incontri Beatrice. Non è giusto.»

Mi piacque vederla gelosa. Si raddrizzò e mi tirò la mano. «Indovina? Ho una sorpresa per te, non puoi dire di no.»

Inarcai le sopracciglia.

«I miei non hanno potuto cancellare del tutto la prenotazione in albergo, quindi abbiamo una notte al Grand Hyatt, con la piscina! E il servizio in camera. Il check-in è fra quaranta minuti.»

Io saltai su e l'abbracciai, per poi ributtarla sul letto. Le ero mancata.

Hailey si offrì di pagare il taxi fino all'albergo, un gesto di generosità o per sbandierare la sua ricchezza, non lo sapevo né m'importava. Preparai in fretta e furia il bagaglio e riesumai un costume da bagno nero che, chissà perché, mi ero portata a Berlino con la speranza di usarlo. Lei girava come una matta per casa in cerca di qualcosa, lo zaino già sulle spalle.

«Hai visto il mio diario?» chiese.

«Quello che ti ho regalato?»

«No, quello arancione su cui scrivo.»

Non l'avevo visto, però l'aiutai a cercarlo e ipotizzai che l'avesse dimenticato nella camera per disabili a Parigi.

«Non l'ho portato con me e non lo vedo da quando sono partita.»

Lo disse in tono accusatorio, fissandomi con sguardo gelido.

«Pensi che l'abbia preso io? O che l'abbia letto?»

«No...»

«E se fosse a scuola?» chiesi, pur sapendo che non ci andava quasi mai. Fui percorsa da un brivido: l'aveva preso Beatrice? Non volendo sembrarle paranoica allontanai quel pensiero.

«Pazienza» disse infine Hailey accasciandosi sul bordo del sofà. «Andiamo.»

Io ero al settimo cielo all'idea di uscire.

«Non sembra poi così *grand*» fu il suo commento quando il taxi si fermò.

Non m'importava. L'atrio era immenso, con il pavimento di marmo bianco venato, e il concierge sorrise con dolcezza mentre fotocopiava i passaporti e telefonava per accertarsi che la camera fosse pronta.

Hailey era effervescente, in ascensore pescò dallo zaino la Polaroid finto vintage che i genitori le avevano regalato per Natale e ci mettemmo in posa allo specchio. Sentivo una nuova energia magnetica fra noi. Sembrava tutto più intenso. La camera al sedicesimo piano si affacciava sull'intera città, aveva un cucinotto e un salottino con un piccolo pianoforte a coda.

«Quanto mi piace che a Berlino ci siano pianoforti ovunque » disse lei prendendo dall'armadio due morbidi accappatoi. « Dritte in piscina. »

Io andai in bagno a mettermi il costume.

« Oddio, c'è il pavimento riscaldato » gridai.

Hailey rise. « Magari convinciamo Beatrice a fare qualche miglioria? »

La piscina turchese sul tetto era circondata da vetrate. C'erano solo due persone a mollo nella parte bassa, e appena mi tuffai la tensione accumulata nel corpo in tutte quelle settimane di gelo si sciolse. Dopo qualche vasca facemmo la sauna e poi il bagno turco.

Sulle sdraio, Hailey propose: « Ripuliamo il minibar e ordiniamo la cena ».

In camera, dove la seguii con un sorriso riconoscente, stappammo una bottiglia di vino rosso e studiammo il menù spaparanzate nel letto gigantesco.

« Hamburger e patatine fritte? »

Perfetto. Chiamò la reception e poi strimpellò le note d'apertura di *Seasons of Love* cantando a squarciagola. Io la immortalai con la Polaroid, la luce del flash amplificata dal bikini dorato. Quando dall'emulsione spuntò l'immagine, infilai la foto nella tasca del giubbotto sapendo che l'avrei aggiunta al collage dadaista: l'imperatrice dei Biggles, la mia dea degli alimentari.

La cena arrivò su un carrello di metallo e mangiammo a letto, i denti violacei di vino. Hailey accese lo schermo piatto grande quanto una tavola da surf e strillò di gioia quando, fra un mare di poliziotti in uniforme blu, spuntò la coda di cavallo bionda di Amanda Knox.

« *Finalmente* il mese prossimo comincia il processo. Un anno dopo, ti rendi conto? »

« Cambia canale » la supplicai.

« Davvero? »

« Sì. »

« Va bene » la tv tornò nera, « ma parliamone. »
« Di cosa? »
« Di Ivy, credo che ti farebbe bene. »
Sospirai. Mi riempì il bicchiere e aprì un'altra bottiglia, e il mondo prese a rimpicciolirsi, c'eravamo solo io, lei e la luce color miele che ronzava dalle applique sopra il letto. In quel momento le avrei detto qualsiasi cosa. Partii dall'orologio Roxy, le raccontai che copiavo tutto quello che Ivy faceva, come diventammo amiche, le liti, le uscite serali di nascosto, il bacio a Jesse, l'odio delle cheerleader nei miei confronti, i collage per la gelateria e, infine, New York. Hailey ascoltò tutto con avidità.
« Eri innamorata di lei? »
« Non credo, più che altro ero fissata, era la mia migliore amica. »
« Ti capita spesso di *fissarti*, eh? » Nella pausa si leccò i denti viola. « Ora sei fissata con me, no? »
« Cosa? » chiesi mentre mi si stringeva la gola per la vergogna.
« So che alla festa in Prenzlauer Berg ti sei messa i miei vestiti. »
Non sapendo cosa dire scoppiai a ridere.
« A Devin Kenter ti sei presentata come Hailey. Mi ha chiesto l'amicizia su Facebook, mi ha scritto confuso, poi ho visto una foto della serata, di te con i miei vestiti. »
Io frugai alla ricerca di parole tra i fumi dell'alcol: il suo nome mi era sfuggito di bocca, non avrei mai immaginato che il marxista strafatto si ricordasse cosa gli avevo detto, men che meno che mi cercasse.
« Non importa, mi piace il tuo lato ossessivo, ce l'ho anch'io » concluse dandomi un bacio sulla guancia e alzandosi dal letto. Quella notte non chiusi occhio. Stesa accanto a lei, cercai di restare immobile mentre il suo corpo sprigionava calore.

Il mattino dopo, l'ultimo dell'anno, nuotammo e dormicchiammo a bordo piscina. Hailey aveva chiesto un check-out posticipato, quindi non dovevamo essere alla reception fino alle tre. Vagliammo le alternative per la serata. Constance ci aveva parlato di una festa in un atelier di Kreuzberg organizzata dai dj del bar di *Guerre stellari*. Jens ci aveva invitato alla festa di Manuel e Bärbel, due suoi amici che vivevano ad Alexanderplatz in uno dei grattacieli con vista sull'enorme piazza.

« Ho indagato. Sembra che il fratello di Bärbel gestisca uno spazio condiviso a Mitte e credo che da loro potrebbero esserci persone *interessanti.* » Bevve un sorso dalla borraccia. « Bärbel passa le estati a Capri. »

« Come fai a... »

« Una ricerca veloce su Google e un'occhiata all'elenco degli amici. »

« Secondo me la festa a Kreuzberg potrebbe essere piacevole » dissi.

Hailey fece una smorfia.

Andammo alla sauna per un'ultima sudata. Io mi sdraiai sulla panca più alta in costume da bagno. Lei, tutta nuda, versò l'acqua sulle pietre e, con il grosso mestolo di legno a mezz'aria, disse: « È da ieri sera che ci penso, dopo tutto quello che mi hai raccontato ».

Aprii gli occhi.

« Hai ucciso Ivy per poter stare con Jesse? »

Inspirai rabbiosa. « Certo che no, cazzo. E loro si erano lasciati da un sacco. Tu sei pazza. »

« Scusa, lo so, sono in modalità *Law & Order.* »

« Be', smettila » sbottai avvolgendomi nell'asciugamano.

« Ti ho chiesto scusa » gridò mentre me ne andavo.

Mi buttai in piscina e nuotai fino in fondo alla vasca. Quando sbucai per riprendere fiato la trovai sul bordo piastrellato, ancora nuda. Si lanciò a bomba. Io mi immersi, mi riempii la bocca d'acqua clorata e, quando lei sbucò, gliela sputai in faccia. Accettò la punizione e, sottovoce, disse: «Andiamo».

All'uscita dalla metro un vecchio ci lanciò un petardo dal secondo piano ed esultò quando mi vide saltare come un cavallo spaventato e far cadere la sacca di tela sul marciapiede. Era un campo di battaglia tuonante. Non riuscivo a capacitarmi di come una città che era stata quasi rasa al suolo dalle bombe potesse divertirsi a produrre una sinfonia di fine anno così violenta.

Fra le bollette da inoltrare a Janet e varie buste bianche dall'aria innocua c'era una lettera per noi.

Ragazze, piccolo sollecito.

Lo scaldabagno non deve restare acceso a lungo. Basta ricordarsene un po' prima di fare il bagno e poi spegnerlo subito dopo il suddetto bagno. Grazie per la comprensione.

Con affetto,
Janet.

«Come fa a sapere che lo lasciamo acceso?» chiesi.

«*Con affetto*» rise Hailey scrollando le spalle e restituendomi la lettera.

Andai in bagno. La spia di un rosso sbiadito era spenta. Mi guardai intorno a disagio. «Non l'avevamo lasciato acceso?»

«Sinceramente non me lo ricordo, a volte lo spengo» rispose lei.

Capitava di rado. Mi agitai. Mi tornò la paura che Beatrice fosse entrata in casa. «Una delle due dev'essere venuta mentre non c'eravamo.» Hailey era già immersa in un sito di gossip. «Non c'è altra spiegazione, giusto?» insistetti.

«Tranqui. Credo di averlo spento io.»

«Ma come fa a sapere che a volte lo lasciamo acceso?»

«Forse la bolletta del mese scorso era più alta. Sulla solitaria isola di Sylt Janet non avrà di meglio da fare che studiare i nostri consumi elettrici.»

Feci il giro della casa in cerca di altre prove ma sembrava tutto a posto. Con un sospiro aprii il computer e trovai una serie di email di Jesse, sempre più isteriche. Avevo dimenticato di dirgli che andavo in albergo e avrei mancato l'appuntamento su Skype. Nelle prime mandava qualche foto, ma nelle ultime era rabbioso.

Perché non rispondi?? E che cazzo! Stai con qualcuno? Ti prego, torna. Ranuncolo? Ho bisogno di te.

La mamma mi aveva mandato le foto della sua odontonema in fiore nel patio. E avevo ricevuto anche un'email di Ana Noble, la madre di Ivy. Sapevo perché e non volevo leggerla: era l'invito alla cerimonia di commemorazione nel loro giardino il quattro gennaio, il compleanno di Ivy.

Il mio computer era un tunnel spaziotemporale per l'America, così lo chiusi in fretta e tentai di rilassarmi nel vuoto della serata. L'odore di zolfo dei petardi entrava dalle finestre chiuse. Mi avvicinai al vetro con il piumone stretto al corpo e scrutai la strada, conficcando l'unghia del pollice nella buccia liscia di un'arancia navel. Inspirai a fondo. Il profumo della Florida, un altro tunnel spaziotemporale che mi trasportò lontano dalle passeggiatrici di Bülowstrasse vestite in colori fluo. Rividi i parcheggi inondati di sole, le paludi barocche di mangrovie, i moli di legno sbiancato e il centro commerciale di arenaria, con la fontana puzzolente che scintillava piena di monetine ossidate.

L'immagine di quel paesaggio caldo e umido rinnovò il senso di colpa, nessuna distanza avrebbe cambiato il fatto che avevo messo il braccialetto per nonna Jane nella mano di Ivy incitandola a tornare a Sebastian per il fine settimana.

Spinsi il pollice così in profondità che l'arancia sanguinò. Inspirai di nuovo. Non c'erano novità sull'omicidio di Ivy. Niente dalla polizia. Niente sui giornali. Prima che le sue email si riempissero di risentimento, Jesse mi aveva mandato una foto della tomba. Aveva comprato un mazzo di tulipani, che nel sole inclemente del pomeriggio non sarebbero durati neppure cinque minuti. Meglio una pianta in vaso. Mi aveva spedito anche qualche foto del suo cane. Del 7-Eleven vicino a casa. Della T-shirt trovata in un negozio dell'usato. Della nuova uniforme da lavoro al porticciolo: shorts cachi e camicia hawaiana azzurra. Non mi venne in mente alcun commento.

Hailey mise a soqquadro l'appartamento in cerca del diario, ma non riuscì a trovarlo. Fra le varie cianfrusaglie in corridoio c'era un pacco di Zander a forma di gatto, disteso sul fianco, ancora chiuso. Lei mi vide dargli un calcetto delicato per spingerlo verso la porta di camera sua.

« L'ho ritirato allo *Zollamt* prima di partire. Non riesco a stargli dietro. »

« Posso aprirlo io? » chiesi.

La viziavano via posta. Due settimane prima aveva avuto un attacco isterico quando, nel pacco della madre, non aveva trovato il fondotinta La Mer, che costava più di cento dollari al flacone. Così aveva comprato controvoglia la Dream Mat Mousse di Maybelline, che definiva *primer da contadine*, mentre se la spalmava con espressione sconfitta e schifata.

« Fai pure » rispose brusca.

Era molto più pesante del previsto, una complessa struttura di cartone e supercolla. Andai in cucina a prendere l'unico coltello buono, doverosamente seghettato, e cercai di aprire il lembo della zampa sinistra. Dopo aver segato per un minuto abbondante sgorgò un fiotto di caramelle verdi. « Ohhh Zander, non dovevi » esclamai. Dall'altra zampa cadde a terra una pioggia di toffee rosa. Immaginai

Zander il *genio* che, dopo aver comprato un sacchetto di Halloween in saldo al supermercato di Astor Place, separava con devozione i colori sulla scrivania per poi riempire le cavità. Probabilmente Jesse non era neppure capace d'imbucare una lettera.

« Lanciamene una verde. »

L'intervallo tra le esplosioni si ridusse, e noi ci preparammo alla battaglia brandendo camicette luccicanti come fossero armature.

Io ispezionai la mia maglietta gialla, che avevamo tentato di tingere di nero e invece era diventata di un verde marcio.

« Non ha preso perché il materiale è scadente » fu il bonario insulto di Hailey, che mi girò intorno per specchiarsi. M'infilai un maglione tentando di non intralciarla mentre si strappava peli rossi dalle sopracciglia.

« Ed è probabile che la festa all'atelier di Kreuzberg faccia schifo. »

« Perché? » chiesi.

« Ho cercato gli artisti che ci lavorano, mai fatta una vera mostra. »

Mi rivolse un'occhiataccia combattendo con un pelo quasi invisibile. « E non preoccuparti per Devin, gli ho detto che si è confuso, che doveva essere strafatto e che ti chiami Zoe. » Sorrisi sollevata al pensiero che avesse sistemato le cose con il marxista e mi concentrai sul rossetto color prugna.

La corsa in treno fu allucinante, una marea di gente sbronza persa che sparava petardi nei vagoni. Noi due prememmo la testa contro il vetro tentando di evitare la traiettoria delle scintille. Ebbi l'impressione che nessuno sarebbe sopravvissuto alla nottata.

Mancavano quattro fermate quando lei si girò verso di me e disse: « Pensi mai a… non importa ».

« A cosa? »

« Agli ultimi istanti di Ivy? »

Guardai un ragazzo scendere di corsa dal treno e accendere una stellina.

Continuò: « Insomma, il suo corpo è stato trovato riverso su una duna accanto all'autostrada, credi che lo sapesse? Che abbia pensato *è la fine*, sono i miei ultimi istanti di vita, ecco la mia tomba? »

« Spero sapesse quante persone le volevano bene » dissi sottovoce e la chiusi lì. Non mi andava di pensarci. Non avevo letto le interviste al ragioniere in pensione che l'aveva trovata, volevo che restasse sulla duna di sabbia come tutti i cadaveri di *Law & Order*, finti, affinché Ivy l'attrice potesse alzarsi a fine ripresa e lavarsi via il sangue fatto con lo sciroppo di mais. Prima che potesse chiedermi altro, le porte del treno si aprirono e fummo espulse nella follia notturna.

Al nostro arrivo l'appartamento di Manuel e Bärbel era già pieno e le finestre quadrate del *Plattenbau* in calcestruzzo, che si affacciavano sulla piazza, erano velate da un'allegra condensa. Mollai Hailey e andai in cerca di qualcosa da bere zigzagando tra le raffinate ghirlande argentate appese al soffitto. Quando tornai con due flûte lei chiacchierava amabilmente con un tizio barbuto, toccandosi la clavicola e ridendo. Le misi un bicchiere in mano, ma notò a stento la mia presenza. Mi trattenni, un po' a disagio, contrastando varie ondate di gelosia. Infine mi arresi e andai in cerca di Jens, che trovai sul balcone appoggiato alla porta scorrevole di vetro. Provò a dirmi qualcosa imbarazzato, ma i fuochi d'artificio erano così rumorosi che non sentii una parola. Rientrai.

Viola si stava versando champagne vicino al lavello.

« Dov'è Constance? » le chiesi sollevando il bicchiere per farmelo riempire.

« Con un belga che ha prenotato una camera al Park Inn. » Indicò di fronte, ma fra la nebbia e le esplosioni il grattacielo si vedeva a malapena. Alzai le spalle.

Lei fissava Hailey, al capo opposto della sala. « Sai che il tipo con la barba è un Asburgo? »

« Che? »

« Otto von Habsburg. Come l'ultimo principe ereditario austriaco, è un discendente diretto » spiegò rossa d'invidia.

Mi tornava. Ovvio che Hailey desse la caccia al principe austriaco, doveva averlo individuato fra i contatti di Bärbel.

A mezzanotte fui tentata di chiamare Jesse, ma per lui erano le sei di pomeriggio, probabilmente era al porticciolo a ormeggiare una chiatta in camicia hawaiana azzurra. La nostra telefonata di poco prima era stata breve e brusca. Non mi andava di ascoltare il resoconto del suo pomeriggio passato a piangere sulla tomba di Ivy, e lui non gradiva il fatto che il soggiorno in albergo con Hailey mi avesse tirato su di morale, mi preferiva depressa.

Mi guardai intorno. Ero circondata da ventenni, vestiti perlopiù di nero con qualche lustrino sparso. Sembravano tutti essersi fatti tatuare dallo stesso amico con la mano incerta: dodecaedri, sezioni auree e frecce irregolari lungo gli avambracci. Viola cercava d'inserirsi nella conversazione con il von Habsburg e parlava dimenando le mani neanche fosse un segnalatore aeroportuale. Hailey non ne voleva sapere e, girandosi lentamente di spalle, la tagliò fuori. Mi investì una sensazione familiare, provata alle innumerevoli feste delle superiori in cui Ivy spariva tra le maglie delle cheerleader: *sono un pesce fuor d'acqua.* Per avvicinarmi a Hailey m'infilai in un gruppo di ragazze vestite di seta rossa con rossetto coordinato. Lei mi rivolse uno sguardo frustrato per l'interruzione e scosse la testa, sarebbe rimasta. Io guadagnai la porta e uscii.

La pressione dell'ultimo dell'anno mi aveva sempre infastidito, ma l'atmosfera chiassosa e battagliera della città fu un'iniezione di energia. Anno nuovo guerra nuova. Guadando il mare di cartucce e bottiglie rotte ringraziai di essermi messa gli stivali da equitazione del Wyoming, alti fino al ginocchio. La festa era in una stalla del diciannovesimo secolo convertita in atelier. L'ingresso costava dieci euro. La techno martellava facendo un gran fracasso, come in un sottomarino durante una tempesta. La ballerina croata del bar di *Guerre stellari* vendeva shottini con due grosse X di nastro adesivo sulle tette. Ci abbracciammo. Mi diede un bicchiere di plastica pieno di tequila e io trovai un angolo dove mollare il giubbotto. Sopra la postazione dei dj c'era l'immagine di un serpente che si mangiava la coda, realizzata con i tubi luminosi. Devin, il marxista, mi salutò con un sorrisone malizioso e mi posò una pasticca di ecstasy sul palmo con le dita umidicce strizzandomi l'occhio, troppo fatto per parlare. Lo ringraziai e lui si allontanò, le sopracciglia fuse allo scalpo in un'espressione di sorpresa. Percepii la forma ovale della pasticca chiedendomi per un istante se fosse un sonnifero, poi la mandai giù con un rinforzino di tequila.

Venti minuti dopo la luce del locale mi sembrava densa e acquosa, e la mandibola cominciò a sbandarmi avanti e indietro. Ogni corpo sudato era un'isola tropicale, ciascuno esisteva nel proprio libertario stato di beatitudine. Con il cervello che cavalcava le ondate di serotonina, mi sentii davvero felice. Mi lasciai andare e chiusi gli occhi.

Una ragazza con la testa rasata mi finì addosso, doveva aver preso la stessa roba. Ci sorridemmo. Era la nostra isola. Ballammo insieme, lei fece scivolare le mani sul mio culo, io le accarezzai la peluria della testa, la cosa più bella che avessi mai toccato. Mi baciò. Aveva la lingua calda e bagnata, fu come entrare in una vasca da bagno perfetta. Ogni centimetro del mio corpo provò piacere. La testa rasata spariva continuamente nella folla e poi tornava per pomiciare. Ogni volta che riappariva sembrava la mattina di Natale.

Quando sentii i piedi pesanti la cercai, invano. La croata, che ormai aveva perso le X dalle tette, lanciava bottiglie contro la parete in fondo e gridava a ogni esplosione di vetro. La salutai ma non se ne accorse.

Alla luce stanca del mattino la città sembrava sfinita, per strada erano tutti sbronzi e dai bidoni dell'immondizia fuoriuscivano fili argentati, visceri carbonizzati della serata. Io ero elettrica. Il mio scheletro si sentiva ancora sulla pista da ballo ad ancheggiare. Hailey non era rientrata. Un po' m'infastidì che fosse ancora fuori, ancora in giro. Accesi la mia stufa, poi andai a controllare la sua. Mi sedetti sul suo letto. Notai per la prima volta che la cornice ornamentale era una ghirlanda di boccioli di rosa che si congiungevano all'infinito, proprio come il serpente che si mangiava la coda alla festa. Ero ancora strafatta. La stufa di Hailey era spenta, così cercai un *New York Times* da bruciare.

Sull'angolo del tavolo, di traverso, c'era il diario con la copertina arancione, il pomo della discordia. Sapevo di non poterlo toccare. Qualcosa non quadrava. Mi sforzai di ricostruire la serata: dopo cena avevamo sparecchiato e ci eravamo cambiate insieme. Prima di uscire io mi ero ritoccata il rossetto proprio lì. E il diario non c'era. Mi sedetti a fissare quell'oggetto inquietante quasi aspettassi una spiegazione, sapendo che se Hailey l'avesse trovato me l'avrebbe detto. Forse ero solo troppo fatta. Meglio chiamarla. Andai a cercare il telefono. Nel giubbotto non c'era e mi resi conto che doveva essere rimasto alla festa, dove avevo appoggiato la mia roba.

La casa era inquietante, opprimente. Presi due analgesici, ne restavano pochi, mi allacciai gli anfibi e uscii a fare due passi. Fuori era freddo e grigio, avrei voluto sdraiarmi sull'erba o sedermi al sole, l'inverno sembrava interminabile. L'atelier era troppo lontano, così andai allo scalo ferroviario abbandonato in fondo all'isolato e mi sedetti su un lampione caduto, con sotto la neve di un bianco inclemente. Mi sentivo il cervello glassato come una ciambella. Chi era l'inglese con cui avevo pomiciato? Mi aveva urlato il suo nome, ma la musica era così alta che non l'avevo capito. Holly, Helen o Hazel.

Quando pensavo a lei qualcosa mi si smuoveva dentro, non avevo mai ballato in quel modo con una ragazza. E di certo non avevo mai baciato in quel modo una ragazza, il battesimo con la saliva. Con un dito mi toccai le labbra: sembravano le stesse di sempre, ma sapevo che non lo erano. Se l'avessi portata a casa con me non avrei visto il diario. E sarei stata al caldo.

Senza sapere per quanto tempo fossi rimasta sul lampione, a un certo punto aprii congelata la porta di casa e trovai Hailey a letto ad ascoltare R. Kelly.

«Hai visto il diario?» le chiesi.

«Sì. Dove l'hai trovato?»

«Quando sono rientrata un'ora fa era sul tavolo. Non l'ho toccato...»

Lei girò il mento di lato quasi a dire: *ma davvero?*

«A meno che tu e l'Asburgo non siate tornati per un reading notturno.»

«Siamo andati a casa sua» annunciò con una punta di orgoglio nella voce, per il quale la detestai.

«Non voglio passare per paranoica, ma dev'essere stata Beatrice. Chi altri poteva metterlo lì?»

Hailey mi guardò come se fossi matta.

«Hai le pupille dilatate. Hai preso qualcosa?»

«Non c'entra niente» dissi cercando di sembrare più lucida che potevo. Lei rimase scettica.

«Davvero non credi sia stata lei? Secondo me ci controlla, quadrerebbe con...»

«No. Sei strafatta, vai a dormire.»

«D'accordo. Com'è il principe?»

«Ha il riscaldamento» rispose e si coprì il viso con il piumone.

A letto fissai il soffitto e mi accorsi che negli angoli, nei punti di intersezione, la cornice ornamentale era tutta sciupata, come se un capriolo avesse calpestato le siepi potate alla perfezione. Sarei mai riuscita a addormentarmi? In camera c'era troppa luce. Mi legai sugli occhi un paio di legging che puzzavano delle sigarette del jazz club e cercai di ricostruire tutte le conversazioni avute nel nuovo anno. Mi svegliai alle quattro del pomeriggio con la sensazione di non avere più liquidi in corpo. Ricordandomi che dovevo andare a lavorare mi costrinsi ad alzarmi. La casa era gelida, la mia stufa spenta. Trangugiai acqua da una tazza macchiata di tè e andai a riempire la vasca.

Nell'attesa aprii il computer e trovai un'email di Jesse. Mi ero dimenticata di non averlo chiamato. Era una belva. Me lo scrisse senza mezzi termini: se a Capodanno non trovavo il tempo di fare due chiacchiere con lui, meglio lasciar perdere. Cercai di ricordarlo mentre cantava durante il viaggio. Cercai di ricordarlo mentre piangeva per Ivy. La droga mi rendeva fragile. Riuscivo solo a pensare alla ragazza con la testa rasata, alla sua lingua sui miei denti. Richiusi il computer e decisi di occuparmi di Jesse al ritorno dal lavoro. Meglio farlo da lucida.

Il placido dondolio del treno mi riverberò nel corpo come un'intima eco mentre camminavo verso la casa dei Breitbach. Era la mia terza volta e Beata, la governante, continuava a salutarmi neanche fossi Unabomber. Le bambine erano euforiche, ma in qualche modo riuscii a radunarle per giocare alla montagna: io mi stendevo a terra con la guancia premuta sulla moquette grigia, loro facevano trottare dei cavallini di plastica sul mio corpo inerte e poi io mi rotolavo sulla schiena gridando: « Il terremoto! » Era il gioco meno faticoso che mi venne in mente e tutte si divertirono. Cenammo con bastoncini di manioca e *tamales*, Claire detestava la cucina di Berlino e voleva che, almeno una volta alla settimana, le figlie mangiassero cubano. A bocca piena, mugolai di entusiasmo mentre le bambine mi descrivevano le buste sottovuoto che arrivavano regolarmente dai ristoranti preferiti di Claire a Miami.

Riempiendo la vasca con i piedini attaccai il secondo capitolo della favola dei mostri, inventata la prima sera con la promessa che, se si fossero comportate da brave mostriciattole e fossero andate dritte a nanna, la volta dopo avrei continuato la storia. Avevo dato ai personaggi i nomi dei miei amici e ai mostri quelli dei loro alcolici preferiti nel tentativo di non dimenticarmeli, perché le bambine ricordavano ogni minimo dettaglio e mi sgridavano se qualcosa non tornava.

«Cos'è successo a Jesse e al suo mostro Jameson?» chiese Laurel rovesciandosi un calice argentato pieno d'acqua sulla testa.

Sentii il viso contrarsi, quasi stessi per scoppiare in un pianto sconsolato. Le più grandi, avvolte negli asciugamani, mi fissarono confuse. Le più piccole stavano per sciogliersi in lacrime con me. Cercai di tenere a mente che avevo la serotonina a zero per i bagordi della sera prima. E mi mancò il fiato perché all'improvviso mi resi conto che nella mia storia Jesse non serviva più. Da quando avevo parlato di Ivy con Hailey, era diventato superfluo, non avevo più bisogno di lui per elaborare il lutto. «È una storia tristissima, ecco perché sono triste. Siete proprio sicure di voler sapere cos'è successo a Jesse? Siete abbastanza forti?»

«Sì, sì, sì» strillarono.

«Okay, allora mettetevi il pigiama e vi racconto cosa ne è stato di lui.»

Prima di portare le più grandi in camera loro, mi vendicai facendo annegare Jesse in un barile pieno di limonata mentre tentava di salvare un mostro appena nato. Poiché le bambine lo trovarono troppo avvilente, dissipai ogni motivo di ansia che avrebbe messo a repentaglio il sonno aggiungendo:

«Però forse è fuggito a Limondria, il regno dei pavoni con la testa a forma di limone e delle principesse dai denti sporgenti con i capelli a spaghetti». Funzionò. Si addormentarono tutte e io scesi nel seminterrato a guardare *SportsCenter* alla tv via cavo. Il basket mi faceva sentire più vicina a mio padre. Non l'avevo conosciuto, ma la *passione per il basket* era una delle rare informazioni che mia madre si era lasciata sfuggire. Durante la pubblicità esaminai le foto incorniciate dei Breitbach. Vacanze a Bali. Trekking sulla Grande muraglia. Snorkeling in acque azzurre limpidissime, costumi uguali, manine attorno a stelle marine moribonde. Sembravano troppo perfetti.

Tobias e Claire rientrarono. Aggiornai lei sulle bambine mentre si sfilava le Louboutin e si versava un calice di vino. «Bene. Spero che tu abbia raccontato una nuova puntata della favola dei mostri, non la finivano più di parlarne.»

Annuii e lei salì a controllare la cucciolata. Andando verso la porta d'ingresso captai la sagoma a patata di Tobias dietro di me. Aveva la tendenza ad appostarsi nei punti bui della casa per sbucare solo in assenza di Claire, emergendo da uno degli studi traboccanti di pelli d'orso e vinili incorniciati, con la minimal techno in sottofondo. Spesso mi incastrava con il resoconto dei suoi tanti investimenti *interessanti*, compreso un servizio di consegna di cibo a domicilio ancora in prova, che ammisi essere un'ottima idea per Berlino. Una volta gli avevo chiesto se collezionasse opere d'arte e la risposta fu: «Colleziono esperienze e vetro soffiato, però mio padre è stato uno dei primi a comprare Richter».

Tobias era davvero dietro di me. Una mano accarezzava i baffi, l'altra era infilata nella consueta felpa rossa di cashmere. «Ti piace il gioco d'azzardo?»

Non sapevo cosa rispondere. Esitai, confusa. «È una domanda facile, Zoe. Ti piace?»

Immaginando che non si diventi milionari senza rischiare un po', risposi di sì.

«Ottimo. Sto svuotando una stanza al secondo piano dove c'è un tavolo con la roulette, lo vuoi?»

«Sì...»

«Claire, le mostro la roulette» disse senza voltarsi, a voce troppo bassa perché lei potesse sentire.

Mi guidò attraverso una serie di grandi stanze semivuote del secondo piano, decorate con mobili di acciaio ricurvo e pelle, tavoli di vetro nascosti sotto teli di plastica e qualche quadro astratto, ma nessun Richter. In fondo a un corridoio c'era una porta di legno scuro rivestita di velluto con la maniglia Art déco. Quando l'aprì, un lampadario di vetro si accese con un cigolio. Era un set cinematografico senza capo né coda, ricoperto di polvere: divani di velluto verde scuro e posacenere di cristallo lucenti su un bancone da bar in legno circondato da tozzi sgabelli di pelle simili a ragni.

«È un po' ridicolo, lo so, questa roba proviene dal vecchio ufficio di mio padre a Berlino Ovest. Immagino che all'epoca andasse di moda lo stile casinò. Ora sono pronto a disfarmene per trasformare la stanza in uno studio di registrazione.» In un angolo, sotto una lampada bassa di rame, c'era un tavolo di mogano con la roulette. «Eccolo» annunciò indicandolo. «Se lo vuoi te lo faccio portare domani.» Mi avvicinai. Sembrava ripescato dagli abissi del *Titanic*, con gli intarsi rossi e le scritte nei colori delle pietre preziose. Girando sprigionò un ronzio, tipo il verso di un colibrì. «È bellissimo, sicuro di non volerlo vendere o...?»

«I soldi non mi servono e quasi tutto il resto sarà riutilizzato. Mi faresti solo un favore.» Io annuii come un'ebete. Tobias girò intorno al bancone. «È ancora ben fornito, vuoi bere qualcosa?» chiese esaminando le bottiglie messe in fila. Accettai con un sorriso teso, all'improvviso colpita dalla stranezza della situazione. I rimasugli di ecstasy mi balenavano ancora nel cervello come scariche elettriche. Lui versò un liquido marrone in due bicchierini dal lungo stelo elaborato blaterando della *vita da pionieri* a Mitte, del Love Parade e di un certo Westbam, un dj che non avevo mai sentito nominare. Quando abbassò la testa per controllare il liquore notai che si era tinto di recente i pochi capelli rimastigli e quando spinse il bicchierino verso di me mi arrivò un odore di mentina. Mi sistemai su uno sgabello e lui si protese per brindare. Resse il mio sguardo e pochi istanti dopo rifece il giro del bancone e mi cinse la vita con il polso grassoccio. M'irrigidii. Ovvio, se l'aspettava in cambio del dono stravagante. Perché cazzo mi ero seduta lì?

«Lo sai che sei bella, vero?» La mano scivolò sulla coscia. Io rimasi inebetita, lo sguardo fisso su una lampada di marmo. Mi sentivo la mente colata nella resina, fossilizzata per l'eternità. Con le labbra carnose lui mi soffiò piano nell'orecchio per attirare la mia attenzione. Un brivido mi risvegliò. L'intera situazione mi parve un grande cliché. La babysitter a cavalcioni su uno sgabello di pelle in quella tana d'altri tempi. Dopo una risatina mi fermai subito, chiedendomi quante cameriere, segretarie e tate prima di me si fossero trovate nella stessa posizione.

«Sei molto gentile, ma devo ammettere che preferisco tua moglie.»

«Ah!» Lo disse con un tono a metà fra la curiosità e la delusione che l'avessi tirata in ballo.

«Già, sono gay» aggiunsi raddrizzandomi. Il sapore di quelle parole sulla lingua mi sorprese. Metallico e deciso. L'ammissione della presenza di un minerale sepolto che fino ad allora non ero riuscita a estrarre.

«Perché non l'hai detto?» Rise e si accasciò su se stesso. «Ne vuoi un altro?» propose sublimando la delusione in ospitalità. Io scossi la testa, mi alzai e mi diressi alla porta.

«Ci vediamo la settimana prossima.»

Attraversai velocemente le stanze vuote e volai giù per le scale. Fuori fui aggredita dall'aria fredda. Corsi verso il treno per non sentire i pensieri. Per non sentire l'incontro fra ciò che restava della vecchia sbronza con il liquore appena entrato in circolo. Nella luce gialla e rassicurante della metropolitana ricostruii la vicenda. Tobias si era comportato in modo prevedibile. Avrei dovuto saperlo, non sarei mai dovuta andare al secondo piano. Chissà se Claire conosceva quel lato del marito. Però gli avevo detto di essere gay. Ebbi l'impressione che qualcosa si fosse resettato dentro di me. Collegato per la prima volta, ad alto voltaggio. Scoppiai a ridere spaventando una vecchina che stringeva un sacchetto della spesa con tutte le sue forze: in fondo l'insetto con le tette, la cheerleader del buon Dio, Chelsea Benedict, non si era sbagliata sul mio conto.

In Bülowstrasse il fuoco della mia stufa si era spento. Appallottolato un *New York Times*, guardai la foto del campo verde fluo dello Yankee Stadium svanire nelle fiamme e mi addormentai. Alle nove tentai d'ignorare lo squillo del citofono letale. Hailey andò ad aprire e mi chiamò, facendo entrare una folata d'aria siberiana.

« Zoe? Cazzo è sto coso? » Io mi girai dall'altra parte stordita, ancora stretta nella morsa della sbronza. Premetti il viso nel cuscino caldo tentando d'ignorarla.

« Zoe, cazzo è sto coso gigantesco? Dicono che è per te. » Schizzai giù dal letto. La roulette.

« Sì, di qua » gridai infilandomi i pantaloni della tuta mentre quattro uomini trascinavano il tavolo in camera mia. Hailey chiuse in fretta la porta d'ingresso intrappolando il prezioso calore. Loro mi chiesero qualcosa in tedesco e io li guardai con espressione assente. Lei, il piumone avvolto intorno al busto come un abito da sera senza spalline, disse: « Vogliono sapere se devono montarlo ».

« *Ja, bitte* » risposi con un sorriso da straniera svitata, al che loro tirarono fuori i cacciavite e un martelletto. Andai in cucina per spiegarmi.

«Il tipo per cui lavoro mi ha chiesto se lo volevo e io ho detto di sì. E poi ci ha provato.»

«Sul serio?» disse, con una punta malevola d'incredulità e gelosia nella voce.

«È repellente, una palla di lardo maniaco dell'elettronica. Si sta sbarazzando di un sacco di roba.»

Il tavolo fu girato rivelando la roulette e Hailey sgranò gli occhi.

Quando venne sistemato e restammo sole, ci sedemmo sul mio letto a fissare quell'oggetto magnifico. Io lo trovavo profondamente maschile e triste, un bisonte al galoppo immobilizzato nell'ambra. Lei decise che sarebbe stato il pezzo forte di una cena. «Tema *Casino Royale*» disse con le mani in aria imitando le ballerine di flamenco. «Ci sono anche i gettoni e le palline?» Scrollai le spalle e notai una custodia di pelle accanto alla porta. Hailey si fiondò a prenderla e quando sganciò le fibbie ecco le pile di gettoni rossi, bianchi e verdi con la sigla MDB in argento.

«Perché i ricchi hanno la fissa delle iniziali?»

«Il marchio dell'oligarchia. È svizzero, giusto? Scommetto che ha fatto i soldi con l'Olocausto, li hanno fatti tutti così» commentò frugando nella custodia, da cui estrasse un sacchetto di palline bianche e un biglietto. Ridacchiando aprì la busta e lesse con voce impostata neanche fosse un sonetto di Shakespeare.

Cara Zoe, le mie scuse più sincere.

Spero che la nostra chiacchierata resti fra noi. Temo di aver alzato un po' il gomito.

«Viscido schifoso. Potresti ricattarlo di brutto.»

Le strappai di mano il rettangolino pesante e lo esaminai. Aveva ragione, la lettera era più compromettente del suo maldestro tentativo di provarci.

« È molto molto ricco, vero? Quanto Viola? »

« Non mi va di ricattarlo, non voglio perdere il lavoro. »

« Dovrebbe almeno comprare le tue opere. »

« Colleziona solo esperienze e vetro soffiato. »

« *Esperienze.* Significa troie » tradusse Hailey per poi voltarsi verso la roulette. « Proviamola. »

« Okay, dieci sul sei rosso » dissi facendo l'inchino con i pantaloni della tuta e prendendo dieci gettoni blu dalla custodia. « E dieci sul diciotto nero. » Lei puntò i rossi e lanciò la pallina, che finì sul ventisei nero.

« Constance non ha detto che lavorava in un casinò? Dovrebbe venire a insegnarci come si fa. »

« Secondo me non c'è un bel niente da insegnare. »

Ci sedemmo a lanciare palline e scegliere numeri finché Hailey non beccò un otto rosso.

« Finalmente ho vinto » disse tirandosi su la zip del giubbotto. « Vado alla galleria Peres Projects. »

« Io ho bisogno di dormire ancora un po'. »

« Non era un invito. »

La guardai. Sorrise compiaciuta piegando la testa, scherzava o forse no. Ero troppo stanca per decifrarla.

« *Tschüss.* »

8

Jesse e io eravamo due ferite aperte sanguinanti, che rasentavano un verde carico, incapaci di guarire finché c'era l'altro. Dalla sua email dell'ultimo dell'anno, che introduceva il concetto di rottura, aveva smesso di scrivermi e di rispondere alle chiamate e, come per tutte le ferite aperte, il rischio d'infezione aumentava di giorno in giorno. Ci arrendemmo all'inevitabile. Infine scrisse: *leggiti i messaggi, ho detto tutto quello che volevo dire.*

Dovevo ritrovare il telefono. Le probabilità non erano altissime, ma pregai che fosse ancora all'atelier della festa. Rifeci la strada nella neve fresca. La città era così grigia da sembrare piatta, un mondo senza spessore. Non riuscivo a smettere di pensare alla ragazza con la testa rasata. Forse Jesse avrebbe trovato eccitante la nostra pomiciata, sapevo che apprezzava il porno lesbico con insegnanti porche e studentesse con i codini. Però ormai lui faceva parte del passato. La nota a piè di pagina di un periodo malato. Quando infine raggiunsi la costruzione bassa di mattoni bussai alla porta verde. Aprì uno in giacca a vento Nike, uno scalpello giapponese in una mano e una canna nell'altra. Per terra erano sparpagliati pezzi di polistirolo azzurro provenienti dalla colonna a base rettangolare in mezzo alla stanza. Lui si presentò lentamente come «Ben di Denver». Gli chiesi del mio telefono e sparì nel retro.

«Non la smette di suonare» disse restituendomelo, miracolosamente ancora carico.

Indicò la nevicata fuori e mi offrì la canna. « Se ti va puoi restare un po' ad asciugarti. »

Seduta su una palla da ginnastica color lampone feci due lunghi tiri. Sentii i polmoni in fiamme e tossii, lui tornò a intagliare il blocco di polistirolo. Trovai ventidue messaggi rabbiosi di Jesse. *La mia ragazza un cazzo. Fanculo. Brucia all'inferno.* Dovevo avere l'orrore stampato in faccia, perché Ben mi chiese: « Che succede? »

All'improvviso molto sballata, gli raccontai di essere stata mollata l'ultimo dell'anno.

Lui rise. « I rapporti a distanza non funzionano mai. » Fece un lungo tiro e aggiunse: « A Boulder sono stato per un po' con una. Ora frequento una francese, fa la pittrice ». Soffiò fuori il fumo e mi ripassò la canna. Io annuii senza sapere cosa farmene di quell'informazione. Silenzio. Lo ringraziai e m'incamminai verso casa, fatta, single e sollevata.

Intirizzita, infilai le mani nelle tasche e trovai la foto di Hailey in albergo, che suonava il piano. Mi fermai a fissarla sul marciapiede, qualcosa del suo corpo immerso nell'emulsione t'inchiodava. Non era una supermodella che nuotava nella piscina a sfioro del capitalismo, quell'argento vivo che rendeva inevitabili e facili gli acquisti. No, lei abitava uno spazio più insolito, aveva il sorriso della debuttante nelle foto sconce, della modella da centro commerciale del Midwest, dell'attricetta con le battute scritte sulle mani. Era irraggiungibile, ma solo per un pelo, il che la rendeva ancora più desiderabile. Allo Spätkauf vicino casa misi l'istantanea sul vetro della fotocopiatrice antidiluviana. Ingrandii e rimpicciolii Hailey, feci copie delle copie. Disintegrai il suo sorriso.

Quando tornai lei non c'era. Chiusi la porta di camera mia, sparsi sul pavimento le sue versioni in bianco e nero e recuperai le forbici. Sarà stata l'erba, ma la trance arrivò subito. Tagliai le cosce in forme arrotondate. I piedi arcuati in triangoli appuntiti. Il bikini dorato in vistosi diamanti.

Riempii gli spazi verdi del collage con le superfici argentee della sua pelle. Gli alimenti dadaisti erano a malapena visibili, i loro colori vivaci facevano capolino in schegge, come barzellette perdute. Provai un senso di benessere. Una volta finito lo arrotolai e lo nascosi dietro il letto. Non volevo che Hailey lo sapesse.

Ripresero le lezioni, per un mese avrei avuto il mio unico corso. Le critiche di gruppo sono di per sé uno strano rituale, ma il mio tedesco era talmente scarso che tutto restava sospeso nell'astrazione. Chissà come avrebbe interpretato la situazione un alieno: sedici persone in piedi intorno a un cestino dell'immondizia capovolto pieno di popcorn verniciati d'argento. Avrebbe dato per scontato che il gruppo era in grado di parlare di un qualunque oggetto terrestre con altrettanta concentrazione? Agitata, esposi quattro stampe dei collage fatti per Ivy e bruciati più una di quello appena finito di Hailey.

Non sapevo come commentarle alla classe. Non sapevo descrivere la mia usanza di bruciare i collage. Non mi andava di rivelare che li consideravo offerte a Ivy. Non credevo nell'aldilà, non ero particolarmente spirituale. I collage erano scie di aerei, linee bianche sbavate fra me e un mondo più grande, acqua e cielo, vivi e morti. Quasi quasi speravo che gli altri quindici ci vedessero il mio bisogno d'aiuto. Ero un'alcolizzata bulimica, o forse le due cose si cancellano a vicenda, chissà. Aspettai che il democratico gruppo di quindici deliberasse sui dettagli delle mie stampe. Qualità della carta, forme in cui avevo ritagliato la carne. Un tizio dal viso roseo con il pile rammentò una serie di collage sulla guerra del Vietnam, ma non ricordava il nome dell'artista. Citai Martha Rosler, lui disse di no. Il preferito di tutti era quello di Hailey, il che era comprensibile. Ci stava. La sua immagine era ammantata di violenza, il corpo supplicava di essere guardato, riprodotto. Obliterato in un milione di pezzi. Klaus, il dittatore democratico, intervenne per concludere il dibattito: a suo avviso potevano essere più grandi.

Noi sedici passammo ad analizzare la scultura di una sedia verniciata con sette uova di gesso in rientranze ricavate levigando il legno. Non capii una parola. Discutevano in tedesco. Andai in bagno ed espirai guardandomi allo specchio. Non mi andava di tornare. Ero in difficoltà e non avevo niente da aggiungere. Sarebbero stati meglio senza di me. Mi avviai alla stazione.

Dall'ultimo dell'anno Hailey aveva resistito fino alla fine di ben due inaugurazioni di galleria sperando di strappare l'invito alla festa. Entrambe le volte l'avevano mollata sul marciapiede, mentre gli altri s'infilavano nei taxi per il rapido trasferimento alla destinazione stampata sul bigliettino che a lei non era mai stato consegnato. Ad aggravare la situazione il von Habsburg, che dalla scopata non rispondeva ai suoi messaggi, era salito su una delle auto in attesa ignorandola. Livida di rabbia, Hailey decise che occorreva cambiare strategia e cominciò a setacciare internet in cerca di stage e lavori in settori limitrofi a quello artistico.

«In fondo, grazie allo stage, Constance conosce chiunque» si lagnò stravaccata sul computer. Alla fine l'unica risposta la ebbe da un posto che Craigslist definiva *bar per artisti bohémien di Neukölln*.

Stefan, lo scultore di mezza età proprietario del Der Wald, aveva provato sollievo quando l'efficiente e puntuale Hailey si era seduta per il colloquio in dolcevita nero. E dopo un unico fine settimana di lavoro a malapena decente, le aveva affidato la gestione del bar.

«Anche Amanda Knox lavorava in un bar di Perugia» aveva detto lei alla fine della prima sera cercando di infiorettare la delusione. «E poi, stupidamente, ne ho parlato a mio padre, quindi per qualche settimana non posso mollare. Non capisco perché pensi che io *debba* lavorare. In fondo i soldi non ci mancano.»

Il treno entrò nella stazione di Neukölln e poco dopo emersi in una strada buia di acciottolato che mi ricordò Brooklyn, con i vecchi computer sbiancati dal sole, i materassi ricoperti di graffiti e la musica a palla proveniente dagli appartamenti. Sperai che la serata fosse tranquilla. L'atmosfera al Der Wald era profondamente tetra. L'antica ossatura di legno della *Kneipe*, con i tavoli massicci intagliati e il soffitto color nicotina, resisteva a qualsiasi tentativo di ammodernamento. E malgrado gli sforzi di Stefan, che aveva piazzato ovunque lampade alla Duchamp fatte con ruote di bicicletta e manifesti della Kunsthalle, i moccoli solitari che sfrigolavano nei portacandele dorati evocavano più un Rembrandt depresso che uno stile hipster chic. Appena mi vide aprire la porta Hailey cominciò a spillarmi una lentissima birra. A parte un vecchio che russava su uno sgabello, al bancone non c'era nessuno. Indicai la sagoma accasciata che emetteva scariche catarrose ritmate e lei scrollò le spalle. «È innocuo» disse.

«Com'è andata la lezione?»

Sbuffai. «Di merda.»

Hailey rise ma aveva il viso tirato e, tutto d'un fiato, annunciò: «Credo proprio che tu abbia ragione a proposito di Beatrice».

«Cosa?» mi raddrizzai.

«Sai che sono ossessionata da quello che scrive, così oggi pomeriggio l'ho googlata e ho trovato una nuova intervista in cui le chiedevano del prossimo libro e senti qua.» Chiuse la mano a pugno e l'aprì di scatto simulando un'esplosione a significare che stava per sorprendermi. «Ha dichiarato che le interessano 'le complessità dell'amicizia femminile fra le ventenni di oggi' e che sta facendo ricerche. Fra l'altro la storia è ambientata a Berlino.»

«Fa' vedere.»

Tirò fuori un foglio ripiegato. Lessi mormorando con lei che annuiva, a braccia conserte. «Due ventenni a Berlino... coinquiline... artiste...»

«Visto? Siamo per forza noi. E l'altro giorno, quando sono rientrata, ho sentito lo stesso profumo di fiori della sera che siamo venute a conoscerla. Era stata in casa, ne sono *sicura.*»

Percependo la mia agitazione continuò: «Sarò sincera, ho pensato che ti fossi inventata la faccenda di Beatrice per nascondere il furto del diario.»

«Eh?» Arrossii. «Perché mai avrei...»

«Mi sembrava una scusa perfetta, soprattutto visto che è ricomparso quando sapevi che non sarei stata in casa. Scusa, mi dispiace, ma a volte sei...»

Serrai la mascella.

«Ho pensato che l'avessi preso per leggerlo, okay? Ecco perché ce l'avevo con te. Però adesso non ha importanza, se mi giuri di averlo trovato dove dici ti credo.»

«Te lo giuro.»

«Okay. So per certo che l'ultimo dell'anno, quando siamo uscite, il diario non era sul tavolo perché ci siamo fatte quello stupido selfie con Photo Booth. Ti ricordi? *L'ultima foto del 2008.*» Quando disse 2008 fece il segno delle virgolette con le mani, neanche fosse un milione di anni prima. Tirò su il computer del bar, che era collegato all'impianto audio da cui uscivano le note sommesse di un pezzo dei No Doubt, ed eccoci sulla sua pagina Facebook. Lei con la bocca a culo di gallina e gli occhi chiusi, io con la gamba allungata fuori dall'inquadratura e la bocca appiccicosa di rossetto color prugna. Eravamo in giubbotto e lei stringeva la bottiglia di Rotkäppchen da portare alla festa. Il tavolo sullo sfondo era libero.

«Vedi, non l'ho detto solo perché ero fatta.»

«Eri strafatta.»

La fissammo. A me venne in mente l'ultima foto di Meredith Kercher, la coinquilina di Amanda Knox. Hailey me l'aveva mostrata qualche tempo prima, era della festa di Halloween del 2007, il giorno prima della morte. In un costume da vampiro da quattro soldi, sembra sbronza e sorride accanto a uno con la maschera di *Scream*. Un incredibile presagio di sventura. La nostra «ultima foto del 2008», tutta labbra cariche e pose trash, comunicava la stessa improbabile aria di sciagura, un qualche destino disastroso.

«Se mi credi, rispondi a questa domanda: perché non ha messo il diario tra le nostre cianfrusaglie sparse, come se tu l'avessi lasciato fuori posto? Perché l'ha messo in bella mostra sul tavolo?»

Hailey stava giocherellando con una ciocca. «Forse vuole che sospetti di te, per seminare zizzania.»

Ci pensai su. «Di che parli nel diario?»

«Di tutto, scrivo ogni giorno. Quando da piccola scoprii che Lewis e Clark, nella loro spedizione a Ovest, avevano portato la stessa quantità di pergamena e munizioni, presi la cosa molto seriamente.»

«Quanti anni avevi quando hai scoperto questa chicca coloniale della tradizione americana?»

«Dodici.»

Fissai la schiuma bianca della birra, batteri mutanti al microscopio, ora toccava a me essere scettica. «Pensi davvero che parli di noi?» chiesi indicando l'intervista.

«L'hai detto tu che ci sta *spiando*.»

Avrei dovuto dirle che Beatrice sapeva della mia email a Molly Webster. Avrei dovuto dirle della cartella bozze, ma ero a disagio e in mente mi balenò l'immagine della fossa comune piena di bulimici crivellati di colpi.

«Già» mormorai. Il frigo gorgogliò. Hailey recuperò due bicchierini e li riempì di vodka densa da una bottiglia gelata.

«Magari diventiamo famose» disse con uno scintillio negli occhi.

«Non hai paura?»

Il tipo che dormiva emise un rumore così forte da farci sobbalzare entrambe. Mentre lui tornava al suo ritmo catarroso gli diedi di nuovo le spalle. Lei si appoggiò al bancone con tutto il peso e alzò il bicchiere. «Non ho paura perché ce ne siamo accorte e poi» si fece seria, «non so, dopo aver letto tutti quei libri credo di capire Beatrice. Possiamo assumere il controllo della nostra storia.»

Io tenevo le dita premute sulla base curva del bicchierino. «E come?»

«Lei non sa che noi sappiamo. I suoi libri sono scadenti, seducenti e pericolosi e io *voglio* che uno parli di noi.» Asciugò la condensa del bicchiere dal bancone. «Però non può parlare della nostra quotidianità deprimente a base di nachos e delle videochiamate con i ragazzi.»

La guardai truce.

«Scusa, Jesse è andato. Però hai capito cosa intendo. La nostra vita fa pena.» Abbassò la testa e quasi sussurrò: «Non siamo mai state invitate alla festa di una galleria, praticamente non abbiamo amici. Così non va».

Aveva ragione, la monotonia delle giornate era interrotta giusto dalla vuota euforia dei furti al supermercato. Però non sapevo che tipo di personaggio avrei voluto essere né se mi andava l'idea di un romanzo su di me.

Hailey notò il mio scetticismo. «E dai. Hai altri impegni?» Mi lanciò una cannuccia.

Scrollai le spalle, ma non aveva tutti i torti.

«Se Beatrice scrive *questo* libro» disse indicando se stessa, me e di nuovo se stessa, «ci immortalerà come due sfigate. *Dobbiamo* diventare favolose.»

«Come?»

«Con una performance. Stile Studio 54, Factory di Warhol o... Max's Kansas City.»

«Cosa c'entra lo Studio 54 con il libro di Beatrice?»

« E dai » fece lei. « Viviamo in una sala da ballo, non abbiamo vicini. Potremmo organizzare feste da sogno. Avremmo un romanzo su di noi tipo Gatsby. Otto potrebbe suonare il piano. Abbiamo la roulette... potremmo allestire un vero spettacolo » s'interruppe, « una società dello spettacolo. »

« Quindi vuoi aprire un locale o vuoi solo essere Patti Smith al Max's Kansas City? »

« Voglio essere Max. Voglio essere Warhol, fanculo i locali di qui, sono tutti noiosi. »

Ero sinceramente sorpresa.

« Vuoi aprire un locale a casa nostra? A casa di Beatrice? »

Mi guardò con la sua determinazione puritana. « Sì. Ci ho pensato tutto ieri. »

In testa mi spuntò l'immagine di Hailey con il sangue che le usciva dal naso alla porta del Berghain. C'entrava senza dubbio il rifiuto. Se eravamo noi a organizzare la festa nessuno poteva respingerci. Alzai gli occhi al soffitto. « E le sue cose? Il sofà rosso... tutte le belle... »

M'interruppe. « Le copriamo con dei teli o le portiamo nel seminterrato. »

« Lo sai che Gatsby fa una brutta fine, vero? »

« Lo so, ma noi no. »

« E chi inviteremmo? » chiesi masticando la cannuccia che mi aveva lanciato.

« Constance conosce chiunque, spargerà la voce. »

Pur sapendo che aveva già pronta la risposta glielo chiesi comunque: « Come lo chiamiamo? »

« Il Beatrice » rispose Hailey con le mani piantate sui fianchi. La proba pellegrina.

Percepii un'energia vibrare fra noi e sorrisi.

« L'hai detto tu, hai conosciuto un sacco di gente ma non sai coltivare i rapporti. Siamo precarie ovunque. In questo modo avremmo il totale controllo della scena. Saremmo *it girls*. Potremmo addirittura fare qualche soldo. »

«Come?» le chiesi, inorridita dall'espressione *it girls*. Ecco che emergeva la sua aspirazione a essere sempre la ragazza nuova. A volte mi sforzavo d'immaginare come avesse fatto a passare da uno stato all'altro mentre i suoi moltiplicavano i Biggles. Forse riempiva l'armadietto di ogni scuola nello stesso modo, con le foto sciupate di Josh Hartnett, la crema per le mani Bath & Body Works e gli orari delle lezioni a colori.

«Facciamo pagare il biglietto. Ovvio.»

Io stavo riflettendo. «Quindi sarebbe» feci le virgolette a forma di orecchie di coniglio sulla testa, «tipo un reality? E noi siamo le protagoniste e recitiamo nei panni dei nostri io di fantasia?»

«Sì, controlliamo la storia così Beatrice scrive la nostra versione.» Hailey si sedette sul bancone e si tirò le ginocchia al mento. «Non sto più nella pelle. E comunque qual è la peggiore delle ipotesi? Passiamo un inverno da urlo e ce ne torniamo a New York.»

«Credi che funzionerà?» le chiesi.

«*L'arte è ciò con cui puoi farla franca.*»

La guardai perplessa.

«Warhol.»

Rimasi fino all'ora di chiusura. Nell'uscire aiutammo il tizio che dormiva a raggiungere una panchina e lo lasciammo in compagnia di un'ultima Berliner Pilsner. Avevamo architettato un piano. Lei avrebbe scritto nel diario e io avrei scattato foto da lasciare sul computer per Beatrice.

«Non dobbiamo dirlo a nessuno, deve sembrare naturale» disse Hailey risoluta mentre venivamo inghiottite dalla tromba delle scale della metropolitana. Annuii.

Fingendo di voler mettere in pratica il proposito per il nuovo anno, e cioè *fare più vita sociale e guadagnare qualcosa*, riferimmo a Constance il nostro piano di aprire un locale a casa. Lei ne fu entusiasta. Si offrì di occuparsi della roulette e di rubare la lista di contatti dalla galleria. Ragionando su come strutturare la festa decidemmo per un biglietto d'ingresso di dieci euro che comprendeva tre gettoni da un euro e champagne. «Con la roulette il banco vince sempre. È il gioco più idiota che ci sia. Però è divertente da guardare e la metà della gente non userà i gettoni, quindi i soldi restano a voi.»

Tramite Der Wald Hailey comprò cinquanta bottiglie di prosecco, il penultimo per prezzo, che sarebbe arrivato la settimana dopo.

«Quindi non è veramente champagne?» chiesi cercando di scriverlo correttamente per l'email.

«No, ma nel bicchiere fa un figurone ed è buono.»

«Come si dice cravatta nera in tedesco?»

«*Schwarze Krawatte.*»

9

Dovendo costruire una struttura narrativa, pensammo di dover anche lavorare sull'interpretazione. Ovviamente alle superiori Hailey aveva seguito dei corsi d'improvvisazione.

« La prima regola è non dire mai *no* agli altri attori. Bisogna dire *sì, e...* In questo modo si evita di bloccare la scena. »

Avevamo appena finito di guardare un raccapricciante episodio di *Law & Order*, quindi mi sentivo piuttosto a terra. « E se durante un'improvvisazione uno ti dicesse: 'Voglio stuprarti?' »

Lei non si perse d'animo. « Potresti dire: 'Sì, e... ora entro nella mia macchina del tempo e ti uccido prima'. »

La fissai. « Però! »

La teatralità della nostra nuova vita stava velocemente prendendo forma. La russa che seguiva il corso di Klaus aveva parlato di una vendita di costumi alla Deutsche Oper e ci aveva raccomandato di andare presto perché era affollatissima. Un'ora prima dell'apertura, prevista per le dieci, trovammo già una lunga fila silenziosa che si snodava tutt'intorno alla costruzione di mattoni. « Sarà qui » mormorai. Hailey si mise in coda mentre io andai nella parte elegante di Charlottenburg in cerca di caffeina. Al mio ritorno mi raccontò la lezione di storia appresa dalla signora alta davanti a noi.

« A quanto pare fanno una vendita all'anno, si va dai cinque ai quattrocento euro. Ci sono costumi di opere liriche storiche ma anche pezzi più contemporanei e lei suggerisce di ammucchiare i capi e sorvegliarli a turno. Dice che gli animi si surriscaldano.»

Appena le porte si aprirono fu chiaro che il nostro budget di cento euro era misero. Accanto alle tute imbottite color senape per diventare grassi, c'erano abiti da sera di broccato e vecchi tutù stile cupcake. Le sagome infagottate che avevano atteso pazienti in coda si erano sfilate con violenza i giubbotti per accaparrarsi un pezzettino di parete. «Sembra *Supermarket Sweep*» commentò Hailey fermandosi ad assaporare l'energia circostante. «Mia zia ha partecipato, dice che il cibo è finto e fa schifo, girano in un magazzino e riutilizzano tutto quanto per ogni puntata.»

Pur non avendolo mai visto, riconobbi la prestanza fisica da prosumer nella ressa intorno a noi: un'accozzaglia di ragazze in costume medievale che si allacciavano il corsetto a vicenda, di sarte tutte serie che esaminavano cerniere, di discotecomani in cerca di accessori e di gente interessata solo a rivendere.

Accarezzammo pizzi ed enormi maniche piumate tentando d'immaginare in cosa o in chi volessimo trasformarci nel nostro ipotetico romanzo. Io fui irrimediabilmente attratta da un vestito scivolato color oro che esplodeva in fiamme di lustrini, corredato da uno scialle di foglie d'alloro intrecciate. Lo infilai sotto il mio giubbotto nell'angolo, inaugurando il nostro mucchio. Hailey si provò un abito vittoriano verde smeraldo con la crinolina. Io trovai un espositore di capi in maglia metallica e scelsi un tubino argentato a maniche lunghe. Hailey rimediò due completi turchesi identici alla David Bowie.

Dopo una gara con una delle sarte più scrupolose mi aggiudicai, per un pelo, un costume rosa chiaro con gorgiera elisabettiana color crema e scarpe con piume di fenicottero coordinate. L'ultimo capo scelto da Hailey era un abito nero con sellino che faceva di lei la candidata numero uno per il ruolo di tenutaria del bordello più sordido del Far West.

«Perfetto» strillò.

I nostri preziosi capi costavano in tutto 380 euro. A lei venne l'idea di staccare i cartellini dai più costosi e rischiare di pagare il prezzo improvvisato dalle vecchine alla cassa. Quando ci comunicarono che il totale era 160 euro Hailey mi rivolse uno sguardo di meritato orgoglio.

Sedute in treno, con gli acquisti pigiati in sacchi bianchi dell'immondizia, sembravamo due galline fiere che proteggono le uova. A casa disponemmo tutti i capi sul pavimento e demmo inizio a un elaborato *défilé*. Dopo il collage fatto con la Polaroid sapevo di voler usare di nuovo l'immagine di Hailey, ma stavolta con il suo consenso. Un po' a disagio, le chiesi di mettersi in posa. Accettò, attaccò a raccontare dell'adolescenza passata a fare la modella e si stese sul sofà a forma di labbra, le gambe lentigginose che sbucavano arroganti dall'abito nero con sellino. Era un talento naturale.

Quando andò in bagno guardai le foto nel display e, ingrandendo il suo corpo contorto, mi chiesi quali forme ritagliare.

«Difficile fare pipì con questo affare» gridò dalla porta aperta.

Posai la macchina fotografica. Con addosso il tubino argentato infilai una mattonella nella stufa e, mentre fissavo il combustibile molliccio divampare in una fiammata apocalittica, ebbi la netta sensazione che la nostra trasformazione in personaggi letterari fosse iniziata. Rientrai controvoglia nei jeans per andare al lavoro e lasciai Hailey a rileggere uno dei romanzi di Beatrice, il sofà rosso a malapena visibile sotto il suo abito elefantiaco.

Quando il portoncino dorato a Mitte si aprì vidi Leia, la più piccola di due minuti, corrermi incontro con una bacchetta di plastica rosa. Mi scansai con un salto e caddi nell'imboscata delle altre tre, che sembravano essersi scolate una cassa di Red Bull da quanto scoppiavano d'energia. In fondo, Serena stringeva in mano un bastoncino che finiva con un unicorno e rideva con tutto il fiato che aveva in corpo. Claire stava scegliendo una borsetta da sera dal cassetto all'ingresso, e quando sollevò una pochette gialla di pelle morbida annuii in segno d'approvazione. «Qui le mamme vestono tutte di nero, fa molto *Famiglia Addams*. Se dieci anni fa mi avessi detto che in turchese sarei stata all'avanguardia non ci avrei mai creduto.» Scoppiai a ridere, lieta di apprendere che il look total black berlinese includeva anche le alte sfere. Quando si girò, il suo profumo m'investì quasi fosse stato spruzzato da un aereo agricolo. Inconfondibilmente Chloé Eau de Parfum. L'avevo venduto alle mogliettine abbronzate, che preferivano sprigionare un odore di pulito chimico come se non avessero i genitali. Di solito quelle che lo compravano non mi piacevano, ma a Claire donava, le addolciva il piglio d'acciaio. All'improvviso pensai a Tobias e mi chiesi se fosse il caso di parlarle della mano incontrollata del marito sulla mia coscia o se lo sapesse già.

«Mi dispiace, oggi c'è stata una festa a scuola e a vederle adesso sembra che si siano sniffate qualche pista di zucchero dalle PlayStation.» Mi uscì una risata inaspettatamente nervosa. Claire mi chiese cos'avessi fatto e io mi lasciai sfuggire della vendita al teatro. Lei alzò gli occhi dalla borsa in pelle di struzzo, di un verde-prato finto, che stava togliendo dalla custodia. «Perché avete comprato dei costumi?»

Non essendomi preparata una risposta improvvisai. «Gireremo una scena a tema Monte Carlo, con la roulette.»

«Dai, è stupendo. Lo trovo fichissimo, a Tobi piacerà da matti. Tobi? Tobi?» Il mio corpo s'irrigidì mentre lei si avviava in cucina. Lui non c'era. Sospirai di sollievo e Claire mi mostrò la cena delle figlie.

«A proposito, ho una montagna di vecchi vestiti stile Monte Carlo, anzi più Baden-Baden, della madre di Tobi, li vuoi? Ne abbiamo diversi scatoloni. Io non mi metto i vestiti altrui, *vintage.*»

Pronunciò la parola neanche fosse una malattia a trasmissione sessuale, si toccò l'orecchio a indicare il bluetooth e sparì in corridoio, seguita dal rumore sempre più sfumato dei tacchi.

Alle bambine servii bratwurst tagliati a pezzettini, che trangugiarono in pochissimi minuti sperando di guadagnare più tempo davanti alla tv. Dopo qualche episodio di un cartone con uno sfavillante supereroe le rincorsi per schiaffarle nella vasca, dove regalai loro il capitolo successivo della favola dei mostri.

«Quindi Jesse è nel castello dorato di Limondria? È sopravvissuto?» squittirono in coro. Non capirò mai come facessero a ricordarsi tutti i dettagli di ogni personaggio. Dispiaciuta per quello in carne e ossa risposi: «C'è stato per riprendersi dalla brutta esperienza, si è allenato e ha recuperato le forze a casa di un vecchio maestro di kung fu molto gentile». Savannah e Serena fecero una mossa di karate e strillarono di gioia. «Stasera invece parleremo della Civetta spiona che sorveglia Hailey, ma lei ancora non lo sa. Però ci sono degli indizi...»

«Che indizi?» chiese Leia immergendo nell'acqua una Barbie, i cui capelli crespi salirono in superficie come un mucchietto di alghe.

«Piccole cose, una porta aperta che lei aveva chiuso, un bicchiere lasciato ad asciugare che lei non aveva usato oppure un giorno, di ritorno a casa, trova il diario in un posto diverso.»

«Quindi la Civetta spiona sorveglia lei e Zinfandel e basta?» Serena cominciava a insospettirsi, forse anche ad annoiarsi.

«Sì, avete idea di quanto s'impari osservando? Si possono scoprire i punti di forza e le debolezze degli altri, il loro tallone d'Achille.»

« Cos'è un tallone d'anguille? » gridò Laurel schifata.

Cosa stavo facendo? Poverine. Raccontai il mito greco di Achille rendendolo il più possibile soporifero. Per accompagnarle lentamente verso il sonno, proseguii con la descrizione dettagliata delle foreste fitte e popolate di Limondria e quando decollarono verso il mondo dei sogni scesi nella stanza della tv.

Qualche ora dopo Claire e Tobias entrarono facendo un gran baccano. Tornavano brilli da una cena di beneficenza, discutendo se andare o meno a Zurigo il prossimo fine settimana. Alla vista di Tobias con lo smoking sgualcito e una macchia di vino che spuntava da sotto la giacca mi venne la nausea. Passandomi accanto fece un cenno con la testa proiettando a terra l'ombra della pancia prominente. Io mi concentrai sul piatto sporco di ketchup che stavo lavando. Claire salì dalle bambine. Terrorizzata al pensiero di restare sola con lui, lasciai l'ultimo piatto e tentai di rifugiarmi in dispensa, ma Tobias mi fermò con il mocassino al limitare del bancone.

« Qual è il tuo artista preferito? »

Scrollai le spalle.

Lui estrasse il fazzoletto di Hermès dalla tasca e asciugò il tavolo con fare teatrale prima di sedersi su una sedia di quercia. « Allora? »

« Al momento direi Hannah Höch. Anche lei faceva collage. »

« È tedesca, la conosco » replicò, « anche lei lesbica. »

Fece una risatina, quasi a voler dire *sto scherzando*. Mi stava mettendo alla prova. Tornai al piatto e grattai via un residuo di patatina fritta. Claire rientrò in cucina con le scarpe in mano, senza far rumore, e alla vista della moglie Tobias fece un salto sulla sedia.

« Lascia stare i piatti. Ti va di bere con noi? »

Tobias era agitato, non aveva previsto che tornasse. Si

affrettò a preparare tre gin tonic che versò in bicchieri di cristallo cesellato, mentre Claire mi torchiava per avere notizie del *film*. Le rifilai qualche idea vaga come meglio potei, osservandola per capire se fiutasse il mio disagio, ma lei sembrava distratta e batteva le unghie sui bordi smussati del telefono. Per fortuna il profumo era evaporato.

Tobias aveva assunto un tono di voce fin troppo cordiale, forse riservato a insegnanti, tutor e altri genitori. « Mi fa tanto piacere che Claire ti regali i vestiti di mia madre. Negli anni Ottanta era praticamente fissa a Monte Carlo. È stupendo che la roulette abbia una seconda vita, è proprio quello che avevo in mente. » Si avvicinò al frigo. « Ho il tuo indirizzo. » Mi strizzò l'occhio e a me si chiuse lo stomaco.

Ignara, Claire fissava il telefono. Mi sentii in trappola. « Ti faccio portare i vestiti nei prossimi giorni. »

Li ringraziai e uscii.

A casa Hailey mi aspettava sulla soglia con le braccia conserte. « Siediti. »

« Perché? » le chiesi seguendola in camera sua.

Era seria in volto, con il solco fra le sopracciglia. Frugai nei nostri ultimi scambi senza trovare nulla che potesse giustificarlo. M'innervosii. Lei andò in cucina e io attaccai a strapparmi le pellicine. Passò un treno e illuminò la stanza. Quando la vidi ritornare con due bicchieri di vino mi rilassai.

« Sputa il rospo » la implorai.

« Okay, dopo che sei uscita mi annoiavo, così ho deciso di telefonare allo Schloss degli scrittori della Cancelleria federale austriaca. Annika Wetzler, la coordinatrice del programma residenziale, mi ha informato che Beatrice Becks non è lì. »

Mi fissò, gli occhi grandi e lucenti, e sorrise. A me si gelò il sangue e mi venne la pelle d'oca sul collo e lungo la schiena.

« Quindi è vero. »

« È vero. Non è lì. Ci sta spiando. »

Mi raddrizzai sulla sedia. « Okay, ma pensi che abbia messo delle telecamere? Dico sul serio. »

« È possibile » rispose sottovoce.

Passammo il resto della serata a ispezionare la casa in silenzio, controllando ogni libreria e spostando i mobili, ma tutto quello che trovammo fu una prolunga che finiva nel nulla in cucina.

10

Dalla festa di capodanno ogni testa rasata che vedevo era Helen, Holly o Hannah. In genere era solo un ragazzino spiazzato dal mio sguardo disperato, ma mercoledì, mentre passavo in rassegna gli asciugacapelli nel reparto elettrodomestici del Karstadt, alzai gli occhi soprappensiero ed ecco una testa rasata che faceva su e giù nel corridoio degli spazzolini elettrici. Quella giusta. Anche più bella di quanto ricordasse il mio cervello stonato. Non riuscendo a spiccicare parola la salutai con la mano.

« Ciao » rispose lei con una tale disinvoltura e nonchalance da farmi sentire in imbarazzo.

« Non so quale prendere » dissi indicando stupidamente i modelli a forma di pistola esposti in bella mostra davanti a me, cosa peraltro non vera: avrei comprato il più economico.

« Rasati e basta. »

« Buona idea. » Stava fuggendo di nuovo, diretta verso gli elettrodomestici da cucina, così le gridai: « Venerdì inauguriamo un locale a casa nostra, vieni? Si chiama 'Il Beatrice' ».

Che strano pronunciare quel nome.

« Okay, mettimi in lista. »

Le squillò il telefono. Temetti di perderla prima di darle l'indirizzo e, senza nome, non potevo aggiungerla a nessuna lista. La seguii fingendo di leggere il retro della confezione di un elegante fon Philips Turbo mentre lei confermava quello che sembrava un appuntamento per cena. Quando finalmente riattaccò le dissi: « Se mi dai il tuo numero ti mando l'indirizzo». Un espediente per sapere il suo nome. Le allungai il mio Nokia e lei scrisse: Holiday Roberson. Si chiamava veramente Holiday? Ecco perché non me lo ricordavo. Si avvolse una ciocca dei miei capelli intorno al dito sottile, sorrise e si allontanò.

Io rimasi lì in estasi. Attraversai il resto del negozio immaginando le federe e i servizi di porcellana che avremmo scelto insieme per il nostro futuro appartamento e chiedendomi che tipo d'illuminazione preferisse, probabilmente non dall'alto. La fantasticheria consumistica sfumò quando la cassiera rifiutò il pagamento del fon perché la firma sullo scontrino non corrispondeva a quella sul mio documento della Florida, che risaliva a quando avevo sedici anni, specie per la zeta. Le spiegai con calma che cambiavo firma ogni anno, ero un'artista, ma lei sbuffò e chiamò il direttore, che accettò il pagamento solo dopo aver confrontato le mie tessere della Gold's Gym, della biblioteca pubblica di New York e di Kim's Video, ciascuna delle quali esibiva una firma parecchio diversa dalle altre.

«Devi decidere chi sei» mi rimproverò scuotendo la testa mentre tornava al reparto cancelleria.

A casa raccontai a Hailey di Holiday Roberson. «È carina, è inglese e ha la testa rasata.»

«Grande» disse lei in tono indifferente. «Holiday sembra un nome falso.»

«È veramente stupenda.» Di nuovo liceale, guardai la finestra chiedendomi come interpretare l'atteggiamento frivolo di Holiday.

«Quindi sei gay?» s'informò Hailey spostando una pila di libri di Beatrice appena aggiunti al suo foglio elettronico.

«Ero strafatta.» Mi chiusi a riccio, non ancora pronta a riferirle il dialogo con Tobias Breitbach. Volevo tenermi quelle parole per me ancora un po'.

«Bene, mi fa piacere che tu abbia chiuso con Jesse.»

«Già...»

«Cosa ne penserebbe Ivy?» disse nel tono impersonale di un medico che indaga su eventuali effetti collaterali. Era un po' che non mi chiedeva di Ivy. Ed era un po' che io non pensavo a lei. Mi sentii da schifo. Quasi che potesse percepire la carenza del mio lutto.

«Vorrebbe conoscere tutti i dettagli per poi organizzare il matrimonio... torta arcobaleno... vestiti uguali...»

Hailey m'interruppe, non più interessata. «Hai deciso cosa metterti venerdì? Per me dovremmo mescolare i periodi storici e avere entrambe un tocco di Beatrice. Potremmo tagliare i polsini alle camicie Oxford rimaste nell'armadio e usarli come bracciali: sarebbe un gesto simbolico importante.»

L'idea di sfregiare i pochi indumenti che Beatrice aveva lasciato nell'armadio mi sembrò eccessiva, ma forse era proprio quello il punto. Indietro non si tornava.

«Okay, io pensavo al tubino.»

Lei scosse la testa perentoria. «Meglio il vestito dorato. La maglia metallica fa troppo Halloween.»

Alzai gli occhi al cielo e andai in camera mia ad aggiungere carbone nella stufa.

Il citofono letale ci scaraventò giù dal letto e un tale in salopette sporca di vernice ci consegnò tre scatoloni con su scritto il mio nome in pennarello nero.

«Oddio» commentò Hailey a gran voce aprendo il più grande prima ancora che la porta si fosse richiusa e tirando fuori una manciata di foulard dai disegni vivaci con il fervore di un mago su una nave da crociera.

«I vantaggi del viscidume di quell'uomo sono notevoli. Come mai a Claire non dispiace darti tutta questa roba?»

«Dice che non indossa i vestiti degli altri, niente di *vintage*.»

Hailey annuì. «Britney Spears non indossa mai la stessa biancheria intima due volte.» Si stava già provando un paio di pantaloni rosa corallo con gli orli sfrangiati. La raggiunsi davanti allo specchio per esaminare un abito nocciola luccicante: la sera prima, mentre vomitavo gli ziti al forno, mi era esploso un capillare nell'occhio, ma mi sentivo come nuova, per certi versi persino più bella.

«Qui ci conosce pochissima gente, potremmo vestirci così tutti i giorni» dissi infilandomi un bolerino color lampone. «Mi ci vedo proprio.» Siccome accentuava il rosso dell'occhio me lo tolsi.

«Confermo» sentenziò lei spingendomi di lato per rimirarsi in un turbante giallo canarino.

Ammirai allo specchio le sue dita lunghe mentre se lo sistemava, le unghie rifinite con la French bianca. Apprezzavo la serietà fanciullesca delle sue manicure. La sera prima mi ci ero concentrata mentre tagliuzzavo gambe e braccia dalle decine di fotocopie delle sue foto, liberando con pazienza ogni dito con un taglierino, creando alberi con le sue mani in fondo alla pagina e incollando sette ritagli circolari del suo torace in un arco lunare.

«Ci servono più sedie e più flûte» disse sedendosi davanti al computer, sempre in turbante, con gli occhiali che riflettevano il font massiccio di eBay. Restavano solo tre calici da vino. Io avevo rotto l'ennesimo, gridando il consueto «BEATRICE CI UCCIDE» per la gioia di Hailey, che adorava mantenere la tradizione delle battute tutte nostre. Scovò un ristorante che chiudeva e rimediò venti sedie nere, otto tavolini da bistrot e dodici scatole di flûte, il tutto a meno di quattrocento euro.

Giovedì la raggiunsi al Der Wald per parlare degli ultimi preparativi per il venerdì. Pur non avendo trovato telecamere, ci sembrava comunque meglio pianificare la nostra «storia» fuori casa. Ormai la macchina era in moto. Avremmo usato il codice fiscale del Der Wald, ma lei era riuscita a convincere i fornitori a consegnare la merce direttamente a casa nostra, dove avremmo pagato in contanti, certe che Stefan si sarebbe accorto della discrepanza solo molto dopo la nostra partenza. Quando prese il diario rosso che le avevo regalato per Natale, provai un'enorme soddisfazione al pensiero di aver scelto il depositario della nostra storia. Lo aprì facendo crepitare la costola e lisciò la prima pagina mentre pensavamo all'incipit.

Abbiamo deciso di inaugurare un locale privato. Inviteremo le persone più interessanti conosciute finora a Berlino – artisti, scrittori, musicisti, dj, intellettuali – e ognuno potrà portare un altro ospite. Otto suonerà il piano. Constance si occuperà della roulette. Zoe e io ci alterneremo alla porta e in sala. Ci ispiriamo ai salotti di Parigi, ai cabaret di Berlino, ai circoli di poesia dell'East Village.

Finii la birra e proposi i miei emendamenti. «Odio la parola *intellettuale*, perché mai è una categoria a sé? Un artista non è forse un *intellettuale*? Mi pare un po' trita.» Hailey non gradì che la contestassi.

«Lo so io cosa le piace, ho letto tutti i suoi libri. Questa è la classica descrizione che fa per lei.» Mi stava già spillando un'altra birra schiumosa, i capelli fermati da un foulard a fantasia di Emilio Pucci che la faceva sembrare una star del cinema o una pazza, o forse entrambe le cose.

Venerdì eravamo in fibrillazione. Jens venne a darci una mano. Trasferimmo nel seminterrato tutto quello che non serviva: casse di plastica con le riviste meno allettanti di Beatrice, ceste di vimini, un enorme innaffiatoio, una collezione di statuine in ottone e qualunque cosa avesse un aspetto troppo ordinario o rischiasse di essere rubata facilmente. I nostri oggetti di valore – passaporti, computer e i cosmetici più preziosi – li chiudemmo in dispensa, che aveva un lucchetto a combinazione nuovo di zecca. Portammo il pianoforte in camera mia, al centro, e riuscimmo miracolosamente a spostare il pesante tavolo con la roulette nella nicchia del bovindo.

Stavo finendo di svuotare la mia stanza quando Hailey entrò e vide i collage che avevo messo sul letto.

« Quello è il mio torace, giusto? » chiese con vanagloria indicando la sua clavicola. « E quelle sono le mie mani, no? Paura. »

« Scusa... » mormorai provando a spostarli.

Lei afferrò il primo. « Intendevo in senso buono, però preferisco l'altro. »

« Quale? » domandai.

« Quello grande che nascondi sotto il letto. »

« Come hai...? » chiesi imbarazzata.

« Non ci sono segreti in questa casa » rise, sfilò il rotolo dal groviglio di materiali artistici, lo aprì e lo osservammo insieme.

« È stupendo. Me lo regali? » mi chiese. Annuii avvampando d'orgoglio.

« Ah, per caso hai qualche tampone? »

Indicai il mio zaino. Fra di noi c'era una nuova sintonia. Avevamo persino il ciclo sincronizzato.

Il citofono suonò. Quando aprii la porta Constance entrò nell'ingresso con espressione stupita.

« Avete fondato una band metal o cosa? » Lanciò il giubbotto sul mio letto. « Ci avete dato dentro con l'eyeliner. »

Passandoci accanto andò in camera di Hailey e fu attratta dalla roulette. S'illuminò e schioccò la lingua contro il palato, fece correre l'indice lungo il bordo con disinvoltura e infine provò una serie di lanci e rotazioni.

« Per caso avete una livella? » ci chiese. La trovai nell'armadio del corridoio e lei la piazzò sul feltro verde aggrottando la fronte, insoddisfatta. «Per stasera passi, ma in futuro dev'essere tutto perfetto. Quanti gettoni abbiamo? È importante che non si possano falsificare.» Le allungai la custodia di pelle con le pile siglate MDB dicendo: «Di questo non credo che dovremo preoccuparci».

«Non si sa mai.»

Hailey fece una smorfia, la professionalità di Constance fu una sorpresa.

«E se non viene nessuno?» piagnucolai.

«Vengono, tranquilla. È una novità e sono tutti stufi del solito locale di Prenzlauer Berg» rispose Constance con piglio sicuro.

Hailey trascinò sul sofà una montagna di roba fra cui Constance potesse scegliere. Lei indossava una maglietta dei Nirvana portata con la cintura e sembrò offesa dall'invito a cambiarsi, ma vedendo i capi ci ripensò. Esaminò un abito crema senza spalline mordendosi il labbro per poi lasciarlo cadere con noncuranza neanche fosse un fazzoletto usato. Toccò la gorgiera elisabettiana, controllò se un paio di collant verde muschio fosse abbastanza elastico e infine prese il tailleur pantalone rosso della madre di Tobias.

«Claire, quella che mi ha regalato i vestiti, ha detto che con questo tailleur la suocera ha *sbaciucchiato* Mick Jagger.»

Al sentire la parola *sbaciucchiato* Constance scoppiò a ridere. «Mi sa che mi va stretto di chiappe» commentò sollevando la maglietta. Se lo infilò. Le stava a pennello. Pur fotografandosi spesso nuda per le sue opere d'arte, ci teneva a non esporre troppo le sue forme, nascondendole sotto enormi T-shirt alla moda e jeans larghi, ma nonostante ciò era come un becco di Bunsen acceso, una fiamma controllata.

Hailey andò a prendere una bottiglia di prosecco. Dopo averla stappata con uno schiocco riempì quattro flûte e li distribuì. Constance batté il suo contro il metallo di un tubetto di mascara per invitarci all'ascolto. «Al Beatrice.»

« Ogni notte persa a Berlino è una notte persa a Berlino » aggiunsi. Hailey abbassò il mento. « Al Beatrice. »

Scattai una foto per Facebook, sorrisi stampati e bicchieri in alto. Arrivò anche Otto. Chiacchierando in tedesco con Jens si riscaldò al piano, provando il peso dei tasti con la mano sinistra che scavalcava la destra per arrivare fino in fondo.

Io mi chiusi la lampo del vestito dorato trattenendo il fiato, mi misi un rossetto di un rosso scurissimo e m'infilai alle orecchie un paio di cerchi enormi presi a New York in St. Mark's Place. Hailey stava rispolverando il suo accento dell'Ovest, scandendo a gran voce varie forme di saluto mentre girava per casa in zeppe e girocollo di strass. Temevo che il suo look fosse troppo teatrale, ma lei sembrava a suo agio nel corsetto attillato e persino i boccoli spruzzati di lacca, rigidi come rose geneticamente modificate, possedevano un'inconcepibile naturalezza. Venne a chiudermi il tocco finale: due polsini bianchi di Beatrice.

« Più rigorose siamo, più si parlerà di noi » disse riferendosi alla porta. « L'importante è avere la situazione sotto controllo. »

A me toccava il primo turno, sarebbe stato il più tranquillo. A Berlino sono tutti in ritardo.

Travis, un musicista canadese conosciuto tramite Jens, fu il primo ad arrivare con il suo ospite, Steel, un progettista del suono tedesco dall'aria annoiata con trench di pelle e calze a rete. Pagarono entrambi con banconote accartocciate. Io consegnai loro i gettoni e Hailey attinse al suo fascino da folle padrona di casa, evidentemente a disagio per il fatto che ancora non c'era nessuno. L'imbarazzo si dissolse non appena Travis vide Constance seduta sul tavolo della roulette. Lui si avvicinò e si presentò, lei saltò giù e con un gesto teatrale fece girare la ruota. Era il segnale. Otto attaccò a suonare *Umbrella* e Steel schiaffò un prosecco nella mano di Travis, ancora inebetito. Subito dopo arrivarono Bärbel e Manuel, che sembravano pronti per un funerale o per la raccolta fondi di un politico, Manuel in camicia blu scuro e cravatta sottile e Bärbel con un sobrio vestito a collo alto. Alla vista di Hailey nell'abito con il sellino furono evidentemente a disagio. Solo allora mi accorsi dell'assurdità della situazione. Lei aveva un non so che di diabolico e io mi sentii avvampare di vergogna, che annegai scolandomi un altro bicchiere. Poco dopo, alla porta, cominciò ad arrivare un flusso regolare di persone che mi spingevano banconote da dieci euro in mano.

Non sopportavo l'idea di lasciare fuori qualcuno, ma a un certo punto si presentò un tizio sbronzo perso con un pile fluo. Aveva i capelli arruffati e i denti macchiati di rosso, voleva entrare gratis e ci provò.

«Eddai, shu, è una feshta in casa» biascicò indicando dietro di me. «Non fare la shtronza.» Poteva essere Hailey, o anch'io, una sera qualunque dopo troppe bottiglie di vin brulé. M'ispirai al buttafuori dal collo massiccio del Berghain e gli rifilai un no deciso, poi abbassai subito lo sguardo sulla cartellina come se ci fosse un messaggio urgente che richiedeva la mia attenzione. Se ne andò. Altri entrarono alla spicciolata. Un tipo biondo con i tratti delicati da bambino mi spiegò di essere il direttore di una galleria di Charlottenburg, non era in lista ma «era disposto a pagare di più». Gli dissi che avrebbe dovuto aspettare che qualcuno si presentasse senza ospite e lui mi rivolse uno sguardo incredulo da rampollo viziato, però andò a fumarsi una sigaretta dicendo che sarebbe tornato. Come previsto Colin, il cugino di Viola, arrivò da solo, così feci entrare il gallerista.

A Berlino quasi nessuno si mette in ghingheri, la gente si limita ad avere una versione in plastica o in pelle delle mise nere che indossa tutti i giorni. Devin, il marxista, arrivò in pantaloni di latex e T-shirt a rete. Lo seguiva la ballerina croata in miniabito di pelle e felpona coperta di borchie e mollette da bucato, che teneva legata in vita come una cintura da wrestler. La mia ora alla porta era scaduta e Hailey mi sostituì.

Sollevata all'idea di rientrare in casa, guardai la comitiva riunita intorno alla roulette, dove Constance teneva banco. Sollecitava le puntate con un sorriso austero, poi faceva girare la ruota e, comunque andasse a finire, la sala prorompeva in una chiassosa esultanza. Otto stava suonando un pezzo da birreria che non avevo mai sentito e un pittore svizzero con la voce cavernosa sbraitava, a malapena capace di star dietro alle sue dita fulminee. *Well, show me the way to the next whisky bar.* Vidi una canna girare in senso orario in un gruppetto di artisti, che buttavano la cenere a terra con nonchalance.

Osservando le stanze affollate mi accorsi che lo spettro della bombetta di Liza Minnelli incombeva più di quanto avessi previsto: malgrado le luci velate dal fumo e il kitsch alla Weimar anni Venti abbarbicato alle cornici ornamentali dei soffitti, la festa non sembrava prendersi sul serio. Aveva ancora una sciatteria casereccia che sapeva di acerbo. Passando fra i corpi elettrici pensai a Ivy, che avrebbe apprezzato tantissimo e che sarebbe stato un personaggio perfetto per la nostra storia. Per certi versi si somigliavano, lei e Hailey, due prismi capaci di rifrangere tutto in sagome più grandi e colorate.

Stavo riempiendo i bicchieri quando vidi una mano elegante tesa verso di me. «Ciao, sei Zoe?»

Feci di sì con la testa.

«Piacere, Sam Cassady.»

Quel nome mi mandò in corto circuito il cervello. Chi era? Sapevo che c'entrava con qualcosa di sgradevole. Ah, ecco! Era quella che si scopava Nate o, almeno, che gli scriveva: *Pantaloni di pelle e camicia bianca.*

«Piacere» dissi, chiamando a raccolta tutto l'equilibrio e la compostezza che mi restavano.

«Mi ha invitato Constance, dice che questa è casa tua e

volevo ringraziarti. Sono appena arrivata a Berlino, perciò mi fa molto piacere essere qui.»

Scoppiai in una risata nervosa che non mi sembrò mia. Era di un sexy artificiale con guance lucide, postura perfetta, denti profumati alla menta e capelli neri scolpiti in una treccia intricata che scendeva lungo la schiena. Cosa volevo dire a questa persona? Ormai Nate apparteneva a un altro universo, però dentro mi ribolliva ancora qualcosa. Non odio. Frustrazione. Lei percepì il mio disagio e indicò con la testa il vassoio che reggevo. «Mi sembri occupata. È stato un piacere conoscerti, grazie ancora per la festa.»

«Di niente.» Le allungai un flûte e mi voltai in fretta per fare il giro della stanza.

Un'artista olandese che avevo conosciuto al bar di *Guerre stellari* mi urlò nell'orecchio: «È FINITA LA CARTA IGIENICA». Presi una banconota da venti euro da Hailey e corsi fuori nell'oscurità gelida. Per strada mi fermai a guardare l'appartamento, sospeso come una stella luminosa. Mi chiesi se in giro ci fosse anche Beatrice, a spiarci al riparo del boschetto e a prendere appunti come una furia. E mi fece uno strano effetto pensare che era tutto a suo beneficio.

Consegnati dodici rotoli alla fila per il bagno andai da Constance, che stava radunando i gettoni al tavolo della roulette.

«Conosci Sam Cassady?» le sussurrai all'orecchio.

Lei s'illuminò. «Sì, ho pensato che vi sarebbe piaciuta. L'ho conosciuta l'altra sera a una cena.»

Tirai indietro la testa per osservare la sua reazione. «Lo sai che si scopava il mio ex?»

«Cosa? Non ne avevo idea. Parlaci, è in gamba, giuro» disse voltandosi verso la ruota.

Hailey era alla porta a braccia conserte. «La gente si è stufata del prosecco» disse senza mezzi termini.

«Prendiamo qualcosa allo Spätkauf?»

«Il gallerista è andato a comprare un po' di vodka. Continua a ripetere che all'università abitava con Mary-Kate.»

«C'è la tizia che si scopava Nate poco prima che rompessimo» buttai lì.

Lei sgranò gli occhi. «Dovresti riempirla di botte.»

«Vero?» dissi, grata per l'affidabilità della sua malizia.

Le diedi il cambio alla porta, a mezzanotte la casa traboccava di gente e i binari sembravano messi lì apposta per portarcene altra. Una tizia con un cappotto lucido di pelliccia sintetica si mise a strillare quando le dissi che non c'era più posto. La porta era socchiusa e Sam, che era rimasta nell'ingresso, uscì e la calmò con eleganza. La ragazza si scusò e batté in ritirata.

«Però! Ci sai fare.»

Sam scoppiò a ridere. «È la mia specialità. Laurea in sociologia con indirizzo psicologico.»

Notando che aveva il bicchiere vuoto le versai metà della mia vodka. Provai a immaginare perché mai si fosse scopata quell'idiota di Nate. Poteva evidentemente puntare molto più in alto, ma magari era fissata anche lei con le teorie del complotto... *Pantaloni di pelle e camicia bianca*. La vodka mi aveva sciolto la lingua. «Scusa se te lo chiedo, per caso la primavera scorsa a New York andavi a letto con Nate Kai?» Mi fermai, ma ormai non potevo più tornare indietro. «All'epoca stavo con lui.»

Lei fece un verso di sdegno. «Oddio, no. Ti ha detto così?»

Io tremavo. «In realtà non mi ha detto niente. Ho letto qualche messaggio e lui ha ammesso.»

Sam respirò a fondo e mi toccò il braccio senza abbassare lo sguardo. «Mi dispiace, lo scorso semestre facevo la dominatrice verbale. E lui era un cliente. Non capisco perché ti abbia detto che ci frequentavamo. Gli sms facevano parte del pacchetto.»

«Ah.» Ero sconcertata. Ripensai per un attimo ai suoi giochetti mentali. «Pantaloni di pelle e camicia bianca.» Mi uscì di getto, un pesce che guizza, e lei lo accolse con una smorfia. Poi rise e bevve un sorso di vodka. «Sì, dovevo dirgli come vestirsi. A essere sincera ti ho fatto un favore, era un po' uno...» guardò il soffitto in cerca delle parole «uno stronzetto privilegiato.»

Non aveva torto. Era venerdì, Nate stava probabilmente sorbendo zuppa d'aragosta nell'Upper East Side. L'eccentrica zia possedeva un appartamento di fronte al Met, e nel fine settimana uno degli svaghi preferiti di Nate era invitare a pranzo ospiti selezionati per il *tour* della collezione di Picabia di lei. Espirai in fretta e annuii ostentando una calma che non avevo. «Sei sempre una... domina...» non riuscivo nemmeno a dirlo.

«No, ho scritto un articolo sulle dinamiche razziali e di potere nel mondo dell'arte e ho chiuso. Tutto gira intorno al sesso tranne il sesso.»

Non stava andando come immaginavo. «Sì, e mi piacerebbe leggerlo» dissi con finta nonchalance, quasi avessi pronta anch'io una solida tesi che legittimava la mia orrenda relazione con Nate.

Lei sorrise di traverso. «Non ti servirà a far luce su quello stronzo del tuo ex, ma te lo mando volen...»

Prima che potesse finire la frase, uno spilungone in parka blu salì di corsa le scale urlando in tono aggressivo. Era uno di quelli che non avevo fatto entrare e adesso mi gridava contro in tedesco per poi concludere la filippica in un inglese impeccabile: «È tutta colpa vostra se Berlino è morta, brutte americane di merda».

Sam raddrizzò la schiena già dritta come un fuso e gli parlò nella sua lingua madre, al che lui rilassò le mani, prima chiuse a pugno, mormorò qualcosa verso di me, forse delle scuse, e se ne andò.

«E parli pure il tedesco!»

«Padre militare. Quando facevo le medie abbiamo vissuto due anni nella base aerea di Ramstein.»

La fissai come un'ebete.

«È vicino a Heidelberg.»

«Però!»

«Già. È strano essere di nuovo in Germania» disse voltandosi verso la festa. «Appena stacchi ci prendiamo da bere.»

Anche se non era lavoro, mi fece sentire importante. All'improvviso avvertii anche una fitta alla vescica. Non ero ancora riuscita a fare la pipì.

«Senti, ti spiace dare un occhio alla porta mentre vado in bagno?»

«Per niente.»

Carica d'energia per la nuova e strana amicizia, l'abbracciai.

L'olandese che mi aveva avvertito della carta igienica era la prima della fila. Le chiesi se potevo fare pipì nella vasca mentre lei usava la tazza e gridò di sì. Tirato su il vestito dorato mi accovacciai. Quando mi offrì una pista di coca capii il perché del volume sempre altissimo della sua voce. Accettai.

«BELLA FESTA» strillò controllandosi la narice allo specchio.

Trovai Hailey in cucina e mi avvicinai. Le riferii di Sam e Nate, della faccenda della dominatrice e del suo tedesco impeccabile.

«Oddio, ci serve.» Si accorse del mio sguardo schizzato e chiese: «A te sta bene?»

«Sì, mi piace, da non crederci. Sembra in gamba, le ho affidato la porta per andare in bagno.»

Dalla dispensa pescai la mia Nikon Coolpix color mela rossa per preparare la trappola per Beatrice. Nella prima, così volle Hailey, doveva esserci lei. Ero d'accordo. Girò per la stanza in cerca dello sfondo più adatto e, fatti allontanare dei ragazzi dalla roulette, si appoggiò al bordo del tavolo. Si tirò su la gonna mostrando la piega del ginocchio. Guardandola attraverso l'obiettivo mi tornò in mente il vecchio studio fotografico di Kissimmee, in Florida, in cui mi aveva trascinata Molly Webster, dove quelli dell'ultimo anno posavano in costumi d'epoca chiusi con il velcro, reggendo in mano pistole finte e fiaschette di ceramica da whisky con su dipinte tre X. Avevo sempre trovato strane le foto seppia, spiazzanti enunciati di nostalgia e narcisismo. *Cosa cercava Molly in una foto che la immortalava vestita da prostituta di saloon? Per chi era?* Il ginocchio di Hailey sollevava gli stessi interrogativi.

In camera mia Otto aveva appena cominciato a suonare un pezzo tedesco, pestando sul piano con una violenza tale che un flûte cadde e si frantumò sui tasti. Nel frattempo un'inglese altissima dai capelli unti cantava a squarciagola, con le braccia protese al soffitto fra il sexy e il minaccioso. Lui continuò a suonare nonostante le schegge di vetro conficcate nelle dita e lei, avvertendo un che di demoniaco in quella nuova energia, saltò su un tavolino e cominciò a cantare a bocca spalancata dimenandosi.

Scattai una foto. *Bella, bella, bella Marie, bleib' mir treu.* Otto perdeva sangue dai polpastrelli. L'inglese dai capelli unti continuava a contorcersi. Quando lui sollevò le mani dal piano i tasti erano coperti di rosso. La stanza scoppiò in un applauso roboante seguito dalle richieste di un bis. Io diedi una pulita sommaria al piano con una T-shirt, Otto riprese a battere sui tasti come un cane che nuota, ricominciando daccapo la stessa canzone, e l'inglese tornò a gracchiare con gesti lascivi.

I pochi tedeschi che conoscevo mi sembrarono a disagio.

«È una canzone di epoca nazista» mi spiegò Jens muovendo la testa controvoglia.

«Non avevo idea che Otto si calasse nella parte fino a questo punto. Sta ancora sanguinando.»

Jens fece una smorfia, ma era stranamente orgoglioso. Scattai un'ultima foto e andai in cucina a nascondere la macchina fotografica. Hailey entrò di corsa e, con l'accento cantilenante dell'Ovest, m'informò di aver ufficialmente ingaggiato Sam. «L'adoooro. È stupeeenda. Se a te sta bene, le piacerebbe restare alla porta fino alla fine.»

Che sollievo.

Due ore dopo la festa rallentò. Steel prese sottobraccio Travis e lo portò via, Hailey cambiò i gettoni a chi se ne ricordò. «Vi aspettiamo» strillò verso la tromba delle scale. Quando tutti se ne furono andati Constance, Jens, Sam e io ci stringemmo intorno a Otto, che era stato bendato a dovere. Hailey contava il monticello di soldi sul pianoforte con l'aria soddisfatta.

«Secondo me è stato un successone» commentò Jens con una buffa sicumera.

«La prossima volta bisognerà attrezzarsi con un bar come si deve e con un barman. Nessuno dovrebbe potersi portare da bere» disse giustamente Sam.

Hailey annuì.

«Lo farete ogni venerdì?»

«Sì» rispose Hailey senza guardarmi.

Io non avevo affatto pensato alla *prossima volta*. Diedi un'occhiata alla mia camera devastata, ovunque tovagliolini di carta e chiazze sul pavimento. Non ero sicura di volerlo rifare. Nel ruolo di padrona di casa non mi divertivo e odiavo stare alla porta. Mi piaceva dispensare flûte di champagne a sorrisi svagati, nascosta dietro un liquido.

Hailey abbracciò Sam e risero insieme. M'infastidiva che le piacesse così tanto. «Io mi occuperò del bar» annunciai.

Lei ne fu entusiasta. «Perfetto, t'insegno io» disse. Poi, rivolta a Sam, chiese: «A te va di stare alla porta?»

«Sì, certo.»

«Io starò di nuovo alla roulette» disse Constance.

«Ovvio» commentò Hailey allentandosi il corsetto. Io mi sfilai il vestito dorato respirando a pieni polmoni. Il citofono letale suonò, feci un salto e mi versai la tequila sulla gamba. L'olandese irruppe come una lepre strafatta dagli occhioni fiduciosi. «HO PERSO LA BORSA.»

«È blu?»

«SÌ!»

«È in cucina.»

«MENO MALE. VI ADORO. VENITE AL BERGHAIN CON ME. SONO IN LISTA, PER CUI ENTRIAMO SENZA ASPETTARE, IL TAXI È GIÀ QUI!»

Jens e Otto si erano già infilati il cappotto. «Troppo stanco» dissero in coro, sfiniti. Sam, Constance, Hailey e io ci guardammo.

«Dobbiamo cambiarci» fece Hailey. Eravamo in collant e reggiseno neri, ed essendo già state respinte alla porta il pensiero di trovare qualcosa di adatto da indossare era scoraggiante. L'olandese corse in cucina a prendere la borsa. «SIETE PERFETTE COSÌ, È IL BERGHAIN. METTETEVI IL GIUBBOTTO E BASTA. IO VADO, IL TAXI ASPETTA.»

Hailey scrollò le spalle, mi diede una gomitata e disse la battuta del corso d'improvvisazione: «*Sì e...*»

Io m'infilai il giubbotto e uscii sul pianerottolo buio, Constance e Sam mi seguirono. Hailey prese due banconote da cinquanta euro dalla scatola di scarpe in dispensa e ridacchiò chiudendo a chiave la porta.

Il cielo si era già aperto rivelando un intenso azzurro convolvolo. La corsa in taxi fu un'unica risata confusa finché non vedemmo la fila davanti all'immensa ex centrale elettrica, almeno trecento persone placide come bovini, il fiato bianco e rotondo sospeso nell'aria gelida come le nuvole dei fumetti. Chiuso lo sportello, l'olandese si scostò dal viso i capelli ramati con un rapido scatto della testa e, lasciandosi alle spalle turisti, fanatici della techno e festaioli, raggiunse la porta con noi quattro al seguito. Dopo un tiepido tentativo d'intimidazione, il buttafuori grande e grosso sfogliò la lista e trovò Milla Haas. L'olandese aveva un nome. E, proprio come aveva annunciato, entrammo senza aspettare.

Nell'atrio di cemento consegnai il parka a una severa brunetta coi capelli corti in cambio di un numero di plastica attaccato a un cordino di pelle, che mi appesi al collo sopraffatta dall'odore di erba e sudore. In collant e reggiseno, indossavo più di quanto avessero addosso quasi tutti gli altri. Salimmo fino alla pista da ballo principale, dove tuonava la techno. Sam e Hailey cominciarono a saltare su e giù, Constance corse a prendere le birre. Hailey mi guardò con un sorriso trionfante. La musica era così forte che sembrava sballottare con violenza l'aria e da alti blocchi di cemento, esposti come auto costose a una fiera, incombevano dominatori vestiti di pelle. Dopo un'oretta passata a fare avanti e indietro col collo mentre braccia e gambe si agitavano in modo convulso, mi staccai dall'euforica formazione femminile e andai in avanscoperta.

Una scala di metallo saliva fino a una pista più piccola, dove gli scuri delle finestre sbattevano a tempo con la musica diffondendo la luce del mattino in ondate ritmiche. Passai accanto a una sfilza di nicchie piene di panche in ecopelle con grovigli di corpi in lento movimento. Varcata una porta anonima, dopo essermi fatta strada tra la folla, mi ritrovai in una delle dark room. Mi sembrò d'intravedere un tizio piegato in avanti con un pugno infilato nel culo, ma non ci avrei giurato, la sagoma si muoveva e gemeva. Voltandomi per uscire appoggiai una mano sul muro, incerta delle dimensioni dello spazio, e toccai qualcosa di umido. Poteva essere birra, poteva essere saliva, ma era probabilmente sperma. Con la voce di mia madre in mente, mi dissi di *non toccarmi la faccia*. Quando finalmente trovai un dispenser di sapone era rotto, così tirai fuori il liquido azzurro con le dita come un orso dei cartoni animati con le zampe nel miele. Il bagno era chiaramente l'arteria principale, i corpi sfrecciavano fumando, sniffando, ridendo e tossendo e, in fondo, un uomo inginocchiato accanto al grande orinatoio di acciaio inossidabile aspettava di bere il piscio di chiunque si rendesse disponibile.

Con le mani pulite mi feci largo tra una massa informe di persone, salii un'altra scala di metallo e arrivai in un bar con un freezer vetrato pieno di gelati. Un'oasi inverosimile. Come unico modo per testare quel miraggio ordinai una pallina di pistacchio. Era reale, ed era venerdì. Provai un'ondata di dolore confuso: stavo mantenendo viva la tradizione. Nonna Jane avrebbe approvato, magari non proprio il contesto, ma il cono sì. Mi sedetti su uno sgabello a mangiare nuotando nella musica, un coro di anguille elettriche. Lei era lì. Me la sentivo addosso. Sulle piste da ballo Ivy veniva sempre a trovarmi, forse perché era il posto che la rendeva in assoluto più felice, circondata da gente in movimento. Chiusi gli occhi e vidi la forza spiraliforme che abitava i suoi arti, le braccia che fluttuavano nell'aria, le gambe allungate, la schiena arcuata, un lampadario rotante di capelli biondi sospeso sulle teste sudate del locale.

Percepii una presenza incombente e, quando aprii gli occhi, Holiday era in piedi davanti a me con un sorriso smagliante. Per la sorpresa scattai all'indietro. Indossava una canotta nera allacciata dietro il collo e shorts neri attillati, talmente stretti al cavallo da formare una V.

« Sei davvero così fuori? » mi chiese.

« La domanda giusta è: questo gelato è davvero così buono? »

Mi diede un colpetto sul fianco, divertita dalla mia risposta idiota. «E lo è?»

«Decisamente» risposi offrendoglielo. Lei lo leccò.

«Non sei venuta alla nostra festa» dissi poi, come una bambina di otto anni in gelateria.

«Ne parlano tutti.»

Mi raddrizzai inorgoglita. «Perché non sei venuta?»

Lei mi stava esplorando l'interno delle gambe, la faccia a pochi centimetri dalla mia. «Gli artisti mi spaventano, preferisco i musicisti.»

«E perché gli artisti ti spaventano?»

«Perché sono così presi dall'estetica che non riescono a divertirsi.»

Ignorai il commento, però lo capivo. Mi tornò in mente tutto il tempo passato davanti allo specchio a perfezionare i nostri look, l'interminabile discussione sulla posizione degli oggetti in casa.

«Insegnamelo tu» dissi pulendomi le mani sui collant e offrendogliele in sacrificio per farmi trascinare sulla pista da ballo.

Quando eravamo vicine, Holiday non mi toglieva le mani di dosso. Mi accarezzava le gambe, mi stringeva i fianchi con le braccia sottili. Raffinatissima, prima di baciarmi sputava a terra. Rapide e spiazzanti incursioni di sputo, bacio e sparizione.

Volevo entrarle dentro, conoscere tutto di lei. Volevo consumarla. Tagliarla a pezzi e mangiarla. Diventare lei ed essere posseduta. Mentre ballavamo temetti che potesse sentire i miei pensieri. Mi piazzò le mani sulla schiena per attirarmi a sé, i toraci premuti l'uno contro l'altro. Nella luce intermittente del giorno provai a memorizzare quanto potevo del suo viso. Il naso storto. Le pupille castane dilatate. Le orecchie con i piercing, la destra più alta della sinistra. Ci muovevamo insieme, incollate. Io ero fradicia. Dopo qualche ora, o forse qualche minuto, svanì. Sentivo i suoi capelli cortissimi sui polpastrelli ma lei era fumo. Le scrissi. *Sei ancora qui?* Nessuna risposta. La cercai ovunque, poi mi avviai al treno nel bagliore putrido del pomeriggio mentre tutto risuonava della delusione per il fatto che, ancora una volta, lei non era con me.

11

I postumi della sbornia durarono tutto il fine settimana. Sulle chiazze appiccicose del parquet le pantofole producevano strani rumori. Seduta a letto a gambe incrociate, Hailey aveva contato i soldi tre volte: avevamo quanto serviva per pagare l'affitto e avanzava pure qualcosa. Il lunedì pomeriggio ci sentimmo sufficientemente in forze per cominciare a pulire. Io staccavo con la paglietta le sigarette pietrificate nel prosecco sul pavimento e lei passava lo straccio. I nostri mattoncini Nokia non facevano che trillare e sulla pagina Facebook c'erano almeno venti messaggi.

« Quand'è la prossima festa al Beatrice? »

« Perché non sono stato invitato? »

« Avete trovato una felpa nera? »

Non rispondemmo a nessuno. Secondo Hailey era importante creare un'atmosfera di suspense. Ogni volta io mi fiondavo sul telefono sperando che fosse Holiday e, chissà perché, lei lo sapeva.

« Ho googlato la tua amica calva » disse più tardi mentre saltava i funghi in padella.

Tossii. « Come fai a...? »

« Mi hai detto tu che si chiama Roberson. O è una serial killer o una nullità, non è nemmeno su Facebook. E hai detto che è una musicista? Ne dubito. L'unica cosa che sono riuscita a scovare è la menzione per il mixaggio audio nei titoli di coda di un film *molto ma molto* indie. »

« Hailey, non ha importanza. »

«Dovrebbe» mi gridò dietro mentre uscivo indispettita dalla cucina.

Non sapevamo cos'avesse visto Beatrice né da quale distanza ci osservasse. Hailey aveva comprato un binocolo usato e prese l'abitudine di sorvegliare la strada mangiando cereali dalla confezione, il che le permise di vedere diversi pompini in macchina ma nient'altro. Aveva scritto un resoconto dettagliato sul diario, però non eravamo mai uscite di casa se non per fare un salto al supermercato, quindi non c'era verso che Beatrice avesse potuto leggerlo. Eppure davamo per assodato che ci controllasse via Facebook, così decidemmo di contrassegnare le foto affinché tutto fosse tracciabile e optammo per una *B* Helvetica nell'angolo destro di ciascuna.

Ne avevo scattate una ventina che sembravano degne della *B*. Il criterio era che catturassero l'atmosfera della festa e avessero il *punctum*. Il primo anno di università eravamo state entrambe costrette a leggere Roland Barthes, così ci sedemmo insieme sotto il piumone per un ripasso generale dei rudimenti di fotografia con tanto di dibattito sulla *fatalità che punge*, il punto di un'immagine che attira l'attenzione. Nella foto dell'inglese in piedi sul tavolino a braccia protese concordammo che il *punctum* era la T-shirt sporca di sangue ai suoi piedi. Nella foto di Sam alla porta con la massa sfumata della gente alle spalle, per Hailey il *punctum* era il riflesso del flash sul bicchiere, per me era la sua testa inclinata come se stesse posando, senza però smettere di sorvegliare la fila. E nella foto di Hailey sul tavolo della roulette per lei il *punctum* era la sua gamba che indicava il corpo di una sullo sfondo, a formare un triangolo, mentre per me era l'evidente desiderio di essere fotografata che aveva negli occhi.

Martedì mi svegliai con il mal di testa e, siccome lei non c'era, frugai nella sua trousse in cerca di analgesici. Immaginai fosse andata a ingraziarsi il mondo cordonato di rosso delle gallerie di Charlottenburg, a verificare che le varie gallerine fossero al corrente della nostra festa. Era decisa a farsi ricordare. Tempestava di domande le ragazze annoiate davanti ai computer perché sapeva che limitarsi ad attraversare lo spazio espositivo annuendo davanti ai quadri non bastava. Chiunque poteva farlo. Lei invece chiedeva i testi, si documentava su *giustapposizione*, *tensione* e *fluidità materiale* dell'artista esposto. Il nostro bagno era disseminato di fogli A4 piegati con il nome della galleria in cima. Ero abbastanza certa che Hailey leggesse i comunicati stampa mentre faceva la cacca, il che mi dissuadeva dal toccarli. Carta igienica per la vista, *fluidità materiale.*

Stavo fissando il computer quando il citofono suonò. Lei si dimenticava puntualmente le chiavi, così aprii soprappensiero e tornai a letto senza neppure aspettarla. «*Hallo?*» gridò una voce maschile sul *bop bop bop* di Joni Mitchell.

Feci un salto e gridai.

Sulla soglia un tale con i capelli arruffati e un piccolo gilè marrone attaccò a parlare a raffica in tedesco. Io scossi la testa per rallentare quel fiotto di suoni. «Non capisco» dissi infine.

Lui ne prese atto, alzò una mano come a voler fermare un'auto, si chinò e tirò davanti il tubo di plastica appeso a una cinghia di cuoio che portava sulla schiena. Svitato il tappo, estrasse un rotolo di planimetrie e indicò la fotocopia sfocata di un documento con un disegno a mano libera e un testo in corsivo. Ricordava vagamente il nostro palazzo.

Indicò di nuovo. Altro tedesco. Io scossi la testa. Sembrava esasperato. «Io venuto. Io, Fritz Weigel. Guardare.»

Della mia lingua non sapeva altro.

Ricordavo che *Varum* significa perché.

Glielo chiesi. Soddisfatto del mio tentativo di parlare nella sua lingua madre, rispose con un'altra caterva di parole lunghe e imperscrutabili. Dov'era Hailey quando serviva? Con l'avambraccio fece segno di aprire e chiudere. Fritz Weigel era troppo muscoloso per essere un architetto. Fece un altro gesto con l'avambraccio a ribadire quanto detto prima. Non avevo idea di cosa volesse.

Sapevo fin troppo bene che situazioni del genere terminano solo quando uno dei due si arrende. O gli chiudevo la porta in faccia oppure lui sarebbe entrato. Non c'erano vie di mezzo. Quando mi mostrò il biglietto da visita laminato con la sua foto accanto alle parole *Baugruppe Schöneberg* sospirai e mi arresi.

Lo scarmigliato Fritz entrò senza indugio. Lo seguii nel giro della casa e poi in cucina. A mo' di precauzione, mentre non guardava m'infilai nella tasca della felpa il coltello che trovai sullo scolapiatti. Alla bisogna avrei fatto come in *Kill Bill*. Lui osservò il caos. Sul tavolo c'erano ancora i resti della festa, nel lavello una pila di piatti e la bocca spalancata della lavatrice vomitava una treccia di stoffa maleodorante.

Imperturbabile, Fritz sembrava solo contento di poter portare a termine il suo misterioso compito e studiava allegramente i muri. La carta da parati con le eccentriche margherite e i salici ricurvi era quasi del tutto nascosta dalle file di libri e da scatole piene di manoscritti annotati, come avevo scoperto durante le nostre ricerche. Trovai accogliente il caos della stanza. Lui indicò il tavolo. Capii e lo liberammo insieme, spostando a terra la collezione di bottiglie di birra e mettendo nel lavello la teiera e i residui del pane tostato di Hailey. Quando finii di dargli una pulita lui srotolò le planimetrie e, con fare autorevole, fissò l'antico documento mormorando altre parole straniere.

A un tratto si voltò e cominciò a bussare sul muro accanto alla finestra, coperto dalla stessa carta ingiallita anni Settanta e da dodici comunissime mensole con le staffe piene zeppe di libri, perlopiù classici romantici fra cui *Il pavone di smeraldo* e *Via col vento*. Dai lati svolazzò la polvere, simile a forfora. Fritz capì al volo, spinse sulla destra e aprì un perfetto rettangolo con i cardini, seguito dai classici romantici. Senza voltarsi, prese una torcia dalla tasca e abbassò la testa per entrare nell'oscurità di quel nuovo mondo.

E poi mi tornò in mente. Una settimana prima Jens, che aveva appena traslocato, ci raccontò che in quei palazzi, sopravvissuti alle bombe degli alleati, un tempo le abitazioni erano molto più grandi. Spesso l'intero piano era un unico, grande appartamento. I proprietari vivevano sul davanti e la servitù sul retro. La *Berliner Zimmer*, come veniva affettuosamente chiamata sui siti delle agenzie immobiliari, era la stanza di collegamento fra i domestici e i datori di lavoro e in genere aveva una finestra che si affacciava sull'*Hinterhof*, dove c'erano i bidoni dell'immondizia e le biciclette arrugginite. La nostra *Berliner Zimmer* era stata divisa a metà per ricavare bagno e cucina, quest'ultima con l'ambita finestra. Eppure avevamo ancora un accesso all'appartamento sul retro.

Rimasi sola in cucina. Dalla nuova porta entrava aria gelida. Beatrice era lì? Mi si contrasse lo stomaco. Era rimasta nascosta fin dall'inizio? Per questo sapeva che vomitavo? C'era uno spioncino? Tastai la lama piatta del coltello attraverso la tasca della felpa cercando di chiamare a raccolta tutto il mio coraggio. Dovevo entrare. Sacrificando i calzini di lana a qualunque cosa ci fosse oltre la soglia, entrai. In ginocchio, con la torcia in bocca, Fritz stava ispezionando un portafusibili da cui spuntavano dei cavi. Poi tirò fuori una piccola macchina fotografica e scattò diverse foto. Alla luce dei flash vidi che era un monolocale, molto più rustico di casa nostra, con il pavimento grezzo e nessuna cornice ornamentale.

Lui si accorse di me, indicò la stanza e gridò: « Sorpresa! »

Feci una smorfia alla parola che, in quel contesto, incuteva terrore. Fritz se ne accorse e rise di gusto. La polvere per poco non mi soffocò e lui mi fece segno di seguirlo. « *Komm, komm...* » disse. Era la nostra punizione per la festa? Il ridanciano Fritz mi avrebbe rinchiusa per sempre là dentro? La curiosità era troppa. Gli andai dietro sulla passatoia che sembrava di paglia seguendo la sua luce circolare in un corridoio senza finestre fino a uno stanzino con il water in cui bisognava acquattarsi per fare pipì, con le ginocchia al mento. I ragni, visibili intorno al cerchio di luce, corsero verso i muri. Fritz emise un universalissimo verso di schifo. Poi puntò la torcia a destra rivelando un cimitero di cucina, con il pavimento rosso sangue sfigurato dall'unto di elettrodomestici spariti da tempo. Lì c'era anche una versione più modesta della nostra porta d'ingresso, che probabilmente si apriva sulla scala del retro. Aggrottai la fronte sapendo perfettamente chi aveva la chiave. Lui le scattò una foto e recuperò un metro. Annotò in fretta dei numeri e si voltò per andarsene facendomi cenno di precederlo.

Tornati nella luce calda della nostra cucina, Fritz chiuse la porta segreta e rimise le carte nel tubo. Avrei voluto fargli un milione di domande, ma non potevo. Non esisteva un mimo all'altezza del compito. Immobile, con gli occhi sgranati, guardai quella che pensavo fosse una semplice libreria. Lui continuò il suo lavoro, parlottando mentre misurava il vano della porta della cucina e prendeva nota su un blocco di carta millimetrata. In corridoio bussò con il pugno sulla parete che dava in camera mia. Magari era una porta anche quella. Magari Beatrice era raggomitolata là dietro. Nella Narnia tedesca. Con Fritz tutto sembrava possibile. Allungò la mano quasi volesse passarmi un palloncino a forma di animale. Gli fissai il palmo ruvido e piegai la testa di lato, non sapendo cosa volesse. Lui rise e la mosse su e giù imitando il saluto. Gli sorrisi sentendomi un'imbecille e gliela strinsi. Scese le scale ridacchiando.

A New York un professore di scultura perennemente sporco di segatura ci diceva: «Saprete di essere newyorchesi quando sognerete di scoprire un'altra stanza, in un ripostiglio o dietro un armadio: se il vostro inconscio cerca spazio per le gambe siete dei nostri». A Berlino lo spazio non mancava, anzi. Forse i tedeschi temevano proprio quello, di aprire la soffitta e scoprire altri venti metri quadri inevitabilmente accompagnati da uno scheletro. Non sopportavo il pensiero di tornare nella nuova stanza da sola e neppure di restare in casa. Chiamai Hailey.

M'infilai il giubbotto e l'aspettai al panificio della nostra via mangiando un croissant, finché non vidi una chiazza di capelli rossi che scendeva i gradini del treno. Mi salutò con la mano e la raggiunsi. Mentre salivamo in casa, le raccontai senza fiato di Fritz e della *stanza*.

«Ti sei davvero portata il coltello?»

«Sì.»

Il nostri telefoni uguali, e tecnologicamente minimalisti, avevano una torcia al LED in cima e, seduta in cucina, Hailey l'accese e la spense mentre io aprivo la porta come avevo visto fare a Fritz un'ora prima.

«Porca troia.» Le sue parole caddero come un bilanciere.

Alla patetica luce dei nostri telefoni l'appartamento si vedeva a stento, ma non importava.

«Assurdo, no?» chiesi, sentendomi onorata di fare da guida. «E in uno stanzino in fondo c'è un water schifoso.»

Lei esaminò la stanza in lungo e in largo mormorando.

Si chinò, azionò l'interruttore di una prolunga e, con un ronzio, si accesero due lampade da lavoro con la griglia in metallo. Le pareti erano giallo curcuma e sulla sinistra, accanto a un secchio arrugginito pieno di polvere di carbone arancione, c'erano un vecchio scaffale e un mucchio di tende di pizzo. Nell'angolo, sotto una finestra talmente sporca da essere opaca, c'erano una scrivania in perfetto ordine e una sedia di legno in stile nordico. Sulla scrivania vidi diverse pile di schede per appunti, niente polvere.

«Beatrice» sussurrò Hailey. «Quella è la prolunga che finisce nel nulla in cucina.»

Ci concedemmo qualche istante per digerire l'informazione. « Che c'è scritto sulle schede? » chiese.

Le esaminai. Erano indecifrabili, coperte da scarabocchi, sfere e x. « È illeggibile, sarà mica stenografia in tedesco o qualcosa del genere? »

Lei si avvicinò, prese una pila e sfogliò le schede scuotendo la testa. « Strano, molto strano. »

« Devono essere per forza appunti, no? Magari su di noi... » Ci guardammo.

« Questa è una Montblanc » disse Hailey prendendo in mano la penna lucente, a cui rimosse il cappuccio per controllare la punta. « Le Montblanc non si dimenticano in giro. »

Scrollai le spalle, non sapevo cosa fosse.

« Costano un occhio, sui quattrocento dollari, mio padre porta in giro la sua nell'astuccio. Significa che tornerà. »

La rimise dove l'aveva trovata, stando attenta a sistemarla nella giusta angolazione. Tossendo per la polvere, corsi in cucina a prendere dell'acqua chinandomi per passare sotto la porticina. Bevvi direttamente dal rubinetto arcuato, un gesto teatrale adatto al momento. Lei mi seguì e chiuse la *porta*, che tornò a essere irriconoscibile. Con un sospiro andò dritta al frigorifero e riempì generosamente due bicchieri di vodka Korn. Era ancora giorno e avevamo finito il ghiaccio, ma nessuna delle due ci fece caso. La sorseggiammo con cautela, ambientandoci nello spazio trasformato, sensibili a ogni scricchiolio del palazzo, a ogni sportello che si chiudeva per strada. Ci scolammo un quarto di bottiglia.

« Che facciamo? » chiesi dagli abissi di quel silenzio comune.

« Dobbiamo fingere di non saperlo. Io continuo a scrivere sul diario e tu continui a scattare foto alle feste. Da lì non può vedere niente. Le serve solo per frugare tra le nostre cose e forse per lavorare. »

Mandai giù le sue parole insieme a un altro sorso di vodka.

Qualche istante dopo mi alzai di scatto: «Ecco perché il giorno in cui l'ho vista non aveva il cappotto».

«Come?»

«Quando sono tornata a casa, e l'ho trovata sul sofà, Beatrice non indossava il cappotto, doveva averlo lasciato *lì.*»

Hailey annuì.

Se dopo la festa non eravamo uscite quasi per niente, quella sera Beatrice avrebbe avuto un'ottima occasione per entrare, perché andammo al Volksbühne a vedere *Berlin Alexanderplatz.*

Con le mie limitate conoscenze dei film di spionaggio, sistemai con cura un filo bianco strappato dal piumone sul bordo del computer, in modo tale che fosse impossibile aprirlo senza spostarlo. Spegnemmo tutte le luci, cosa che facevamo di rado, rivelando alla strada la nostra assenza.

Avevamo scelto l'abbigliamento con una cura melodrammatica ed eravamo stordite dalla vodka e dall'inattesa espansione dell'appartamento. Tutto sembrava amplificato. Sul treno Hailey si esibì in un finto spogliarello ridicolo, il piede destro fermato dal palo di metallo giallo, la schiena arcuata. Un tale applaudì. Una signora di una certa età in un cappotto a forma di patata ci urlò contro.

Il teatro incombeva minaccioso su Rosa-Luxemburg-Platz, come se ogni pietra avesse solennemente sacrificato la sua vita per lui. Sedute sui gradini, ci dividemmo un pretzel con i granelli di sale appuntiti sperando che assorbisse l'alcol. Entrare fu come scivolare in una lanterna accesa, un antico mondo magico preservato solo per noi. Consegnammo i giubbotti al guardaroba rivelando io un vestito allacciato dietro il collo tempestato di perline nere, Hailey un miniabito azzurro luccicante, collant neri e cappellino da baseball dei New York Yankees. Cercammo i posti senza fretta ammirando il lampadario di vetro, che ci fissava come il figlio deforme dell'amore tra un fuoco d'artificio e una palma.

Quando il sipario si alzò strinsi la mano di Hailey alla vista dei palazzi che ruotavano sul palco immenso, come se un intero film ci crollasse davanti. Tutto il teatro americano che avevo visto fino ad allora aveva il lustro tedioso dell'austerità del fondo nazionale per il sostegno alle arti: budget risicati indossati come gioielli ingombranti da attori sottopagati. Qui era diverso. Gli attori urlavano in coro in un tedesco psicotico scalando un monte di monete d'oro alto quanto una casa, fumando centinaia di sigarette, sparendo e riapparendo in una rapida successione di costumi sgargianti. Guardammo rapite. Hailey si chinava di continuo per sussurrarmi la traduzione. Prima di uscire, però, mi ero informata su Wikipedia. Sapevo che ci aspettavano diverse ore nella Berlino anni Venti sulle tracce di un uomo appena uscito di prigione, dov'era stato quattro anni per aver ucciso la fidanzata con una frusta sbattiuova, l'ennesimo intrattenimento serale ai danni del corpo femminile.

Gli attori erano carichi di energia rabbiosa ed era impossibile non alternare di continuo repulsione e affetto per ciascuno di loro. Franz è l'antieroe pasticcione che vaga per tutta Berlino, un ex detenuto in cerca della sua strada. È possibile reinserirsi nella società dopo un omicidio? Sballottata dalle onde del tedesco indecifrabile, pensai all'assassino di Ivy. Chiunque fosse, nessuno gli aveva chiesto di andarsene. Comprava il latte. O faceva benzina. Respirava. Forse, per un assassino, l'unico ritorno possibile è tramite una rappresentazione teatrale stravagante come quella, un battesimo del fuoco nella realtà. Per Amanda Knox era stato l'inferno permanente dei riflettori del circo mediatico contemporaneo assetato di sangue. Via via che la pièce si addentrava nell'astratto, riempivo i vuoti immaginando Amanda nei panni di Franz, che correva sul palcoscenico strillando in tedesco e lanciando monete con gli occhioni slavati. «Bentornata!» avremmo esultato fra gli applausi mentre lei s'inchinava, appena restituita alla società, rinata dalle fiamme.

Durante le quattro ore alternai concentrazione e distrazione. Non ero mai stata seduta così a lungo in teatro, e avevo bisogno di spostarmi di continuo perché le perline mi si conficcavano nel culo. Sarebbe stato psicotropo persino nella mia lingua. Alla fine gli attori uscirono di corsa per ritornare subito e inchinarsi agli applausi fragorosi, poi via di nuovo, secondo inchino, terzo. Hailey mi diede una leggera gomitata e disse: « Ai tedeschi piace applaudire » e guardandosi le mani aggiunse, « fino a spellarsi. » Il sipario si aprì e si chiuse molte volte, quarto inchino. Altri inchini. Altri applausi. Quando venimmo risputate sui gradini le mani mi formicolavano. Non eravamo ancora sazie.

« Ho letto in un blog che dopo si può andare a bere alla Kantine » disse lei scrutando la strada fredda.

« Dov'è? » L'edificio sembrava morto, eppure era evidente che tutta l'energia del palcoscenico non poteva essersi dispersa. « Sarà sul retro? »

Passando dalle viuzze laterali buie girammo intorno al teatro, dove si aprì una porticina che proiettò sul marciapiede un rettangolo giallo fosforescente a cui si avvicinarono cinque giacconi beige. Noi due accelerammo.

« Kantine » dissero loro all'usciere. Con un cenno della testa ci unimmo al nostro gruppetto adottivo. Dentro sospirai, sollevata per essere stata restituita al precario mondo della magia.

Il locale rivestito da pannelli di legno si riempì. Quando rimasero libere solo le sedie del nostro tavolo, due tizi con una cintura nera portattrezzi e una Berliner Pilsner in mano ci rivolsero un'occhiata gentile. « *Hallo. Ist hier noch frei?* » s'informò il più vecchio, con i capelli grigi.

« *Ja* » rispose Hailey entusiasta. Si sedettero a chiacchierare. Lei si protese verso di loro con il suo classico sguardo che diceva: *scopami* e, scostandosi i capelli rossi con uno scatto della testa, chiese una sigaretta. Fecero di sì con la testa. Eravamo integrate.

«*Hast du das Stück gesehen?*» le chiese il più vecchio.

«*Ja, es war so schön!*» rispose lei sbattendo la mano sul tavolo per imitare uno degli ubriaconi appena visti recitare. Muta, cercai di mettere insieme una risposta in tedesco ma mi arresi.

«Scusate, il mio tedesco fa schifo. Sì, è stato meraviglioso. Tu l'hai visto?» domandai all'altro, anche se era quasi certamente una maestranza.

«Sì e no, lavoro qui» disse lui soffiando come un uccello.

«Ah, e che fai?»

«Attrezzista.»

«Cioè?»

«Devo sapere in quale punto esatto del palcoscenico si trovano tutti gli oggetti usati dagli attori, quante sigarette sono state fumate, dove sono bicchieri, monete, macchine del fumo...»

«Allora la birra sarà buonissima, dopo tutto questo lavoro» dissi flirtando. Era sexy, stile duro un po' cazzone, con capelli lunghi e neri, barbetta incolta, occhi castani e sigaretta sempre accesa. Indossava una T-shirt degli Slayer e immaginai che da qualche parte avesse il tatuaggio di un lupo o di un falco. L'attrezzista sembrava una specie di scultore meno narcisista: almeno in teatro tutto aveva una funzione e perseguiva un obiettivo più grande. Cominciò a raccontare con orgoglio la storia del Volksbühne, costruito dagli operai per gli operai nel 1913: *il teatro del popolo*. Hailey non ascoltava più, aveva attaccato bottone con uno degli attori seduti al tavolo accanto. Quello che aveva impersonato Reinhold le versò da bere, il loro tedesco si fece chiassoso e, a un certo punto, lei salì sulla sedia e cantò a squarciagola i versi d'apertura di *Seasons of Love*, *Five hundred twenty-five thousand six hundred minutes*. Il gruppo esplose in una risata, chissà se ridevano *per* lei o *di* lei, ma in ogni caso Hailey s'inchinò tutta fiera.

Alla Kantine sembrava di essere tornati indietro nel tempo, di aver raggiunto in metropolitana un fiume sotterraneo preistorico di Berlino. Noi due non facevamo che guardarci con gli occhi sgranati. La serata s'intonava alla nostra nuova energia, alle nostre identità teatrali. Scambiai il numero con l'attrezzista e andai in bagno. Dopo la luce giallo burro del locale, il neon inclemente e le mattonelle bianche avevano un non so che di futurista.

Feci la pipì fissando il nome scritto con i caratteri alla Pac-Man del Nokia: *Mathias*.

Tornammo nel nostro secolo ben oltre le due del mattino. L'autobus notturno mi ricordò i pullman che riportano gli studenti al campus dopo una festa. Tutti giovani e ubriachi che schiamazzavano in lingue diverse nel tragitto verso Schöneberg. Noi due, puzzolenti di fumo, chiacchierammo esaltate fino alla porta di casa. L'odore chimico di gigli era penetrante. Ci guardammo e infilammo la chiave con prudenza.

Sul mio computer il filo non c'era più. «Hailey» strillai, «è stata qui!»

«Ssst...» sussurrò lei.

Fui presa dal panico.

Mi si avvicinò. «Il diario è stato spostato, si nota appena, ma so di non averlo lasciato così.»

Una parte di me si era convinta che eravamo impazzite, che esisteva una spiegazione razionale, ma adesso non più. Tornai in me. Come avrebbe reagito Beatrice al resoconto del diario e alle foto? Agli eccessi della festa. A tutta quella gente in casa sua. Poteva sbatterci fuori, o peggio. Solo allora mi resi conto di quanto quel gioco ci rendesse vulnerabili.

«Ha abboccato, è chiaro. È straordinario. Straordinario.»

A me si contrasse lo stomaco. «Perché sussurri? È ancora lì dentro? Che facciamo? Ce l'avrà con noi per aver dato una festa in casa sua.» Farneticavo. «Controlliamo se è nella stanza sul retro, no? O forse ha piazzato delle telecamere.» Cominciai a girare come una trottola in cerca di altri indizi.

Hailey si avventò su di me e mi strinse il polso, la voce a malapena udibile. «Abbiamo controllato. Sappiamo che entra di nascosto. Dobbiamo continuare, costruire una trama *fenomenale* e avremo il nostro romanzo. Non deve sapere che abbiamo visto l'appartamento sul retro, non devi nominarlo mai più. Giura.»

Non mi avrebbe mollato il polso finché non l'avessi giurato. Obbedii.

Andò in bagno a lavarsi i denti con violenza e sputò una mezzaluna rossa di dentifricio nel lavandino, ancora con lo sguardo spiritato. Io mi rifugiai in camera mia e chiusi la porta, sforzandomi di pensare a quale potesse essere una trama sensata. Forse, sulla scorta di *Berlin Alexanderplatz*, potevamo trasformare la nostra isteria in una lingua segreta e indecifrabile. Che Beatrice ci provasse pure. Bruciai il biglietto nella stufa per Ivy. Accovacciata, guardai il fumo arricciarsi all'interno e mandare nell'aldilà quello che immaginavo fosse un interessante pacchetto pieno di teatro tedesco.

Al portoncino dorato di casa Breitbach, Beata mi accolse con il consueto ghigno che ormai mi divertiva. Appesi il giubbotto a una gruccia e fui quasi travolta da Savannah, che brandiva un unicorno su un bastoncino come fosse una spada. «Devi dirmi cosa succede nella favola. Che fine ha fatto Hailey? È ancora nell'Universo batuffoloso dei mostri? Non capisco perché lì nessuno può parlare e neanche perché la Civetta spiona sorveglia lei e Zinfandel. È buona o cattiva? Scommetto che è cattiva.» Le bambine erano impetuose come la madre. E, malgrado insistessero per vestirsi da principesse incipriate, possedevano tutte una tenacia e una concretezza quasi indomabili quando si trattava di compiti, tv e costrutti narrativi.

« Ogni cosa verrà rivelata a suo tempo, prima dobbiamo finire i compiti. »

Controllai gli zaini e poi aprii il frigo per cercare la cena. Claire e Tobias avevano una cuoca tedesca che ogni due settimane veniva a riempire il freezer di contenitori di vetro accuratamente etichettati: « *Maultaschen*, saltare in padella per 10 minuti ». A prova di idiota. Mi chiesi come sarebbe stato crescere così. Con tutto bell'e pronto. Le bambine erano senza dubbio destinate a diventare femme fatale in tailleur seriosi, giganti del settore immobiliare, avvocate, magari diplomatiche con mariti giovani e attraenti sotto psicofarmaci e vacanze preprogrammate con decine di valigie Rimowa al seguito. Non avrebbero mai rubato il formaggio. Avrebbero dormito sempre comode su materassi Tempur-Pedic con la pelle ben idratata. Quasi quasi mi dispiaceva per loro.

Dopo cena le radunai nel mausoleo del bagno, diedi loro una caramella gommosa di vitamine e ne presi una anch'io. Nello stipetto dei medicinali trovai, e mi misi in tasca, una manciata di Tylenol extra forte d'importazione per il mal di testa, che ormai era quasi costante, forse per via del tanto bere e vomitare. Quando le piccole furono a letto, le grandi si raggomitolarono sul divanetto a stoffa fiorata e riprendemmo la favola dei mostri.

« Dunque, Hailey è convinta che la Civetta spiona la sorvegli e diventa molto sospettosa. Si accorge di alcune cose strane, per esempio un quaderno sparito, uno strano profumo, e pensa che la Civetta spiona sia appena passata di lì. »

« Quindi è cattiva? »

« Ancora non lo sa. »

« Piazza delle trappole? »

« Sì. »

« Ma cosa vuole la Civetta? »

« Nessuno lo sa. Però ha una stanza segreta... »

Poco prima che si addormentassero le portai a letto e rimboccai le coperte. Mezza addormentata, Serena mi afferrò il braccio e mormorò: « Spero che Hailey non sia pazza ».

Mi colse di sorpresa. « Anch'io » sussurrai.

Dalla dispensa presi un sacchetto di ananas essiccato in pezzi e scesi nella sala tv per il mio rituale di SportsCenter. L'allarme singhiozzò, segno che Tobias e Claire erano tornati. Mi sedetti composta e raddrizzai la coperta di lana in fondo al divano. Li sentii indugiare, le voci riecheggiarono nell'ingresso, stavano litigando. Passarono dieci minuti buoni prima che arrivasse il ticchettio dei tacchi di Claire, mentre il tonfo sordo delle scarpe pesanti di Tobias lo seguì circa trenta secondi dopo. Lui mi salutò con la testa e con un grugnito da ippopotamo di malumore e sparì in corridoio. Lei andò dritta al frigo e prese una lunga bottiglia di vino.

« Ti va un bicchiere? »

Sembrava disperata. Annuii e, con un sospiro, lei riempì due calici grandi quanto la mia testa. « Scusa, sono solo stanca. Sto bene. Quando Tobias ha la luna storta sa essere veramente stronzo » disse indicando verso il corridoio in cui si era rintanato.

« Lo so. » Le parole mi uscirono di bocca, fin troppo eloquenti.

Claire si fermò all'istante e fece una risatina triste. « Che ha fatto? »

« Niente. »

« Dimmelo » disse in tono severo.

« Ti giuro, non è stato niente. »

« Non sono stupida, Zoe. O pensi che lo sia? »

« No. »

« Allora dimmi la verità. »

«Ha… la terza sera ci ha provato nella sala bar.» Vidi i suoi occhi argentei velarsi di lacrime.

«È già capitato» commentò controllandosi e lisciandosi una piega del vestito.

«Mi ha messo la mano sulla coscia, tutto qui.»

Sospirò di nuovo e fissò le ombre proiettate dagli alberi, smorzate dal lampione impietoso. «Bene» disse, poi aggiunse: «voglio dire, se si è fermato lì. Ti garantisco che non succederà altro».

«Ma tu come stai?» sussurrai.

«Dentro di lui c'è un uomo che amo molto e che sento intellettualmente affine, ma da quando ha venduto le azioni spreca il suo tempo in hobby costosi e… ragazze. È come essere sposata con un ventenne.» Parlava in tono meccanico, quasi avesse provato e riprovato il discorso allo specchio. «Non ci tengo alla monogamia, sia chiaro. Comprendo appieno le complessità dei piaceri carnali, ero un'avvocata formidabile, divorzista, Tobias l'ho conosciuto in tribunale. Facevo consulenze. Abbiamo delle regole. Me la spasso anch'io, però non mi va che succeda a casa mia e mi dispiace molto che ti sia trovata in una situazione simile. Ti ringrazio per essere stata così diretta.»

«Gli ho detto che sono gay» dissi tutto d'un fiato.

«Lo sei?» Le lacrime si stavano ritirando nel loro caveau senza finestre.

«Può darsi. È stato il primo a cui l'ho detto.»

«È piuttosto comico, non il fatto che tu sia gay, ma che abbia fatto coming out con lui.» S'interruppe e io percepii un cambiamento fra di noi, ci muovevamo in un territorio nuovo, all'orizzonte il profilo accogliente dell'amicizia.

«Raccontami qualcosa di te, per una volta mi farebbe piacere ascoltare.» Vegliò sul silenzio che seguì piena di aspettative.

Dopo qualche sorso di vino salì tutto a galla. Le raccontai di Jesse. Dell'omicidio di Ivy. Delle lezioni inesistenti a Berlino. Di Holiday. Lei mi riempì di nuovo il bicchiere e io le dissi che la nostra padrona di casa entrava quando non c'eravamo. Seduta nella sua torre d'avorio a Mitte, presi le distanze dalla mia realtà e trovai normale confidarle tutto.

«Credi davvero che Beatrice entri e legga il diario della tua coinquilina e le tue email?»

«Sì. Abbiamo scoperto un appartamento sul retro, è collegato tramite una porticina segreta.»

«È inquietante e sicuramente illegale. Dovresti raccogliere delle prove.»

Annuii. Ci eravamo scolate l'intera bottiglia e, barcollando, lei tornò al frigo d'acciaio per prenderne un'altra. «Ero una brava avvocata, sai. Anzi no, la migliore.»

«Perché qui non eserciti più?» chiesi.

«In realtà potrei, ho superato l'equivalente del nostro esame, ma...» Dimenò il braccio quasi che la cucina lucente potesse finire la frase per lei e aggiunse: «Quello stronzo di Tobias voleva che mi concentrassi sulle bambine mentre lui lavorava e adesso guardalo, sempre a giocare col computer. Se si presenta a una delle vostre feste, perché prima o poi verrà, non farlo entrare, promettimelo».

Glielo giurai. Mezzo bicchiere dopo mi ricordai che dovevo scappare a prendere il treno. Viola era tornata dal *viaggio di ricerca* a Barcellona e ci saremmo ritrovate tutte al Der Wald. Salutai Claire con un abbraccio.

Per Hailey era l'ultima sera di lavoro. Ora che avevamo le nostre feste il bar aveva «assolto la sua funzione». Quando entrai aveva l'aria annoiata e chiedeva a Viola lo stretto indispensabile, come si conviene a una barista.

«Allora, com'è andata?»

«Me-ra-vi-glio-sa-men-te.» Lunga pausa.

«E che hai fatto?»

«Ho prelevato campioni.»

In genere significava che aveva scattato foto con la sua costosa Hasselblad. Estrasse il nuovo iPhone e cominciò a mostrarcele. Architettura di Gaudí. Chiese che tendevano verso un cielo ultramarino. Piattini di rame pieni di cibo unto.

« Le *tapas* sono squisite. »

« Gaudí non fu investito da un'auto dopo essersi messo in mezzo alla strada per ammirare il suo palazzo? » chiesi.

Viola m'ignorò. « Ah, ecco, la *paella*. »

« Voglio l'iPhone » disse Hailey in tono cupo.

Constance entrò con le cuffie ripetendo ad alta voce frasi in tedesco: « *Wollen Sie mit mir kommen? Können Sie mit mir kommen?* »

« Ti stai esercitando a rimorchiare? » gridò Hailey, visibilmente sollevata per non dover continuare a far domande a Viola. Riempì un calice di vino rosso per Constance.

« Sì. Le frasi da rimorchio sono la base del *Michel Thomas Method*. E ho mollato Lucas, quindi è urgente. »

« Stavo pensando che per la prossima festa dovremmo noleggiare una macchina del fumo » annunciò Hailey cambiando discorso.

« Mi sa che è un po' troppo » rise Constance. « Eviterei... »

Viola aprì la bocca ma non disse niente, e fece roteare il calice di vino con pollice e indice. Infine chiese: « Non avete paura che Beatrice lo scopra? »

« Secondo me sarebbe felice per noi » rispose Hailey con un sorrisetto.

« Forse *felice* è eccessivo, però un'adulta che possiede un sofà a forma di labbra deve pur avere qualche rotella fuori posto » commentò Constance avvolgendosi il cavo delle cuffie al polso. « A proposito, ho rubato alcuni suoi libri, ve li riporto non appena li ho letti. »

« Ti conviene » la rimproverò Hailey. « Quali hai preso? »

« *Medea* di Euripide e uno strano thriller degli anni Ottanta di cui non ricordo il titolo. »

Sulla via di casa Hailey enumerò tutti i motivi per cui la vita era stata migliore in assenza di Viola.

«Tipo, chissenefrega della foto della *paella*.»

Io allontanai il burro di cacao dalle labbra. «Mica dobbiamo frequentare per forza anche chi non ci piace.»

Lei sbuffò. «Qui siamo tutti vittime delle circostanze, Zoe.»

Per la festa successiva ricevemmo quarantadue prenotazioni in un quarto d'ora. Avevo passato buona parte della settimana a esercitarmi con i cocktail insieme a Hailey, quindi ero quasi sempre sbronza o con i postumi della sbornia.

Tramite Adnan, quello che subaffittava casa sua a Constance, trovammo Jaques, il fornitore di vino, un punk anzianotto coperto di tatuaggi, specializzato in vini tedeschi buoni ma economici, che amava raccontare dei tempi in cui era l'addetto al mixer del SO36. Dopo aver trascinato su per le scale il carrello con il primo ordine, ci chiese se poteva venire con un amico e gli dicemmo di sì.

«È strano vendere un calice di vino a chi ci ha venduto la bottiglia?» mi domandò Hailey quando il suo furgone si fu allontanato. Io scrollai le spalle e mandai giù un Tylenol.

Dopo aver ispezionato le etichette con la precisione di una farmacista, mi guardò. «Lo sai, vero, che dobbiamo creare un conflitto?» Era ancora convinta che ai nostri personaggi servisse una trama per il romanzo di Beatrice, mentre per me le feste erano più che sufficienti. «Non stiamo solo cercando di costruire una cornice migliore? Ora ce l'abbiamo» dissi indicando la stanza.

Lei mi liquidò sbuffando. «Ci serve tensione, ci serve qualcosa di sensazionale.»

Finii di lavare i bicchieri e, asciugandomi le mani con lo strofinaccio legato sui fianchi, mi girai. «Se proprio vogliamo aggiungere qualcosa, potremmo ospitare delle performance o dei reading, non so, creare un evento, che dici? Ho conosciuto una ballerina croata che... »

Mi guardò schifata. « No. Intendevo una tensione che abbia valore letterario, un triangolo amoroso, un omicidio o un incesto. »

« Che orrore. »

Sospirò. « Potremmo organizzare una serata a tema Amanda Knox, con tanto di scena del crimine. Ognuno avrebbe un ruolo, dal punto di vista drammaturgico c'è l'imbarazzo della scelta. Nastro segnaletico appeso ovunque tipo stelle filanti e sangue finto sui pavimenti. »

Le diedi le spalle e mi concentrai sulle pellicine.

« Quando Beatrice avrà finito il libro » gridò, « Amanda sarà l'unica studentessa all'estero famosa quanto noi. »

Venerdì arrivò. Con una porta di legno e due cavalletti trovati nel seminterrato improvvisammo un bar. E dopo un lungo dibattito decidemmo d'indossare i due completi turchesi alla David Bowie. Dal fondo di una borsa di stoffa riesumai le parrucche rubate alla vendita di costumi: un caschetto nero corto tipo quello di Beatrice e una chioma rossa, lunga e ondulata, quasi identica a quella di Hailey. Dopo essermela infilata, e aver imitato il suo chignon morbido, avrebbero potuto scambiarci per sorelle.

Sam, la prima ad arrivare, frugò tra gli indumenti della madre di Tobias e scelse il vestito allacciato dietro il collo tempestato di perline nere che avevo indossato al Volksbühne. Stava meglio a lei e la cosa m'infastidì. Già era la Smart Spice, mi sembrava eccessivo che fosse anche la Sexy Spice. Che poi era *Ginger*. Quindi Hailey. Ovviamente Viola era Posh. Ma poi la Smart esisteva? Io ero probabilmente Sporty o Baby, le meno importanti. Le nullità.

Il citofono letale suonò e un minuto dopo Constance entrò trascinando una sporta dell'Ikea con dentro una pianta le cui foglie lucide le incorniciavano il viso. « Sei uno schianto » disse senza fiato a Sam. Poi, indicando me e Hailey, aggiunse: « Voi due sembrate le gemelle di Diane Arbus, quella parrucca è inquietante ».

Sam rise. « E la pianta? »

« L'ho presa su Craigslist. Non ho avuto il tempo di portarla a casa. E ho un regalino per voi. »

La mise giù e dalla sporta azzurra tirò fuori una palla da discoteca grande quanto un pallone da calcio. « L'ho trovata alla galleria, faceva parte di un'installazione. »

Euforiche, sistemammo la sfera luccicante sul pianoforte.

Con il mio MacBook piazzato sulla specchiera e aperto su una foto di Bowie, cercammo d'imitare l'ombretto turchese e le labbra rosa fenicottero. Nel frattempo un teenager brufoloso con una T-shirt di *Ice Man* entrò reggendo tre scatole di polistirolo dello stesso colore dei nostri completi. Lo pagammo e ci scattammo delle foto per Facebook a cavallo dei frigoriferi portatili. Arrivò anche Otto e gli preparai uno spritz arancio fluo. Lui mi ringraziò sottovoce e andò al piano. La festa decollò alle undici. Il bar era la postazione perfetta, in disparte eppure gettonatissima. Io mi scoprii oltremodo servile: quando mi ordinavano da bere rispondevo sempre *certo*.

Il presunto coinquilino di Mary-Kate, il gallerista biondo che sembrava un bambino troppo cresciuto e che alla festa precedente aveva comprato dieci bottiglie di vodka, venne al bar con due signori freschi di parrucchiere in camicia inamidata. Erano i suoi capi, così disse, molto gay anche loro. Ordinarono tre vodka tonic con tante fettine di limone. I capi, esaltati, si aggiravano per la stanza come squali. « Nella nostra casa estiva in Provenza abbiamo tutti i suoi libri » disse quello basso e moro, la pelle sottile tesa sul viso dall'aria costosa. Dopo aver inforcato un paio di occhiali dorati attaccò a esaminare i titoli alla parete. « Non siete preoccupate che rubino qualcosa? »

Con una smorfia apprensiva risposi: «Mi preoccupate soltanto voi».

Scoppiarono a ridere e attaccarono a parlare, saltando di palo in frasca, in tono stridulo. «Beatrice è la sintesi perfetta di trash e classe, *Sulla vetta blu* ci fa impazzire.» Annuii come se l'avessi letto e amato anch'io.

Una ragazza con un bomber a rete cominciò a rimbalzare sul sofà e pian piano tirò giù il telo fino a rivelare il sorriso all'insù. Io mi affrettai a ricoprirlo, i nostri occhi s'incrociarono e i suoi, dilatati e sfuggenti, confermarono i miei sospetti sul tipo con lo zaino leopardato con cui era arrivata. Quando Hailey mi sfrecciò davanti provai a chiederle chi fosse, ma lei mi liquidò con la mano, occupata a dare un resto. Non appena venne a cambiare una manciata di banconote, però, ne approfittai.

«Ehi, il tale con lo zaino brutto *spaccia*?» Lo indicai mentre parlava con un tizio dai baffi modellati con la cera.

«Si chiama Mel, è di Providence, anche lui è qui per un anno.»

«Mel spaccia?»

«Solo ecstasy. Ho sentito dire che è un Kennedy.»

«Perché mai un Kennedy dovrebbe spacciare ecstasy?»

Lei scrollò le spalle. «Scriverò una sua breve biografia nel diario. Trovo che avere spacciatori sia positivo. Fa molto *noir.*» Agitò una mazzetta di banconote da cinque euro verso di me e sparì. L'ecstasy spiegava l'energia generale, sembravano tutti sospesi nella gelatina, dimenandosi senza parlare e tocchicciandosi.

Uno in cardigan giallo si avvicinò al bar e aspettò dietro due more allampanate. Si guardò intorno, protese il labbro inferiore e annuì, quasi gli avessero appena mostrato una bella suite d'albergo e volesse dire: *niente male*. Ordinò un moscow mule e mentre io riempivo il bicchiere di ghiaccio fece una serie di battute su *Berlino, ultima fermata della linea*

L. Lo ignorai ed evitai di guardarlo finché alzò la voce e, con studiata umiltà, mi spiegò che stava scrivendo un pezzo sulla città per il *New York Times.* Gli sorrisi per pura cortesia e lui cominciò a bersagliarmi di domande su Berlino, come se la città fosse una ragazza a cui erano spuntate le tette durante l'estate ma che ancora non si rendeva conto di essere sexy.

«Perché tutti i giovani artisti hanno la fissa per Berlino?»

«Come credi che diventerà?»

«È divertente come tutti la descrivono?»

«Che succederà fra dieci anni, quando crescerà?»

Mi ricordò il professore di disegno di New York che diceva: «Il problema non sono gli artisti ma quelli che li circondano. Noi siamo le mucche, i galleristi e i critici prima ci mungono ben bene e poi parlano al posto nostro. E noi restiamo a secco».

Gli suggerii di parlare con Hailey. Lui annuì e si allontanò sorseggiando il cocktail, continuando a guardarsi intorno con la sua faccia da *niente male.*

Intorno alle due del mattino c'era il tutto esaurito. La birra non era più fredda e quanto restava del ghiaccio era un minestrone acquoso. Sam aveva fermato una ventina di persone alla porta. Il pianoforte in camera mia si mescolava alla techno, che sfondava le casse del computer accanto al bar. Hailey mi sostituì per farmi andare in bagno. Passare in mezzo all'ammasso di corpi fu un po' come attraversare in canoa una giungla chiassosa piena di rane toro, grilli e pappagalli sbronzi.

Constance, che teneva ancora banco alla roulette, aggiungeva un tocco di glamour con l'enorme coda di cavallo arrotolata su se stessa, ispirata all'eleganza stralunata di Sharon Stone in *Casinò.* Travis il canadese, stavolta senza Steel, non si staccava dall'angolo del tavolo.

Viola era in cima alla fila per il bagno, così entrai con lei, pronta ad aspettare il mio turno per non profanare la vasca.

Controllai il rossetto allo specchio, la guardai e scoppiai a ridere, perché teneva il culo bianco sospeso a più di trenta centimetri dall'asse, le ginocchia piegate e le caviglie rivolte verso l'interno per reggere i pantaloni neri.

«Puoi sederti, è pur sempre casa mia.»

«Non mi siedo mai, nemmeno nel mio bagno» replicò lei pulendosi con aria solenne. Mentre si lavava le mani mi sedetti ostentatamente sulla tazza.

Viola si ritoccò il mascara allo specchio, la bocca aperta in un cerchio teso. «Hailey si scopa solo quelli famosi?» mi chiese alla fine, incappucciando la bacchetta nera.

«Cosa?» chiesi sbalordita. Non era mai volgare.

«Be', prima l'Asburgo, ora si è fissata con Mel, che fra parentesi non è un Kennedy. So che è la tua coinquilina, ma...» Prese una spilla da balia dalla borsa e, avvicinata la punta all'occhio, si separò le ciglia. «Perché dai queste feste? Non volevi diventare un'artista?» Alla fine, invece delle ciglia, sembrava avere delle zampe di ragno. Mi lanciò un'occhiata dallo specchio. «Non vuoi prenderti sul serio?»

«Hailey non si scopa quelli famosi e le feste sono... una forma d'arte.»

Viola chiuse la borsa con un sorriso. «Niente affatto.»

Mi lasciò in bagno. Fissai lo specchio e sorrisi anch'io. Era solo invidiosa. Provai riconoscenza per Hailey, per le feste e per la nostra amicizia, il mondo che avevamo costruito insieme. Fanculo Viola.

Quando tornai al bar vidi Mathias, l'attrezzista del Volksbühne. Mi ero quasi dimenticata di averlo invitato. Aveva la T-shirt di una band metal dall'aria nordica che non conoscevo e si era legato i lunghi capelli neri in una coda. Mentre gli andavo incontro si accese una sigaretta.

«Ciao Mathias.»

«Ehi» pausa, «ciao, che parrucca. Ti avevo scambiato per... Hailey.» Sorrise, a disagio.

«Non credevo venissi» dissi io, inaspettatamente agitata.

«Ero molto curioso.»

Accanto ai modaioli e agli artisti trasandati sembrava anonimo, cosa che contribuì a farmi rilassare. Gli preparai un vodka-mate e, pian piano, si sciolse fino ad appoggiarsi alla parete dietro il bar. Parlammo del teatro, gli confidai che per me la Kantine era come una macchina del tempo e lui scherzò dicendo che una cosa del genere poteva dirla solo un'americana. Ridemmo, entrambi in imbarazzo. E poi mi raccontò della casa dei suoi nel Meclemburgo.

«Lì arriva tutto cinquant'anni dopo, perciò è l'ideale se hai voglia di viaggiare indietro nel tempo.»

Io feci due conti. «Quindi nel Meclemburgo è il 1958.»

Mathias guardò l'orologio. «Il muro di Berlino non c'è ancora.»

Risi tremando tutta. Hailey si avvicinò sculettando. Lo squadrò da capo a piedi. «Vedo che sei venuto preparato.» Indicò il coltellino appeso alla cintura, lo stesso della sera in cui l'avevamo conosciuto.

«Ah, sì, sono un Boy Scooter.»

«Certo, i famosi Boy *Scooter.*» Lo stava prendendo in giro, ma in fondo poteva permetterselo visto che sapeva il tedesco.

Attaccarono a parlare a raffica e io non riuscii a seguirli. Le mie «lezioni» online consistevano perlopiù in un verme verde brillante che sbucava da una mela e faceva domande, e che per il momento si era concentrato solo sugli acquisti, però dubitavo che Hailey stesse comprando una pagnotta da Mathias. Dopo qualche scambio lei lo sfidò. Lui accettò e si avvicinò all'unica libreria di *vera* quercia, aprì la vetrina e s'inginocchiò. Pescò una pinzetta e armeggiò con il cassetto chiuso a chiave. Niente. Venne al bar senza staccare gli occhi dai miei. Mi passò le dita nella parrucca rossa e sfilò due forcine. Dinanzi a quella scena a Hailey s'illuminarono gli occhi. Io avvampai. Lui tornò al lavoro e qualcuno mise su

Thriller di Michael Jackson. Quarantacinque secondi dopo il cassetto si aprì.

Hailey applaudì e Mathias s'inchinò tutto orgoglioso. Dentro c'era una pila di scartoffie che lei cominciò a sfogliare. Essendo tutti strafatti di ecstasy il bar andava a rilento, così ne approfittai per dare una sbirciatina: documenti legali di qualche tipo e la ricevuta di pagamento di duecentocinquantamila dollari a una certa *Betsy Conely* del North Carolina.

«*Bum bum*» strillò Hailey.

Ebbi un terribile presentimento. «Rimetti tutto a posto» la supplicai.

«No, teniamoli noi.»

«Hailey, ti prego, rimettili a posto» tagliai corto, terrorizzata all'idea che avessimo oltrepassato il limite davanti a un sacco di gente. Lei si arrese e chiese a Mathias di richiuderlo, poi si allontanò come se in fondo non le importasse nulla. Ciascuna tornò al proprio posto.

Intorno alle quattro ci fu un esodo di massa verso un locale. Giubbotti, borse e guanti ritrovavano i rispettivi proprietari. Una con la felpa di vinile mi spiegò che era un *vero locale underground*, nel senso che si trovava in un seminterrato. Constance aveva abbandonato la sua pianta e, in una nuvola tossica di profumo plasticoso, era andata a incontrare un artista che realizzava scansioni digitali delle sculture greche. Io ero in cucina con Hailey e Sam, che volevano andare e si stavano ritoccando il rossetto con fervore artistico.

«E comunque avevi ragione, Hailey, fanculo Viola.»

«Che è successo?»

Le sintetizzai la chiacchierata in bagno.

«Dobbiamo vendicarci. La prossima settimana la togliamo dalla lista degli invitati.»

Concordai e poi, in maniera scenografica, sbadigliai e dissi che la mia serata finiva lì. Loro aggrottarono la fronte e si guardarono con un ghigno, sapendo che Mathias stava giocando a Snake sul telefono nell'altra stanza.

«Ciao...» mi salutarono ridacchiando mentre scendevano le scale. Quando la porta si chiuse lo vidi versare i rimasugli di tutte le bottiglie in un bicchiere insieme a quel che restava del suo vodka-mate.

Mi offrì l'intruglio. «È un... com'è che lo chiamate? Long Island.»

Lo assaggiai e sputai. Tentai di appoggiare il bicchiere ma mi cadde di mano e il liquido si allargò sul pavimento. Avrei pulito dopo. Mentre ci fiondavamo verso il mio letto lui cominciò a starnutire in piccole eruzioni vulcaniche. Vedendomi ridere mi spiegò, sulla difensiva, che gli succedeva quando era «arrapato». Mi sbottonò i pantaloni, infilò la mano e premette forte quasi stesse ancora giocando a snake. Forse se fossi stata più sbronza mi sarebbe piaciuto. Mi mancava Jesse. Volevo Holiday.

L'unico momento in cui in casa si stava al calduccio era dopo le feste. Da quando abitavo lì, a letto non avevo mai lasciato neppure un centimetro di pelle visibile e la luce grigia rifratta dai residui di alito e sudore sui vetri dava alle mie gambe un aspetto alieno. Il treno passò tuonando e m'ingiallì le cosce. Mi voltai, avevo ragione. Mathias, che si era sciolto i lunghi capelli neri, aveva il tatuaggio di un ragno grosso quanto un pugno a cavallo della spalla. Si svegliò e mi fece rotolare sulla schiena, era forte, m'immobilizzò.

La presenza di un'altra persona attenuava l'ansia trasmessa dalla *porta*, in agguato come i miei mal di testa, sempre pronta a intrufolarsi in qualunque pensiero. Da quando Fritz l'aveva aperta, stare davvero sola era impossibile. Beatrice era onnipresente. E forse adesso era lì, raggomitolata dietro i romanzi d'amore, alla scrivania con la sedia in stile nordico, ad ascoltarci gemere. Mi ricordò la performance di Vito Acconci vista durante il corso di storia dell'arte: sul pavimento della galleria aveva costruito una rampa alta quanto bastava per sdraiarcisi sotto a masturbarsi mentre, dagli altoparlanti, raccontava gli spostamenti degli spettatori sopra di lui.

Mathias mi stava parlando della sua band metal, i Death Lord. Si era messo il mio computer in equilibrio sul torace nudo e mi stava mostrando un video musicale quando suonò il citofono letale. Il gelo del pianerottolo mi avvolse e un corriere basso di statura mi consegnò un oggetto di cartone a forma di lamantino, o forse era una balena deforme.

Di nuovo a letto, Mathias mi coprì e mi prese il pacco di mano. «Incredibile, è una *Seekuh.*»

«Mucca di mare?»

Lui passò l'indice lungo il bordo. «È fatta molto bene.»

«È...»

Guardai il telefono e il fulgore della nostra mattina svanì. Sarà stato l'alcol ingurgitato, sarà stato lui, ma sentivo l'allarme della nausea – stavo per vomitare – e lo volevo fuori di casa. Gli dissi che avevo lezione.

«Di sabato?» mi chiese sorpreso, cercando la maglietta nel letto.

«Sì» mentii.

M'invitò a vedere uno spettacolo gratis la settimana seguente e io dissi che avrei controllato l'orario delle lezioni, ma era chiaramente una bugia e lui lo capì. Mi baciò e se ne andò.

Il puzzo di sigarette e alcol scadente si accentuò. Tornai a letto e chiusi gli occhi. Qualche minuto dopo sentii un rumore in camera di Hailey, ma sapevo che lei era ancora fuori. Mi si chiuse la gola. Era Beatrice? Pensai che sorprenderla potesse essere un sollievo, avrei messo il bollitore sul fuoco e ci saremmo sedute a parlare del libro, a scervellarci insieme. Sentii un altro rumore e scattai in piedi per la paura. Mi feci coraggio e mi diressi verso la camera di Hailey.

«Beatrice?» chiamai piano aprendo la porta, terrorizzata dal suono della mia voce. A parte il caos della serata, la stanza era vuota. Inserii il cavo del computer nella presa e alzai il volume di Lil Wayne, coprendo con la musica i suoni della casa. In bagno pulii la vasca con uno strofinaccio, aprii l'acqua, salutai verso la *porta* con due dita e vomitai, sganciando un fiotto trionfale di bile giallognola.

Mentre ero a mollo, finalmente Holiday mi rispose.

Ti va di andare a bere qualcosa la prossima settimana?

12

Il mattino dopo, al risveglio, fui accolta da una sgradevole sfilza di commenti sotto diverse foto di Facebook che mi immortalavano alla festa. *La strza mi ha usato e butato via, spero che rimanga per sempe a Berlino. Gurda quanto se la spasa.* Chiesi a Hailey se fosse meglio cancellarli, erano tutti di Jesse che, senza dubbio, li aveva scritti da sbronzo o strafatto. Non mi era difficile immaginarlo mentre fumava con il bong gravitazionale nel garage del padre, apatico eppure talmente arrabbiato da non riuscire neanche a scrivere *stronza*. Aveva creato un certo scompiglio e il thread, sotto una foto mia e di Sam allo specchio del bagno, aveva ventidue commenti con una litania di battute sul suo spelling sciatto. «Non devi assolutamente cancellarli. È oro. Rafforzano le foto, e se li elimini lui capisce che ci tieni, mentre se li lasci resta immortalato nella sua impotenza.»

Io ero ingenuamente convinta che non ci fosse alcun rancore fra di noi. Era stato lui a scaricarmi.

In tarda mattinata, mentre riflettevo sull'eventuale espulsione di un muffin di crusca, Hailey strillò: «ODDIO *PURPLE* VUOLE FARE UN SERVIZIO FOTOGRAFICO ALLA NOSTRA PROSSIMA FESTA, *QUESTO* VENERDÌ».

Persino io conoscevo *Purple*, in città era un'istituzione. In copertina la rivista francese di arte, moda e cultura aveva sempre una modella sbarazzina seminuda o un divo del cinema ben vestito che si alternavano all'onnipresente Chloë Sevigny. Hailey alzò il volume e cominciò a ballare mostrando entrambi i medi. Non l'avevo mai vista così felice.

«Ci siamo quasi, stronza» disse schioccandomi un bacio sulla guancia e correndo in cucina a fare il caffè. Mi chiesi cosa significasse. Ci siamo quasi. Pensai si riferisse alla nostra storia. Ci stavamo avvicinando al climax? O forse, una volta fotografate come inconsistenti volute di fumo, ci saremmo sentite pienamente realizzate, arrivate.

Doveva essere la festa più riuscita di tutte. Ordinammo veri calici da vino e un riflettore come si deve per illuminare la palla a specchi. Io volevo un altro frigo da mettere sotto il bar e Hailey ne trovò uno su eBay. Andammo a prenderlo da una signora vecchissima il cui appartamento puzzava di mele marce. Prima che ce ne andassimo ci fece promettere di aspettare due giorni interi prima di accenderlo, noi promettemmo senza alcuna intenzione di farlo e ce lo portammo via.

«Sei innamorata di Mathias?» mi chiese Hailey mentre issavamo il frigo su per le scale di casa. Mi fermai a riprendere fiato. «Non credo. Cioè, mi piace, ma preferisco Holiday, solo che non la capisco, sparisce di continuo.»

«Piove sul bagnato.»

«Notizie dal von Habsburg?» le chiesi mentre ripartivamo.

Grugnì. «Quando sarò su *Purple* mi concederò il lusso d'ignorare i suoi messaggi. Holiday viene?»

«Non le piacciono gli artisti.»

Lei aprì la bocca, perplessa. «Fanculo. I musicisti sono snob. Come Otto, che si crede interessante e altruista solo perché studia un mezzo inutile.»

«Non che l'arte sia iperfunzionale.»

«Solo quella brutta.»

«Ci esco domenica.»

«Ah.» Lo disse in tono duro, distogliendo lo sguardo. Chissà perché, ma ogni volta che parlavamo di Holiday non perdeva occasione di manifestare la sua antipatia. Forse era gelosa. Mancava solo l'ultima rampa.

Più tardi, mentre ritagliavo il giornale per un collage, vidi lo schermo rosa di *Perez Hilton* riflesso negli occhiali di Hailey. Lei girò il computer verso di me. «Guarda Britney.»

Era un video di Britney Spears senza pantaloni che faceva shopping in un negozio vuoto di Los Angeles nel cuore della notte, o almeno così sembrava, con gli occhiali da sole neri che riflettevano i flash dei paparazzi, le gambe superabbronzate compresse in calze a rete strappate e le mutandine sporche di qualcosa.

«È sangue mestruale?»

«Forse è salsa barbecue» replicò lei con una risata da foca. «Lo sai che l'anno scorso si è rasata la testa il giorno del mio compleanno?»

«Non lo sapevo.»

«Un segno cosmico.»

«Di cosa?»

«Del fatto che siamo in sintonia. L'abbiamo capito in pochi che è un genio. Non ha manager, non ha agente, non ha addetto stampa ed è evidente che non ha uno stylist. È tutta farina del suo sacco.»

Io annuii soprappensiero mentre Britney esaminava una scarpa da ginnastica bianca con i paparazzi che la tempestavano di domande. Hailey continuò: «Merita più considerazione. Sta solo vivendo la sua vita di fantasia».

Giovedì lo passammo a sistemare la casa e venerdì scegliemmo i costumi con il fervore delle sorelle Bennet che si preparano per il ballo a Netherfield in *Orgoglio e pregiudizio*. Dopo aver disseminato mucchi di stoffa per terra decisi per il tubino argentato di maglia metallica abbinato a reggiseno di pizzo e collant neri. Hailey scivolò nell'abito verde vittoriano, che le faceva risaltare gli occhi come due pianetini, completato da girocollo di cristallo e ciglia finte.

Salutò Sam a stento, tutta presa a girare per casa in modalità comandante.

«Zoe, dai una sistemata in bagno» gridò indicando il mobiletto sporco di trucco. Io espirai ripetendo fra me e me *namasté*.

Arrivò anche Constance, che si infilò il tailleur rosso. «Possiamo farlo lavare?»

«Costa» tagliò corto Hailey.

Lei le diede un pizzicotto sul culo. «È il prezzo degli affari, madama.»

«Zoe, fammi un vodka-mate e taglia altre arance, la volta scorsa non bastavano» sbraitò Hailey. Ed eccolo, il mio incrollabile: *certo*. Pescai quattro cubetti dal sacchetto del ghiaccio intonso, inclinai la bottiglia di Absolut e guardai il liquido lambire i bordi e scivolare oltre. Sam scrutò Hailey finché non scomparve nell'altra stanza.

«Le permetti di comandarti a bacchetta» disse fermandosi a tirarsi su i collant, «ma già lo sai.»

«Quando preparo da bere mi viene da dire: *certo*» spiegai, sulla difensiva.

«Si chiama servilismo economico, è normale...» Indicò Hailey che faceva il giro dell'altra stanza. «Fra voi è diverso. Non sono affari miei, ma sembra una specie di *dipendenza transizionale*. Faresti meglio ad affrontarla prima di esplodere.»

Dalla morte di Ivy ero andata alla deriva, lo sapevo. Avevo permesso a Jesse di trascinarmi in Wyoming e ora servivo cocktail a Berlino travestita. Non si sbagliava, però mi divertivo. E avevo bisogno di Hailey. Mi dissi che Sam mi stava rifilando il suo corso introduttivo di psicologia, e che bisognava prenderlo con le pinze, come un cubetto di ghiaccio. Cercai di cambiare argomento.

«Qual era il feticcio di Nate?» le chiesi, stupendo anche me stessa.

Lei socchiuse gli occhi bordati d'argento valutando se

fossi in grado di reggere la risposta. «Il classico complesso di Edipo.»

Io annuii, per niente sorpresa.

«Tutti i ragazzi ricchi hanno problemi con la mamma, anzi, il trauma della tata. Io mi limitavo al lavoro verbale, quindi un sacco di umiliazioni da scolaretto, tipo *non hai fatto i compiti* eccetera.»

«Gli ho chiesto di scoparmi con una zucchina perché voleva che avessi un feticcio e non mi avrebbe rivelato il suo finché non ne avessi avuto uno anch'io, così me lo sono inventato. E non me l'ha detto lo stesso.»

Sam sputò un rivoletto di cocktail nel bicchiere prima di scoppiare a ridere. Io mi sentii avvampare.

«Lo so, è di un imbarazzante da far schifo.»

Si ricompose. «Hai provato a condividere una cosa che credevi importante per lui e che lui, per mancanza di forza e di intelligenza, non è riuscito a comunicarti.» La sua certezza clinica mi rassicurò. «E comunque dimentica quello che ho detto su te e Hailey. State facendo una cosa grandiosa.» Mi strinse la spalla e andò alla porta.

La gente cominciò ad arrivare, abbandonando i cappotti e adottando bicchieri pieni di ghiaccio. Otto suonò un pezzo che non riconobbi e che sembrava accelerare ogni cosa, lanciando al galoppo voci e piano. Mel *il Kennedy* ordinò un whisky e soda e si piazzò in un angolo a guardia del suo zaino leopardato. Collegato un iPod alla presa elettrica, un gruppetto del bar di *Guerre stellari* cominciò a ballare in cerchio sulle note di Soulja Boy, alzando e abbassando le braccia con vigore prepuberale. *Now watch me yuuuuuuu.*

E poi, come un disco che salta, alla porta si materializzarono quattro omoni in divisa. Sulla festa piombò il silenzio. I ragazzini staccarono di corsa il jack. Mel spinse lo zaino sotto il mio letto e io nascosi i menù e la cassettina dei soldi ripetendo le battute che Hailey mi aveva fatto memorizzare:

Das ist nur eine private Party – o era *Dies ist nur eine privat Party*? Era stata paziente con me, pronunciando i suoni stranieri con la sua bella bocca: *È solo una festa privata*. Eravamo spacciate. Ci avrebbero sbattuto fuori di casa. Ci avrebbero sbattuto fuori dal paese.

Hailey li raggiunse disinvolta, seguita dal sellino frusciante dell'abito vittoriano. Li salutò con un cenno del capo e un sorriso professionale e li accompagnò a fare il giro dell'appartamento. Io rimasi accanto al bar con il piede sulla cassettina. Il telefono belò, messaggio di Sam: *Hanno ricevuto due chiamate?? rumori molesti + club illegale :(*

Più tardi seppi che Hailey aveva attaccato gli agenti in giubbotto antiproiettile dicendo qualcosa tipo: *Siamo studenti dell'accademia di belle arti di Berlino e stiamo realizzando un film. Stasera giriamo la scena di una festa. Come potete vedere stiamo provando, più tardi faremo le riprese. C'è qualche problema?* Loro erano rimasti spiazzati, ma i nostri costumi d'epoca avevano confermato le sue parole e dopo qualche minuto di tira e molla si erano rassegnati, perplessi, lasciando intendere che sarebbero ripassati.

Hailey chiuse la porta e diede di matto. «Cazzo, il fotografo non c'è, vero?» Scossi la testa.

«E Jens?» chiese sbandando fra i corpi come un pilota di auto da corsa. Constance glielo indicò, seduto sulla mensola del bovindo a fissare il telefono.

«Jens! Dobbiamo correre a scuola a prendere luci e macchina da presa.» Lui sembrò confuso.

«Ti spiego tutto in taxi.»

La festa proseguì con il fermento dell'attività illecita. Dalla roulette Constance mi fece segno che voleva bere. Io mescolai in un cocktail i suoi ingredienti preferiti, vodka, soda e lime. La situazione era tranquilla, così glielo portai.

«*Danke*, scegli un numero» disse con un sorriso indicando il tavolo.

« Sei rosso. »
Girò la ruota, si fermò sul dodici rosso.
« C'ero quasi. »
« Il quasi non esiste. »
Alzai gli occhi al cielo. « Lo dici spesso? »
« Di continuo » rise.

Prima di tornare al bar guardai fuori dalla finestra e restai di sasso. Eccola. Sul binario. Era senza dubbio lei. Caschetto e labbra rosse alla Uma Thurman. Beatrice, in un elegante soprabito marrone lungo fino ai piedi. Rimasi immobile non sapendo come reagire. Aveva lo sguardo fisso, molto concentrato, sulla finestra della stanza accanto. Mi chiesi se fosse meglio nascondermi, abbassarmi, o mi avrebbe vista di sicuro. Un istante dopo sul suo viso d'alabastro s'incrinò qualcosa, sembrò diversa, all'improvviso vecchia, piegò la testa di lato, indietreggiò e fu inghiottita dall'oscurità della stazione. Aspettai il suo ritorno, terrorizzata che ricomparisse in strada e puntasse dritta al portone.

« Zoe, cominceranno a farsi i cocktail da soli se non... » Constance mi fece schioccare le dita davanti al viso risvegliandomi. Annuii e mi concessi un ultimo istante per controllare la strada deserta. Ci teneva d'occhio. *Doveva essere stata lei a chiamare la polizia.*

Una cinquantina di cocktail dopo, Hailey e Jens tornarono con nove valigie di plastica rigida provenienti dal dipartimento video. Lui cominciò ad allungare treppiedi di metallo, lei aprì gli ombrelli riflettenti e ci avvitò su i faretti, le nocche bianche e il polso contratto mentre stringeva i bulloni. « Hailey, ho visto Beatrice. Era laggiù e guardava in qua » le dissi indicando il binario.

Il pianoforte attaccò una versione appassionata di *November Rain* dei Guns N' Roses e il pittore svizzero con la voce cavernosa si mise a condurre un coro improvvisato. Lei annuì. « Ovvio. Avrà chiamato gli sbirri per creare tensione narrativa. Prima o poi doveva succedere. Vuole vedere la nostra reazione. »

« Non significa che è matta? Forse sarebbe meglio smettere di... »

Uno dopo l'altro, i faretti di un bianco incandescente si accesero trasformando gli invitati in falene eccitate che si godono gli ultimi battiti d'ali prima della cremazione. Ribadii la mia preoccupazione, ma lei mi zittì. « Va bene così, è quello che volevamo... » Si voltò facendo frusciare l'abito e pose fine all'argomento Beatrice.

Con i capelli impomatati e grandi occhi lucenti, il fotografo entrò proprio mentre Jens sistemava l'ultimo ombrello. Io gli offrii da bere, lui declinò. Bardato di nero e gioielli d'argento, sembrava uno scoiattolo gotico e, con un sorriso sbrigativo alla stanza superilluminata, chiese: « Bambole, avete fatto tutto questo per me? »

Hailey gli rivolse un sorrisetto timido da stralunata, e con un unico gesto fluido lui sollevò la macchina fotografica appesa al collo fino all'occhio destro e iniziò a scattare. Il pittore svizzero si appese al telaio della porta. Sam si mise in posa con le mani sui fianchi. Sapendo che era il servizio fotografico di *Purple*, tre ragazze si erano stese nella vasca con i capezzoli che sbucavano dall'acqua schiumosa, i collant neri ancora addosso e la bocca a becco d'anatra di fronte all'obiettivo.

Quando i poliziotti tornarono, tutti ammutolirono. Jens saltò su una sedia davanti alla macchina da presa e finse di dirigere, le mani in aria come Nixon che scende dall'aereo. « Zoe, a voce alta » disse. « Quando dico azione grida verso Constance. Ti ricordi le battute? » Annuii, ma ovviamente brancolavo nel buio. « Azione. »

« Sei rosso » le urlai.

Assecondandomi, Constance fece girare la ruota. « Ventidue nero. »

« C'ero quasi » le gridai.

«Il quasi non esiste» ghignò lei.

Jens dimenò le mani. «Stop! Voialtri continuate, non dimenticate che siete a una festa. Azione.»

I quattro agenti rimasero in silenzio mentre il finto film procedeva. Fra una ripresa e l'altra chiesero cortesemente a Hailey di *non fare troppo rumore* e lei s'inchinò. Lo scoiattolo riuscì addirittura a convincerli a posare per lui con Hailey, tutta fiera tra i giubbotti rigidi, le labbra sporgenti in due salsicciotti soddisfatti. Quando la porta si richiuse dietro di loro, la festa esplose in un applauso e Jens fece un profondo inchino dal suo trespolo. Il resto della nottata passò tra le urla. Il secondo frigo mantenne in fresco la birra, il ghiaccio non finì e la stanza era talmente illuminata che nessuno si accorse dell'arrivo del mattino.

Il mio letto era bagnato di birra, così ci stesi su un asciugamano. Dormimmo senza neppure pulire e attaccammo quel compito rivoltante la sera dopo. Mi sconcertava vedere come la gente getti la cenere in qualunque oggetto vagamente concavo: un tappo di bottiglia, un cucchiaio, una buccia di banana erano stati trasformati in bombe di cenere, pronte a esplodere se spazzate. Dietro il sofà Hailey trovò una fialetta che sembrava piena di coca. Ne versai un po' sul pollice e provai la polvere chimica bianca. «Sì.» Tagliammo delle piste sulla copertina di un romanzo di Beatrice e pulimmo l'appartamento come robot.

Il mattino dopo il post di *Purple* parlava di noi:

> IL FALÒ DELLE VANITÀ: È una festa molto esclusiva e sei terrorizzato: sei stato invitato? Chi ci sarà? Cosa ti metterai? Che posto è? È una casa o un locale? Sai solo che faresti di tutto pur di entrare. Il pavimento è coperto di biglietti di EasyJet, la fila per il bagno è più lunga di quella del Berghain e la luce è accecante come nella pubblicità di un detersivo. Mettiti in posa e stringi un bicchiere. Non te ne pentirai.

Il testo era sofisticato come l'invito alla festa di compleanno di un dodicenne, ma per fortuna lo scoiattolo fece sembrare tutti degni delle pagine di una rivista di moda.

« In futuro dobbiamo controllare noi quello che scrivono, questa roba è oltre il patetico » si lagnò Hailey.

« Deve avermi fatto qualcosa agli zigomi » commentai avvicinando il viso allo schermo del computer. Gli occhiali di Hailey riflettevano la frenesia ossessiva in cui era piombata mentre ripeteva: « Ce-l'a-bbia-mo-fa-tta-ce-l'a-bbia-mo-fa-tta ».

Indicai il mio schermo, paralizzata. « Hailey. »

« Che c'è? » mi chiese interrompendo la cantilena.

« È lei. »

« Chi? »

Abbassai la voce. « Beatrice. »

Girai il computer senza dire una parola. Sullo sfondo di una delle foto, nell'angolo di camera sua, c'era un fungo di capelli nerissimi, la schiena di traverso rispetto alla macchina fotografica, il viso nascosto dietro la spalla di uno alto con la felpa verde. Con lo stesso soprabito marrone lungo fino ai piedi che le avevo visto sul binario.

« Sei sicura? »

« Sì. »

Guardammo tutte le altre foto, ma il soprabito marrone non riapparve più. « È stata qui. »

Mi alzai.

« Ha sicuramente chiamato la polizia per creare tensione narrativa » gridò Hailey estatica. Io andai nell'angolo in cui era stata Beatrice e provai a immedesimarmi. Cos'aveva pensato mentre guardava tutta quella gente a casa sua? Temeva che la vedessimo? O era venuta proprio per quello?

Hailey mi raggiunse.

« Che fai? »

« Sto pensando a lei, qui. »

Provai una nuova ondata di disagio. La presenza di Beatrice alla festa era indice di un cambiamento. Mi innervosii. Lo schienale di una sedia, una pila di vestiti nell'angolo, tutto assumeva le sue sembianze, vedevo la sua ombra ovunque.

«Qualcosa non torna» dissi.

«A me invece la sensazione di essere osservata piace» rise lei andando in bagno, dove riempì la vasca e si spogliò senza preoccuparsi di chiudere la porta. Ora recitava anche per me.

La sera dopo uscii con Holiday. Voleva che ci trovassimo in un bar gay di Kottbusser Tor. Arrivai in anticipo perché ero agitata e davo per scontato che, come al solito, mi sarei persa. Il bar si trovava all'ingresso di un enorme complesso residenziale bianco e giallo. Sbirciai dalla finestra ad angolo ma non la vidi, e non volevo che mi beccasse ad aspettare fuori. C'erano due porte, provai con quella di sinistra ma era bloccata. Il barista m'indicò l'altra e io diventai tutta rossa. Con un respiro profondo tirai il pomello fingendomi disinvolta. Era domenica, pomeriggio inoltrato, e i pochi avventori sparsi qua e là bevevano in silenzio. Il bancone era illuminato da una fila di lampadine verde spinacio, fissate a parabole, sotto le quali gli sgabelli di legno risplendevano come meduse bizzose. Ordinai una birra e mi sedetti. Un tale con i capelli d'argento seduto due sgabelli più in là mi sorrise e io ricambiai. Non parlammo. Dopo quella che mi sembrò un'eternità, Holiday scivolò sullo sgabello accanto al mio e mi appoggiò il braccio sulle spalle. Sentii il cuore battere con violenza e pregai che il nervosismo non mi si leggesse in faccia.

«Vedo che hai conosciuto Oscar» disse indicando il vicino dai capelli d'argento. «È un bravissimo poeta. Ci ha provato?»

«No... affatto» balbettai.

«Scherzavo» ridacchiò ordinando una birra con il semplice movimento dell'indice.

«Ti piace la poesia?» mi chiese Oscar.

«Sì» risposi.

Holiday mi rivolse un sorriso diabolico ma gentile, e la risposta sembrò soddisfare Oscar, che tornò alla sua birra in un silenzio felino.

«E così il vostro Moulin Rouge dei poveri va a gonfie vele» mi prese in giro Holiday imitando una delle pose più ridicole delle foto di *Purple*, le gambe sottili allungate a casaccio verso le parabole sopra di noi.

«Già.»

Continuò a posare ricordandomi sempre di più una giovane Madonna e io scoppiai a ridere, sollevata di trovarmi in compagnia di una a cui non interessavano l'arte, Beatrice né la traiettoria della nostra *narrazione*.

«Voglio sentire la tua musica.»

«Nessuno sente la mia musica.»

«Ah» commentai sorpresa, «e come mai?»

«Non è pronta» rispose liquidandomi con la mano e ordinando due shottini di vodka.

Quando si alzò per andare in bagno la guardai bene. Indossava la stessa canotta nera che aveva al Berghain con pantaloni mimetici attillati e Doc Martens rossi plasticosi. Il suo profilo mi eccitò e in quei pochi minuti di assenza sentii la sua mancanza. Possibile? Il bar cominciava a riempirsi. Tornò allo sgabello con un pacchetto di sigarette intonso. Ne tirò fuori due. Anche se non fumavo accettai, lei mi porse la fiamma di un accendino beige, io tirai e cominciai a tossire. Rise. La porta si aprì ed entrò un gruppo di inglesi freschi di Ryanair venuti apposta per il giro dei pub. Il barista s'irrigidì. Holiday avvicinò la testa alla mia e mi spiegò che da quando la *Lonely Planet* l'aveva ribattezzato «il miglior bar di Kreuzberg» lo staff aveva adottato un atteggiamento aggressivo nei confronti degli sconosciuti, specie se etero. Gli inglesi, classici rampolli di scuola privata in vena predatoria, avevano orrende camicie colorate con il colletto alzato. Ordinarono birre e si sedettero in un tavolo d'angolo, dove cominciarono a vociare fra loro.

Holiday li guardò in cagnesco. «Sono gli stessi scimmioni ignoranti che mi hanno dato della lesbica di merda e mi hanno pestato a sangue a Brixton. Se lo scordano di bere qui.» Non riuscivo a immaginare che qualcuno volesse farle del male, era così ovvio che fosse un dono del cielo. Spalancò la bocca e indicò un dente battendoci su. Era più bianco degli altri.

«Potrebbero benissimo essere gli stessi coglioni che me l'hanno spaccato.»

Neanche a farlo apposta uno cominciò a strusciare le chiappe al muro fingendosi effeminato.

Holiday sbottò. «Non esiste. Non finché qui ci sono io.» Si girò sullo sgabello come una palla da demolizione e piombò al loro tavolo. «Lo sai, vero, che è un bar gay?» Gli inglesi ammutolirono sconcertati. Lei sembrò diventare il triplo e le parole le uscirono di bocca come schiaffi. «E siccome è un bar gay stai mettendo tutti a disagio.»

Il meno aggressivo sussurrò qualcosa agli altri con aria imbarazzata, le guance rosa e sudate. Finirono le pinte e s'infilarono le giacche.

Holiday tornò.

«Avevo il cinquanta per cento di probabilità. O finiva in rissa o se ne andavano. Non sono ancora così sbronzi, quindi...»

Oscar si protese verso di me. «Lo fa ogni sera.»

Ebbi paura di non essere abbastanza gay e di farmi cacciare da lei.

«Mille grazie» urlò il più tracagnotto dei colletti alzati mentre la porta si richiudeva.

«Succhiamelo» gridò Holiday. Risero tutti. Io ordinai un altro giro, ci sbronzammo a dovere e alla fine lei mi seguì in bagno e mi scopò contro la carta da parati appiccicosa e semiriflettente. Venni senza preavviso, come un'unità SWAT che irrompe da una porta di periferia.

13

All'inizio ci scrivevano soprattutto artisti e studenti, il che mi tornava, mentre adesso arrivavano le richieste di galleristi e curatori che volevano concludere le mostre con una festa al Beatrice. Venerdì dopo venerdì, a casa si riversò un flusso costante di uomini in giacca e cravatta con le narici incrostate di coca e la bistecca che rimbalzava nello stomaco. Era tutto accelerato. Io non facevo che controllare la stanza, ma Beatrice non si ripresentò più. Un gallerista quasi cieco si ruppe il naso saltando dalla sedia al tavolo, un artista tedesco aprì la valvola di un estintore in corridoio e un pittore di Boise disegnò con intento «ironico» una svastica in bagno, che si cancellò solo dopo quattro mani di vernice. E un venerdì Tobias Breitbach si presentò con uno squadrone di amici in smoking e io mantenni la promessa fatta a Claire e chiesi a Sam di bloccarlo alla porta, malgrado le proteste.

Festeggiammo il ventunesimo compleanno di Hailey – le preparai una torta Red Velvet – e lei si mise a piangere in cucina, convinta che gli europei, abituati a bere legalmente fin dalla più tenera età, non cogliessero l'importanza epocale dell'evento. Scoprì Deko Behrendt, un negozio a qualche isolato da casa nostra che vendeva tutto per le feste e noleggiava arredi, fra cui una gigantesca coppa Martini da burlesque che io trovai troppo pacchiana.

«Vorrebbe essere la personificazione di una bollicina di champagne?» chiesi guardando, oltre Hailey, la ragazza della pubblicità del sito che faceva la spaccata nell'enorme coppa di plastica.

« *What good is sitting alone in your room?* » canticchiò lei.

« Cosa? »

La fissai come un'ebete.

« È un pezzo di *Cabaret*. »

Alzai gli occhi al cielo senza preoccuparmi più di nascondere la mia irritazione per la sua teatralità.

« Non dobbiamo mica ballarci, giusto riempirla di sangue finto, Campari o qualcos'altro. »

Scossi la testa.

Aveva preso l'abitudine infantile di passare il giovedì, quando mancava ancora un giorno alla festa, ad attaccare sulle porte, con il nastro adesivo, tende di fili argentati e, prima di San Valentino, ad appendere ovunque cuori nelle nostre camere. Nel caos del pomeriggio arrivavano bombole di elio e macchine per il fumo e, mentre dormivamo, i palloncini si rincorrevano sopra le nostre teste.

I giorni infrasettimanali tra una festa e l'altra erano un ricordo confuso di nachos, ordini di alcolici, pulizie e risposte ai messaggi. Eravamo richiestissime. Proprio come Berlino. Non c'era quotidiano o periodico americano senza un resoconto dalla capitale europea della vita notturna a beneficio degli yuppie. Doveva esserci qualcosa nell'acqua. Berlino conservava un residuo degli anni Novanta post caduta muro, con le sorgenti dell'edonismo ancora in piena attività, però gli alberghi erano lussuosi e i tassisti parlavano un discreto inglese. Hailey era perfetta per quel momento storico, adorava le pubbliche relazioni e il suo tedesco impeccabile la faceva sembrare *integrata*. Aveva sviluppato una sensibilità mistica, un sesto senso astrologico per la cosa giusta da dire. Era sempre pronta con qualche battuta pungente, che abbinava a foto del nostro archivio in grado d'illustrare a meraviglia, in un caos perfettamente bilanciato, la sete donchisciottesca degli invitati. E soprattutto era sempre disponibile in un settore, quello delle feste illegali, che non abbondava di gente solerte nel rispondere alle email. Per lei, invece, era un antipasto. «Qualunque idiota può finire sui giornali» mi disse un giorno alzando gli occhi dalle unghie, che stava laccando di un arancio crème brûlée bruciata, «noi finiremo sui libri.»

Martedì era particolarmente su di giri perché *Interview*, la rivista fondata da Andy Warhol alla fine degli anni Sessanta, ci aveva appena incluso fra i dieci locali migliori della vita notturna berlinese.

«Non capisco perché non ci intervistino» disse rileggendo per la quinta volta la loro email.

«È solo una classifica» la rimbrottai.

«Be', ma *Interview* è famosa per le interviste, quindi ne voglio una anch'io.»

Era un'insoddisfatta cronica. La sera prima si era arroccata in un'indignazione possessiva dopo che Sam si era lasciata sfuggire che nella tesi si sarebbe concentrata sulla comunità americana di Berlino, in particolare sulla «professionalità nel settore culturale». Più tardi, sullo scroscio dell'acqua con cui mi riempivo la vasca, aveva strepitato che Sam stava usando le feste per aver accesso alla «scena», che era *nostra, non sua*.

Malgrado facessimo ormai parte del mondo artistico, io non combinavo quasi niente. Avevo persino smesso di fare i collage. Mi limitavo a scattare foto alle feste. Il Berghain e la maggior parte dei locali di Berlino vietavano le foto, mentre da noi era diverso. Ogni sera un'immagine. Adoravo le sagome zuppe di flash in fila per il bagno, Constance che si metteva il rossetto verde, lo scintillio del girocollo di cristallo di Hailey, la smorfia di Mel dietro un bicchiere. Spesso, nei pomeriggi vuoti, riguardavo gli album quasi fossero film muti, ogni festa disponibile per infinite visioni.

Eppure qualunque cosa facessi – che mi ritoccassi distrattamente le radici bionde, passassi in rassegna gli scontrini, spalmassi burro d'arachidi sul pane tostato, curiosassi su Facebook – ero sempre in attesa che Holiday rispondesse ai miei messaggi. Mi sentivo un'ebete, di nuovo adolescente con l'apparecchio per i denti. Temevo di non essere abbastanza cool per lei. Al supermercato mi aveva suggerito di rasarmi la testa, no? Mi infilai le dita fra i capelli, avevo il cranio troppo irregolare. Erano passate quasi cinque settimane da quando mi aveva scopato nel bagno del bar. E tre dall'ultimo sms. Le scrissi di nuovo. E se la volta successiva avessi dovuto ricambiare? Non avevo mai fatto un ditalino a nessuna, a parte me. Cercai tutorial su «come far godere una ragazza». *Lentezza. Movimenti circolari. Costanza. Stimolazione.* Cinque giorni dopo ancora nessuna risposta. Pensai di tornare al bar gay. Sarebbe stato strano andarci da sola? Non potevo portarci Hailey, si sarebbe messa in tiro e avrebbe attirato l'attenzione. Dopo un po' di riflessione con il vino bianco decisi di accettare la realtà – Holiday non aveva voglia di vedermi – e di voltare pagina. Qualche ora dopo mi scrisse Mathias per chiedermi se volevo imbucarmi a uno spettacolo e accettai. Fanculo Holiday.

La sera era fredda e buia e il Volksbühne ardeva ancora come una lanterna. La pièce era ambientata nell'atrio di un albergo e seguiva la storia di una volubile portiera di notte. Anche in questo caso le attrici urlavano producendo un muro del suono quasi costante. Immaginai che parlassero di sesso o magari di politica. Non capii granché ma mi piacque tantissimo, mi sentii trasportare su un pianeta migliore in cui ci si scambiavano solo sentimenti estremi.

Alla fine ero impacciata, neanche fossi tornata sulla terra dopo un anno in mare. Trovai Mathias vicino all'uscita. Mi portò alla Kantine attraverso i canali sinuosi del teatro, un assurdo labirinto di scale a pioli, materiali di scena, scale sgangherate, appendiabiti pieni di costumi e pezzi di legno verniciati di nero. Bevemmo birra bionda a un tavolo d'angolo e lui si lamentò di un tecnico dell'illuminazione sempre in ritardo. Quando fui bella sbronza gli chiesi quale fosse il posto migliore del teatro per scopare. Lui rise, così gli dissi che ero seria. Attaccò a starnutire, mi prese per mano e mi condusse giù per una delle scale sgangherate.

Stavo da schifo. Lungo il tragitto verso casa, lo sguardo concentrato sulla stampa mimetica blu, nera e rossa del sedile, giurai a me stessa che non avrei mai più scopato per ripicca. Il sesso con gli uomini era sempre stato un timone, uno strumento per mantenere la rotta. Mi sentii infantile, mentre con Holiday mi ero sentita diversa, più in contatto con me stessa. Non mi nascondevo dietro abiti, chiacchiere o false motivazioni e se lei non mi avesse risposto ci sarebbero state altre Holiday.

Quando aprii la porta di casa trovai Hailey in lacrime. Singhiozzi fragorosi. Come mi succedeva sempre dopo Ivy, pensai che fosse morto qualcuno.

Biascicava. «Hanno appena chiamato i miei» singulti moccicosi, «Biggles è fallito, chiudono tutto e non possono più permettersi di pagarmi gli studi. Hanno perso la casa, le auto e...» si protese verso di me, il muco raccolto nella fossetta sotto il naso, «ecco perché la mamma ha smesso di mandarmi i prodotti La Mer.»

L'abbracciai e mi affrettai a stappare una bottiglia di vino. Lei mi guardò riempire il bicchiere con occhi spiritati e, quando glielo porsi, bevve in silenzio.

Approfittai della pausa per cercare di tranquillizzarla. «Esistono le borse di studio. Io ne ho una. Per l'accademia un modo si trova.» Le posai una mano sul ginocchio, ma lei la allontanò, si alzò e cominciò a girare per la stanza come una tigre in gabbia, rischiando di rovesciare il vino a ogni curva.

«Non capisci» disse, fermandosi e facendo un respiro stridulo, «sono venuta in questa scuola fasulla per un anno e ho pagato la retta piena, è un furto. Sai quanto pagano gli studenti qui a Berlino? 285 euro a semestre.» Era furibonda. «E i miei? Hanno pagato 42.000 dollari all'accademia di New York in modo che potessi venire qui a fare questo anno del cazzo.» Mi puntò contro il dito.

Io rimasi immobile. Perché ce l'aveva con me? Andò alla porta e la chiuse sbattendola, poi abbassò la voce a un sussurro. «Sarà meglio che ne valga la pena. Deve valerne la pena, Zoe.» Pronunciò il mio nome con stizza. «Questo è il mio lavoro. Il libro che Beatrice sta scrivendo. Si basa sul MIO diario. Sulla mia storia. Lo capisci, vero? È la MIA OPERA D'ARTE, e adesso è tutto ciò che mi resta.»

Era una belva, lo sguardo cupo, quasi omicida. Mi appoggiai allo schienale della sedia tentando di mettere insieme i pezzi. Per me non era arte. Le feste erano ormai una routine. Non m'importava, né le avevo chiesto, cosa avesse scritto nel diario dopo la prima pagina concepita insieme. Era stata lei a forzare la situazione. Per me la presenza incombente di Beatrice era diventata una scusa, una divinità astratta e spaventosa da omaggiare prima di perderci nelle nostre fantasticherie.

Provai a parlarle con calma, come i negoziatori di ostaggi che avevo visto nei film. «Certo, Hailey, quello che sta scrivendo è opera tua. Qualunque cosa significhi per te è tua.»

Il sollievo le distese il volto. Non mi capacitavo del fatto che avesse bisogno di sentirsi dire proprio quello. Si mise a sedere e si versò altro vino.

Quella notte non riuscii a dormire ripensando alla portata devastante del crollo di Hailey. Accesi il computer e guardai con le cuffie un episodio di *Gossip Girl*, la serie ambientata nell'Upper East Side che in confronto alla sua implosione sembrava all'acqua di rose. Non riuscii a dormire neanche dopo. Intorno alle quattro sentii dei passi in cucina. Di notte

Hailey si svegliava raramente. Mi feci forza e chiusi gli occhi, troppo sfinita per controllare e non sapendo chi mi avrebbe spaventato di più trovare.

Il fotografo di *Interview* doveva venire a mezzogiorno, perciò entrai in cucina un po' prima delle undici tirando su col naso. Hailey stava facendo il caffè. «Buongiorno, non mi sento molto bene, meglio che ci pensi tu. Ti aiuto a sistemare tutto e poi me ne torno a letto.» Al mio discreto tentativo di cederle il palcoscenico reagì guardandomi torva. Non era una bugia, avevo il viso pallido e due mezzelune color fegato sotto gli occhi.

«Cos'è, non t'importa più niente? Mi abbandoni appena la situazione si complica? Dobbiamo difendere l'immagine del Beatrice, e quell'immagine siamo noi due.» Io annuii e presi la scatola del tè dalla credenza, incapace di conciliare le sue parole con l'insistenza della sera prima sulla proprietà esclusiva.

Continuò: «Dovresti metterti l'abito elisabettiano».

Scrollai le spalle e andai a vestirmi. Tutto il divertimento era evaporato e mi sentii intrappolata nelle maglie della ragnatela di Hailey e Beatrice.

Il fotografo arrivò con un'ora di ritardo, un italiano elegante che sembrava appena sceso da uno yacht ormeggiato sul lago di Como e che puzzava di una colonia a metà fra il pompelmo e la trementina.

«*Ciao, belle.* Con voi il mio lavoro è una passeggiata!»

Mentre lui sistemava le luci, aprii una finestra per smorzare quel tanfo agrumato. Hailey lo tampinava. «Perché la rivista non vuole intervistarci?»

«Amore, non è il mio campo. Io devo solo assicurarmi che siate fantastiche.»

«Posso parlare con il direttore?»

«Amore, non posso proprio aiutarti.»

Lei si arrese suo malgrado e si ritirò in bagno. Quando

tornò indossava il girocollo di cristalli e il caschetto nero rubato alla vendita di costumi. Mi fulminò con lo sguardo. Non fiatai. Si era addirittura dipinta un neo: Beatrice con un pizzico di Liza.

La rivista voleva due foto: una «giocosa» alla roulette e una «seria» al piano. Hailey si era spalmata il nuovo fondotinta, che alla luce sembrava più scuro di tre tonalità. S'infilò in bocca due analgesici, mi sorprese a fissarla e indicò il pianoforte. Mi avviai sospirando, sentendomi ridicola nella gigantesca gorgiera, uno Shakespeare di second'ordine, un cane con il collare.

La parola *festa* non era più adatta. Cominciò a sembrarmi quello che era: un rave in camera mia, che dovevo pulire per poter andare a dormire. Mi faceva ancora piacere stare al bar e vedere Constance alla roulette col tailleur rosso, e con Sam alla porta mi sentivo al sicuro, però Hailey vagava di qua e di là, un fantasma che si rifiutava di collaborare o di fare qualunque cosa a parte socializzare con quelli che riteneva importanti. Quando mi rivolgeva la parola diceva in tono snob che il romanzo di Beatrice avrebbe fatto di lei una «artestar». Voleva essere il più possibile di tendenza, comparire sulle pagine delle riviste di bordo e sulle borse Urban Outfitters e avere la vodka Absolut come sponsor. Non faceva che parlare della differenza abissale tra finti artisti, veri artisti e i peggiori, gli *artisti borghesi* il cui lavoro contava solo nel mondo dell'arte.

Il tracollo di Biggles le aveva fatto scattare qualcosa dentro. Pensai che con il tempo il vulcano si sarebbe spento, invece la rabbia sembrava montare. E via via che il controllo veniva meno, le pubbliche relazioni acceleravano. Cominciò a condividere le foto delle nostre feste a casaccio su Facebook, spammandole a tutti i blog. Arrivò addirittura a inviare un'intervista non richiesta a *Interview* per accompagnare il servizio fotografico.

«Sarebbero dei veri idioti a non usarla. Ho risposto alle domande che Glenn O'Brien fece a Andy Warhol nell'intervista iconica. Mi sono calata nei panni di Andy. Lui che avrebbe fatto? Avrebbe rilasciato un'intervista, cazzo. L'ho registrata e l'ho trascritta, così ha quel pizzico di *spontaneità* che prediligono. La useranno, vedrai» concluse con una nota di disperazione nella voce che mi innervosì.

Io non sapevo cosa cercassi nelle feste del Beatrice. Mi chiesi se questo facesse di me un'artista borghese. Sembrava che tutti sapessero cosa volevano. Sam aveva ampliato la tesi e si segnava nazionalità e professione degli ospiti presenti sulla lista per poi cercarli in rete.

Era sera, ancora sul presto, e avevo appena finito d'installare le nuove casse con Jens. Hailey aveva accettato di comprare quei giganti dell'isola di Pasqua solo dopo la pessima recensione di *Electronic Beats*, una rivista online che sotto la foto della pista da ballo strapiena si chiedeva: «Le feste sono belle, ma quanto ci si può divertire ballando con le casse del computer?»

Sam ingannava il tempo sul sofà prima di piazzarsi alla porta mentre io affettavo lime. «Buffo quanti svizzeri ci sono, no?» disse senza alzare gli occhi dalla tavoletta portablocco.

«Cos'ha che non va Zurigo, è noiosa?» chiesi.

Lei sbuffò. «Se sei ricco, Berlino è il posto ideale in cui nasconderti.»

«In che senso?»

«Nessuno ti giudica se non lavori, perché qui di fatto nessuno lavora. Se ti trasferisci a New York e non fai niente a parte sniffare ketamina e leggere libri illustrati su Picasso, sei un coglione. Qui, invece, è del tutto normale. Non si può nemmeno spendere più di tanto, c'è giusto un ristorante decente...»

Scoppiai a ridere. Sam guardò l'orologio e si avviò con calma alla porta.

Era una normale festa del Beatrice finché una ragazza sorridente venne al bar per informarmi che qualcuno aveva vomitato nella vasca. Mi guardai intorno alla ricerca di Hailey, era la sua giurisdizione, ma ovviamente si era nascosta chissà dove. Andai su tutte le furie. Constance accettò di sorvegliare il bar e io corsi in bagno. Mentre trasferivo il vomito dalla vasca al water con un paio di guanti gialli, la ragazza rossa in viso che si era liberata dell'intruglio con i pezzetti di ananas si profuse in scuse esagerate. Quando la rassicurai con un cenno della testa che non c'era problema, provando una sincera empatia per chi vomitava in quel bagno senza finestra, lei sorrise e si pulì il viso. Cercò di attaccare bottone e mi chiese cosa facessi. Le risposi che ero un'artista, lei s'informò sul mio lavoro e, ridendo, le indicai la terza manciata di vomito che stavo trasportando dalla vasca al water e risposi: «*Questo*».

Finalmente Holiday mi scrisse. Aveva avuto l'influenza ed era dispiaciuta per non avermi risposto. Non che credessi alle sue scuse o che mi importasse. Non vedevo l'ora di uscire, di fuggire dall'ombra di Beatrice e dall'ambiziosa malinconia di Hailey.

Cominciammo a vederci quasi ogni sera. Pomiciavamo in qualche bettola e a volte ci nascondevamo in bagno per scopare. Lei adorava il jukebox del Rote Rose, dove i veri bevitori stazionavano dalla mattina alla sera senza curarsi del tempo lineare. Metteva *Fast Car* di Tracy Chapman cinque volte di fila e ruotava su se stessa fino a piangere. Mi raccontò di suo padre, che aveva la demenza precoce, e dell'ex Irena, una delle prime coinquiline, che la settimana seguente sarebbe tornata in Spagna. Io le raccontai di Ivy, le dissi che avevo quasi smesso di creare arte, di come le feste mi risucchiassero completamente. Non volevo dirle di Beatrice, non volevo tradire Hailey e, a quel punto, l'intera faccenda sarebbe sembrata assurda, persino ridicola. Forse Holiday ci avrebbe riso su liquidandola come un'illusione narcisistica. E forse era proprio così.

Hailey aveva cambiato atteggiamento: non era solo indifferente verso il lavoro o qualsiasi cosa non fosse «la stampa», ma dopo le feste e le pulizie si chiudeva in camera sua. Aveva smesso di uscire se non per comprare da mangiare e innumerevoli confezioni di gomme da masticare. Le sue preferite, le Dentyne Ice, non si trovavano, così era passata alle Airwaves, forti e simili alle gocce per la tosse. In casa aleggiava sempre la sua nuvoletta alla menta, un irritante fronte temporalesco verde che non arrivava mai. Lasciava ovunque una scia di gomme masticate. Cirripedi bianchi e appiccicosi sui piatti, che galleggiavano nel portasapone, schiacciati sotto le mensole delle finestre, avvolti in pezzi di carta e arrotolati sull'estremità delle matite. Una sera dopo cena, mentre pulivo, ruppi l'ennesimo calice ottagonale mentre cercavo di staccare una gomma pietrificata sulla base. Entrai in camera sua stringendo in mano lo stelo come fosse un topo morto, proprio come aveva fatto lei qualche mese prima, e recitai la consueta battuta: «BEATRICE CI UCCIDE». Curva sul diario, Hailey mi rivolse una rapida occhiata ed emise un lungo sospiro più due: «Ah». Richiusi la porta.

Holiday mi portò a una marcia di solidarietà LGBTQ. Si era messa una parrucca verde brillante con la frangia corta e irregolare. Sembrava un lecca-lecca. Sottobraccio a lei in mezzo a quella folla – bandiere al vento, fiori di plastica e arcobaleni – mi sentii più in contatto con me stessa. Finalmente ero dove volevo, con una persona con cui mi andava di stare. La bulimica che si odiava e si scopava la gola era un'estranea dai contorni nebulosi. Avrei voluto parlare con Hailey di Holiday, di tutto, ma avevo paura di lei, della sua strana maniacalità, di quello che faceva dietro la porta chiusa. E se aprivo bocca, se le raccontavo dov'ero stata o cosa facevamo io e Holiday, alzava gli occhi al cielo. Quando uscivo smisi di salutarla, attenta a non far rumore con la serratura.

Il martedì dopo tornai a casa alle due del mattino puzzolente di sigarette dopo qualche bicchiere di birra polacca al bar gay. A letto aprii il computer ricordando vagamente di aver detto a mia madre che le avrei scritto. Lo schermo s'illuminò all'istante alla pagina Facebook di Ivy. Fu come ricevere uno schiaffo. Da quando Beatrice aveva letto la mia email a Molly Webster ero sempre stata attentissima a ricordare come lasciavo il desktop. La foto che mi fissava faceva parte dell'album di una rimpatriata fra compagni di scuola: io in un orrendo abito lilla con le spalline sottili, Ivy in un vestito di jeans allacciato dietro la nuca, entrambe con fermagli a forma di farfalla fra i capelli, e Jesse che sorrideva sullo sfondo. Sapevo di non averlo lasciato aperto lì. Sapevo anche che Hailey non era uscita, quindi era impossibile che Beatrice fosse entrata. Doveva essere stata lei.

Non sapendo come affrontarla la ignorai, e Hailey sembrò accettare di buon grado quel silenzio. Organizzammo la festa seguente con il pilota automatico, scambiandoci qualche parola quando era strettamente necessario.

Constance percepì che qualcosa non quadrava. «Tutto bene da chez Beatrice? Hailey sembra un po'...» aggrottò la fronte e piegò la testa verso la cucina, dove lei stava controllando la lista degli invitati.

La ragione del suo nuovo malumore, così pensavo, era la situazione economica familiare, che mi aveva fatto giurare di mantenere segreta, per cui mi limitai a sbuffare fingendo indifferenza.

«Se hai bisogno di parlare io ci sono» disse Constance tutta seria, «lo sai, vero?» Rimasi sorpresa. Sorpresa che le cose andassero male in modo così evidente e anche che lei si fosse talmente affezionata da accorgersene. Le strinsi la mano.

Quella sera si festeggiavano due compleanni, e alle undici e mezzo c'era già l'insopportabile calca proveniente dall'inaugurazione di una galleria. La casa era piena zeppa. Io ero occupata a travasare le bottiglie nei flûte per gli invitati perlopiù a torso nudo, tutti sudati come fornaci, i capezzoli all'aria, e la techno che pulsava dalle casse nuove e potenti, quando notai Mathias in corridoio. Sam sapeva che non mi andava di vederlo, in circostanze normali mi avrebbe chiesto l'approvazione via sms.

Si avvicinò al bar e io gli posai un cordiale bacio europeo sulla guancia. Hailey lo riconobbe dall'altro capo della stanza e si rianimò. Venne di corsa, gli gettò le mani al collo con fare teatrale e gli si avvinghiò. Sembrava che stessero insieme. Si mise a parlare in tedesco, risero, lui le passò l'indice sulla clavicola. La scena rasentava il pornografico. Il volume della techno aumentò, quasi che qualcuno stesse schiaffeggiando una barra di metallo sospesa nell'acqua, e palle di cannone di carne cominciarono a schizzare in giro per la stanza seguendo il ritmo. Ero stordita. Riuscii a malapena a sentire la serba che avevo davanti ordinarmi un gin tonic. Le riempii il bicchiere di ghiaccio cercando di tenere d'occhio Hailey e Mathias. Lei voleva fargli riaprire il cassetto chiuso a chiave. Lui pescò la forcina dai suoi capelli e io mi sentii avvampare di rabbia. Come aveva fatto qualche settimana prima, raggiunse la libreria tutto impettito per eseguire il suo numero di magia e s'inginocchiò. Dopo un attimo sul viso di Hailey si diffuse il terrore. Il cassetto era vuoto.

In mezzo a quel caos mi guardò negli occhi, per la prima volta dopo giorni. Perché era così spaventata? Non capivo. Sapevamo che Beatrice ci spiava. Se mi fossi svegliata e l'avessi trovata accanto al letto non mi sarei stupita. Perché le importava che quelle carte non ci fossero più? Mica erano sacre. Bianca come un fantasma, chiese a Mathias di richiuderlo e poi gli infilò la lingua nella bocca aperta. La serba batté sul ripiano con il borsellino. Mi ero dimenticata di darle il resto. Fui travolta da una nuova ondata di rabbia. Che stava facendo? Mathias andò nell'altra stanza. Io girai intorno al bar e afferrai Hailey per il polso, tirandola verso il bagno e urlando: «QUINDI TE LO SCOPI? MA VERAMENTE?»

Spinsi di lato le quattro persone in fila e spalancai la porta. «Allora, te lo scopi?»

Si ritoccò il rossetto ignorandomi. Glielo chiesi di nuovo e lei continuò a spalmare di color salmone il broncio compiaciuto. Detestavo il modo in cui si guardava. Esattamente come si rimirava nel finestrino del treno, con il mento abbassato, le labbra sporgenti e lo sguardo vitreo di una bambola gonfiabile.

«Chi mi scopo è l'ultimo dei nostri problemi. Beatrice...»

La interruppi, il sangue mi pulsava nei polsi per la rabbia. «Questo gioco non m'interessa più. Non m'importa di Beatrice o di quello che scrive dietro la sua porticina. M'importa di te, della nostra amicizia e della nostra vita. Vai a letto con lui? È per questo che ti comporti in modo così strano?» Indicai verso la festa, verso un Mathias invisibile.

Fissandomi, lei chiuse il rossetto con uno scatto dispettoso. «Che te ne frega?» Fece le orecchie da coniglio, sarcastica. «Tanto tu sei gay.» E se ne andò sbattendo la porta.

Rimasta sola in bagno, scrissi a Holiday. Era al Berghain. Uscii di casa come una furia lasciando il bar incustodito e sapendo che avrei costretto Hailey a lavorare, facendola incazzare.

In fila davanti al Berghain c'erano almeno duecento persone. Avrei avuto tempo per pensare. Che le prendeva? Si comportava da folle. Se si scopava Mathias mi seccava, ma pazienza. Era tutto il resto, il risentimento con cui mi guardava. Il fatto che avesse sbirciato nel mio computer. Tutta quella teatralità. Cosa ci era successo? Circondata da turisti e discotecomani esultanti e ondeggianti mi sentii male. Mi capitava spesso. Presi gli ultimi antinfluenzali che mi ero portata dall'America. Immaginai le compresse arancione fluo esplodermi nello stomaco, sfrecciarmi nelle vene come un superpotere. I farmaci da banco tedeschi erano acqua fresca, pastiglie di salvia e gocce di eucalipto. Avevo nostalgia di casa. Alla porta il buttafuori pirata con i tatuaggi in faccia mi fece cenno di entrare. Che senso di rivalsa. Pensai agli australiani dell'ostello, al rifiuto in presenza di Christopher, Connecticut – e alla forza dell'acqua che sembrava ancora volermi spingere giù in un dirupo – *Ogni notte persa a Berlino è una notte persa a Berlino.*

Il tema della serata era il topless. Trovai Holiday sulla pista da ballo illuminata a intermittenza con le tettine perfette all'aria. Quando mi vide fece un salto. Dopo aver ballato qualche ora mi portò a casa sua. Irena, la ex, era stata rimpiazzata da un musicista tailandese, quindi potevo finalmente entrare senza paura che volassero oggetti. Holiday chiamava casa loro «WG», cioè appartamento condiviso, e mi spiegò che tutti quelli che ci abitavano si definivano queer. Vivevano in uno dei palazzoni subito dietro Kottbusser Tor o, come diceva lei, «Kotti». La sensazione fu quella di entrare in una chiesa, tutto carico d'importanza, le pile di piatti pregne di significato, il caos di libri in cucina sacro.

Ci portammo una bottiglia di grappa nella sua microcamera, poco più grande del materasso, piena di fiori morti. Era il paradiso. Scopammo beate, il suo collo sottile immerso nella mia *fica*. Mi piaceva da matti come lo diceva, quasi fosse al tempo stesso un luogo e un'azione. Un'isola privata e un fucile d'assalto che buca il cielo. La mattina dopo mangiammo melone e yogurt ascoltando un coinquilino raccontare dei tentativi del suo nuovo ragazzo bisessuale di mettere incinta la ex che voleva un figlio, e non si capacitava del fatto che dovessero fare sesso, non potevano usare la siringa? Holiday lo trovò esilarante. Tornammo a letto.

Mi avviai verso casa nella nebbia del tardo pomeriggio ripensando alle ore precedenti, sospinta dalla felicità per l'accoglienza di Holiday. Aperta la porta d'ingresso sentii uno schianto, poi un gemito esasperato. Hailey piangeva. Immaginai altri guai per i Biggles. Dal tanfo di birra stantia e sigarette dedussi che dalla festa non aveva aperto neppure una finestra. Mi tolsi il giubbotto, preparandomi alla storia deprimente che aveva in serbo per me, e bussai piano sul telaio della sua porta. Lei alzò il viso, contratto e confuso, circondata da flûte in frantumi e coriandoli zuppi.

« Guarda! » disse senza fiato lanciandomi un foglio spiegazzato. Lo afferrai, lo lisciai sulla coscia e misi a fuoco: l'ennesima intervista a Beatrice per un blog, lo sguardo acido mutilato dalle pieghe della carta. Lessi rapidamente.

BB: Il tema del prossimo libro è il narcisismo misto alla disperazione. È impossibile amare le due protagoniste perché sono ossessionate dal desiderio di essere amate.
QL: Allora chi sono?
BB: Due ragazze disperate a caccia di notorietà che si ritrovano in una girandola di feste. Il libro segue il modo in cui ragionano... si distruggono, si dissolvono in se stesse... si considerano celebrità... ma ovviamente non lo sono.
QL: Quindi si avvicina al dramma psicologico?
BB: È soprattutto un dramma psicologico: in fondo non è sempre così fra coinquiline? Ma c'è anche il sesso, un interessante triangolo amoroso. Però trovo importante riconoscere che il tipo di atteggiamento su cui si fonda la generazione di Facebook è la dottrina della recitazione a beneficio degli altri e che a muoverla è la disperazione. La morale della storia è chi NON essere, cosa NON fare! [ride]
QL: Quindi è una specie di tragedia moderna? E da dove ha tratto l'ispirazione?
BB: Sono una vera e propria calamita per queste storie, però

credo che un comportamento simile, e soprattutto ragazze di questo tipo, siano ovunque. Basta aprire gli occhi. Io mi limito a illuminare il ventre molle della banalità. [ride]

QL: Ma il libro è finito? Bella domanda, lo so.

BB: Sto ancora lavorando al finale, non so resistere a un finale sensazionale. Dovrete leggere il libro per scoprirlo...

QL: Ultima cosa. Come s'intitola?

BB: Ottima domanda. *Bell'e morte*. Ovviamente strizza l'occhio a *Belli e dannati*.

QL: Fantastico. Il prossimo autunno cercheremo *Bell'e morte* sugli scaffali delle librerie.

«Ci prende per idiote, *Bell'e morte*. Non si rende conto, so tutto di lei...»

Cominciavo a sentire gli effetti dell'alcol ingurgitato, non riuscivo nemmeno a seguire le sue parole.

«Non sono cretina, so come ha scritto l'altro libro.» Hailey scandiva le parole inferocita: «Si crede furba, pensa di poterla fare franca, di poter rubare le storie e... stravolgerle per... per...»

La diga che prima la conteneva a malapena si ruppe. Andò in cucina e spalancò la *porta*, facendo finire i romanzi sul linoleum. Io la seguii nell'appartamento sul retro, dove aveva acceso le lampade da lavoro. A una prima occhiata la stanza sembrava intatta. Si fiondò verso la scrivania, ma notai che era sgombra. Non c'erano né le schede né la Montblanc. Hailey inspirò a fondo, afferrò il tavolo con entrambe le mani e lo scaraventò al centro della stanza, dove atterrò senza conseguenze.

«Così capisce che lo sappiamo» disse indicando la scrivania capovolta. «La batterò al suo stesso gioco.»

Rientrò in casa come una furia con me al seguito. Rilessi l'intervista cercando di trovarci un senso e provai un moto di repulsione per l'intera faccenda. Poteva parlare di due ragazze qualunque a Berlino. Tutti frequentavano le feste. Tutti postavano foto su Facebook. Inspirai a fondo per calmarmi, ma la puzza mi fece venire la nausea. Aprii una finestra, Hailey mi venne dietro e la richiuse rischiando di tranciarmi le dita.

«Non può usare la mia storia e ritorcermela contro. Non sono una stupida, cazzo, sono un genio.» Il viso rabbioso cosparso di lentiggini era teso in maniera melodrammatica. Aveva varcato una soglia che non sapevo esistesse, viveva in un mondo che non capivo più né riuscivo a immaginare. E non m'importava più.

«Hailey, non ti seguo. Lascia che Beatrice faccia come le pare. Ora stai esagerando.» Scuotevo la testa e mi torturavo le pellicine con l'indice.

Lei mi fulminò con lo sguardo. «Com'è che ti chiamavano, Zoe? Cassonetto? Ti credi cool. Abbandona pure me e la nostra storia e vai a letto con *Holiday*, tanto lo sappiamo che cerchi solo di renderti più interessante.» Aveva un'espressione schifata. «L'unica cosa interessante di te è che ti sei scopata il ragazzo della tua migliore amica morta la sera del suo funerale. E ringrazia che Ivy è morta, almeno hai qualcosa da raccontare.»

Avrei voluto spaccarle la mascella con il computer e ficcarle in gola l'intervista di Beatrice. Avrei voluto romperle i denti sul bordo dello sgabello del pianoforte e tirarle fuori il cervello con il cucchiaio di legno. Avrei voluto soffocarla con la pellicola trasparente e infliggerle diecimila episodi di violenza televisiva sulla carne tesa. Invece respirai a fondo e me ne andai lanciando in aria le pellicine.

«Sei una pazza furiosa.» La mia voce riecheggiò nelle scale ancora sporche di resti della festa e mozziconi di sigaretta.

Uscire fu un sollievo. Bülowstrasse era di un nero verdastro. Le luci dei lampioni ballavano un can can sfrenato mentre tornavo da Holiday. Laith, un coinquilino, aprì la porta in una T-shirt di Ren & Stimpy e mi accolse con un saluto stordito. Io m'infilai nel letto di Holiday e mi sentii al sicuro. Le raccontai di Hailey, le dissi che avrei voluto ucciderla per quello che aveva detto e che non sarei più tornata a casa. Mezza addormentata, lei mormorò: «Gli etero sono tutti pazzi».

Domenica mi preparò il risotto con la zucca e restammo a letto alternando pomiciate e libri di occultismo. Poi m'infilò due dita dentro e cercammo di fare piano perché la casa era piena. Holiday, però, non ci riusciva mai. Scesa la sera andammo al bar gay, dove Oscar tenne un reading. In piedi sul bancone di cemento, una mano stretta attorno a un palo di metallo e l'altra attorno a un libricino grigio, si dondolava piano e si fermava tra una battuta e l'altra della sua profonda voce baritonale per rivolgere un sorriso enigmatico al pubblico in basso. Io mi persi ventitré chiamate di Hailey e non m'importava. Volevo vivere in quelle poesie, in quel bar, nel mio bicchiere di birra.

Passammo la settimana a letto. Il mio corpo si rilassò. Niente mal di testa. Niente paranoia. Venerdì non mi presentai alla festa, staccai la batteria dal telefono e guardai i film di Wong Kar-wai. Yael, la coinquilina israeliana di Holiday, mi aiutò a tingermi i capelli di un blu tossico. Volevo rinnovarmi. Cambiare la pelle secca e sciupata che avevo condiviso con Hailey. Mentre Holiday faceva i popcorn andai nel bagno dalle piastrelle gialle dove tutto era sporco, lo specchio cosparso di bitorzoli di dentifricio. Mi scrutai. I capelli spettinati, una Medusa blu nuova di zecca. Mi piacque vedermi incorniciata nel loro sudiciume. Qualunque cosa avessi con Hailey era finita, io ero questa.

Il mattino dopo, mentre mangiavamo quinoa soffiata, Yael, che era bassa e muscolosa grazie alle innumerevoli ore di posizione del guerriero, m'informò che andava a un ritiro di meditazione per due settimane e mi offriva la sua camera. Holiday, con cui evidentemente ne aveva già parlato, sorrise speranzosa.

«Dai, visto che stai sempre qui almeno hai un po' di spazio, la camera di Hol la chiamiamo *Besenkammer.*»
«E cioè?» chiesi a Yael.
«Ripostiglio delle scope.»
Ero in estasi. Scrissi a Constance e a Sam per dire che andavo in vacanza. Non era del tutto falso. Dissi a Claire che dovevo concentrarmi sugli studi e non potevo badare alle bambine. Holiday e io guardavamo film, mangiavamo, scopavamo e fumavamo. Le giornate si stavano allungando. La primavera gracidava, i germogli verdi sbucavano dal suolo nero e duro, gli uccelli cinguettavano. Io ero felice.
Dopo due settimane, però, non riuscii a trattenermi. Non mi andava di parlare con Hailey ma avevo bisogno di sapere come se la cavavano senza di me. Controllai i post dell'ultima festa. Non c'era niente, neppure una pagina. Dapprima pensai che forse, in un accesso di rabbia, lei li avesse cancellati. Holiday mi spiegò che se qualcuno o qualcosa sparisce, in genere significa che si è stati bloccati. Aveva fatto esperienza con Irena, che spariva e riappariva in base all'umore. Andai sulla pagina di Hailey, niente. Come se non fosse mai esistita. Ero stata estromessa dal Beatrice e da lei. Avrei dovuto aspettarmi uno dei suoi ceffoni al rallentatore.
Giovedì un'etichetta techno che Holiday adorava aveva organizzato una festa al KitKatClub e lei era in fibrillazione. Aveva comprato due biglietti e due birre identiche da bere mentre facevamo la fila. «Le feste dei sex club sono fichissime» aveva detto stappandomi la bottiglietta con l'accendino e versandomi un po' di schiuma sugli anfibi. Bevemmo osservando la gente dietro di noi, bretelle di cuoio che sbucavano dai giubbotti, scarpe con la zeppa, maglie a rete e strisciate di glitter luccicante. Quando entrammo ci togliemmo il grosso degli indumenti e li consegnammo al guardaroba in buste trasparenti. Io avevo un buchetto sul perizoma Gap, ma in quel locale enorme nessuno sembrò far caso al ricciolo

pubico che spuntava. Il club occupava un intero isolato. Ci addentrammo passando per una serie di piccole grotte e bar nascosti in corridoi sotto la pista da ballo principale e, infine, eccoci ai piedi di una piscina turchese circondata da corpi che scivolavano lenti come lumache lungo il bordo.

«Non ci nuoterei» disse Holiday con un ghigno che sembrava una sfida, «però starebbe da dio con i capelli nuovi.» Le assicurai che mai e poi mai sarei voluta finire nell'acqua di un sex club. Jens mi aveva parlato dell'epidemia di meningite scoppiata lì l'anno prima, c'era da rabbrividire.

Al KitKat era impossibile stare con Holiday, che era velocissima e adorava saltare da una stanza all'altra. In un'alcova a luce nera trovò Donnie, il suo spacciatore di ketamina preferito, la personificazione della droga, in pantaloni pelosi e canotta a rete rosa elettrico. Comprammo una bustina. «Quel tanto che basta per ballare» disse lei, offrendomela dalla tacchetta in fondo al simbolo d'argento di Venere che portava al collo. Dopo aver sniffato partì. Una Campanellino a reazione. Arrancai dietro la sua testa rasata che continuava a sparire.

Poco dopo i pavimenti cominciarono a incurvarsi e le pareti sembrarono molli. Persi di vista Holiday. Vagai un po', mi sedetti e appoggiai la testa su un parapetto di metallo. Il tempo era sfuggente. Mi sentivo male, la droga mi aveva sciolto le viscere. Tenendomi la pancia con le mani mi alzai, mi feci largo fra le centinaia di corpi che ballavano sulle piste principali al ritmo flagellante della techno e mi trascinai in un bar del seminterrato. Niente Holiday. Passai sotto due macchine del fumo in piena attività circondate da orsi poganti con le pance pelose che mi sfioravano le spalle, ma lei non era neppure lì. Dovevo sedermi, così mi accasciai su una scala di pietra. O svenivo o me la facevo addosso. Qualche minuto dopo mi rimisi in piedi e attraversai una stanza dov'era in corso una chiassosa orgia su barelle e raggiunsi la piscina letargica, dove una ragazza stava immergendo il piede per guardare le ondine color indaco. Infine, su una panca di ecopelle rossa nell'angolo, vidi il retro di una testa rasata, indistinto, che si muoveva. Holiday, le gambe avvolte intorno a una tipa, stava pomiciando. Si girò un attimo verso di me, ma non mi vide. A me si contrasse lo stomaco.

Dovevo affrontarla? Dovevo avvicinarmi? Sentii l'ano dilatarsi. Volevo morire. Aspettai in fila per recuperare i vestiti, irrequieta. Sapevo di non avere scelta, sarei andata in Bülowstrasse. Mi bruciava tornarci persino in quello stato alterato, però era meglio che svenire per strada o andare a casa di Holiday. Camminai fino al treno.

Dal marciapiede vidi che l'appartamento era al buio, stavo troppo male per indugiare. Mi trascinai su per gli ultimi gradini, infilai piano la chiave e andai dritta in bagno. Il bordo freddo del water di ceramica sotto le cosce è l'ultima cosa che ricordo prima di perdere i sensi.

Quando mi ripresi mi sentivo dentro una lavatrice, tutto girava, sudavo, avevo il viso premuto contro il tappetino. Mi alzai, le pareti sembravano curve e avevo le mani appiccicose. Gli occhi non riuscivano ad abituarsi alla luce. Mi chinai in avanti e mi sciacquai il viso. Mi ripresi un po' e uscii dal bagno, sentii i calzini bagnati e mi appoggiai al telaio della porta di Hailey. Il pavimento era sporco di un liquido rosso. Mi tornò in mente la piscina del locale, dovevo avere le allucinazioni. Accesi la luce in corridoio. La *porta* era spalancata e ovunque c'era nastro segnaletico appeso come stelle filanti e palloncini rossi che ballonzolavano. Cosa stava succedendo?

Vidi la coppa Martini gigante al centro della camera di Hailey e, sul letto, una gamba che spuntava teatralmente da sotto il piumone. Lentiggini e cavigliera di perline. Capii cos'era successo, la *serata a tema scena del crimine*. Quella pazza furiosa doveva aver passato giorni e giorni a decorare la casa. Camminai nelle pozze e avvicinai una sedia al suo letto. Sedermi fu un sollievo. I contorni della stanza ondeggiavano, quasi potessero ripiegarsi e inghiottirmi da un momento all'altro, e il treno passò con un lampo di luce gialla. Tutto sembrava elastico. Sospirai.

Aspettavo da tempo l'occasione di affrontare Hailey, di analizzare la lite e il marcio che c'era fra di noi, ma non era così che me l'ero immaginato. Forse, però, la sua fissa per la teatralità era perfetta, la scenografia della studentessa straniera ammazzata, certo. Mi piegai e misi un dito nel liquido rosso, dolciastro come lo zucchero nelle bustine rosa che si trovava nei ristoranti.

« È sangue finto? Hailey, è tutto molto strano. »

Era bello riuscire finalmente a parlarle. « So che ci siamo lasciate male. Abbiamo detto cose che... però non capisco il senso » dissi guardando i libri, le carte, tutti i vestiti fuori dall'armadio e sparsi per terra, il computer una pietra levigata in una pozza di rosso.

« Vuoi che ti chieda scusa? » Aspettai una risposta. Niente. « Mi dispiace, se è questo che vuoi. Perdonami... »

La stanza girava di nuovo, ero stanca. Forse stavo già dormendo. Il treno sfrecciò di nuovo, il pavimento si riaccese, poteva benissimo essere un sogno.

« Come facciamo a pulire tutto? » Avevo bisogno che mi rispondesse. « So che odi Beatrice, ma stavolta hai esagerato, cazzo. »

Si era mossa o no? Non riuscivo a ricordarlo. Sentii che il cervello tornava, si ricaricava lentamente. Avevo bisogno che mi rispondesse.

« Hailey, e dai, ora basta... »

Mi arresi. Caddi in ginocchio schizzando sangue zuccherino e strisciai fino al letto, combattuta tra il desiderio di rannicchiarmi accanto a lei e quello di cavarle una risposta a suon di schiaffi. Sollevai il piumone e vidi il viso di un bianco bluastro e una serie di squarci tra il marrone e il rosso sul torace. Quel sangue era diverso, aveva un odore metallico, reale. Fu un brusco risveglio. L'afferrai dalle spalle. Era inerte, la lasciai ricadere sul letto.

Non sapevo neppure il numero della polizia. Scendendo barcollante i gradini mi ricordai la parola *Hilfe* e feci uscire quel suono stridulo dalla bocca. Fuori il mio *Hilfe* trovò una signora anziana che portava a spasso il cane e che, con le dita tremanti, compose il numero della polizia mentre il bassotto mi leccava il sangue dalle gambe. Quando infine la strada fu immersa nella luce azzurrata chiusi gli occhi.

14

Gli agenti erano ansiosi di cominciare e facevano avanti e indietro oltre la porta mentre un medico alto e sgraziato li informava in tedesco sulle mie condizioni. Per una settimana avevo alternato stati d'incoscienza a stati di coscienza. Per una settimana la storia aveva fatto a meno di me, mentre frammenti di informazioni svolazzavano come innocue bolle di sapone e nel corpo mi venivano infilati aghi e tubicini. Gli investigatori erano stati ammessi solo perché l'ospedale aveva approvato la visita cedendo alle pressioni della polizia.

Quando entrarono nella mia stanzetta sorrisi. Il più giovane, con i capelli folti e fin troppi denti bianchissimi, sarebbe piaciuto da matti a Hailey. Mi guardò con dolcezza e capii all'istante che era lo sbirro buono, il mio Olivia Benson. Aspettai il *dun dun* che indicava l'inizio dell'episodio.

Sottovoce, e con accento britannico, Olivia Benson mi offrì un bicchiere d'acqua. Dietro di lui arrivò con calma un tipo calvo e tarchiato, lo sbirro tosto, il mio Ice-T, con la camicia che gli cadeva male e i pantaloni macchiati di cibo. Mi salutò con un cenno del capo e, senza troppe cerimonie, mi mostrò una foto rettangolare. Sulla superficie lucida c'era il riflesso dei lunghi tubi di neon del soffitto, così la spostò e io misi a fuoco il torace scomposto di Hailey in un lago di sangue. Mi uscì di bocca un'involontaria risatina, che Ice-T segnalò al collega muovendo appena il labbro. Ridere non era mia intenzione, ma la foto aveva un non so che di elegante e alla moda, il corpo magro e distorto in tutto quel liquido cremisi faceva pensare al paginone natalizio di *Vogue Italia*. Hailey sarebbe impazzita per quell'immagine seducente.

«Che c'è di spiritoso?»

«Mi scusi» dissi tornando in me.

«La tua amica è morta.»

Annuii con fare solenne e riguardai la foto.

«Stiamo cercando di ricostruire gli eventi, devi aiutarci a capire alcune cose» mi spiegò Olivia Benson prendendo una penna con gesti lenti, quasi non volesse turbare un animale spaventato.

«A che ora sei tornata a casa giovedì scorso?»

«Intorno alle quattro del mattino.»

«Perché hai aspettato le cinque e un quarto per chiamare la polizia?» chiese Ice-T.

«È possibile che mi sbagli. Sono confusa. Forse erano le cinque.» Loro si scambiarono un'occhiata.

«Quand'è stata l'ultima volta che hai visto Hailey?»

«Qualche settimana fa, a casa.»

«E?»

«Stava bene» mentii. Mi tornarono in mente le ultime parole che le avevo rivolto, *pazza furiosa*.

«Gira voce che all'ultima festa a cui hai partecipato abbiate litigato.» La severità del suo viso mi raggelò, mi prese il panico. Ricordai la festa, l'avevo afferrata per il polso e trascinata in bagno fra le urla.

«Stavamo solo discutendo.»

«Di cosa?»

«Un ragazzo, una sciocchezza» risposi cercando di chiudere l'argomento.

«Chi?»

«Mathias Fischer. Lavora al Volksbühne, nell'attrezzeria.»

Olivia Benson prese nota.

«Sul telefono di Hailey abbiamo trovato i messaggi che ti

ha mandato diversi giorni fa. Non hai mai risposto. Sembrava turbata.»

«Ve l'ho detto, ho tolto la batteria dal telefono, non la vedevo da settimane.» Mi sorprese il tono della mia voce, quasi fossi sulla difensiva.

«Sapevi del libro?»

«Che libro?»

«Quello che voleva pubblicare.»

Mi conficcai l'indice nel pollice e il sangue circondò l'unghia. «Non parlavamo da un po', non ne avevo idea...» M'interruppi, ero frastornata. «Mi sono trasferita da Holiday Roberson. Hailey si comportava in modo strano e io avevo bisogno di cambiare aria. Potete chiedere a Holiday» dissi sentendo una fitta di dolore al pensiero della sua bocca su quella dell'altra ragazza al club.

«Già fatto» replicò Ice-T compiaciuto. Non sopportavo l'idea che le si fosse avvicinato. E lei cosa gli aveva detto? Sapeva dov'ero? Le importava? Immaginai che sapessero della ketamina. Chissà se era il caso di dire che avevo perso i sensi, che la mia ricostruzione era un fiume tortuoso con mille rivoli.

Lui indicò la foto di Hailey. «Il grosso del sangue è finto, per caso sai perché?»

Ricordai il sapore dolciastro da bustina rosa. Chiusi gli occhi. Raccontai della festa a tema scena del crimine, dell'ossessione di Hailey per Amanda Knox e dell'idea di riempire di sangue la coppa Martini gigante.

«E quando sei arrivata a casa cercavi qualcosa?»

«Come?»

«L'appartamento era» s'interruppe alla ricerca della parola più adatta, «sottosopra.»

«Beatrice Becks ha ucciso Hailey» dissi.

Ice-T guardò Olivia Benson. «Ci spieghi cosa te lo fa pensare?»

Raccontai con pazienza che Beatrice s'intrufolava in casa quando non c'eravamo e usava l'appartamento sul retro per spiarci. Che leggeva il diario di Hailey e che, anzi, Hailey scriveva direttamente a lei. E che il prossimo libro di Beatrice parlava di noi. Loro si guardarono, il labbro di Ice-T si sollevò di nuovo, stavolta simile a una pinna di squalo. Pian piano, come se il mio riflesso emergesse da uno specchio appannato, mi accorsi di sembrare completamente pazza.

Ice-T disse qualcosa in tedesco. Quando il suo telefono squillò, Olivia Benson rispose brusco e si spostò in corridoio. Ice-T ne approfittò e, rosso in viso, disse sprezzante: « Hailey era convinta che volessi ucciderla ». Aspettò un attimo. « L'ha detto lei, non io » aggiunse lanciandomi un libricino spillato.

Indicò le pagine che avevo in grembo. « È tutto scritto lì. »

Guardò la finestra. « Ah, un'altra cosa: le coltellate sul corpo di Hailey sono quasi identiche a quelle della tua amica Ivy Noble. »

Mi venne la nausea. Era uno scherzo? Non avevo neanche idea di dove fosse stata accoltellata Ivy.

Abbassai gli occhi sulle pagine, la copertina era una fotocopia ridotta del collage che le avevo regalato, con la Polaroid scattata in albergo. In cima, in grandi caratteri gotici, il titolo: *HOSTEL STAR di Hailey Mader*.

Un macchinario beige cominciò a suonare.

Dopo che ero svenuta per strada mi avevano portata in ospedale e, ancora priva di conoscenza, mi avevano subito trasferita in barella in una camera iperbarica, dove avevo ricevuto ossigeno al cento per cento in cicli di tre ore. Quando infine ripresi i sensi guardai in stato confusionale, attraverso gli oblò, infermieri e medici muoversi come ignare creature marine, polpi e calamari indaffarati con cartelline. In reparto mi dissero che ero stata fortunata. Per aver passato le ultime settimane fuori casa evitando gli effetti più gravi. Per essere uscita a chiamare l'ambulanza. Per essere stata chiusa nel sottomarino iperbarico.

Dalle analisi del sangue ero risultata positiva alla ketamina, a tracce di cocaina che non ricordavo di aver sniffato e all'avvelenamento da monossido di carbonio. La paranoia, insieme a tante altre forme di deterioramento mentale, era uno degli effetti collaterali, come mi spiegò con calma, tre giorni dopo il ricovero, un dottore piccolo di statura con il nasone bruciato dal sole.

« Le canne fumarie dell'appartamento non venivano pulite da anni e siete state esposte a concentrazioni basse ma costanti. »

Silenzio. Chiusi gli occhi e pensai al bagliore dei fuochi invernali che avevano eroso i fragili condotti dei nostri cervelli. Ai riccioli di *New York Times* che avvampavano di arancione. Alla montagnola di carbone unto nel seminterrato. La nostra vita era stata condensata in quelle mattonelle nere, una dopo l'altra, la misura della nostra amicizia. Una tonnellata.

« Ti sentivi strana in casa? » chiese il dottore dal naso bruciato. Tutto sembrava strano in casa. Annuii.

« Mal di testa? Debolezza? »

Annuii.

« Allucinazioni? Voci? Rumori insoliti? » Ricordai i rimbombi, le strane grida, tutto quello che avevamo attribuito alle crepe gelide di un vecchio palazzo. « Nausea o vomito? »

L'allettante water bianco in casa di Beatrice mi balenò davanti agli occhi. Le ore passate con la faccia all'ingiù a convincere la faringe a liberarsi.

Il medico continuò a parlare, io ascoltai distrattamente. « Ogni anno muoiono avvelenate centinaia di persone. Quest'inverno, a una cena con sedici invitati, hanno provato a fare il caffè sulla stufa a carbone, due sono morti e gli altri sono stati malissimo. »

Annuii di nuovo, cercando d'immaginarli. Erano come noi? In costume? In posa per le macchine fotografiche? Facevano qualche gioco spaventoso? Chi era stato il primo a sentirsi male? La signora Peacock in sala da pranzo?

« È fondamentale una buona ventilazione » stava dicendo il dottore.

Tutte quelle mattine gelide con i postumi della sbornia, sigillate in un forziere velenoso, ovvio che non stessimo mai bene. Ovvio che ci impasticcassimo di antidolorifici per rallentare temporaneamente il gonfiore dei nostri cervelli asfittici.

Mi misi alla prova. Come si chiamava il presidente? Che anno era? Come cominciava *Orgoglio e pregiudizio*? Risposi quasi a tutto. Certe cose, però, erano svanite. Non riuscivo a ricordarmi l'indirizzo del nostro appartamento né che scuola frequentassi a New York. E i nomi, con cui non ero mai stata brava, sembravano palloncini senza filo, inafferrabili. Tuttavia sapevo che Hailey era stata accoltellata quattordici volte, proprio come Ivy. Provai a non pensare a quel numero, eppure continuava a spuntare malgrado i miei sforzi, a conficcarmi la sua testa appuntita nel cranio. Inspirai ossigeno – sembrava non bastare mai – e mi concentrai sulle pagine che avevo in grembo.

HOSTEL STAR
La finestra è cosparsa di gocce di pioggia. Che Zoe ricordi, da quando ha lasciato la sua cittadina della Florida dimenticata da Dio, è stata tutta una interminabile serie di serate come questa. Contempla il proprio riflesso nella finestra scura, è bella ma non è Elena di Troia: le andrebbe già di lusso se le facessero pubblicizzare un kayak monoposto. E lei lo sa da quand'era piccola. Ha i capelli

castani, la pelle chiara e un'indole da servetta, destinata a passare inosservata nel chiasso di una stanza piena di gente. Inspira, torna a guardare la scrivania in disordine dello studentato ed emette un gemito afflitto. Non era la vita che voleva, niente affatto, però non si dà per vinta, vuole semplicemente quella di un'altra.

Ci ha provato, davvero. Ha visto tutti gli episodi di Sex and the City ed è entrata nei bar del centro per ordinare un cosmopolitan, chiedendosi se fosse sufficiente per far piovere i coriandoli della maturità. Spesso ricordava a se stessa che l'accademia è il posto ideale per gli squilibrati e lì, per certi versi, si sente più a casa che mai. Eppure c'è sempre un'ombra che danza in sottofondo, la sua migliore amica.

Ivy e Zoe sono cresciute insieme, competitive e unite. Hanno passato i pomeriggi a camminare sottobraccio fra le palme e i curatissimi fiori tropicali di Sebastian. Zoe, però, è sempre stata la seconda, eclissata dall'ombra dell'amica Ivy, la migliore. La prima ballerina che si è aggiudicata il primo posto al teatro nazionale a dodici anni, per poi conquistare l'ambita ammissione alla migliore accademia di danza del paese a sedici. La ragazza che tutte vorrebbero essere. Forte, simpatica, bella. Zoe non poteva accontentarsi di essere la sua migliore amica, la sua più intima confidente? Non poteva accontentarsi di scegliere i vestiti con lei al centro commerciale? Di essere la seconda? Di ridere alle sue battute? Sì, fino all'arrivo di Jesse.

E così via. Il sangue mi ribolliva per poi raggelarsi. In un certo senso era geniale. Hailey aveva cominciato leggendo tutti i libri perversi di Beatrice e, una volta finiti, aveva catalogato tutti quelli della biblioteca, quindi la mossa successiva era scriverne uno. Perché no? Un perfetto loop concettuale fra loro due, in cui Hailey manipolava le nostre vite fino a trasformarle in un pulp-trash a malapena riconoscibile fuso insieme a resoconti dettagliatissimi delle feste che organizzavamo, il tutto con me nei panni della cattiva. Mi misi a sedere sul letto d'ospedale, mentre ogni singolo segreto che le avevo sussurrato risuonava sulla pagina come un campanello rabbioso.

> *Al funerale Zoe fa del suo meglio per sembrare triste, ma conosce la verità e si chiede se gli altri riescano a vederla riflessa nelle sue pupille. Sono passati appena nove giorni da quando ha conficcato il coltello da caccia dello zio nella pelle perlacea di Ivy e non prova alcun rimorso.*
>
> *Rifiuta cortesemente di fare l'elogio funebre per l'amica schermandosi dietro la timidezza, ma in realtà sa che il suo senso di colpa sarebbe evidente. Sentendo le prime parole del sermone si sforza di piangere, invano, così opta per una smorfia. Dentro ha un gran fermento. Sguscia via dal banco della chiesa per andare in bagno a controllarsi il trucco. Sa che si avvicina il momento fatale in cui Jesse finalmente guarderà lei, non oltre, proprio lei. Si liscia i capelli color topo, si esercita ad assumere un cipiglio triste e rispettoso, torna a sedersi e trova tutto di una noia straziante tanto da chiedersi: perché le ragazze morte piacciono così tanto?*
>
> *Respira. Si calma, ha pianificato tutto. Adesso deve solo avere pazienza. Presto si tingerà i capelli di biondo, comincerà a vestire i panni di Ivy e Jesse sarà suo.*

Hailey aveva tagliuzzato tutto in pezzi scombinati, un metaminestrone. Mathias, che per me aveva significato pochissimo, era diventato il mio grande amore. Holiday, per la quale lei non nutriva alcun interesse, non c'era affatto. Io ero una squinternata, ossessiva per natura. La storia si imperniava sul triangolo amoroso fra Mathias, lei e me. Cosa cercava? Melodramma. Me l'aveva ripetuto fino alla nausea. Non le avevo dato retta o non m'importava. Però non si era limitata alla descrizione della nostra vita a Berlino, aveva raccontato il mio passato con dettagli scottanti ricavati dalle foto di Facebook, fino ai corpetti viola orchidea e al temporale che ci aveva costrette a scattare le foto nel garage di Ivy.

> *Mathias è innamorato di me e io di lui. Sono terrorizzata, perché ho il presentimento che se non m'invento qualcosa farò la fine di Ivy. Cerco di allontanare il pensiero. Vado a correre, preparo un'insalata, mi verso un bicchiere di vino bianco. In genere sono talmente in ansia da non riuscire neppure a mangiarla, l'insalata. Mathias viene a trovarmi la sera, lancia sassolini sul vetro della finestra e io apro piano gli scuri sperando di non svegliare Zoe. Lui resta giù e m'invita a scendere per giocare con la neve, io scendo i gradini pensando: vuole uccidermi. La mia coinquilina mi ucciderà proprio come ha ucciso Ivy, la sua migliore amica.*

Il libro culmina nell'ultima festa al Beatrice, quando Hailey si esibisce in un reading nella coppa Martini gigante piena di sangue, con i palloncini rossi attaccati al soffitto «in un'orgia di suspense» e il nastro segnaletico che soffia nel vento «inquieto». Aveva pianificato tutto. E nella grande rivelazione informa gli astanti che io ho ucciso Ivy e racconta la sconvolgente storia di come lei abbia scongiurato la propria morte battendomi in astuzia. E ovviamente finisce con me in carcere.

Un'infermiera dai capelli crespi che somigliava a Cathy dell'eponima striscia di fumetti entrò e mi prese dalle mani il libricino.

«Può bastare.»

Non protestai. Ero d'accordo.

« Se ti senti meglio ti accompagno al telefono » gracchiò lei.

Provai a muovere le gambe e annuii. Malgrado la debolezza ne avevo un gran bisogno. Il mio mattoncino Nokia era stato confiscato dalla polizia e volevo parlare con la mamma. L'infermiera mi aiutò a sedermi su una sedia a rotelle grigia e mi spinse lungo il corridoio fino al telefono.

« Mamma. »

« Tesoro, mi dispiace tanto. »

Restammo entrambe in silenzio, confortate dal respiro dell'altra. « Come ti senti? »

« Bene... » mentii.

Volevo che mi parlasse dei fiori del giardino, volevo sapere se era stata in spiaggia, se il tempo era bello, se era andata a mangiare i suoi hamburger preferiti, con le patatine fritte a ricciolo. Volevo ignorare completamente la mia realtà.

« Mi dispiace da matti per Hailey. Non oso immaginare cosa stiano passando i suoi. » S'interruppe. « Però quello che ha scritto su di te nel suo libro è raccapricciante. »

« Come fai a sapere cos'ha scritto? » chiesi scioccata.

« Tesoro... » disse lei con eccessiva dolcezza, evidentemente a disagio, « l'ha mandato ai giornali in strane scatole a forma di animali. È dappertutto. »

Lasciai cadere la testa contro il vetro della cabina telefonica.

« Amore, abbi cura di te, okay? Bevi tanto. Io sto cercando un avvocato, ma non è facile. Vengo appena posso. »

Forse se mi avessero lasciato in pace a riflettere sul suo tradimento, o addirittura sulla sua morte, avrei potuto perdonarla. O perlomeno avrei potuto piangerla. Sapevo che Amanda Knox aveva fatto uscire dal carcere i suoi diari, ma almeno era la sua voce, il suo triste poema nella sua grafia americana tondeggiante, e almeno aveva potuto scrivere in italiano *LA MIA PRIGIONE*. Io non avrei nemmeno saputo dirlo in tedesco. Superato lo sconcerto iniziale, giornali e riviste non ci avevano messo molto a capire che le fotocopie nascoste nelle sculture di cartone alla Noguchi e nelle scatole surreali a forma di animali erano il dono postumo della ragazza morta di cui si stavano occupando. Io non riuscivo a dormire. Come facevo a spegnere il cervello? Hailey mi aveva incastrato.

Il pensiero che la mamma mi stesse cercando un avvocato mi spaventava. Digitava *avvocato Germania* nella stringa di ricerca di Google? Avrebbe parlato in inglese? Poteva permetterselo? Esistevano difensori d'ufficio? Qui c'era la pena di morte? Stavo precipitando in una spirale. Dovevo reagire. Tentai di ricostruire gli eventi. Lei avrebbe fatto di tutto per la sua storia, ma di certo non aveva in mente di morire.

Dopo cena mi alzai dal letto, percorsi il corridoio deserto e sprofondai nel sedile della cabina telefonica. Sfogliai le sottili pagine gialle dell'elenco e trovai i Breitbach. Claire era stata l'unica alla quale avessi parlato di Beatrice, anche se in quel momento era ubriaca.

« Ciao Claire, sono io, Zoe. »

« Oddio, stai bene? Dove sei? »

« In ospedale. »

« Non ci posso credere » disse lei quasi fosse incollata alla tv e la mia vita venisse fatta a pezzi e rimontata proprio mentre parlavamo. « Sei ovunque. È... assurdo... Hailey... la tua coinquilina... »

Chissà se aveva letto il libro, non glielo chiesi.

« Claire, sei l'unica persona a cui ho parlato di Beatrice. »

Silenzio. La sentivo pensare. Le bambine cominciarono a gridare in sottofondo, così continuai: « So che è stata lei... »

« Possiamo vincere » m'interruppe. « Non sto più nella pelle » aggiunse in un tono entusiasta da allenatrice di pallavolo.

Si presentò due ore dopo con un tailleur arancione elettrico e una valigetta argento iridescente, i capelli raccolti in una coda semiseria talmente stilosa che mi chiesi se, prima di venire, si fosse fermata dal parrucchiere. La mia Barbie avvocata. Fissò gli occhi su di me. «Scusa se ci ho messo tanto ad arrivare, Savannah e Serena mi hanno nascosto le chiavi della macchina e sono capitata in un taxi lento come una lumaca. Devi raccontarmi tutto» concluse chinandosi per abbracciarmi. Era zuppa di Chloé Eau de Parfum e lo trovai confortante, un ricordo della vanità femminile, un mondo sciocco in cui speravo di tornare.

Farfugliai un *graziemille.*

«Zoe, i capelli» disse poi, evidentemente delusa dalla tinta blu. Me n'ero quasi dimenticata.

«Dunque, ho letto alcuni passi del diario di Hailey. Ho seguito il grosso della copertura mediatica, in tv e sui giornali. Dal punto di vista legale è una situazione incendiaria. Sono contenta che tu mi abbia chiamato, ti serve un buon avvocato. Il quadro che ha dipinto ti mette in cattiva luce.» Cominciò a ticchettare avanti e indietro smaniosa, dimenando la coda, elencò gli articoli che aveva letto, elargì il suo parere su giornalisti, *ignobili qui come ovunque*, polizia, *pigra e a corto di personale*, sistema giuridico, *inefficiente e lento*, e tutti i possibili esiti. «Ti difendo io. Qui è illegale farlo gratis, ridicolo, no? Stabiliremo una parcella irrisoria, però dovrai fare esattamente quello che ti dico, okay?»

Annuii, ma il suo buonumore mi agitava. «È stata Beatrice» dissi tutto d'un fiato.

Claire si fermò e mi scrutò negli occhi alla ricerca di qualcosa. «Quando me ne hai parlato ti ho suggerito di raccogliere delle prove, ti ricordi? Dimmi che mi hai dato retta.»

Scossi la testa, imbarazzata.

Prese il telefono dalla borsa iridescente, cominciò a registrare e trascinò la sedia davanti alla porta. «D'accordo, aspettiamo che la polizia trovi Beatrice. Nel frattempo noi dobbiamo costruire la difesa. La legge tedesca è diversa da quella americana. Non c'è giuria, che nel tuo caso è un bene, né patteggiamento, e tutto procede in maniera direi asettica. Potrebbero volerci anni. In confronto la pena carceraria è relativamente mite, per l'omicidio prevede dai cinque ai quindici anni, ma non è il caso di preoccuparsi.»

Io deglutii aria.

«Per cominciare, dov'eri la sera dell'*incidente* e c'erano testimoni?»

«Ero al KitKat con Holiday...»

Claire inarcò il sopracciglio destro, lo conosceva. «Holiday è una persona?»

«È la ragazza che sto... frequentando.»

«Non è il posto ideale, ma è un bene che ci fossero tanti testimoni.» Alzò gli occhi dalla borsa, in cui stava cercando chissà cosa. «Com'è stata la tua ultima interazione con Hailey?»

Le raccontai della lite, di lei e Mathias. Di non aver risposto alle sue chiamate. Nel ripetere l'ultima frase, *ringrazia che Ivy è morta, almeno hai qualcosa da raccontare*, mi s'incrinò la voce.

«Che stronza! E prima che ti ha detto?» mi chiese come un'amica che sta per ordinare un altro giro di tequila a una serata di sole donne. Mi sforzai di ricordare quali altre parole avesse urlato, ma erano gusci vuoti.

«E dimmi di Beatrice: c'erano segni tangibili del fatto che entrava in casa?»

«In un cassetto abbiamo trovato dei fogli. A febbraio, quando abbiamo forzato la serratura. Qualche settimana dopo l'abbiamo riaperto e non c'erano più. E sono sparite anche le schede per appunti nell'appartamento sul retro.»

«Okay...» Claire fece una smorfia.

«Ed è venuta a una delle feste, l'abbiamo scoperto solo perché compare in una foto, il viso non si vede, ma è lei. La trovi sul sito della rivista *Purple*.»

«Okay. E quando hai trovato Hailey morta cos'è successo? Raccontami tutto per filo e per segno.»

Le riferii di Holiday. Del KitKat. Del tragitto in treno verso casa. E poi mi fermai. Non le dissi che mancava un lasso di tempo. Non volevo instillare l'ombra del dubbio né in lei né in nessun altro. Ricordavo le pareti curve, di essermi sorretta al bordo della vasca, di essermi seduta sulla sedia in una pozza rossa. Però non riuscivo a ricordare le azioni che collegavano quei fatti. Era normale, dissero le infermiere. Erano le conseguenze della malattia. Deficit di attenzione, cambiamenti d'umore, debolezza, incapacità di rievocare i ricordi.

«L'avvelenamento da monossido di carbonio non è una scienza esatta» aveva detto un'infermiera con i capelli castano scuro controllando la mia cartella clinica. «Ci sono ancora tante cose che non sappiamo. I danni al cervello possono compromettere per sempre la capacità di lavorare, di relazionarti agli altri, tutto.» Quando alzò gli occhi e si accorse del mio terrore aggiunse: «Oppure si può guarire, ma è improbabile». Avrei tanto voluto sentirmi dire stronzate all'americana, il bicchiere mezzo pieno.

Claire mi fece segno di continuare.

«Non molto dopo che ci eravamo trasferite sono tornata a casa e ho trovato Beatrice seduta sul sofà. Credo che stesse leggendo il diario di Hailey.» Mi fermai. «E le mie email.»

«Come lo sai?»

«Per via di una scemenza.»

«Continua.»

«Mi ha detto che *i disturbi alimentari sono un problema serio.*» Claire si accigliò.

«All'epoca vomitavo tutto. L'ho scritto a un'amica. Senza leggere l'email non avrebbe potuto saperlo.»

«Sarà difficile dimostrarlo, ma la bulimia potrebbe rafforzare la tesi del disturbo psicotico indotto da sostanze, anche se stiamo correndo troppo. Per adesso torniamo alla ricostruzione.»

Fui distratta dalle perle di giada lucente che portava al collo su una treccia di argento massiccio. Sembravano costose. Forse un regalo di Tobias dopo qualche scappatella. Ecco la ricostruzione che volevo: un braccialetto tennis per la barista del King Size, una Mercedes Classe S per la spogliarellista di Basilea, un vestito da sera Oscar de la Renta per la hostess sull'Atlantico, o più probabilmente Claire gli aveva fatto firmare un contratto in base al quale doveva depositarle un assegno sul conto personale a ogni trasgressione. Si schiarì la voce per riportarmi alle sue domande e io cercai di concentrarmi, ma tutto sembrava evanescente.

«L'ultima volta che l'ho vista, Hailey mi ha detto di voler incastrare Beatrice.»

«Come? In che rapporti erano? Si scrivevano con regolarità?»

«Sì, era lei a mandare le email che riguardavano la casa, ma a Janet, la madre.»

«Ci serviranno le copie di tutte le email che hai. In che senso voleva *incastrare* Beatrice?»

«Dimostrando che ci spiava?»

Claire riprese a camminare producendo il rumore di un risucchio con le décolleté bianche.

«Zoe, mi spieghi la teatralità? Il sangue finto? I rimandi ad Amanda Knox? Il diario dato in pasto alla stampa?»

«Tutto quello che Hailey faceva era una rappresentazione a beneficio di Beatrice. Le feste erano soltanto un modo per fare di noi dei personaggi migliori per il romanzo.»

«Quale romanzo?»

«Quello che Beatrice sta scrivendo. Abbiamo letto le interviste ed era ovvio che parlasse di noi. È la storia di due studentesse d'arte americane a Berlino. E nell'ultima ha detto che si sarebbe intitolato *Bell'e morte* e che noi saremmo passate per due emerite idiote. Hailey era una belva.»

«E allora perché nel diario ha incastrato te per il suo omicidio?»

Sospirai. «Voleva una trama migliore, stava solo esagerando.» Claire si accigliò.

«E perché Beatrice l'avrebbe uccisa?»

«Perché il libro di Hailey usciva prima del suo?» azzardai.

«Ma la pubblicità, buona o cattiva, non è comunque positiva?»

Scrollai le spalle. «È stata lei.»

«Va bene, allora diciamo che Beatrice ha usato le coltellate come quelle di Ivy per dirottare i sospetti su di te.» Riecco il tono entusiasta da allenatrice di pallavolo. «Cercheremo di non andarci nemmeno in tribunale. Che disastro.» Controllò il telefono. «Trovo che pubblicare il diario prima del processo sia molto scorretto. Dovremo analizzarlo pagina per pagina, individuare ciò che è vero e ciò che è falso e rilasciare una dichiarazione.» Richiuse la valigetta e allungò le braccia al soffitto espirando rumorosamente. «Che bello essere di nuovo in pista.»

L'opinione prevalente dei mezzi d'informazione era che uscita dal *sex club* – pronunciato dai cronisti come un serpente che sta per colpire, *sssssex ccclub* – fossi tornata a casa in preda a una collera indotta dalla ketamina e, sorpresa Hailey a prepararsi per la festa di lancio del romanzo, l'avessi accoltellata. Il fatto che qualche settimana prima tutti avessero assistito alla nostra lite, e visto che la trascinavo in bagno per il polso strillando qualcosa a proposito di Mathias, non mi era d'aiuto. Però fu positivo ricordare la lite, Hailey che m'ignorava guardandosi allo specchio. Ripensarci mi diede l'impressione che potessimo ancora fare pace. Cosa le avrei detto se fosse stato possibile tornare a quel momento, guardarla aprire il rossetto salmone e passarselo sulle labbra corrucciate? Chissà. Le avrei detto di aprire la finestra.

Hostel Star era a suo modo geniale. Era una sfilza di mezze verità sdolcinate intinte nel cianuro: avevo frequentato l'ex della mia migliore amica dopo la sua morte? Sì. Avevo fatto male ad andare a letto con Jesse la sera del funerale di Ivy? Il mondo sembrava convinto di sì. *Perez Hilton* sembrava convinto di sì. Mi ero tinta i capelli per somigliare a Ivy? Ebbene sì. E qualche mese dopo avevo indossato i vestiti di Hailey per andare a una festa e mi ero spacciata per lei? Su Facebook c'erano le foto a dimostrarlo. Hailey e io andavamo a letto con lo stesso uomo? A quanto pare sì. Era risaputo che Hailey e io avevamo un rapporto difficile? Certo. Ero ossessionata da lei? Realizzavo collage con le sue foto? Sì. In confronto a me, Amanda Knox sembrava un peso piuma.

Su insistenza di Claire cancellai la mia pagina Facebook nel tentativo di rallentare la corsa a corroborare le frottole di Hailey con prove fotografiche, ma se in un'immagine mi avevano taggata chiunque poteva trovarla lo stesso. Altro che la carrellata di foto mostrate al funerale di Ivy con tutti i suoi momenti di gloria, questo era l'opposto: io in bikini che fumo una sigaretta e mostro il dito medio, io vestita da zebra a Halloween che sollevo uno zombie di cartapesta, io con l'eyeliner sbavato che bevo vodka da una bottiglia. E nel frattempo Chelsea Benedict, la cheerleader cornificata dal ragazzo con la sottoscritta, aveva finalmente trovato il modo di sfogarsi ed era occupata a rilasciare interviste e a postare le sue ricette di salvezza e di: *io l'avevo detto*, dispensate in parti uguali.

Giovanni 3:20

Chiunque infatti fa il male, odia la luce e non viene alla luce perché non siano svelate le sue opere.

****Solo un pensiero mattutino per ricordarvi che la verità

viene sempre alla luce: a volte cresciamo con persone crudeli, ma siamo uniti contro il male ed è nostro compito in quanto membri di una comunità unita punire chi lavora per il diavolo. Chiediamo giustizia per ***Ivy

****La classe non è acqua, Sebastian, ascolta l'intervista in cui dico la mia a proposito di Zoe Beech e del recente omicidio della sua coinquilina in Germania: in onda su Wild95.5 oggi alle tre!

Dimostrare che non avevo nulla a che fare con la morte di Ivy non era mai stato un problema, ma le speculazioni dei media avevano sollecitato il coinvolgimento della polizia di Sebastian, che mi spedì il modulo per la deposizione ufficiale. Fu un sollievo vedere la mia lingua e il brutto scudetto decorato con la scritta *PROTEGGERE E SERVIRE* della mia città natale su un foglio in formato americano. Ecco l'alibi per la morte di Ivy Noble: *Ero a New York. Quella sera sono stata vista a casa di Erica Oh per il compleanno di Jessica Easter.* Anche se Erica Oh e Jessica Easter non mi erano mai piaciute, in quel momento mi mancarono entrambe moltissimo. Scrissi tutti i nomi dei testimoni che ricordavo in bella grafia, neanche li stessi invitando al mio compleanno. Al pensiero che Ivy fosse stata trascinata in quest'incubo mi sembrò di avere delle cimici radioattive sottopelle. Il suo posto non era a Berlino, in Europa, sulle prime pagine dei giornali o su labbra straniere.

Provai a custodire il ricordo della vera Ivy, intera e umana. Non era la cheerleader del necrologio in pixel bianchi e neri. Era un mondo in movimento. Sudata e muscolosa. Un'atleta dai piedi bendati. Un'amica che rispondeva sempre ai messaggi. Una ragazza dai gusti musicali incostanti, che una volta aveva masterizzato *Float On* dei Modest Mouse ventitré volte in un solo CD. Provai a ricordare il nostro ultimo pomeriggio insieme, in Union Square a mangiare yogurt gelato: lei aveva chiesto gusto torta e io l'avevo presa in giro. Da tradizionalista qual ero, l'avevo ordinato al naturale.

Cosa sarebbe successo se non le avessi dato il braccialetto d'oro per nonna Jane o se non l'avessi incoraggiata a tornare a casa? Se lei non se lo fosse messo al polso? Se non l'avesse ammirato nel riflesso del vetro? Se le avessi detto di concentrarsi sugli esami? Avrei potuto salvarla.

Le mie dimissioni dall'ospedale erano imminenti, ma dovevo comunque tornarci due volte alla settimana per i controlli. Avevo ancora perdite di memoria e capacità motorie rallentate per via dell'avvelenamento. Potevo migliorare. Potevo peggiorare. Un'altra settimana o più e magari la forchetta che viaggiava verso la mia bocca avrebbe richiesto meno concentrazione. La mamma arrivò, finalmente. Nel corridoio grigio talpa dell'ospedale sembrava piccola e smarrita, ma per me fu un enorme sollievo. Le mamme sistemano le cose. Mi chiesi se potessimo darci alla fuga. Salire su un taxi per l'aeroporto e non nominare Berlino mai più. Mi abbandonai nel suo abbraccio. Mentre mi stringeva sollevò una ciocca di capelli blu e aggrottò la fronte. Le dissi che mi dispiaceva. Per tutto.

Salimmo in taxi, ma invece di fuggire in aeroporto andammo al Park Inn, l'albergo in cui Constance aveva passato l'ultimo dell'anno. Dalla camera della mamma al trentaduesimo piano la città sembrava finta. Personcine finte con sportine della spesa finte, persino i cuscini sembravano finti, troppo larghi e sottili. Disfatti i bagagli, lei si sedette sul letto e, raggomitolata, le poggiai la testa sulle gambe.

« Cos'è successo? » mi chiese fra le lacrime accarezzandomi la fronte.

Non avevo risposte.

« Zoe? » m'implorò.

«Non lo so, te lo giuro» sussurrai.

«Va tutto bene...» disse con dolcezza, ma sapevamo entrambe che non era vero.

Eravamo sfinite. Lei dormì. Io non ci riuscii, rimasi a fissare il soffitto e ad ascoltare il suo respiro umido salire e scendere, riconoscente per lei, per la sua valigia ricamata con le conchiglie e la collana con il pellicano adagiata sul comodino.

Tre giorni dopo Olivia Benson e Ice-T mi fecero visita al Park Inn. La stanzetta si riempì di odori maschili stranieri: dopobarba dalle note legnose, salsiccia al curry, sigarette, sudore. Ero terrorizzata, non sapevo se fossero venuti a mettermi le manette o a dirmi che potevo tornare a casa. Claire era in ritardo.

«Sono l'agente Müller» disse Olivia Benson affabile tendendo la mano a mia madre.

«E lui è l'agente Graf» aggiunse indicando Ice-T, impegnato al telefono. Non sopportavo che fossero diventati veri, che non fosse più un episodio della serie. Avevano un nome.

Graf non alzò gli occhi dal telefono.

«Come ti senti?» mi chiese Müller cortese.

«Non risponde a nessuna domanda finché non arriva l'avvocata» replicò brusca la mamma. Per l'agitazione si dondolava avanti e indietro sulla sedia girevole accanto alla finestra, in una tunica stampata con i fiori d'ibisco. Né lei né la tunica erano adatte a quella situazione stressante. Restammo in silenzio. Il rombo di un aereo si mescolò al flebile cigolio della sedia finché Claire varcò la soglia con l'aria di una commentatrice di football, in completo verde acido con la gonna a tubino.

«Bene, cominciamo» disse Müller sempre cortese. «Abbiamo qualche domanda, ma prima...» aspettò che nella stanza si diffondesse il silenzio e sganciò la bomba. «Il decesso di Hailey è ufficialmente dovuto ad avvelenamento da monossido di carbonio.»

Guardai Claire, speranzosa. Forse le coltellate erano strisce di silicone applicate con la colla e lei era volata via in una nube tossica accidentale, un tragico equivoco. Non un'altra Ivy.

«Quindi l'omicidio è escluso?»

Graf sbuffò. «È pur sempre stata accoltellata post mortem.»

«Post mortem?» chiesi.

Claire mi zittì con un'occhiataccia.

«Sì, *qualcuno* ha accoltellato il cadavere quattordici volte» aggiunse lui.

«Quindi l'omicidio è escluso?» ripeté Claire in tono più duro.

«Perché mai qualcuno...» mormorai.

«Non ha senso» sussurrò la mamma stringendomi la mano.

Müller riprese la parola. «Come ben sapete, in casa c'è un accumulo di fuliggine, ma l'ostruzione della stufa in camera di Hailey è ancora sospetta, non escludiamo la manomissione. Il che ci porta alla prima domanda, e cioè se avesse avuto problemi con la stufa. Ti ha mai detto niente?»

«Sta insinuando che Zoe abbia qualcosa a che fare con l'ostruzione?» domandò Claire.

«Niente *è escluso*» intervenne Graf riprendendo le sue parole.

«Avete avuto problemi?» chiese di nuovo Müller. Claire fece una smorfia ma m'invitò a rispondere.

«Le stufe erano una vera rottura, però avevamo imparato. Quindi *no*, non mi ha detto niente.» La verità era che nelle ultime settimane non mi aveva detto niente di niente. «Avete trovato Beatrice?» chiesi.

Graf sbuffò di nuovo. «Beatrice è stata vista tutte le mattine degli ultimi cinque mesi al Café Mozart di Vienna. Numerosi testimoni confermano i vari spostamenti per l'intera durata del soggiorno. Non è fra i sospettati.»

Mi sembrò di essere investita da un tir.

«Però ha mentito, ha detto di essere altrove.»

«Era a Vienna» sbottò Graf.

«E l'appartamento sul retro?» chiesi rabbiosa. Quello, da solo, sarebbe bastato a farla finire dentro.

«Era stato pulito di recente, forse da Hailey, visto che abbiamo trovato stelle filanti e palloncini.»

Müller intervenne. «E Beatrice sostiene che non era a conoscenza né dell'appartamento né della porta.»

«È impossibile» sbottò Claire.

«Doveva saperlo per forza...» commentò mia madre.

«Beatrice è entrata in casa in più occasioni senza il permesso di Hailey o di Zoe» aggiunse Claire guardandomi per incitarmi a parlare.

«Un giorno, prima di Natale, l'ho beccata seduta sul sofà. Ha preso il diario di Hailey, non era a Vienna.» Balbettavo. «E abbiamo trovato delle carte, abbiamo forzato la serratura di un cassetto e c'erano, ma quando abbiamo ricontrollato erano sparite. Le ha prese lei. Dev'essere entrata.»

«Quali carte?» Müller sembrò piuttosto incuriosito.

Il contenuto era ancora un gigantesco buco nero. «Non me lo ricordo.»

Loro si scambiarono un'occhiata. Silenzio, poi Graf si schiarì la voce. «Dobbiamo informarti che le tue impronte sono le uniche, a parte quelle della vittima, rinvenute sul coltello.»

Claire inarcò le sopracciglia. «Ovvio. Zoe, quanti coltelli c'erano in casa?»

«Uno...» risposi.

«Esatto. Dovrete sforzarvi di più.»

Graf sbuffò. «Hai letto il libro di Hailey?»

Io annuii e guardai Claire.

«È il diario immaginario di una ragazza mentalmente instabile che soffriva degli effetti a lungo termine dell'avvelenamento da monossido di carbonio» disse lei mettendomi la mano sulla spalla.

«È anche una prova» aggiunse lui. «Oltre all'originale c'erano duecento copie, scomparse.»

«E quindi?» chiese Claire.

«Sto dicendo che abbiamo lo scontrino di Trigger Copy per la stampa di duecentocinquanta copie del diario. Cinquanta sono state ricevute dai vari addetti stampa. Le altre duecento, ipotizziamo basandoci sui suoi post, dovevano essere distribuite alla festa di lancio di venerdì e sono sparite. Come del resto il diario originale. Zoe, sai dove potrebbero essere?»

«Non ne ho idea» risposi amareggiata. Al pensiero che Hailey avesse trascinato duecento copie di quel libro da psicopatica su per le scale con l'intenzione di consegnarle ai nostri amici mi venne un istinto omicida. Come doveva andare, secondo lei? Si aspettava un lento applauso mentre leggeva ad alta voce contorcendosi nella megacoppa Martini? E come pensava che avrei reagito? Subendo senza fiatare? Infuriandomi? Ridendo del suo capolavoro come fosse una barzelletta? «Magari Beatrice le ha buttate non sapendo che Hailey ne aveva spedite altre. E forse ha messo sottosopra la casa in cerca dell'originale» aggiunsi in tono aggressivo. A me sembrava tutto molto ovvio.

Claire mi strinse la spalla per zittirmi.

Graf chiese di poter usare il bagnetto vetrato e noi restammo ad ascoltare lo scroscio dei suoi fiotti. Non tirò lo sciacquone né si lavò le mani. Quando lui rientrò, Müller ci informò che se avessero avuto altre domande si sarebbero rifatti vivi. Ci ringraziarono e se ne andarono. La mamma sparì dietro il vetro opaco per tirare lo sciacquone, poi abbassò la testa e sospirò in silenzio. I suoi capelli sembrarono all'improvviso grigi.

Claire respirò a fondo. «Bene, abbiamo parecchia carne al fuoco, ma la situazione non è tragica, davvero. È impossibile che riescano a dimostrare la manomissione della stufa, questo mi sembra evidente. E mi sorprenderebbe anche un processo per omicidio. C'è di che festeggiare.» Pausa. «Procederanno per vilipendio di cadavere.»

«Cosa?» disse mia madre con un filo di voce spaventando sia Claire che me.

Vilipendio di cadavere, parole che sembravano colate nel bronzo.

«Sul coltello ci sono le impronte di Zoe.» Un altro respiro profondo. «Nel complesso sono buone notizie.»

«Però qualcuno l'ha accoltellata quella povera ragazza» intervenne la mamma.

Avrei voluto correggerla. Hailey non era una *povera ragazza*, ma un mostro che si era costruito il proprio palcoscenico, chiodo dopo chiodo. Invece rimasi in silenzio.

«Beatrice con un alibi di ferro, quello sì che è complicato» disse Claire guardandomi in cerca di chissà cosa.

«È stata lei...» ribadii mentre controllava il telefono. «Tu mi credi, vero?»

«Zoe, il mio compito è instillare dubbi.»

La mamma mi guardò nervosa. «Ma non può essere una che va in giro a mutilare cadaveri, dev'esserci un modo per dimostrarlo.»

«Il giudice assegnato al caso, Viktor Hofmann, valuterà se le prove sono sufficienti per celebrare un processo, ma lo conosco. Berlino è piccola, da un punto di vista giudiziario, e lui era amico del padre di Tobi. Si conoscevano dai tempi della Guerra fredda» concluse Claire.

Mia madre aspettava con ansia che arrivasse al sodo.

«Pensavo... sembrerà un gesto disperato, però so che

Viktor guarda religiosamente il programma di Greta Meyer. Se vogliamo ribaltare il punto di vista, meglio farlo da lei» spiegò Claire. Le squillò il telefono, una scarica meccanica di *bip*. Lei lo silenziò.

«In genere mi terrei alla larga dai media, ma qui dobbiamo dimostrare che sei sana di mente e dare la tua versione dei fatti. E dobbiamo anche stanare Beatrice dal suo nascondiglio, qualunque sia.»

«Vilipendio di cadavere» ripetei scioccata.

Lei annuì quasi stesse confermando l'ora.

«E devi tornare castana, naturale, affidabile, normale. Ti prendo un appuntamento da Udo, le bambine lo adorano, è nella zona ovest.» Si fermò scrivendo l'appunto sul telefono. «È vero quello che ha scritto Hailey? Ti sei fatta bionda per somigliare a Ivy?»

Feci di sì con la testa, inutile motivare razionalmente tutte le versioni di me stessa.

Non volendo rischiare di farci fotografare ordinammo il servizio in camera. Il pranzo arrivò. La mamma, rianimata, recuperò le tovagliette e trasferì i sandwich e le patatine unte sui tovaglioli di carta. Nel frattempo Claire mi spiegò che per la legge tedesca lei, in quanto mia avvocata, aveva accesso ai documenti dell'accusa, comprese le deposizioni dei testimoni. Sfilato un foglio dalla borsa, m'informò – dopo una pausa melodrammatica – che Holiday non poteva confermare il mio alibi al *sssssex ccclub*. Diede un morso al panino e aggiunse che poteva solo corroborare l'ingresso alle 23.45, ma non ricordava quando mi avesse rivisto né quando me ne fossi andata.

Fuori dalla finestra la città era immersa nella nebbia. C'era anche lei, chissà dove. A ordinare un falafel. A guardare un film a letto. Le importava qualcosa? L'avevo cercata disperatamente per poi trovarla incollata alla faccia di un'altra. Sapevo che eravamo in un sex club, non ero un'idiota, non sarei dovuta restare scioccata. Avevo deciso io di andarmene. Fossi stata contenta di sorprenderla in quell'atto di piacere, e magari avessi partecipato, non mi sarei trovata in quella situazione. Ce ne saremmo tornate a casa tutte insieme. Immaginai il triangolo mancato. Fiche su fiche. Nella deposizione Holiday aveva detto alla polizia: *abbiamo fatto la fila, siamo entrate insieme, abbiamo sniffato, ci siamo perse e ritrovate.* Sembrava un'accurata descrizione del nostro rapporto.

« Ora arriva la parte peggiore » disse Claire portandosi il tovagliolo alla bocca.

« 'Perché Zoe si è trasferita da te?' Risposta: '*Fra lei e la coinquilina Hailey Mader c'era tensione*'. 'Hai mai avuto l'impressione che volesse farle del male?' Risposta: '*Sì, una volta è tornata a casa dicendo che voleva ucciderla*'. »

Claire mi guardò. « Dimmi che non è vero. »

« È un modo di dire, cazzo, ero arrabbiata con Hailey. Non dicevo sul serio. »

« Non va affatto bene. »

« Lo so. »

15

Dopo l'autopsia, il corpo di Hailey fu rimandato in America. Non sapendo dove seppellirla, i genitori decisero di cremarla e di spargere le ceneri in ciascuno degli stati in cui era cresciuta: Rhode Island, Nebraska, Kentucky e Colorado, granelli di lei che avrebbero per sempre segnato il percorso del crollo dell'impero Biggles. Non era quello che avrebbe desiderato, pensavo, ma d'altra parte ero stufa di bruciare oggetti. Stufa di guardare le fiamme lambire collage, corpi e mattonelle di carbone. I suoi non vollero incontrarmi né sentirmi, richiesta che riferirono a Claire e che io fui contenta di rispettare.

Mi era difficile elaborare la morte di Hailey. *Ero a pezzi.* Alle domande rispondevo con frasi fatte, ma la verità era che l'odio mi dava ancora dipendenza. Lei aveva distorto il mio dolore per Ivy e il mio amore per Jesse, trasformandoli in sentimenti crudeli e sinistri, il tutto per il proprio tornaconto. Era impossibile separare la ragazza che aveva scritto quelle parole spaventose da quella che mi aveva chiamato dimenando il braccio lentigginoso alla Hauptbahnhof. Eppure avevo l'impressione che fosse ancora con me, che sghignazzasse a ogni minimo progresso dell'intreccio come se le domande di Müller e Graf, dei medici, di mia madre e di Claire rientrassero tutte nel suo piano e, fra non molto, sarebbe sbucata leggiadra da dietro il sipario del Volksbühne per riscuotere l'applauso. E noi avremmo applaudito come cavalli al galoppo su un ponte di latta, uno scroscio fragoroso. Lei avrebbe assaporato con un inchino le dita spellate che celebravano l'artista concettuale più importante al mondo, *Hailey Mader*, capace di simulare la propria morte manipolando la teatralità della violenza mediatica contemporanea per creare un intreccio degno del grande schermo. L'attività frenetica di pubbliche relazioni dava i suoi frutti, ogni cavo era scoperto, la bomba era innescata, la trama era esplosiva.

Pur lamentandosi continuamente di essere a corto di soldi, la mamma era vittima dello shopping compulsivo. Una volta scoperta la versione tedesca di T.J. Maxx, aveva riempito in fretta la piccola stanza d'albergo di tovagliette da impasto antiscivolo, accappatoi di maglia, felpe di pile con la zip e orrende tovaglie. Non sapevo per quale futuro si stesse preparando, il mio o il suo, o forse pensava che non saremmo mai uscite da lì. In effetti capitava di rado. Di giorno guardavamo la tv per ore, sedute l'una accanto all'altra in silenzio. E chiacchieravamo durante i pasti, che consumavamo sempre in camera. Un po' alla volta le raccontai tutto, dal giorno dell'arrivo a Berlino al presente, e lei giurò di credermi. Volle persino vedere le foto delle feste e imparare i nomi di tutti. Trovò che Viola avesse un'aria *snob*, che Constance alla roulette sembrasse *simpatica* e che Hailey fosse evidentemente *matta*, ma non riusciva a capacitarsi del perché Beatrice volesse ucciderla.

Andai in ospedale per un controllo. Pur migliorando, la mia memoria era ancora ritenuta precaria e il medico con il naso bruciato dal sole temeva per il mio « stato psicologico ». Poiché doveva fornire una relazione al giudice, volle consultare una specialista. Non avevo scelta.

A braccia conserte, aspettai in una stanza color salvia con le pareti coperte da poster di vedute aeree della Foresta nera. Via via che i minuti passavano, cominciai a grattare il bracciolo della sedia bianca laccata. Non ero mai stata in terapia, ero agitata. Sapevo che era importante sembrare sana di mente. Come si comportano i sani di mente? Cercai di ripensare a BD Wong, lo psicologo di *Law & Order*. Capiva sempre se i criminali erano pazzi facendo domande sui genitori. Chissà cos'avrei detto sul conto di mio padre: con la risposta sincera, e cioè che aveva un'altra famiglia a tre stati di distanza e che mia madre non gli aveva mai detto della mia esistenza, sarei di certo passata per una psicopatica. Meglio mentire.

Quando la porta si aprì provai una cocente delusione. Frau Klein non era BD Wong.

La tv non faceva per lei. Aveva la faccia piatta e la pelle flaccida e indossava abiti informi. Mi guardò di sfuggita, si schiarì la voce e mi chiese come mi sentissi. Annuii, risposi che stavo *bene*. Lei andò dritta al sodo e s'informò sul mio rapporto con Hailey. Sorrisi con calma, i sani di mente sorridono, i sani di mente non hanno motivo di essere nervosi. Le riferii le cose fondamentali, che era stata la mia coinquilina, che prima di Berlino la conoscevo solo di vista. Frau Klein annuiva e prendeva appunti con la penna blu su un piccolo taccuino. Le raccontai tutto. Che Beatrice ci spiava dall'appartamento sul retro, che comunicava con noi mediante le interviste. Che leggeva le nostre email. Che era stata tutta una rappresentazione. Il libro di Hailey un'opera d'arte. Che le schede scritte in una strana lingua erano sparite e in casa era rimasta una scia di profumo. Alla fine mi sentii sollevata, come succede dopo una confessione o una cacata epocale. Non mi chiese mai dei miei genitori.

In albergo Claire mi lasciò spulciare le deposizioni dei testimoni. Mi sfuggì di bocca un singulto di sorpresa. Prima di fare i bagagli e fuggire da Berlino, Viola aveva informato la polizia che era stata *lei* a chiamare mesi prima, la sera del servizio fotografico di *Purple*. Era stata lei. Non Beatrice. Mi ero dimenticata che Hailey l'aveva cancellata dalla lista. Nella lunga filippica Viola aveva scritto che se la polizia ci avesse vietato le feste, come da sua richiesta, niente di tutto ciò sarebbe successo. Chissà.

Perlomeno Sam mi aveva mandato un'email in cui diceva di dover girare al largo dalla «situazione» perché aveva già venduto la tesi a un editore e non voleva contaminare, «emotivamente o in altro modo», le ricerche. Sperava che comprendessi la sua esigenza di «restare imparziale e non schierarsi». L'email mi lasciò addosso una rabbia debilitante, sembrava descrivere un esperimento scientifico in cui io ero la cavia da laboratorio, messa all'ingrasso, mentre giravo in un labirinto che non riuscivo a vedere. Era l'ennesima versione della storia, solo che Sam era in possesso del peggio, se al tempo passato a dominare verbalmente il mio ex Nate si sommavano gli appunti dettagliati presi alla porta durante le feste.

E io che le avevo confidato persino della zucchina.

Una sera, sentendo un gran bisogno d'aria, accettai di andare in un'enoteca con la mamma. Era ad appena due isolati dall'albergo. Malgrado i berretti da baseball, e i miei occhiali da sole, ci fotografarono a nostra insaputa dalla vetrata. Ecco il titolo del mattino dopo: *L'ASSASSINA SI GODE UN BICCHIERE DI VINO CON LA MAMMA*. Claire lasciò un veemente messaggio vocale sulla *percezione*, che terminava in una specie di urlo: *quant'era difficile restare in camera?* Immaginai Amanda ruttare di sollievo nella sua cella italiana: c'era un'americana più cattiva di lei, con foto più indecenti, citazioni più incriminanti e persino un elenco di ex più lungo.

Io dormivo pochissimo e cominciavo a essere gravemente emaciata. Per Claire era importante che avessi un aspetto sano, «non dark», così volle che mi truccassi. Mi sentii claunesca. Il mattino dopo, durante la colazione sistemata dalla mamma su piatti nuovi a motivi floreali, Claire mi spiegò che non suscitavo «empatia» e che quando ero concentrata stringevo la bocca in una linea sottile che mi faceva sembrare «inattendibile». Ci esercitammo a sorridere. «Devi mostrare che stai elaborando il dolore ma non ti senti in colpa. Tristezza, non vergogna» disse posando la forchetta e andando verso l'armadio, dove selezionò dei capi che riteneva accettabili.

«Dà l'impressione di divertirsi un mondo» commentò la mamma quando se ne fu andata.

«In che senso?» chiesi.

«Non so, sembra quasi felice che sia successo, si sente potente.»

Le rivolsi una smorfia, Claire era la nostra salvezza.

«Non ha mai difeso nessuno in Germania, giusto? Sa quello che fa? Si comporta come se fosse un concorso di bellezza.»

Tutt'altro che pronta a prendere in considerazione una strada diversa, mi stravaccai e alzai il volume della tv.

Di notte setacciavo internet alla ricerca di notizie, cavalcando le correnti subdole delle nostre foto riciclate con altri fini. Una delle preferite dei giornali scandalistici era quella con i completi alla David Bowie, la mia parrucca identica ai suoi capelli color lava, le didascalie su *ossessione* e *isteria*. Stavamo da Dio. Giovani e favolose. La mamma cercava d'impedirmi di leggere le notizie, ma online scoprii che *Interview* aveva pubblicato l'intera trascrizione dell'intervista spontanea di Hailey. Scesi alla stazione di Alexanderplatz, la comprai e mi chiusi a chiave in bagno per leggerla.

GLENN O'BRIEN: Qual è stata la tua prima opera d'arte?
HAILEY MADER: Il mio diario.
GO: Quanti anni avevi?
HM: Dodici.
GO: Hai preso buoni voti all'accademia di belle arti?
HM: Sì, ero brava a scuola. Sono brava in qualunque cosa decida di fare.

GO: Come ti piaceva divertirti quando eri adolescente?
HM: Giravo film nel seminterrato di casa.
GO: Chi è stata la prima artista che ti ha influenzato?
HM: Britney Spears.
GO: Credi che il mondo dell'arte sia morto?
HM: Senza dubbio. È un cadavere ambulante, ma i cadaveri ambulanti sono più interessanti della maggior parte delle persone.
GO: Chi è a tuo avviso il massimo artista vivente?
HM: La sottoscritta.

Raggomitolata sulle piastrelle, non riuscii a finirla. Ce l'aveva fatta, era una star. Le era costato tutto, ma in quel momento, con la guancia premuta sul pavimento freddo, sapevo che sarebbe stata felice. Felice di aver lasciato questo mondo con il botto.

Constance venne a trovarmi con un sacchetto di plastica unto sotto il braccio. Non mi aveva mai abbandonata, era la mia unica vera amica. Aveva addirittura detto alla polizia che nelle settimane precedenti la morte Hailey aveva *perso la testa*, mostrando segni di paranoia e ostilità. Mentre la mamma preparava tovaglioli, piatti e tovagliette, e lei tirava fuori tre falafel freddi, io mi appoggiai allo schienale e aspettai che la stanza si riempisse dei racconti sulla sua vita sentimentale e dell'odore dei ceci fritti. « Sharon, questo è il tuo, extra piccante » disse alla mamma.

« Grazie tesoro. »

« Andrea, dicevo, sembra un nome da donna, lo so. È italiano, il migliore. A quanto pare anche il peggiore. Lo frequento da qualche settimana. Vabbe', frequentare è una parola grossa, ci vado a letto. Sharon, non ti scandalizzi, vero? »

Mia madre sorrise, grata ad Andrea e al suo nome da femmina, la nostra distrazione del momento.

«Dunque, Andrea è uno scrittore.» La mamma fece una smorfia di ammirazione.

«Mi manda i libri con il corriere. L'ha già fatto tre volte, è molto romantico, e sui libri c'è sempre una breve dedica.»

Dalla borsa di stoffa estrasse un'antologia di poesia e lesse ad alta voce.

«*Carissima Constance, credo che* The Lady of Shalott *ti piacerà, nella sua corona di perle c'è qualcosa di te, spero che tu ti senta meglio. A presto per una cena xx Andrea.*»

Fece una pausa per bere un sorso d'acqua e poi ruttò con grazia. «Dovete sapere che *Lady Shalott* è un poemetto molto deprimente su una dama prigioniera in una torre, e lui me l'ha mandato dopo che sono rimasta chiusa in casa malata per una settimana. Comunque ieri mi è arrivato questo...»

Alla vista di una copia nuova di zecca di *Lolita* risi con malizia, Constance mi guardò come a dire: *esatto* e lo passò a mia madre, che esaminò la copertina su cui era ritratta una giovane bocca aperta e salivante con dentro un lecca-lecca a forma di cuore. Constance ci lesse la dedica: «*Carissima Birgit! Mentre lo leggevo ti ho pensato, ho ritrovato qualcosa di te. A presto per una cena xx Andrea*».

La mamma si portò le mani alla bocca. Scoppiammo tutte a ridere. «Quindi è finita.»

«Povera Birgit. Secondo te avrà dodici anni?»

Constance scrollò le spalle.

Quando se ne andò, la mamma si addormentò e il mio Nokia nuovo di zecca vibrò sul tavolo ancora unto dal pranzo. Un numero tedesco sconosciuto. Riconobbi all'istante la voce. Era Mathias, nervoso. Parlò del tempo, *sì*, a Berlino stava arrivando il caldo, *no*, non ero stata in nessun lago. Mi riferì che gli agenti Müller e Graf lo avevano interrogato per due ore. Ammise di aver rubato, su richiesta di Hailey, il sangue dal Volksbühne, che è un teatro statale, al che l'agente Graf aveva commentato che «la cosa non sarebbe stata presa alla leggera, visto che era il sangue dei contribuenti». Mathias rise. Poi in tono più solenne, forse arrivando finalmente al punto, disse che il suo sperma era stato trovato in entrambi i nostri letti, cosa di cui la polizia mi aveva già informato. Mentre mi spiegava di aver chiesto il mio nuovo numero perché *voleva essere lui a dirmelo*, dalla sua voce traspari una punta d'orgoglio. Quando capii quanto fossero perverse le sue scuse mi venne quasi da ridere. Non si rendeva conto di essere stato un semplice corista nella folle versione di *Cabaret* di Hailey? O si credeva uno dei protagonisti? Tremai al pensiero dell'orrenda luce violacea alla *CSI* sulle superfici più intime dell'appartamento, che illuminava la sua sborra. Concluse la conversazione scherzando sul fatto che in futuro sarebbe stato alla larga dalle americane e starnutì. Riattaccai.

L'intervista di Greta Meyer era l'indomani mattina e sapevo che dall'esito dipendeva tutto. Nella trousse di plastica della mamma trovai un sonnifero. Non mi fece effetto. Con un account anonimo passai la notte a cliccare sulle foto delle feste pubblicate su Facebook. All'alba avevo gli occhi iniettati di sangue.

Alle otto in punto Claire irruppe in camera seguita da un assistente con una grande voglia viola sotto un occhio. «Il taxi è arrivato, andiamo.»

La mamma e io ci infilammo le giacche.

I paparazzi si erano accalcati davanti all'albergo. Un piccolo esercito di uomini, l'obiettivo puntato sulle porte girevoli, ci accolse con un'esultanza sinistra e una raffica di domande, ogni *clic* un proiettile grammaticale.

«Come ti senti, Zoe?» *Clic clic.* «Cos'è successo davvero a Hailey?» *Clic clic.* «Sei proprio in forma Zoe, guarda di qua.» *Clic clic.* «Hai parlato con i suoi?» *Clic clic clic.* «Hai letto il libro?» *Clic clic.*

Noi abbassammo la testa, gli occhi fissi a terra. Una volta

sedute nel taxi, Claire si avvicinò al muro di flash e si abbassò gli occhiali da sole neri di Prada. «Pazientate fino al programma di Greta Meyer di stasera, risponderemo a tutte le domande.» Mantenne il sorriso tirato finché lo sportello scorrevole si richiuse.

Quando fummo lontane dai fotografi e dai loro strumenti fallici, attaccò il monologo. «Fra un paio di giorni vedo Viktor, il giudice. L'obiettivo è spostare il punto di vista. Stasera vedrà il programma di Greta, quindi non c'è pericolo di sbagliare: darai la tua versione dei fatti, gli eventi reali che si sono succeduti. Dobbiamo contrapporre una storia all'altra. Niente che suoni troppo paranoico. Sapevate che il nuovo libro di Beatrice parlava di voi, e qui citi le prove, che non mancano. E soprattutto spieghi che *Hostel Star* è un'opera di fantasia, un attacco preventivo a quello di Beatrice. Ti ho preparato gli appunti con possibili risposte e domande concordate.»

Annuii e presi le schede.

D: Come descriveresti il tuo rapporto con Hailey?
R: D'affetto, di amicizia, di aiuto reciproco. Sapeva essere difficile, ma in maniera stimolante. Con lei era una continua sorpresa...
D: Cosa ha spinto Hailey ad accusarti della morte di Ivy nel suo libro?
R: Era un'opera d'arte concettuale. Hailey era una narratrice di talento. Immagino che si stesse divertendo a creare un romanzo ispirandosi alla nostra vita. Dubito pensasse che sarebbe stato preso così seriamente.

Alzai gli occhi al cielo e m'infilai le schede in tasca. Claire credeva fermamente che la conferenza stampa dovesse tenersi in un posto con una certa *levatura* e il taxi accostò davanti al Ritz-Carlton, dove aveva prenotato una suite. Ci avviammo verso le porte a vetri immacolate e lei inspirò a fondo, visibilmente sollevata nel respirare quell'ossigeno elegante.

«La truccatrice arriva tra venti minuti, andiamo su a cambiarci.»

Il portiere ci accompagnò all'ascensore con la moquette e salimmo in silenzio finché le porte si aprirono su una parete bianco galleria con sette dipinti astratti, incorniciati da spessi tendaggi, e due poltrone di pelle. Io passai le dita sulla scultura in bronzo che proseguiva fino al salotto.

«Non toccare» scattò mia madre sottovoce.

Lì dentro ogni cosa sembrava creata da un'altra specie, una con accesso a materiali superiori. Appena restammo soli in camera da letto, l'assistente con la voglia si presentò come «Josef, e ti credo al cento per cento». Da custodie bulbose piene di indumenti tirò fuori grovigli di stoffa, esplosioni tropicali vivaci e colorate alla Claire. La sua ferrea fiducia mi fece sorridere, ma non servì a darmi coraggio.

«Ottimo. Zoe, vorrei vederti con quello» gridò Claire indicando un completo a cui mancavano giusto ali di farfalla in tinta.

«Non credi sia eccessivo?» chiesi preoccupata tastando le maniche rigide con i polpastrelli. In un flashback mi rividi a prepararmi per le feste con Hailey, sentii il suo tono perentorio, *mettiti il vestito dorato.*

«Stiamo cercando di cambiare la tua immagine pubblica, dobbiamo competere con centinaia di foto in cui sei dark e strafatta.»

«È rosa...» mormorai: mi sembrava un colore tutt'altro che appropriato.

«È un color carne vivace.»

Con una smorfia cominciai a cambiarmi. I pantaloni mi stavano, ma la giacca era stretta, pizzicava ed era coperta da minuscole piume che danzavano sulle spalline sagomate. Annuendo in segno di approvazione, Claire si portò la mano all'orecchio a indicare il bluetooth e io, allo specchio, mi esercitai a sembrare più empatica. Avevo l'aria stanca. Sporsi il labbro inferiore, abbassai il mento e rabbrividii, una JonBenét Ramsey non del tutto cresciuta.

Kora, la truccatrice, arrivò con una valigia piena di prodotti untuosi e cominciò a tamponarmi il viso con una spugnetta.

« Sicura che sia una buona idea? » chiese a Claire la mamma indicando la mia tenuta rosa, ma sapevo che si riferiva anche a quello che sarebbe successo davanti alla telecamera. « E se non fosse pronta? »

Lei si rivolse a me. « Zoe, ti senti pronta? »

Io scrollai le spalle guardando la mamma da sotto il pennello della cipria, troppo sfinita per discutere. I compagni di università che stavano fuori tutta la notte e il mattino dopo, in classe, riuscivano a formare frasi di senso compiuto non li avevo mai capiti. Se non dormivo, il mio cervello non funzionava. L'orologio segnava le 8.45 e non riuscivo a ricordare l'ultima ora di sonno fatta nei due giorni precedenti. « Capisco la tua apprensione, Sharon, ma Greta è la Diane Sawyer tedesca. È una tipa tosta dal tocco lieve ed è dalla nostra parte. Il pubblico deve vedere che Zoe è attendibile, che non è il mostro dipinto da Hailey. »

Invece di replicare, la mamma lasciò perdere e si allontanò.

Di lì a poco il salotto fu inondato dalla luce bianca della troupe televisiva, Claire giocherellava con lo spigolo del divano e mia madre si ritirò nella nicchia vicino alla lampada Tiffany con le libellule.

« Siediti lì, così proviamo le luci. Ricordati di sembrare assertiva ma non aggressiva, e non dimenticare il mento » disse Claire controllando la mia immagine nello schermo. Io mi sentivo tutt'altro che assertiva. Abbassai appena la testa. Pensai al sorriso di Monna Lisa, chiedendomi perché i grandi sorrisi della storia dell'arte fossero misteriosi, quando Greta Meyer entrò. Tutti gli occhi si spostarono su di lei.

Sembrava la personificazione della cultura e dell'intelligenza, una piccola Atena imponente. Mi raddrizzai. Lei sorrise.

«Ciao Zoe, sono Greta.»

«È un piacere, Greta...» dissi cercando di sembrare più vigile di quanto non fossi.

Claire s'intromise e le tese la mano. «E io sono Claire Breitbach, la sua avvocata.»

Mentre loro due parlavano delle domande, sul letto della camera accanto io sfogliavo le schede degli appunti, esausta.

D: Se ora potessi parlare con Hailey cosa le diresti?
R: Che le volevo bene.

Infine prendemmo posto in salotto, Greta su un divano di tweed dallo schienale a conchiglia, io su una poltrona di pelle. La telecamera strinse sul mio viso, si cominciava. Quando mi presentò, sporsi le labbra e annuii empatica, il mento giù.

«Il mondo intero ha letto *Hostel Star*, pubblicato postumo, di Hailey Mader, tua coinquilina» girò empaticamente la testa nella mia direzione, «e amica.»

Confermai. Lei continuò. «La storia è complessa. In sostanza è un ritratto inquietante del vostro rapporto, ma è evidente che Hailey si sia presa alcune libertà sul tuo conto: è ad esempio facilmente dimostrabile che non hai avuto nulla a che fare con la morte della tua cara amica Ivy Noble a Sebastian, in Florida, a maggio dell'anno scorso, che è invece la base intorno alla quale Hailey ha costruito il suo libro.»

«Sì, al momento dell'omicidio ero a New York. E la sua morte mi ha devastato, sono tornata per il funerale.»

Claire annuiva, stavo andando bene.

«Nel bizzarro miscuglio di fatti e finzione ci sono tuttavia alcune verità. È un po' imbarazzante, ma hai effettivamente cominciato a frequentare l'ex di Ivy subito dopo il funerale, giusto? »

Deglutii. « Sì. »

« E hai cambiato la tua immagine per assomigliarle, ci sono molte foto a testimoniarlo, ad esempio questa, proprio come Hailey racconta nel diario. »

Sullo schermo alla mia destra comparve una fotografia di Jesse e della sottoscritta sul cofano della sua auto in Nebraska. Lui sorrideva con le mani fra i miei capelli biondi e nell'angolo in alto a destra si vedeva la macchia scura del dito del benzinaio che aveva scattato la foto.

« La storia ha catturato il mondo intero, come anche le immagini delle feste che avete organizzato qui a Berlino. Gli eccessi dei giovani stranieri, la droga, l'alcol... »

« È vero, davamo una festa alla settimana. In realtà non c'era niente di *eccessivo*. Era una risposta a Beatrice Becks, la nostra padrona di casa che ci spiava, e quando abbiamo capito che il suo nuovo libro parlava di noi abbiamo deciso di esibirci per lei... »

Sullo schermo, subito sopra la mia immagine ripresa dal vivo, apparve una foto dell'appartamento invaso da ventenni. Guardai la mia versione in miniatura col completo « color carne » ballonzolare sotto la foto. Avevo un'espressione da pazza. Greta sparò un'altra domanda, io non la sentii. Mi fissai la bocca, persa nei pensieri. Il panico si diffuse sul mio viso, lei ripeté la domanda.

« Quello che tutti vorremmo sapere, credo, è cosa abbia spinto Hailey a scrivere il diario. »

Non riuscivo a staccare gli occhi dallo schermo, dalla mia bocca che si muoveva, quasi mi avessero infilato una mano nel culo e fossi diventata un burattino privo di processi cognitivi autonomi. Provai a spiegarmi, le labbra tremanti. Mi sembrò impossibile.

«Beatrice ci spiava, era lì, se leggete una delle sue interviste rivela che il nuovo libro è...»

Stavo parlando con l'accento strascicato del Sud? La mia mente partì al galoppo. Rividi un'immagine di *Sesamo apriti*, con adulti nascosti sotto i tavoli e dietro alberi finti che animavano le strane creature pelose. Chi animava me? Greta mi chiese cosa fosse successo la notte che avevo trovato Hailey. Io provai a ricordare gli appunti di Claire, niente. Era una domanda concordata? In tanti mi avevano animato. In tanti mi avevano infilato la mano nel culo.

«Qual era il tuo stato d'animo?»

«Cos'hai provato?»

Greta era un apriscatole e la mia mente di burattino, piena di lanugine, sputava risposte. Io, invece, riuscivo solo a pensare che era stata Hailey a ordire tutto quanto, che c'era la sua mano nella mia bocca, il suo corpo nascosto dietro il divano. E adesso nessuno mi avrebbe creduto, cazzo. Perché l'aveva fatto? Ero solo l'ennesimo personaggio della sua storia, un'ottusa versione in feltro di me stessa con i bottoni al posto degli occhi, costretta a difendermi dinanzi a tutti.

«Hailey ha avuto quello che voleva» dissi senza fiato, in tono aggressivo. Il cameraman tornò su di me e mentre la macchina da presa si avvicinava ebbi un attacco di panico, afferrai il bicchiere d'acqua e lo lanciai contro l'obiettivo.

16

Durante la diretta avevo avuto ciò che venne definito un *crollo psicotico.* Il giudice, i medici e Frau Klein, che già sospettava soffrissi di una sorta di disturbo paranoico-narcisistico, decisero di affidarmi a un istituto fino alla fine del processo.

«Potrebbero volerci anni» aveva detto Claire in tono grave nel tortuoso corridoio del palazzo di giustizia. Annuii ripensando alle battute sulla burocrazia tedesca e immaginando la mia pratica galleggiare da un ufficio all'altro, come schiuma nell'acqua morta. Sapevamo entrambe che dopo la mia uscita su Hailey in tv – *ha avuto quello che voleva* – non c'era molto che Claire potesse fare per me. Non potendo permettersi di restare a tempo indefinito, ovviamente la mamma era devastata. Secondo lei dovevano farmi tornare a casa, ma io la tranquillizzai dicendole che forse era meglio essere internata in Germania, meno settaria e meno cristiana della Florida. L'istituto sarebbe stato come una Spa. Ed è così che lo chiamammo.

Constance era stata promossa assistente retribuita e aveva passato l'estate a Berlino lavorando in galleria. Si era tenuta occupata con i suoi *amanti*, con la fotografia e con le visite alla Spa, dove mi aggiornava su quello che le infermiere e Frau Klein non erano disposte a riferirmi. Era sincera. Non mi trattava da psicopatica, ascoltava con gioia le mie teorie e mi confidava le sue, ma aveva un biglietto di ritorno per Montreal. L'aspettavo paziente nella sala comune, tentando d'ignorare le sagome che si muovevano tutt'intorno.

In genere evitavo gli spazi condivisi, preferendo il conforto della mia camera o angolini innocui, dove mi era più facile immaginare di essere altrove. I giorni di visita alla Spa erano i peggiori, raffiche di emozioni. Venivano perlopiù genitori, fratelli e sorelle che vedevano solo ciò che la figlia o la sorella non era più, e le lacrime scorrevano prima, durante e dopo, con le infermiere che correvano a reprimere il caos mentre i genitori guardavano a bocca spalancata.

Constance arrivò con la sua solita felpa nera, i capelli raccolti in uno chignon morbido fermato da una matita, la gomma puntata a nord, e una paccata di libri che lasciò cadere sul tavolo di plastica. Alcune copertine sciupate le riconobbi. Certe, compresa *Medea*, le aveva sgraffignate a casa di Beatrice. Tante altre avevano la dedica di Andrea, l'ex *amante* italiano. Aprii *L'educazione sentimentale* e vidi la grafia maschile di un tipo sicuro di sé: *Carissima Constance, eccoti un po' di Flaubert per stimolare il tuo appetito. Ci vediamo al Paris Bar verso la fine della settimana?*

Scoppiammo a ridere.

« Ho troppa roba da portarmi dietro, spero non ti dispiaccia » disse impilandoli e accomodandosi su una poltroncina che aveva sia il colore sia la forma di una carota stracotta.

Gran parte degli arredi alla Spa avevano la consistenza e la tinta di un ortaggio bollito. Una delle ragazze mi aveva detto che, prima della caduta del muro, tutta Berlino era così.

« Allora, che combini nella camera oscura? » le chiesi invidiandole l'imminente rientro a Montreal, a una vita fatta di due bevute al prezzo di una e di acquisti di materiale artistico.

Lei si guardò le unghie viola mangiucchiate e disse: « In realtà ho deciso di cambiare ».

« Ah » replicai sorpresa.

« Voglio fare l'avvocata. »

« Non vuoi più essere un'artista? »

« Ho passato buona parte dell'estate nel retro della galleria a bollire pastiglie per la tosse con cui produrre la droga per uno degli artisti e dopo tutto questo » indicò la stanza, « direi che ne ho abbastanza. »

Scoppiai a ridere e ci pensai un istante. « Sarai un'avvocata strepitosa. »

« A proposito, guarda qui » disse prendendo un BlackBerry scheggiato dalla borsa trapuntata. « È Beatrice in un programma del mattino. È molto strano. Te la senti? »

« Sì, fammi vedere. »

Avvampai. Dalla morte di Hailey Beatrice aveva mantenuto un profilo basso, evitando di rilasciare interviste, neppure una dichiarazione. Durante la visita precedente, però, Constance mi aveva detto che era stato annunciato il tour per il lancio del libro. Con la testa vicina alla mia, abbassò il volume per non attirare l'attenzione delle infermiere in camice azzurro a guardia dell'uscita.

Beatrice era seduta su una sedia da regista in mezzo a una redazione, il caschetto nero scintillante sotto le luci, le labbra rosso sangue, il naso incipriato fin quasi a scomparire e le caviglie appena incrociate, come la regina d'Inghilterra. La conduttrice, un donnone con la coda tiratissima e il viso largo ed empatico, perfetto per elaborare il dolore altrui, sedeva alla sua destra.

« Diamo il benvenuto a Beatrice Becks. »

Il pubblicò applaudì, lei salutò con la testa e, non appena aprì bocca, il suo riserbo ben mascherato si sciolse. « La ringrazio per l'invito. Sarò breve: vorrei approfittare di quest'occasione per annunciare che, in segno di rispetto per la famiglia Mader, il mio libro non uscirà. »

La conduttrice si accigliò. « Questa sì che è una sorpresa. » Recuperò un foglio da dietro la sedia e lo sventolò verso la telecamera. « Proprio stamattina abbiamo ricevuto il comunicato stampa del suo editore che dice l'esatto contrario. »

Beatrice sembrò spiazzata, respirò e storse le labbra. « *Oggi* ho deciso di non pubblicare qualunque cosa abbia a che fare con il caso di Zoe Beech e Hailey Mader. »

La conduttrice annuì sconcertata, batté il dito sulla scrivania quasi fosse un codice segreto e sullo schermo comparve la foto di una copertina bianca con lettere arcuate rosa fluo che componevano il titolo *Sangue, sesso e morte a Berlino.*

« Quindi ci sta dicendo che *Sangue, sesso e morte a Berlino*, il libro che appena cinque minuti fa avrebbe dovuto promuovere, non uscirà più. »

Beatrice confermò con un cenno della testa. La conduttrice si concentrò sul foglio. « Il suo editore lo definisce *il libro del secolo* e noi non avremo la fortuna di leggerlo? *Una storia tragica e vera ambientata nel mio salotto, la mia versione dell'ignobile...* »

Beatrice la interruppe. « Come ho già detto, il libro non uscirà in segno di rispetto per la famiglia Mader. »

Nel tentativo di salvare l'intervista, la conduttrice passò a un tono più serio. « D'accordo, le va di dirci cosa l'ha spinta a prendere questa decisione proprio oggi? Ha per caso parlato con i Mader? »

« Ho detto tutto quello che desideravo dire. » Beatrice si alzò e si staccò il microfono dal bavero, poi sparì dall'inquadratura. Prima della pausa pubblicitaria la conduttrice concluse come meglio poté.

Constance silenziò il telefono e se lo mise in tasca. Io mi raddrizzai nella mia poltrona sacco giallo uovo. « Perché? »

« La cosa assurda è che il giorno dopo l'editore ha rilasciato una dichiarazione in cui diceva che il libro sarebbe uscito. Probabilmente è vincolata dal contratto, però la pubblicazione è rinviata. »

« Come mai ha cambiato idea? »

Constance si strinse nelle spalle. « Le sarà rimasto uno straccio di decenza? »

«Ne dubito.»

Restammo in silenzio. «Mi dispiace tanto, ma fra poco devo andare e detesto gli addii.»

«Mi scriverai?» le chiesi patetica.

«Certo.»

Ci abbracciammo. Mi lasciai ricadere nel sacco e la guardai percorrere il corridoio finché lo chignon nero non scomparve dal riquadro di vetro della porta di sicurezza. Se n'era andata. Nel vuoto di quel momento il volume si alzò. Non ero in una Spa. Avevo cercato di dare una parvenza di normalità ai suoni – di chi dava di matto, si contorceva, si grattava, gridava – ma adesso riecco tutt'intorno il coro di disturbate, il mio crescendo.

Che stava combinando Beatrice? Era troppo tardi per la decenza. E perché proprio adesso, dopo aver ucciso Hailey per la storia? Era una donna spietata, non le importava nulla della famiglia Mader. Doveva essere un trucco. Magari per farsi più pubblicità. Ma perché? Frustrata, colpii con rabbia la pila di libri lasciati da Constance sul tavolo. Un'infermiera mi rimproverò, così m'inginocchiai e li raccolsi. Da *Medea* era spuntata una scheda identica a quelle viste sulla scrivania dell'appartamento segreto, coperte da strani simboli. Mi ci avventai su sperando in una risposta ma era pulita, e le righine turchesi vibrarono come le corde di una chitarra in attesa di essere suonata.

Raggiunsi lo studio di Frau Klein per l'ora di psicoterapia. Non sapevo in cosa consistesse la mia riabilitazione alla Spa. Non sembrava esserci un piano ben preciso. Lei mi ripeteva fino alla nausea che ero lì per *guarire.* Da cosa? Hailey era morta. Ivy era morta. Non potevo farle tornare in vita a suon di parole. La fisioterapia e gli esercizi per la memoria li capivo, potevo farli. Invece, le sedute con Frau Klein nella sua stanza bianco sporco con la moquette grigia e le piante, nel Brandeburgo in culo al mondo, mi apparivano grottesche.

Quando si annoiava o si stufava di ascoltare le mie descrizioni dettagliate di come Beatrice ci spiava, alzava il corpo a forma di sacco di patate, prendeva una brocca d'argento con il beccuccio lungo e, lentamente, innaffiava gli steli verdi. Ogni pianta era stata scelta per un motivo pseudoterapeutico preciso, quasi che un guru del giardinaggio le avesse detto che il filodendro lucido nell'angolo ha un effetto calmante sugli alcolizzati maniaco-depressivi.

Frau Klein voleva riprendere da dove si era interrotta l'ultima seduta e continuare a parlare del mio rapporto con Hailey. Io avevo problemi a concentrarmi, l'intervista che mi aveva mostrato Constance continuava a passarmi davanti agli occhi.

«Zoe, mi ascolti?»

Annuii.

«Spesso chi non accetta del tutto la propria sessualità può» s'interruppe, e le labbra sparirono come a Mrs. Potato durante la trasformazione, «può avere una forma di transfert con le amicizie del sesso che intimamente desidera» espirò e le labbra tornarono.

Annotò la mia perplessità sul taccuino. Indossava uno scamiciato di tela sopra un dolcevita bianco e trovai piuttosto prevedibile il suo interesse per la mia vita sessuale, giacché era evidente che non ne avesse una sua. La mia omosessualità – qualunque cosa significasse – era finita sotto i riflettori a causa dell'isteria collettiva per il caso, ma io avevo a malapena cominciato a capirla e non avevo nessuna voglia di analizzarla con Frau Klein.

«Da quanto mi hai raccontato, il tuo rapporto con Ivy e con Hailey hanno entrambi segni evidenti di ossessione e assorbimento. Li riconosci?»

Anche se mi strinsi nelle spalle sapevo che non sbagliava del tutto. Per Holiday ero addirittura diventata una ninfa dai capelli blu, però non c'era motivo di aggiungere un'altra trasformazione. Frau Klein mi considerava già abbastanza svitata da accoltellare quattordici volte il cadavere della mia migliore amica, abbastanza citrulla da credere che Beatrice ci avesse spiato e sufficientemente fuori di testa da lamentarsi dell'odore di gigli – il profumo di Beatrice – nei corridoi della Spa, causa scatenante di attacchi di panico ormai regolari a riprova della sua convinzione che dovessi assumere antipsicotici. Qualunque cosa dicessi, per lei avevo accoltellato il corpo di Hailey in preda alla rabbia repressa per l'omicidio di Ivy. *Disturbo da stress post-traumatico: rabbia nel trauma.* Adorava quelle parole e le sussurrava come il bridge di una dolce ballata rock.

Tornai in camera indispettita e fui accolta dalla pila di libri portati da Constance. Leggere era la sola attività che mi piacesse, ma non mi andava di avere accanto qualcosa di Beatrice. Toccai *Medea* con l'indice e meditai di farlo a pezzi. *Beatrice.* Cosa aveva in mente, se non intendeva pubblicare *Sangue, sesso e morte a Berlino*? Non scriveva più? All'improvviso mi resi conto che mi mancava una tessera del puzzle. Di suo non avevo mai letto niente. Hailey aveva passato sere e sere sul sofà, assorta nei thriller-gialli-romantici che facevano da ponte tra loro due. Un paio di giorni dopo, con la frase: « l'unico modo per uscirne è immergersi », Frau Klein concordò annuendo che i romanzi di Beatrice potessero rientrare nel percorso verso la guarigione, « per trascendere la mia » – fanculo – « crescente paranoia ». La realtà era che non nutrivo alcun interesse per la mia guarigione, volevo capire la voce di Beatrice per poter capire cos'era successo nella testa di Hailey. Frau Klein li ordinò.

Una settimana dopo arrivò la scatola con le stesse costole vivaci allineate sugli scaffali dell'appartamento, strisce di colore che per me erano state solo astrazioni, lo sfondo di un anno orribile. Mi concessi un attimo per fissare le schiere irregolari di arancione, rosso, celeste, rosa con lo stesso carattere a sbalzo. Colpita dalla mole, presi un libro color fragola: *Rose per i morti*. Perché no? La storia era ambientata in California e ogni volta che leggevo il nome dello stato immaginavo la sua pronuncia ampollosa, *Calii-fourn-nia*, che risuonava con un'eleganza lontana dai miei gusti.

Rose per i morti è il ritratto sfavillante e cruento di Lila DeFranc, stella del cinema anni Settanta e assassina dei critici che scrivono recensioni negative dei suoi film. Lila è furba e intelligente, mangia tanta insalata e beve una sorprendente quantità di chardonnay: la prosa di Hailey cominciava ad acquisire senso. Ovviamente Lila seduce l'investigatore che si occupa del suo caso ed evita l'arresto, ma – con una svolta dark – si esibisce in un esitante soliloquio davanti allo specchio del bagno di casa e, come atto finale, si toglie la vita.

Il libro successivo s'intitolava *Anche il vino respira*. Ambientato a fine anni Novanta in un vigneto della *Calii-fourn-nia*, è la storia di un giovane produttore di vino di nome Bryce, rampollo di un'antica famiglia di viticoltori, che s'innamora di Lander, la figlia prediletta del viticoltore rivale. Un'interpretazione piuttosto scadente di *Romeo e Giulietta*, con tanto di ex amante-scienziato del suolo, per di più geloso, che si conclude con la morte di Lander e Bryce e dei due vigneti. I libri erano come ciliegie, a basso contenuto calorico ma con una capacità inquietante di creare assuefazione. Feci crepitare la costola successiva: *Dietro le imposte chiuse*.

In meno di quattro giorni ne lessi sei. Il successivo era *Sulla vetta blu*, quello famoso. Frannie, la giovane protagonista originaria delle Blue Ridge Mountains, che racconta in prima persona, ha una voce talmente forte e chiara che mi sembrò fosse lì accanto a me. La storia si apre con Daniel Dupree, un ricco giovanotto del North Carolina che s'innamora di Frannie Colins. Avendo appena diciassette anni, lei è titubante, ma dopo non molto i due si sposano e decidono di trasferirsi a New York. Frannie è una bellezza del Sud, schietta e allegra, che incanta i gelidi abitanti del Nord con i suoi racconti smielati e ottiene una rubrica tutta sua su una nota rivista newyorchese. Metà libro è dedicato alla scrittura e alla redazione degli articoli, mentre nell'altra metà la protagonista descrive la sensazione che il marito si sia allontanato. Una sera Frannie rientra a casa e lo trova a letto con Hank, il miglior amico di lui. In un accesso di rabbia punta una pistola contro l'amante, l'arma s'inceppa e Daniel muore. Frannie impazzisce e viene rinchiusa in manicomio, dove continua a scrivere piena di rimorsi e sensi di colpa, ma anche di un amore intenso e arguto. Divorai le altre vicende stereotipate di amore e omicidio, tutte avvincenti e insulse: nessuno dei personaggi aveva lo spessore o l'umanità di Frannie.

Non ero dell'umore per la psicoterapia, il ciclo era alle porte, per cena c'erano le odiose *Schnitzel* e, soprattutto, ero infastidita dal fatto che i romanzi non avessero svelato alcuna galleria sotterranea che collegasse Beatrice e Hailey. Frau Klein rimase delusa dal mancato senso di *chiusura*.

« Sei riuscita a considerarli fiction? »

Mi strinsi nelle spalle.

« Sono curiosa, perché abbiamo già affrontato questo slittamento. »

Era tutto inutile, così mi appoggiai allo schienale e rifiutai di rispondere ad altre domande.

Arrivai a cena smarrita, l'odore di grasso penetrante. Mi sedetti al mio posto preferito, al tavolo d'angolo vicino alle finestre sempre chiuse, che non offrivano alcun sollievo dal tanfo del maiale battuto che di lì a poco mi si sarebbe fuso allo scalpo per scomparire solo con la doccia bollente del mattino. Di solito le pietanze erano marroni o beige con una salsa marrone o beige, ma la *Schnitzel* di quella sera spiccava per il marrone scuro nicotina su un intingolo verdastro, che mangiai lentamente.

Avevo preso la decisione consapevole di non imparare il

nome di nessuna delle altre ospiti della Spa e di vivere in isolamento. Tuttavia vidi una ragazza nuova, con i capelli biondi ossigenati e le labbra a canotto, che mangiava all'altro capo delle finestre. L'avevo già vista in giro, spalle cadenti e broncio sporgente. Era tranquilla come me, mai avute crisi in pubblico. La ribattezzai Scarlett Johansson e finsi che fossimo due matricole straniere appena approdate a Oxford ed entrambe avessimo deciso di non parlare con nessuno, di limitarci a entrare nella rosa dei migliori e tornare a casa per Natale.

A letto, dopo la cena silenziosa, fissai il soffitto cercando di ricordare la cornice ornamentale della casa di Beatrice. Mi mancava bere. Mi mancava chiacchierare con gli amici, fare le ore piccole, sniffare, scopare. Poi, come una diapositiva nell'aula oscurata di storia dell'arte, mi balenò davanti agli occhi l'immagine rosso vivo del corpo di Hailey in una stanza piena di sangue finto. Mi tirai su a sedere, dovevo distrarmi. Frugai sullo scaffale e sfilai la sottile edizione economica di *Una stanza tutta per sé* di Virginia Woolf. Era arrivata due settimane prima con altri libri di testo che la mamma mi aveva spedito nel disperato tentativo di normalizzare le mie giornate.

L'etichetta adesiva giallo limone della libreria Strand mi fece pensare all'ingenua studentessa d'arte la cui più grande paura era essere derisa da quei cazzoni degli scultori. Scorsi la prima pagina senza riuscire a ricordare per quale corso l'avessi ordinato, forse il seminario femminista che poi avevo mollato. Lessi l'introduzione, in cui si spiegava che il libro era basato su una conferenza tenuta da Woolf quando le fu chiesto di parlare del tema « donne e romanzo ».

> *Il titolo* Donne e romanzo *può significare, e forse così lo avete inteso, le donne e come esse sono, oppure le donne e i romanzi che scrivono; o le donne e i romanzi su di*

loro; oppure può significare che in qualche modo tutte e tre le cose sono inestricabilmente legate.

Continuai a leggere. Woolf era arrabbiata. Arrabbiata per essere stata esclusa dalle grandi biblioteche, arrabbiata per i secoli difficili affrontati da tutte le sue sorelle, che non potevano permettersi un istante di pace per scrivere, che non potevano nutrirsi del sapere a disposizione degli uomini, e arrabbiata per lo sdegno erudito che accoglieva le loro voci quando riuscivano a usarle. Descrive il desiderio, espresso da Charlotte Brontë tramite *Jane Eyre*, di conoscere il mondo, le città, le persone e le storie irraggiungibili per le donne dell'epoca. Racconta che Jane Austen, complice un cardine arrugginito della porta del salottino, nascondeva i manoscritti quando entrava qualcuno, accettando le numerose interruzioni del suo processo di scrittura. E racconta che se un'ipotetica sorella di Shakespeare con il suo talento avesse tentato di assecondare la propria passione per il teatro, sarebbe stata sbattuta fuori di casa, stuprata da un attore, messa incinta e infine, disperata, si sarebbe tolta la vita.

Tutto ciò che potevo fare era offrirvi un'opinione su una questione secondaria – se una donna vuole scrivere un romanzo deve avere dei soldi e una stanza tutta per sé; e questo, come vedrete, lascia insoluto il grande problema della vera natura della donna e della vera natura del romanzo.

Posai il libro. A differenza di Brontë, io avevo viaggiato. E pur essendo una studentessa straniera con l'intero pianeta a disposizione ero finita lì, imbavagliata. Avevo conosciuto il mondo, ma anche il mondo aveva conosciuto me, gli eventi dell'anno e mezzo passato erano di dominio pubblico e tutti avevano un'opinione. Pensai ad Amanda Knox, a cos'avrebbe dovuto fare per rivendicare la propria storia. A quanto avrebbe dovuto aspettare prima che le acque si calmassero e coprissero le centinaia di versioni assurde, e lei potesse raccontare la sua. Le avrebbero creduto? Era più brava come demone che come santa. Anch'io.

Respirai a fondo e mi rituffai nella rabbia di Woolf, una jacuzzi di veleno in cui mi sentivo a mio agio. Ripresi a leggere. Poco dopo scoppiai a ridere perché mi resi conto di avere il sostegno dello stato tedesco. Avevo una stanza tutta per me e non dovevo preoccuparmi di cucinare, pulire o allevare bambini urlanti. Non solo ero libera di scrivere, ma il vivace caleidoscopio della pazzia mi aveva involontariamente legato alla scrittura. Qualunque parola avessi scritto sarebbe stata il frutto di una mente devastata, clinicamente respinta, e quindi ecco la mia personale reazione al tema « donne e romanzo ». Scesi dal letto e cercai una penna.

17

Lunedì, nel corridoio a L che porta alla mensa, l'odore di gigli era così schifoso e penetrante che scoppiai. Sembrava salire dai pavimenti appena lavati e accelerò la consueta carrellata di foto di Hailey, e degli orrori di quell'anno, trasformandola in uno spaventoso turbinio mentale. Avevo bisogno d'aria. Strinsi forte la maniglia della finestra più vicina pur sapendo che restavano tutte chiuse persino nel pieno dell'estate. Mentre la mente nuotava all'indietro, l'odore di gigli cominciò a graffiarmi i polmoni come lana di vetro. Davanti mi balenarono gli occhi di Hailey, immagini dell'appartamento di Beatrice, le feste, Hailey in pigiama, Hailey sul sofà a forma di labbra, china alla scrivania, circondata da una pozza di sangue. Non ne potevo più. Avevo un disperato bisogno di ossigeno, così afferrai una sedia di plastica color cacca con le gambe di metallo e cominciai a sbatterla contro la finestra. Malgrado i colpi ripetuti, il vetro rimase intatto e io attaccai a strillare. Un'infermiera grassa con l'acne sul collo arrivò di corsa dalla mensa e mi bloccò dalle spalle cercando di trascinarmi via. Le assestai un pugno in pieno naso, facendola cadere, e tornai a battere con la sedia. Fu registrato come tentato suicidio. Frau Klein aumentò la dose di antipsicotici e per il resto della settimana rimasi sotto *sorveglianza* in camera, dove consumai tutti i pasti e fui privata di penne e altri oggetti appuntiti.

Le compresse color garza che mi somministravano mi lasciavano troppo frastornata per scrivere, e comunque senza penna era impossibile. Fissai i fogli sulla scrivania. Nelle ultime settimane ne avevo riempiti duecento ed erano affiorate tante cose, i buchi si erano colmati, eppure non avevo ancora un finale.

In quello stato confusionale spesso immaginavo cosa avrebbero detto i quindici studenti del corso di Klaus Simons se fossero stati intorno a me, in quella stanza in miniatura, per analizzare il significato del posizionamento degli oggetti: la pila irregolare di libri e la cesta dei panni sporchi traboccante. La russa l'avrebbe trovato triste. Il cigno mi avrebbe consigliato di leggere *La campana di vetro* di Sylvia Plath. Forse qualcuno mi avrebbe detto di non mollare e Klaus Simons avrebbe suggerito di fare tutto più grande, e stavolta sarei stata d'accordo con lui.

Nelle mie fantasticherie non ero del tutto sola. Persino sotto *sorveglianza* potevo ricevere la posta. Il grosso, immaginavo per problemi di natura linguistica, mi veniva consegnato senza censura: proposte di matrimonio da parte di uomini e di qualche donna, lettere di gruppi satanici e di rabbiosi fedeli del Midwest. Le infermiere controllavano che i pacchi non contenessero armi o merce di contrabbando, senza invece curarsi di quello che poteva scatenarmi reazioni emotive, ma in genere ero grata per l'intrattenimento; arrivò persino una cartolina di Carol Gaynor, la mia tutor, con la Statua della libertà: *Spero che tu ti rimetta presto e ti goda Berlino!*

Settembre era iniziato da poco, faceva ancora molto caldo, per cui qualcuno che si stava *godendo Berlino* doveva esserci. Poco lontano c'erano diversi laghi, me ne aveva parlato Mathias. E prima che Constance partisse, uno dei suoi *amanti* l'aveva portata a Liepnitzsee, ad appena mezz'ora dalla Spa. Io faticavo a immaginarmi la gente che se ne stava sull'acqua, in canotto, la techno a palla e le sniffate sotto il sole. Per me Berlino era fredda e grigia, le feste sepolte così in profondità da formare un corpo confuso a sé stante. Mi chiesi se ci fosse anche Holiday da qualche parte in canotto. Quasi certamente si rifiutava di mettersi il costume da bagno e il pensiero dei suoi capezzoli duri che bruciavano non molto lontano da lì mi faceva stare male. Mi dicevo che andava bene così, non mi interessava guardare gambe nude disseminate sulla sabbia, volevo che Berlino restasse gelida. Calcificata nel buio. E per fortuna, anche se i campi erano verdi, i muri della Spa assorbivano tutto il colore, annacquando i pochi raggi che riuscivano a farsi strada fin dentro.

La mia porta rimaneva chiusa a chiave tranne quando le infermiere venivano a controllarmi, circa ogni tre ore. Malgrado i ripetuti tentativi di sfondare la finestra con la sedia, visto il comportamento relativamente accettabile ero considerata a basso rischio. Quando non avevo il cervello spappolato dagli antipsicotici mi esercitavo nelle pose che ritenevo fossero da «non sciroccata» per i controlli: seduta a letto a leggere, diligente alla scrivania, concentrata a fare yoga, ma se ero sotto narcotici non me ne fregava un emerito cazzo.

Il giorno dopo ero strafatta. Cercai di masturbarmi, indifferente a chiunque mi vedesse. Per quanto forte mi sfregassi il clitoride non riuscii a venire, e mi chiesi se anche Scarlett Johansson si stesse masturbando nella sua stanza. Distrutta, fantasticai di scoparla nella mensa, di premerle le labbra gommose contro una finestra e di sbatterle addosso tutto il mio peso fino a rompere il vetro e fuggire su un letto di nuvole e umori, ma non ci riuscii lo stesso.

Mercoledì mattina fui svegliata da un colpo leggero, e non capii subito che era la porta. La mia coscienza era in letargo, un granchio paralizzato in fondo al lago di farmaci. Annuii con aria assente verso l'infermiera con la colazione, che odorava di talco e lacca per capelli e mi diede il consueto panino molliccio al formaggio del mattino. Prima di andarsene sparì dietro il carrello con le rotelle di plastica per riemergere con un pacco di cartone sciupato a forma di gatto. La ringraziai e lei se ne andò. Mi tirai su a sedere, sbalordita dall'oggetto che avevo sulle gambe.

Il gatto, sorprendentemente pesante, era una piñata zombie coperta di adesivi della dogana e soffocata dallo scotch bianco e nero dello *Zollamt*. L'indirizzo di mia madre in Florida, dove evidentemente il pacco non era mai arrivato, era scritto nella grafia di Hailey e, stando alle etichette stratificate, il pacco era stato rispedito a casa di Beatrice, dove nessuno l'aveva ritirato, e infine inoltrato alla Spa. L'animale quasi decapitato era stato ispezionato alla dogana e poi frugato dalle infermiere in cerca di merce di contrabbando, eppure eccolo lì, ancora intero, lo stesso felino un tempo ripieno di caramelle verdi e toffee rosa. Inspirai a fondo con reverenza.

Lo posai sulla scrivania e tornai a sedermi sul letto. La testa martellava. Tentai di opporre resistenza al torpore etereo dei farmaci e mi costrinsi a essere presente, a muovermi con calma, a fingermi Molly Webster, la veterinaria bulimica con le unghie laccate e la pazienza di un chirurgo. Cominciai a dissezionare la bestia. Rimossi innanzitutto i vari strati di carta velina dalla testa, che era già stata aperta e richiusa alla dogana. Procedetti dando per assodato che qualunque cosa avessi estratto dal corpo di cartone sarebbe stata importante. Un possibile indizio. C'erano decine di ritagli appallottolati del *New York Times* di prima che Hailey morisse. Li aprii con cura. Obama. Il salvataggio della Bear Stearns. L'attentato suicida al Marriott Hotel di Islamabad. L'acceleratore di particelle del CERN. In fondo c'era un oggetto pesante, il diario di pelle di Hailey con il mio collage appiccicato sulla copertina.

Rimasi seduta con quel coso rosso che mi sembrò più pesante di quando l'avevo comprato al mercato delle pulci, forse per via dell'inchiostro o per i danni che aveva causato. Con un respiro lo aprii, sfogliai le pagine lisce solcate dalla sua scrittura, lessi qualche frase qua e là e mi sembrò preciso identico a quello pubblicato, la sua assurda versione delle nostre vite. Voltandolo sul dorso notai un appunto scritto in fretta e furia sull'interno della copertina e, incollata sulla pagina accanto, increspata dalla colla, c'era *l'ultima foto del 2008*. I nostri sorrisi da festaiole che trasudavano aspettative, le braccia di ognuna strette intorno all'altra, le gambe per sempre protese verso il nuovo anno. Sotto aveva scritto: *La cosa più bella di una fotografia è che non cambia mai, neanche quando cambiano le persone.*

Sospirai, l'ennesima citazione di Warhol. Divorai la foto con gli occhi: in quel momento, prima che tutto andasse a rotoli, Hailey era stata soltanto mia. Non sopportavo di vedere lei, o noi due, felici. La nascosi sotto la mezzaluna del mio palmo sudato e lessi la lettera.

Zoe,

ti scrivo da Trigger Copy, con un gruppo di hippy di fronte. Qui ci vuole sempre una vita e siccome loro sono indecisi e negati con la tecnologia mi tocca annegare nel patchouli. Ti starai chiedendo perché ti scrivo. Non è per scusarmi, non lo farei mai, ma perché mi annoio (gli hippy, la carta che s'inceppa, il toner) e perché... okay, so che non ci crederai, ma ti voglio bene.

La festa per l'uscita di Hostel Star è stasera e, anche se vorrei che fosse da Barnes & Noble in Union Square, mi accontenterò dell'appartamento di Beatrice. Se solo questi idioti sfigati si sbrigassero a fotocopiare i volantini contro il nucleare. Io sto facendo duecento copie del mio libro e il tema della festa è scena del crimine alla Amanda Knox, con sangue finto e forse uno stronzo di plastica nel water PIÙ la coppa Martini gigante. Splash. Vorrei tanto che venissi, ma dalla tua assenza, e dall'ostinazione con cui eviti le mie telefonate, deduco che non ci sarai. Comunque dopo aver letto il libro è probabile che mi odierai. L'idea era che lo scrivessimo insieme, che diventassimo famose insieme, però tu sei andata via. Sei sparita quando avevo bisogno di te.

Il libro è una vendetta? No, non lo definirei così. È giusto una riorganizzazione dei fatti. I tuoi e i miei. In sostanza un collage, questo lo apprezzerai. Hai fatto buona parte delle cose che racconto, e anch'io: le nostre vite erano semplici tenditela. Ed era tutto per Beatrice, per noi due. Ho creato la cornice della recita. E, a differenza di te, non sono mai uscita dal personaggio. Mi sono addirittura scopata Mathias soltanto per sollevare un polverone e, lol, è successo proprio così. Il succo, come ti ripetevo di continuo, è che ci serviva una trama migliore! Cerca di capire, Zoe, quello che ho scritto non riguarda Ivy-Ivy, riguarda il condimento che ha rappresentato: la tragedia l'ha gettata in pasto al pubblico, senape e maionese, Britney e Lindsay, Amanda e Meredith.

Grazie a me siamo diventate interessanti. Grazie a me siamo diventate favolose! E comunque non avevo scelta, dovevo finire il mio libro prima che Beatrice pubblicasse la sua versione e dovevo fare il botto. Spero che un giorno riuscirai a trovarlo divertente quanto lo è per me. Rilassati, fai un bel respiro e goditi la nostra fama.

Morivo dalla voglia di dirti che ho fatto qualche ricerca su Beatrice e sulle carte misteriose sparite dall'unico cassetto chiuso a chiave. A quanto pare – preparati, ho la pelle d'oca – era già successa una cosa simile. Sulla vetta blu si basa su un diario che ha sgraffignato in vacanza sulle Blue Ridge Mountains. E l'hanno beccata! Ha chiuso la faccenda con i buzzurri senza finire in tribunale, mi è bastata qualche telefonata e bingo, ho trovato uno dei querelanti, era a casa sbronzo e mi ha raccontato tutto pur avendo firmato l'accordo di riservatezza. Ed eccoti la sorpresa, l'ubriacone continuava a nominare

Janet. Accusava lei di tutto, la definiva ladra e vipera. E se ci pensi non fa una grinza, Beatrice non potrebbe scrivere così tanti libri l'anno, hanno agito insieme.

Perciò, per sancire il fatto che ho io il controllo della storia, le ho invitate alla festa di domani per il lancio del libro firmandomi Betsy Conely, il vero nome della ragazza del diario rubato. Intendo sbugiardare Beatrice, darla in pasto alla stampa: la miccia è ufficialmente accesa.

Manderò una copia a ogni rivista che mi viene in mente nelle scatole a forma di animali di Zander, che di certo non passeranno inosservate. Come copertina ho usato il tuo collage, per cui trovo giusto dare a te l'originale, in fondo me l'hai regalato tu.

PS: Spedisco il pacco da tua madre, non ho idea di dove ti trovi.

Ti bacio con affetto, e non dimenticare: ogni notte persa a Berlino è una notte persa a Berlino.

Hailey

Un brivido freddo e lento mi risalì lungo la spina dorsale e cominciarono a tremarmi le mani. Hailey non aveva solo minacciato di pubblicare il diario, rivendicandolo come suo, prima della versione di Beatrice, aveva minacciato anche di rivelare la verità su *Sulla vetta blu*, l'ultima tessera iridescente del puzzle, la goccia che senza dubbio aveva fatto traboccare il vaso. Mi ero accorta persino io che quel romanzo aveva una voce tutta sua. Tentai d'immaginare Hailey, una versione cupa di Nancy Drew, che telefonava ai vari trailer park fra i monti del North Carolina mettendo insieme i pezzi.

Ripensai alla foto di Janet in piscina, con Beatrice che aveva cinque anni, le magliette identiche ben stirate, il quadratino perfetto di cielo di Beverly Hills e la nube di tristezza che la avvolgeva. Cos'era successo? La vedova adolescente con una neonata. Il senso di vuoto mi era familiare, ero cresciuta sola con la mamma, riconoscevo i sacrifici, il rispecchiamento e la franchezza: le sue lunghe ore di lavoro erano le mie lunghe ore di solitudine. Mi chiesi di chi fosse stata l'idea di scrivere gialli. Di Beatrice? Un piano disperato per tenere a galla la famiglia? O di Janet, per tentare di dare un senso alle loro vite? Il primo libro era uscito nel 1987, quando Beatrice aveva appena vent'anni, e gli altri tre erano arrivati in rapida successione.

Ora toccava a me muovermi con cautela e risolvere il mistero, districare la catena di eventi, ma continuavo a tornare al passo della lettera in cui Hailey mi diceva di volermi bene. A ricordare con quanta forza, all'inizio, avevo desiderato il suo affetto, o forse ne avevo avuto bisogno. Esaminai la sua sciocca ostentazione del corsivo, l'inclinazione delle lettere che via via aumentava, proprio come si alzava il suo tono di voce quando era esaltata. Mi mancava il tempo passato in casa noi due sole. Mi mancava la sua capacità di trasformare una giornata con una sola frase detta tutta d'un fiato.

Avevo le prove. Non solo che Beatrice ci spiava, ma che le nostre azioni erano reali. E la prova era l'ossessione di Hailey. Le foto. La pubblicità. Forse è quello che tutti vogliamo, un insieme di prove che ci tengano in vita. C'era la pagina Facebook di Ivy, un cimitero digitale in cui era imbalsamata la nostra giovinezza asinina. Lei non sarebbe mai arrivata alla vigilia dei trent'anni, al rituale cibernetico di purificazione che consisteva nel cancellare le nostre foto con le guance rosate della prima sera che bevemmo vino aromatizzato. L'impulso di tornarci, però, si sarebbe attenuato, i pomeriggi conclusi con l'immersione nel pozzo della nostalgia sarebbero stati sempre meno e, senza colpo ferire, Ivy si sarebbe dissolta un pezzo alla volta quando nonna Jane avrebbe smesso di mandare la e-card e io mi sarei dimenticata di scrivere sulla sua bacheca il giorno del suo compleanno. La candela digitale avrebbe vacillato.

Hailey non nutriva alcun interesse per una veglia a lume di candela, voleva un inferno di fuoco. Voleva carbonizzare i continenti. Stringendo in mano il diario sentii che, malgrado le manipolazioni e le trappole, avrei ancora incendiato qualunque cosa per lei. E in un batter d'occhio riaffiorò tutto il mio intenso amore, l'ascendente che aveva su di me. Ovvio che mi avesse mandato il diario per scagionarmi.

Aspettai il controllo successivo, il tempo lento come melassa, e infine la maniglia argentata si abbassò, era l'infermiera dai fianchi larghi che apriva sempre con delicatezza ed emetteva un verso di soddisfazione quando appurava che non ero impegnata in atti di autolesionismo. La porta si aprì e nel mio tedesco più educato, o almeno così credevo, chiesi: *Kann ich bitte Frau Klein sehen?*

L'infermiera emise un altro verso e sparì per fare la telefonata. Venni subito trasferita nello studio color porridge di Frau Klein, dove lei, e tutte le sue melodrammatiche piante, erano pronte ad ascoltarmi. Rimasi in piedi a un angolo della scrivania.

«Che succede, Zoe?» mi chiese senza alzare gli occhi dalle scartoffie.

«Ho il diario di Hailey.»

Con la mano destra era impegnata a compilare un modulo. Forse non mi aveva sentito?

«È il suo diario, quello che era sparito.»

«E cosa te lo fa pensare?» domandò con nonchalance.

Lasciai cadere il grosso quaderno sul tavolo. Finalmente lei sollevò la testa e si accigliò alla vista dell'ormai famigerato collage dai bordi leggermente sfaldati. Lo toccò. «E come l'hai avuto?»

«Me l'ha mandato lei. Dev'essersi perso, era in un gatto, cioè una scatola, una scatola a forma di gatto, di quelle che le spediva il suo ragazzo. Le scatole avevano sempre problemi alla dogana e questa non è mai arrivata...»

Frau Klein non mi ascoltava. Lo stava sfogliando con attenzione. La guardai arrivare in fondo, scrutare *l'ultima foto del 2008*, poi scorrere rapidamente la lettera.

Mentre leggeva riuscivo a malapena a trattenermi, e sbottai: «Dimostra che Beatrice e sua madre Janet erano al corrente dell'uscita del libro. E che Hailey aveva minacciato anche di rivelare la storia di *Sulla vetta blu*, che è il movente. So che hanno controllato l'alibi di Beatrice, ma hanno mai controllato quello di Janet? È stata lei a uccidere Hailey».

Mi venne in mente il termine sportivo *schiacciata*, sentii i piedi avanzare zigzagando in pantofole sul pavimento laccato del campo, volare verso il ferro arancione, la palla in mano. Frau Klein sedeva immobile. Stava *elaborando*, come avrebbe detto lei, le labbra sparite del tutto per la concentrazione.

«Non voglio alimentare nessuna storia fantasiosa, ma direi che questo è uno *sviluppo*. Lo farò avere alle autorità competenti.»

Fui scortata fuori dallo studio da un'infermiera nuova con il naso a bottone, i capelli grigi e una spolverata di nei sulla fronte. La Spa era in fermento, o quantomeno io. Era la sera dei *Käsespätzle*, il mio piatto preferito.

Stavo mangiando la seconda porzione quando Scarlett Johansson si sedette al tavolo accanto. Malgrado lo sguardo stanco, portava i capelli di un biondo selvatico in un grazioso mezzo chignon. Stava piegando qualcosa, un origami, forse un coniglio o una foca. Di umore più vivace, immaginai che fossimo in un ristorante tedesco di Kreuzberg, due lesbiche al secondo appuntamento, entrambe creative, che per puro caso avevano ordinato lo stesso piatto. Magari lei mi avrebbe raccontato della sua linea di gioielli del commercio equo e solidale e io dei miei nuovi collage. Potevamo essere normali.

«Che c'è?» mi chiese sottovoce.

Fui riportata bruscamente alla realtà, la stavo fissando.

«Che – cosa – c'è?» mi chiese di nuovo in un inglese nervoso ma gentile.

Io scossi la testa e tornai a infilzare gli *Spätzle*. Quando rialzai gli occhi mi stava ancora guardando, la mano tesa per presentarsi. In preda al panico, afferrai il vassoio e andai al capo opposto della sala. Avevo il diario. Avevo Hailey. Non ero a Kreuzberg e non volevo sapere il suo nome.

18

Tre giorni dopo fui convocata nello studio di Frau Klein, pronta per la parata, e la trovai seduta alla scrivania con addosso quello che mi parve il saio di un monaco del diciassettesimo secolo. Decisi che era un buon segno, perfetta per la processione.

« Allora? » chiesi impaziente.

« Zoe, prego, siediti. La polizia ha seguito le piste del diario. Janet è stata interrogata e ho pensato che fosse meglio riferirti l'esito di persona, perché non voglio che i tuoi progressi vengano turbati. »

Sentivo il crescendo dell'orchestra. Gli archi. Le percussioni. Stava per succedere.

« La polizia ha parlato sia con Beatrice che con Janet delle nuove informazioni. Tuttavia non c'è dubbio che Janet fosse a Sylt. Il giorno della morte di Hailey ha fatto colazione con un'amica e in serata è stata vista passeggiare da diversi vicini. Non era a Berlino. La polizia sta indagando sull'accusa di plagio, ma non ci sono prove del fatto che... »

« No, non è possibile. Deve aver... »

« Propongo di soffermarci sul bel gesto di Hailey, che ti ha mandato il diario. Spero possa darti un senso di chiusura. »

« Cosa? » dissi stizzita.

« Mi dispiace. »

« L'ha uccisa Janet. Insieme a Beatrice. Hanno rubato... »

Frau Klein m'interruppe. « Penso sia meglio essere dirette. Ci abbiamo girato intorno, ma ora che sei più forte è meglio parlare chiaramente: l'hai trovata morta e l'hai accoltellata. È tempo che tu faccia pace con le tue azioni.»

La detestavo perché era noiosa e si vestiva in maniera trasandata, però certe volte era stata paziente e mi aveva ascoltato, quindi una parte di me si fidava di lei. Adesso sapevo che non mi avrebbe mai creduto né forse l'aveva mai fatto. Rimasi immobile per il resto della seduta, il mento puntato al soffitto, le sue domande che mi sfioravano come aeroplanini di carta. Mi trascinai fino alla mia stanza. Volevo Hailey, la mia mascotte rossa della Kool-Aid capace di passare attraverso i muri.

Nel vuoto galattico della stanza contemplai, per la prima volta in vita mia, il suicidio. Cosa avrei usato? Lenzuola e maniglia della porta? Soffocamento con sacco dell'immondizia? Almeno così avrei raggiunto Ivy e Hailey. Mi chiesi se fossero insieme, a prepararsi per il nostro pigiama party in cielo, con i popcorn che giravano nel microonde e un film appoggiato sul videoregistratore. I giorni seguenti furono una deprimente sbavatura, tutto sembrava un invito a farla finita: ogni mattonella scivolosa della doccia, ogni boccone di asparagi, il gradino più alto di ogni rampa di scale. M'imploravano di scivolare, di strozzarmi o di precipitare giù.

L'inverno tornò con la sua distesa di brina sporca. La dissolvenza del paesaggio fu un sollievo. Guardavo le cornacchie becchettare nei campi della fattoria oltre la finestra, trovando conforto nella scomparsa via via più anticipata del sole. E a volte, in quelle mattine monotone, dimenticavo. Al risveglio mi sentivo bene. Le lenzuola erano abbastanza confortevoli. Stavo al caldo, niente stufa a carbone di cui occuparsi. Ero riposata, avevo tutta la vita davanti e poi, come una betoniera piena di liquami che mi riversava il contenuto sulle gambe nude, ricordavo cos'era successo e tentavo di trattenere il fiato fino a soffocare.

Non c'erano novità. Le accuse per *Sulla vetta blu* non avevano portato a niente. Janet e Beatrice avevano un alibi. Io ero ancora l'accoltellatrice di cadaveri. Nella stanza con il lavandino con la muffa elaborai le mie teorie, sbrogliando il gomitolo di spago, giocando a ripiglino. Ero certa che mi volessero morta, Beatrice e Janet si aspettavano di trovare il mio cadavere in casa. Rannicchiata a letto, immaginai il duo madre-figlia scalare il muro della Spa con imbracature di nylon e funi nere. Cosa mi avrebbero fatto? Il più delle volte desideravo che andassero fino in fondo.

Claire aveva smesso di venire durante i giorni di visita settimanali, il che era un bene, significava che potevo starmene in letargo senza dover affrontare la caotica banalità di genitori in lacrime e fratelli e sorelle stressati. Un tornado di delusioni. Madri che supplicavano le figlie. Abbracci silenziosi e incoraggianti di nonni. Lanci di biscotti. Succhi di frutta sputati. Ogni tanto chiamavo la mamma, ma non avevo niente da dirle che non la spaventasse. Detestava le mie teorie. La mia paranoia. Jens era venuto a trovarmi una volta. All'inizio di quella settimana mi avevano cambiato farmaco ed ero troppo stanca, o troppo depressa, per alzarmi, per cui avevo dormito su una poltrona sacco mentre lui mi guardava. Prima di andarsene mi aveva dato una pacca sulla testa. La sensazione della sua mano aveva risvegliato qualcosa di elementare in me, ma quando avevo sollevato il viso cercando di allungare il braccio lui era già in corridoio. Mi ero sentita abbandonata. Il piano di Hailey di mandarmi il diario era fallito. I sussurri che mi seguivano ovunque si erano placati. Persino il profumo di Beatrice smise di perseguitarmi. Volevo abbandonarmi anch'io, saltare dalla Torre della televisione e lasciare il paese dei crauti con un tonfo.

L'ultimo dell'anno, con un farmaco che perlomeno mi aveva stabilizzato, ero troppo stordita per sentirmi depressa. Dopo cena mi avventurai per la prima volta nella sala comune durante l'ora di socializzazione. Sul divano color senape mi unii al coro di strani angeli. Feci avanti e indietro con la testa mentre una brunetta contava ad alta voce sulle dita, scagliando ogni numero al centro della sala con un tonfo gutturale, un'altra ragazza apriva e chiudeva un atlante con un sibilo fortissimo e, a completare il quadro, una signora sospirava a intermittenza. C'era qualche cappellino da festa e un'infermiera ci portò un vassoio di biscotti ai marshmallow.

Quando l'entusiasmo generale lasciò il posto alla noia mi appoggiai sulle ginocchia l'atlante, dismesso come strumento musicale, e lo aprii sulla cartina della Germania. Con il dito su Berlino provai a captare l'energia emanata dal pallino rosso. Riuscivo a sentirla? Percepivo tutto quello di cui era capace la città? Soprappensiero, tracciai il percorso fino a Sylt. Puntai il dito sulla linea verde di una ventina di centimetri che dalla capitale portava all'estremità settentrionale del paese. Aveva guidato con i finestrini abbassati? Ascoltando Bach? Con le copie del libro di Hailey che sbattevano di qua e di là nel bagagliaio e le mani che strimpellavano il volante ancora sporche di sangue? Chiusi gli occhi cercando di ricordare il viso di Janet.

« Sette ore e mezzo da Berlino » disse Scarlett Johansson alle mie spalle, spaventandomi, con un cappellino a cono argentato fermato dall'elastico. Fece il giro per sedersi accanto a me: « Mia nonna viveva da quelle parti ».

« Ah » commentai a disagio.

Una volta seduta cominciò a piegare una pagina strappata da una rivista. Il calore del suo corpo era piacevole. Imbarazzata, tornai a concentrarmi sull'atlante e all'improvviso i neon, sempre di una violenza abbagliante, mi sembrarono caldi e lo sfavillio sbiadito delle feste prese il sopravvento.

« Mi chiamo Zoe » sussurrai.

« Io Stefanie » disse lei dandomi la gru di origami che aveva appena finito. Avevo infranto la mia stessa regola e imparato un nome, *Stefanie.* Ora le labbra a canotto e gli occhi spenti appartenevano a un essere tridimensionale con sentimenti e pensieri. Non erano più un vettore. Saremmo esistite insieme in quel mondo assordante.

Dopo aver girellato nella sala, la signora che sospirava guardò un episodio de *La Tata* in cui Fran Drescher doppiata scopre di essere incinta, *schwanger.* Tre ragazze cominciarono a litigare. Due infermiere scattarono all'istante per separarle. Sapevo che la tensione montava, il mattino dopo era il giorno di visita più importante dell'anno, il brunch di capodanno. La Spa avrebbe aperto le porte a parenti e amici, con tanto di tour della struttura e persino la promessa di musica dal vivo. Ero felice che non sarebbe venuto a trovarmi nessuno, volevo evitare il caos.

L'infermiera che odorava di talco passò con il carrello cigolante della posta. Consegnò una lettera alla signora che sospirava. A me lasciò cadere in grembo una busta che, me ne accorsi prima ancora di prenderla, non aveva l'indirizzo del mittente. Quando l'aprii, sul pavimento scivolò una scheda. Mi chinai e notai la stessa lingua strana delle schede nella stanza nascosta a casa di Beatrice, una sfilza di sfere e X scarabocchiate a zampa di gallina. Mi rianimai all'istante. La presi e la girai. Sul retro, in rosso e ben leggibile, c'era quella che sembrava una traduzione.

n°671
Possibile intreccio: omicidio con monossido di carbonio attraverso impianto di riscaldamento già dubbio tramite bomboletta e tubi dell'appartamento adiacente, di sopra o di sotto.
**il CO in bomboletta è usato nella fabbricazione dei metalli e in biotecnologia, relativamente facile da rimediare, realistico per buona parte dei personaggi, ottimo per ingegneri, chimici e così via…*

Sentii la sonora esplosione dell'orchestra, corni, fiati, archi. Partirono di botto a tutto volume. Gridai e all'improvviso ecco due infermiere al mio fianco. Dalla bocca mi usciva aria calda. Tentai di calmarmi, di spiegarmi, indicai la scheda. Non mi davano retta, così saltai in piedi sul divano.

«Questa è di Janet e Beatrice, dev'essere...»

«Questa... ho bisogno di parlare...»

Altre urla.

«Vi prego... devo...»

«Basta...»

Cominciai a scalciare. L'infermiera che odorava di talco mi afferrò una gamba e io la spinsi via, chiedendo di parlare con Frau Klein. L'altra infermiera, giovane e agitata, chiamò i rinforzi. Non passarono trenta secondi che arrivò quella grassa con l'acne sul collo alla quale avevo dato un pugno in faccia. Ancora assetata di vendetta, e per niente turbata dalla mia sceneggiata, mi bloccò la mascella con la mano tozza, m'immobilizzò a terra con il gomito destro e il ginocchio e inclinò un bicchiere di carta con dentro un dito di un liquido giallo e denso.

«Ingoia» disse sottovoce.

Sapendo che se l'avessi bevuto sarei sprofondata nel lago nero cercai di serrare le labbra. Un attimo prima di arrendermi, vidi Stefanie passarmi accanto e sfilarmi la scheda dalla mano intorpidita senza farsi notare. Mi strizzò l'occhio e io mi addormentai.

Inspirai, le narici bruciate dall'odore di gigli, bollente, chimico e pulito. Sbattendo le palpebre liberai gli occhi dall'appiccicume in cui erano stati sigillati e misi a fuoco la stanza. Girai la testa e vidi un'infermiera che, a quattro zampe, sfogliava un libro. Forse mi aveva portato la colazione.

Lei capovolse il libro e lo aprì a ventaglio, quasi cercasse un fiore pressato perso fra le pagine. Sulla scrivania alla mia destra c'era un piatto di carta argentato con su una torta ricoperta di cioccolato.

Inspirai di nuovo, ancora intontita, e nel riguardare l'infermiera feci un salto. Era Beatrice con un maglione natalizio bianco e rosso, il caschetto nero schiacciato e spettinato. Richiusi gli occhi. Mi augurai di trovare un fantasma diverso. La sentii armeggiare con la maniglia, la porta era chiusa a chiave. Emise un verso rabbioso, provò con più forza, poi si avvicinò alla cesta dei panni sporchi e cominciò a scavare nel mucchio, controllando le tasche dei pantaloni.

Saltai giù dal letto, le gambe malferme, e mi fiondai verso la porta. Non sapevo quanto tempo fosse passato dall'ultimo controllo, ma dopo tre ore mi avrebbero trovata morta. A pezzi. In tre ore Beatrice poteva mangiarmi e cacare le prove. Le passai accanto e battei sulla porta fino a farmi bruciare le nocche.

« Vi prego, vi prego, vi prego... » supplicai gridando alla lastra di metallo, ma sapevo che dopo il crollo nella sala comune era inutile.

« Devi restituirmela » disse Beatrice in tono duro.

Io racimolai il coraggio per guardarla, il cuore in gola.

« Devi ridarmela... »

« Cosa? »

« La scheda. È stato un errore » rispose voltandosi per sollevare la coperta, seguita dal lenzuolo zuppo di sudore, infilare la mano sotto il materasso e fare il giro. « Posso pagarti. »

Rimasi incollata alla porta, la mano sulla maniglia: era stata lei a mandarmela e la voleva indietro.

« Non voglio soldi. »

« Li vogliono tutti » tagliò corto lei. « Dove cazzo è? »

« L'ho data alla polizia » mentii.

Dopo alcuni istanti le mie parole arrivarono a destinazione. Pensai a tutte le forme in cui Stefanie avrebbe potuto piegare la scheda, un cigno, un rimorchiatore, un canguro, non m'importava, purché ce l'avesse ancora. Come aveva fatto Beatrice a entrare? Poi mi ricordai, il brunch del primo dell'anno, nel vortice dei drammi familiari nessuno si era accorto che si era intrufolata con la torta.

Mi si avvicinò con aria indecisa, io la scansai e salii sul materasso. Qualunque cosa volesse farmi non avevo via di fuga. Mi acquattai contro il muro osservando la stanza alla ricerca di qualcosa con cui difendermi. Le sue labbra rosse si allungarono in una linea dritta.

Mi fissò nel silenzio che riempì la stanza. Dovevo guadagnare tempo.

«Raccontami tutto dall'inizio» dissi sorprendendo me stessa, perché era quello che mi ripeteva Frau Klein durante le prime settimane alla Spa. *L'inizio.* Come se trovarci chiuse a chiave insieme in quella stanza, il primo giorno dell'anno nuovo, si potesse in qualche modo spiegare.

Beatrice tacque, si appoggiò alla porta e distolse lo sguardo. Glielo richiesi, poi cambiai tattica.

«Li scrivete insieme? O tu ci metti solo la faccia?»

Lei sbottò. «Come fai a sapere...?»

Deglutii.

«Me l'ha detto Hailey, in una lettera.»

Nel sentire quel nome sbiancò.

«Raccontami tutto dall'inizio.»

«No.»

Tesi le orecchie sperando di sentire i passi gommati delle infermiere. Niente. Dovevo farla parlare.

«Hai ucciso Hailey.»

S'infiammò. «Non sono stata io.»

«Allora raccontami.»

Si diede una rapida sistemata e rise rabbiosa. «Bene. Sì, all'inizio era lei a scrivere, ma siccome non riusciva a trovare un editore decise che sarei stata il volto dei suoi gialli, che una ventenne *wunderkind* avrebbe avuto più fortuna.»

Inspirò rumorosamente e il solo pensiero la fece infuriare.

«Eravamo brave, andavamo a gonfie vele, ma lei non riusciva più a contenersi.»

«In che senso?» le chiesi, sbigottita dalla mia capacità di sollecitarla.

Beatrice guardò oltre me. «Ci somigliavamo molto, mi ha avuto da giovane, così iniziò...» Pausa. «Non mi sopportava e iniziò ad andare alle presentazioni spacciandosi per me. Internet ancora non esisteva. Indossava una parrucca nera, lo scoprii per caso quando la mia agente mi ringraziò per aver fatto una presentazione mentre ero a letto con l'influenza. Mia madre mi promise che avrebbe smesso, ma sapevo che ogni tanto capitava ancora. Per certi versi *Beatrice Becks* era l'avatar di entrambe.»

«Chi era in casa?» le chiesi.

«L'ha rifatto, con la parrucca.»

Annuii. «Non l'ho vista in faccia.»

«Ci credo.» Beatrice si schiarì la voce e parlò in tono risentito, sembrando sempre più alta. «Le hai dato la lettera di rifiuto dello Schloss. Ecco come ha saputo che mentivo. Ero con Michael, il mio compagno, avevo bisogno di stare lontana da lei. Non volevo più scrivere. Non avevo nemmeno letto le bozze che mi aveva mandato.»

Annuii di nuovo, sempre ispirandomi a Frau Klein, per temporeggiare.

«Mi sono opposta all'uscita del libro, ma l'editore... ecco perché ti ho mandato la scheda, perché volevo chiudere la faccenda. Sono stanca. E la polizia l'ha interrogata, ma niente da fare...»

Ricordando la scheda e il gesto irreversibile cominciò ad ansimare. Si raddrizzò. Io mi sentivo Shahrazād: se fossi riuscita a far proseguire il racconto, qualunque cosa terribile stesse meditando di farmi sarebbe stata rinviata. Anche solo di un minuto. «Ha ucciso lei Hailey?»

Beatrice esitò. «Sapevo che aveva preso il suo diario, ma non ero sicura che l'avesse fatto... finché non ho trovato la scheda.»

S'incupì come rendendosi conto di qualcosa e si avvicinò. «Stai mentendo, vero? Non puoi averla data alla polizia...»

Mi schiacciai al muro preparandomi al peggio. La porta si spalancò, l'infermiera dai fianchi larghi apparve e fece il suo verso. Malgrado il panico, Beatrice impersonò la zia devota e mi consegnò il piatto argentato con la torta dandomi una pacca sulla testa. Uscì dalla stanza nascondendo il viso all'infermiera e augurandole un *frohes neues Jahr* e sparì nel corridoio verso la mensa.

«La fermi» urlai. L'infermiera restò spiazzata per un istante, poi mi zittì e prese a rifarmi il letto sbuffando per il disordine.

«Per favore, rimanga qui» la supplicai. Non volevo restare da sola. Lei mi sorrise e chiuse la porta, sigillandomi nella cella che odorava di gigli.

Dopo due giorni e due notti in bianco la *sorveglianza* finì. Ed ecco Stefanie diretta al suo solito posto vicino alle finestre, l'elastico dei pantaloni arrotolato così tante volte che le si vedevano le ossa del bacino e un baleno di peli pubici. Mi avvicinai con calma e mi sedetti cercando di non attirare l'attenzione.

«Hai la scheda?»

Lei scrollò le spalle e mi strizzò l'occhio. «Quale scheda?»

«Stefanie.»

Al sentire il suo nome sorrise, sfilò dall'elastico in vita un coniglio bianco di carta e lo spinse sul tavolo verso di me.

19

Seduta nel parcheggio del Panera Bread, nella parte sud di Sebastian, mi costrinsi a raddrizzarmi, scendere dall'auto, percorrere il tratto di asfalto nero, mettermi in fila e, finalmente, ordinare una ciabatta ripiena di insalata di pollo senza antibiotici. Stavo tentando di tornare alla «normalità», ma persino i gesti più facili richiedevano un'energia a cui non riuscivo più ad attingere. Dietro di me si formò una coda di gente abbronzata, una decina di persone perlopiù anziane che non conoscevo, ma qualcuno sussurrò e mi fissò con commiserazione, un sentimento persino più odioso della cieca avversione che mi aveva seguito in Germania.

Gli ultimi giorni a Berlino li avevo trascorsi a casa di Claire, in una delle camere per gli ospiti al terzo piano. Tobi e le bambine erano a Zurigo. Nella generosa vasca dei Breitbach feci diversi bagni al giorno, ammirando il mio corpo nudo. Avevo dimenticato il mio aspetto, la forma delle cosce e dei seni, sembravo più grande. La pelle era cambiata. Mi issavo sul ripiano di granito accanto al lavandino per esaminarmi il viso, mi punzecchiavo le guance e spingevo in fuori le labbra come faceva Hailey quando guardava il proprio riflesso. Ora riuscivo a vedere anche lei dentro di me.

Nella torre di Claire a Mitte ero protetta dalla realtà delle strade. Sapevo di essere libera, di poter fare quello che volevo, ma avevo ancora i postumi dell'isolamento nella Spa. La folla e le auto strombazzanti mi spaventavano. Invece di prendere il treno fino a Bülowstrasse, trattenermi un po' sotto l'appartamento e affrontare l'anno trascorso, preferivo rannicchiarmi nella vasca da bagno.

L'ultima sera prima del volo di ritorno entrai nella cucina floreale con il computer aperto, la pelle ancora bollente e la testa avvolta in un asciugamano. Mi versai del vino. Avevo passato la giornata a guardare e riguardare un video di dodici secondi in cui Janet veniva scortata dalla volante alla centrale. Era in manette, con un cardigan giallo e un accenno di sorriso. Finalmente aveva attirato l'attenzione.

« Un altro bagno? » mi chiese Claire uscendo dall'ascensore di vetro. Quando annuii, l'asciugamano intorno alla testa si allentò.

Rientrava dallo studio, dove aveva esaminato la deposizione di Beatrice. Lasciò cadere la borsa portadocumenti di pelle, andò a prendere una bottiglia di San Pellegrino dal frigo, si sedette su uno sgabello e sospirò.

« Ha del surreale. Mi riferisco al rapporto fra Beatrice e sua madre. Mi ha spinto a guardarmi dentro. Non starò mica chiedendo troppo alle bambine? »

Scossi la testa, colpita dalla sua mania di protagonismo. Si riempì d'acqua un bicchiere, assorta.

« Come va la causa? » le chiesi, tentando di farla tornare alla realtà.

« Per certi versi è semplice, per altri meno. Stando a Beatrice, avrebbe scoperto che *Sulla vetta blu* era un plagio solo quattro anni fa, quando è arrivata la denuncia: hanno pagato oltre un milione in più rate. Perciò è *evidente* che fosse al corrente dei precedenti di sua madre, tuttavia sostiene di non aver mai saputo che vi stava spiando. »

Mandai giù il vino e annuii incitandola a proseguire.

« A suo dire, ha capito a cosa stesse lavorando Janet solo dopo la pubblicazione postuma del diario di Hailey, quando si è resa conto che era successo di nuovo. Non era insolito che si concentrassero su due libri diversi. E Beatrice giura che non ne aveva idea, ma non so se crederle.»

Sbadigliai.

«Troppo?»

«No, sono i farmaci, li ho ancora in circolo. Continua.»

«Dov'ero rimasta? Ah, senti questa, *sembra* che quando Beatrice era giovane Janet non si limitasse a leggere il suo diario, ma lo correggeva, le dava spunti su come catturare l'interesse dei lettori e consigli di punteggiatura e grammatica.»

Tremai al pensiero di Janet china con la penna rossa sul diario dalla copertina morbida della figlia adolescente. Beatrice aveva ammesso di sapere, aggiunse Claire, che sua madre avesse diverse pagine Facebook false, sconcertata dalla propensione della gente a condividere gratis la propria vita. Spesso fingeva di essere una giornalista e chiedeva a famiglie sofferenti i dettagli delle tragedie o s'insinuava negli universi di gente ignara: le foto della festa che Hailey e io avevamo postato su Facebook non avevano fatto altro che alimentare il fuoco.

«E dice di essere andata in tv per cercare di bloccare l'uscita di *Sangue, sesso e morte a Berlino*, perché solo 'in diretta' poteva controllare il racconto comune» disse Claire rigirandosi la fede. Io fissai il cerchio rosso intorno al bicchiere. Credevo o no all'innocenza di Beatrice? Quando era venuta alla Spa contemplava la possibilità di farmi del male. Per rimediare all'ennesimo pasticcio della madre. Non era successo. Però sapeva senz'altro che Janet era scivolata nelle tenebre: l'avevo visto con Hailey, e neanch'io l'avevo fermata. Per certi versi eravamo tutte responsabili di aver usato l'avatar di Beatrice.

«Janet ha giurato alla figlia di non avere nulla a che fare con la morte di Hailey e lei le ha creduto perché in passato c'erano già stati problemi col monossido di carbonio. Anche per Beatrice, come per quasi tutti, tu eri tornata a casa strafatta di ketamina, avevi trovato Hailey morta per avvelenamento, letto il libro e accoltellato il cadavere in preda alla rabbia, per poi buttare l'originale e le copie e chiamare la polizia. Fino a quando non ha trovato la scheda... »

« Che stronza » mormorai, non sopportando di sentir ripetere quella versione ad alta voce.

« Già. Negligenza assoluta. Io invece non riesco a capacitarmi del fatto che Janet impersonasse la figlia, lo trovo perverso » disse ridendo. « I figli ti rubano la gioventù, forse per lei era il modo di riprendersela. »

« E il suo alibi? » chiesi.

« Ha prestato il cottage per il fine settimana alla signora che l'aiuta con le pulizie in cambio della promessa di fare una passeggiata serale, con addosso il suo giaccone e il suo cappello, e salutare con la mano davanti ad alcune case. I vicini non l'hanno mai vista in faccia, non avevano idea che non fosse lei. »

Janet che s'infila la parrucca nera nel bagno di Books-A-Million per una presentazione era un pensiero assurdo, ma riuscivo quasi a provare empatia. Io avevo fatto lo stesso con la parrucca rossa. Mi sembrava impossibile che ci fossimo trovate, Beatrice e sua madre, io e Hailey. Eravamo le donne del luna park, segate in due e mai rimesse insieme, confinate nella sala degli specchi. Avevo odiato Beatrice, però lei si era buttata, aveva tradito sua madre che aveva tradito Hailey che aveva tradito me. Era tutto intrecciato, stretto stretto, le imitazioni e le loro creatrici.

Denunciando la madre era riuscita a impedire l'uscita di *Sangue, sesso e morte a Berlino*. Con la testa sotto il rubinetto, durante il mio ultimo bagno, mi chiesi cos'avrebbe voluto Hailey. Avrebbe preferito che il libro venisse venduto in tutti gli aeroporti del mondo, anche se ci ritraeva come due assetate di visibilità? Dopo aver riguardato il video di Janet in manette per la centesima volta, però, avevo la risposta: era il finale perfetto. *Dun dun.*

L'ultima parte della deposizione di Beatrice, in cambio dell'immunità, era l'aiuto fornito alla polizia per tradurre le innumerevoli scatole piene di schede trovate a Sylt. Rivelavano migliaia di idee per trame, colpi di scena, origini dei personaggi e potenziali armi del delitto – bocchini di tuba avvelenati, bastoncini d'incenso neurotossici e smartphone-taser – oltre ad appunti di vere indagini fra cui quella di Ivy, con l'esatta posizione delle quattordici coltellate e il tipo di lama necessaria a infliggerle.

Claire tamburellava con le unghie laccate di rosa sul vetro verde della bottiglia d'acqua. « Ah, e abbiamo scoperto che gli strani simboli li aveva inventati insieme al marito quando lui era di stanza in Vietnam. Secondo Beatrice la madre ha continuato a usare quella scrittura perché era terrorizzata all'idea che le rubassero le idee. Che ironia, eh? »

Feci di sì con la testa. Mi ero scolata tutto il vino e stavo andando ad aprire il frigo, quando mi resi conto di avere un'ultima domanda. « È stata Janet a spargere tutto quel sangue finto? »

Claire annuì. « Voleva... *lasciare il segno.* »

Dopo il mio ritorno in Florida la mamma, con i capelli di nuovo color caffè lucente, abbronzata, si occupava del giardino, cantava quando cucinava la pasta e invitava a cena amici, che mi toccavano la spalla con aria d'intesa. Non mi era passato per la mente che, tornata da Berlino, si fosse nascosta, ritenuta inadeguata per associazione, troppo in imbarazzo per rispondere al telefono o mostrare case. Dopo alcune settimane mi preparò le frittelle di strombo, il mio piatto preferito, mangiammo nel patio e quando si rilassò contro lo schienale disse: « Non avrei mai pensato che l'avremmo rifatto. Credevo che la nostra vita fosse finita. E invece abbiamo la possibilità di ricominciare, magari andrà anche meglio».

Io mi alzai da tavola fingendo di andare in cucina e mi calmai alla luce gialla del frigo, chiedendomi cosa mai potesse significare ricominciare.

La mamma non era la sola ad aver subito una trasformazione: Claire aveva messo a frutto il suo guardaroba sgargiante nelle numerose comparsate televisive che sintetizzavano il caso, ne era uscita come la vera creatura alata, l'unica che mi avesse creduto fin dall'inizio, e aveva convogliato la fama in un nuovo studio legale. Mi era addirittura arrivato un selfie scattato davanti a una porta a vetri sul Ku'damm sormontata dall'audace insegna *Breitbach e figlie*. Aveva lasciato Tobias, che non riusciva a sopportare il suo successo, non riusciva a sopportare che i tailleur tornassero al lavoro.

Uno dei primi giorni dopo il mio ritorno a casa andai al centro commerciale, lo stesso in cui avevo lavorato, con la fontana maleodorante e l'aria condizionata a palla. Volevo indossare qualcosa di nuovo e di sobrio. La musica elettronica che usciva zigzagando dagli altoparlanti mi attirò dentro Express, dove presi un paio di shorts neri e due canotte anonime. Il materiale era sintetico e appiccicoso, proprio come mi sentivo io. Dopo aver pagato mi cambiai nel bagno dell'area ristorazione e lasciai lì i miei vestiti, poi andai al reparto profumeria e riconobbi lo sguardo sognante e svogliato della ragazza pelle e ossa con gli avambracci premuti sul vetro male illuminato.

«Vuoi provare Guerlain Cruel Gardenia?» cinguettò raddrizzandosi, la boccetta in mano. Le dissi di no con la testa e le chiesi un campioncino di Coco Mademoiselle.

A differenza di Claire o di mia madre, non mi stavo trasformando in una versione migliore e più vitale di me stessa. Il buco c'era ancora. Quello in cui avevano vissuto prima Ivy e poi Hailey. Mi spruzzai con la fialetta pastello abbandonandomi al profumo di Hailey, sollevata al pensiero di poterla ritrovare ogni volta che ne avevo bisogno.

La sera tardi sentivo al telefono Constance, che aveva una vita nuova di zecca all'università di Ottawa, dove studiava scienze politiche per prepararsi alla facoltà di legge: letture interminabili e, naturalmente, parecchi ragazzi. E avevo una nuova terapeuta, la dottoressa Phillips, che indossava polo senza maniche per esibire le braccia muscolose da tennista e mi permetteva di chiamarla Angela. Davanti alle sue domande non mi chiudevo a riccio. Lavoravo sodo. E lei mi aiutò ad affrontare il senso di colpa per aver detto a Ivy di tornare, per essere stata con Jesse, per non aver impedito a Hailey di perdere il controllo.

«Come stai, Zoe?» mi chiese sul ronzio lontano del tosaerba.

«Bene» risposi, senza aggiungere altro.

La sera prima Jesse mi aveva scritto e volevo dirglielo, però sapevo che mi avrebbe ricordato di concentrarmi su me stessa. *Per riprendersi da un trauma serve tempo, diceva, non bastano bagni e lunghe camminate.* Mi ripeteva di continuo che l'attrazione per lui non era il frutto della pazzia, ma un modo per affrontare il *lutto.* Il lutto mi aveva sempre suscitato disagio. Il lutto era stato la sostanza aliena versata nel mio drink a mia insaputa. Il lutto mi aveva stordito. Il lutto mi aveva tirato su il vestito nero mentre mi scopavano sul pavimento.

«Che c'è?» mi chiese.

«Mi ha scritto Jesse, vorrebbe vedermi, credo sia entrato in qualche chiesa new wave e debba *scusarsi* con quelli che ha fatto soffrire.»

«Pensi che ti abbia fatto soffrire?» domandò Angela.

Guardai il soffitto. «Diciamo che la rottura è stata turbolenta.»

«A chi servirebbe l'incontro?»

« A lui » risposi con la sicurezza che lei voleva sentire.

« Esatto, non gli devi niente. »

Annuii e lei mi parlò dell'importanza di coltivare nuove amicizie e di monitorarle, ribadendo che la mia unica responsabilità era occuparmi di me stessa.

Tuttavia non riuscii a trattenermi, ero curiosa. Gli scrissi dal parcheggio. Jesse propose Captain Hiram's, sarebbe passato a prendermi. A casa mi feci la doccia, frugai nel mobiletto dei medicinali e tirai fuori la bottiglia verde elettrico dell'aloe e un tubo di doposole al cetriolo e melone. Ero tutta rossa. Sentivo ancora di dover essere bella per Jesse, o forse volevo che Ivy fosse bella per lui. Mi truccai come lei, molto mascara e eyeliner blu.

Quando sentii il clacson afferrai la borsa. Jesse mi aprì lo sportello da dentro e mi sedetti. L'odore di cedro e della crema abbronzante mi ricordò il viaggio in auto, il mio carro della tristezza, le carcasse di pollo brufolose disseminate sull'asfalto e gli interminabili riff di chitarra. Lui si tolse il berretto da baseball e si avvicinò per abbracciarmi.

« Ciao ranuncolo » sussurrò. Scoppiò a piangere e si sistemò nella solita posizione: rannicchiato sulle mie gambe con me che lo cullavo a disagio. Rimasi immobile, lo sguardo fisso sul prato morto dei vicini. Che stavo facendo?

Al ristorante ci portarono due enormi menù laminati, io ordinai chele di granchio, lui un hamburger con doppia porzione di patatine fritte. Poi si appoggiò allo schienale stringendosi il naso. « Come va da quando sei tornata da Berlino? »

Io sbuffai con forza facendo tremare le labbra. « Alla grande. »

Lui imitò il mio verso. « Mi fa piacere. »

« È nuovo? » gli chiesi indicando il tatuaggio della BMX sul braccio, fatto senza macchinetta.

« No, l'ho sempre avuto » rise guardandomi di traverso.

Giocherellai con la forchetta e Jesse riempì il silenzio con il racconto di un super-ricco che, ubriaco fradicio, si era dimenticato in quale porticciolo avesse lasciato la barca e, in preda al panico, ne aveva comprata una nuova per nascondere l'errore alla moglie, che si chiamava come la barca. Madeline lo scoprì quando si presentarono al solito posto e trovarono la *Madeline* originale. Io seguivo a stento. Nel bagliore verdastro del ristorante lo vidi chiaramente. Il fumo sprigionato da Ivy si era dileguato e mi resi conto di non conoscerlo affatto. Ci eravamo avvicinati in cerca di qualcos'altro, anzi, di qualcun'altra. E non avevo dimenticato solo il tatuaggio. Anche che stava seduto scomposto, increspava le labbra, comunicava un'energia nervosa e sbatteva senza sosta una bustina di zucchero contro il bordo del tavolo. Avevo vissuto con quella persona? L'avevo amata?

«Tutto okay?»

Feci di sì con la testa e mi sistemai il tovagliolo sulle gambe.

Chissà se a lui stava succedendo la stessa cosa. Se guardandomi avesse all'improvviso capito che tutti i fiori selvatici raccolti erano per Ivy e io ero un'estranea, un'infermiera per la sua tristezza.

La cena si protrasse. Jesse mi parlò della pesca d'altura. Aveva in programma di aprire un'agenzia di charter nella laguna per accompagnare i turisti a pesca di lucci di mare, ombrine e magari cobia. Io non facevo che annuire. Mi disse di un amico che poteva prestargli la barca. Chissà cosa sarebbe successo se gli avessi detto che ero gay, se gli avessi raccontato delle dark room del Berghain e di Holiday, che viveva con persone queer. Sapevo che era uno spreco di tempo descrivergli le parti di me che avevo trovato e perduto. Lui aveva trovato Dio, ma non mi andava di starlo a sentire. Pagammo e uscimmo nel parcheggio. Jesse non aveva mai accennato alle scuse e non m'importava. Forse bastava così.

In macchina pescò il CD di *Californication* dei Red Hot Chili Peppers.

« Oh, no, ti prego » supplicai.

« Ti trascina. Aspetta e vedrai. »

Alzò il volume. Il basso attaccò energico, Jesse cominciò a cantare. Mi arresi e feci altrettanto.

Lui si fermò alla stazione di servizio per comprare le sigarette, io aspettai in macchina. Era venerdì sera e c'era la fila di chi sperava di vincere alla lotteria e di chi si attardava a comprare la birra. Armeggiai con la cintura di sicurezza e mi guardai nello specchietto dell'ala parasole. Con l'eyeliner di Ivy non mi ci vedevo, non volevo più impersonarla, non per lui. Aprii il vano portaoggetti e presi un tovagliolino del Burger King che inumidii con la saliva. Stavo per richiuderlo quando notai il luccichio di una catenina d'oro incastrata sul fondo. L'afferrai e tirai fuori un braccialetto con un nome in corsivo, *Jane*.

Ringraziamenti

Desidero innanzitutto ringraziare Max Pitegoff, senza il quale ci sarebbe un gran vuoto. E ringrazio mia madre, la bravissima scrittrice Debra Frasier, che non si è mai rifiutata di andare in copisteria a stampare l'ennesima ultima versione. Un grazie anche ad Alex Scrimgeour, il mio editor-consulente e caro amico.

Ringrazio tutti quelli che hanno letto il romanzo in anteprima: Patrick Armstrong, Fredrika Brillembourg, Caroline Busta, Skye Chamberlain, Peter Currie, Kim Everett, Georgia Gray, Natascha Goldenberg, Karl Holmqvist, Rebecca Hornbuckle, Clemens Jahn, Alexa Karolinski, Michael Ladner, Pablo Larios, Lily McMenamy, Theresa Patzschke, Ella Plevin, Billy Rennekamp, Starship Magazine, Emily Segal, Tobias Spichtig, Margy Stein ed Everett Williams. Più Tina Liebscher per avermi spiegato come funziona il sistema giudiziario tedesco.

Grazie all'agente Eleanor Birne, a tutto lo staff dell'agenzia PEW Literary e a Francine Toon della Sceptre, che ha davvero capito la storia e l'epoca in cui è ambientata. E grazie anche all'editor Lee Boudreaux della Doubleday e alla sua portamine precisa come un bisturi.

Ci tengo inoltre a ringraziare di cuore tutte le ragazze a cui devo quello che sono: Claire Anderson, Madeline Brown, Jeffrey Easter, Erica Schaidler, Sam Sencer-Mura e Lucy Voller.

Grazie a James Henkel, il mio straordinario padre che trabocca di idee, e a tutta la famiglia allargata: Jerry Stein e The Post, Beachcomber Lane, Isabella Bortolozzi, Joe Kay, the Summer Cousins, 12D, The Cooper Union, The Librarians of Villa Rossi, John Snyder, JoAnn Verburg & Jim Moore, David Goldes & Sheryl Mousley, gli Hornbuckle & Krameck, Klara Lidén, Karen e i Roth, Peter & Eli Pitegoff & Ann Casady e *meine Liebe* Stefanie Sprinz.

Infine ringrazio Mia Goyette, non ci siamo mai perse una notte.

Questo libro è stampato col sole

Azienda carbon-free

Fotocomposizione: Andrea Bongiorni
Milano

Finito di stampare
nel mese di giugno 2022
per conto della Ugo Guanda S.r.l.
da Grafica Veneta S.p.A. di Trebaseleghe (PD)
Printed in Italy